国家社科基金青年项目"明代杜诗学史"（CZW026）阶段性成果
四川省教育厅重点项目"明代杜诗选本研究"（15SA0048）
四川省人文社会科学重点研究基地"杜甫研究中心"重点项目
"《杜诗通》整理与研究"（DFY20187）
本书由人文在线出版基金资助出版

王燕飞◎著

明代杜诗选录与评点研究

新华出版社

图书在版编目（CIP）数据

明代杜诗选录与评点研究 / 王燕飞著.－北京：
新华出版社，2019.7
ISBN 978-7-5166-4734-9

Ⅰ．①明…　Ⅱ．①王…　Ⅲ．①杜诗－诗歌研究　Ⅳ.
①I207.227.423

中国版本图书馆CIP数据核字(2019)第148584号

明代杜诗选录与评点研究

作　　者：王燕飞

责任编辑：徐文贤
封面设计：人文在线

出版发行：新华出版社
地　　址：北京石景山区京原路8号　　　　邮　　编：100040
网　　址：http://www.xinhuapub.com
经　　销：新华书店
购书热线：010-63077122　　　　　　中国新闻书店购书热线：010-63072012

照　　排：北京人文在线文化艺术有限公司
印　　刷：天津雅泽印刷有限公司
成品尺寸：170mm×240mm　1/16
印　　张：19　　　　　　　　　　字　　数：292千字
版　　次：2019年11月第一版　　　　印　　次：2019年11月天津第一次印刷
书　　号：ISBN 978-7-5166-4734-9
定　　价：75.00元

序

　　燕飞博士负笈西北随我读书六年，各方面表现都很优秀，我们先后合作撰写过一些有关唐代文学的论著，如《杜诗学与杜诗文献》《河陇人物——李益》以及即将付梓的《杜诗导读》等，从中能深切体会到他的不懈努力与认真严谨的治学态度。自读本科起，燕飞即对杜诗产生了浓厚的兴趣，钻研杜诗文献是他的论文首选，所以，其硕博士论文选题皆是对明代杜诗文献的系统探讨，最终取得了预期的效果。毕业后的几年中，他的精力主要还是集中于杜诗文献的研究方面。燕飞一向酷爱学术，治学勤奋专注，可谓孜孜不倦。为获得第一手文献资料，他不辞辛劳，奔波于学校与图书馆之间，身影遍及北京、上海、南京等地图书馆，抄录文献、对勘材料，对资料的搜集基本做到了竭泽而渔，他对杜诗文献的研究完全是建立在文本细读与材料分析的基础之上，因此，其研究工作做得十分扎实细致，学术成绩也十分显著。今年"五一劳动节"前夕，他发来近20万字的《明代杜诗选录与评点研究》书稿（新华出版社2019年内出版），令人欣喜。忝为他的老师，也作为一个杜甫研究者，在此愿意将其学术成果推荐给广大读者。

　　杜甫是中国古代最著名的诗人之一，杜诗也是中唐以后诗人学习与模拟的对象，因此，历代产生了大量研究杜诗的文献文本，宋代甚至出现了"千家注杜"的盛况。古代杜诗文献不仅数量丰富，而且形式多样，包括注本、选本、选注本、律注本、评点本、诗话、笔记、传奇、戏曲等，不一而足，不仅是在中国，古代朝鲜、日本等国家，也有可观的杜诗文献。据《杜集书录》《杜集叙录》等统计，中国古代（1911年前）产生的杜诗文献约有700余种，现存也有300余种，这不仅是研究杜诗文献与杜诗学的丰富宝藏，也是研究中国古代文学与传统文化的重要资源。考察这些杜诗文献，它们大多产生于宋代与清代，因此也造成了这两个时代的杜诗学研治高峰，文献丰富，佳著频出，宋代如赵次公《杜诗先后解》、郭知达《九家集注杜诗》、《黄氏补千家注纪年杜工部诗史》、蔡梦弼《杜工部草堂诗笺》等，清代有钱谦益《钱注杜诗》、仇兆鳌《杜诗详注》、浦起龙《读杜心解》、杨伦《杜诗镜铨》等。相比之下，明代杜诗文献非但数量不够丰富，而且也缺乏高质量的注本与批本，然而，我们认真深入考察明代杜诗学的发展，发现明代杜诗学虽未像宋代与清代那样的辉煌，但也出现了如胡震亨《杜诗通》那样的优秀著作，对于杜诗的批评阐释也多具有时代特色与价值，周采泉先生在《杜集书录序》中总结说："从宋代直到近代，每一时代各有不同的研究风尚：宋代重在辑佚和编年，元明重在选隽解律，清代重在集注批点，近代则重在论述分析。然不论各自的见解高低，收获多寡，对于杜诗的研究，他们都曾起了不同程度的推动作用。"他总结出历代学者研究杜诗的差异性与各自的成就，指出"元明重在选隽解律"。郑庆笃等学者在《杜集书目提要·前言》中也说："元明两季，则侧重于选注、评点……此间于杜律尤为著力。"其认为明代杜诗学侧重选注与评点，并"于杜律尤为著力"。可以说，明代杜诗学继承宋代以来的杜诗学阐释成果，并通过众多学者的努力，确立了新的诠释方法，开拓了新的研究领域，为清代杜诗学的繁盛提供了文献基础和阐释方法，是中国古代杜诗学发展史的重要组成部分，其成就不可轻易否定。

由于历史的原因，现当代学者将杜甫研究的目光更多地投向宋、清两代杜诗学，明代杜诗学与杜诗文献的讨论研究虽然也取得了一定成就，但总体而言不容乐观。燕飞这部《明代杜诗选录与评点研究》，主要以明代所产生的杜诗选本与评点本为研究对象，试图突破以往的研究视阈和观点，通过系统的文献梳理与细致的考证分析，具体的文本解读与论述，运用文献考证、综合研究、比较分析、数据统计等方法，对明代杜诗选本与评点本进行了梳理与研究，以期填补明代杜诗学与杜诗文献研究的空白与不足。通读此书内容，大致有以下几个特点。

　　第一，在杜诗学理论研究方面，《明代杜诗选录与评点研究》将明代杜诗的选录与评点置于杜诗学发展的大背景下，通过与宋、清两代对比，总结出明代杜诗选录与评点的总体特点。作者认为，在选录形式与评点内容方面，明代具有"选录形式多样，以律诗为主""评点内容要言不烦，多贬抑性批语"等两个方面的特征；在选注内容方面，则以"赋比兴"的理念笺释杜诗，注重对杜诗的结构分析与大意阐释；在研究与阐释方法方面，明人也做出了大胆的尝试，尤其是基于孟子提出的"以意逆志"理论而所进行的杜诗意蕴的阐释，新见迭出，这明显是对宋人"知人论世""以史证诗"阐释方法的突破和推进。同时，作者也注意到明代杜诗选本与评点本的地域性特征。这些观点的归纳与总结，均建立在作者对明代杜诗学文献熟稔的基础之上，也建立在他对杜诗学史嬗变过程的清晰认知之上，因而所得结论翔实可信。

　　第二，关于明人注杜采用"以意逆志"的方法，前人多认为在清初杜诗评注本中体现更为突出（陈美朱《"以意逆志"说在清初的杜诗注本中的实践》），作者通过对明代诸多杜诗注本的考察分析，明确认为明人在阐释杜诗时已大量采用"以意逆志"的方法，并且指出："后人认为明代学术空疏，对明代杜诗注本不予重视，加之明代在杜诗学史上的地位不如清代那样显盛，没有出现特别有名的杜诗全集性注本，又因明代杜诗注本多散佚不存，导致后人只看到清人在注杜方法上的创新，从而抹杀了明人在杜诗学史方面的功绩和贡献，对明人来说，这是极其不公正的评价。"这种挖掘与评价，不仅是替明代杜诗学翻案，也是对明代杜诗学与杜诗文献的总体把握。这种认识是建立在文本分析基础上的可信研究，表现出作者认真负责、实事求是的学术态度。

　　第三，在对明代杜诗文献的个案研究方面，《明代杜诗选录与评点研究》具有以下特点：首先，作者对明代部分杜诗文献的关注与研究是学界以前没有过的，属作者自己的发明。要研究明代杜诗学与杜诗文献，必须首先对当时产生的每部文献有清晰的了解，然后才能在此基础上分析研究，并得出恰当的结论。此书个案部分（包括附录三种）所探讨的大部分是前人所未关注或研究过的杜诗文献，如俞浙《杜诗举隅》、张綖《杜诗释》《杜工部诗通》、郑善夫《批点杜诗》、林时对《杜诗选》等，作者不仅对其著者从生平、交游和著述等方面进行了详细考述，而且对这些文献本身的体例特点、价值地位及版本情形也做了深入研究，还对部分已经散佚的杜诗文献做了辑佚与剖释工作，也体现出作者严谨的治学态度和扎实的文学文献学功底。

对于前人已关注的杜诗文献，作者则采取了与以往研究不同的角度对其重新审视，或考述其版本特征，或关照其接受影响。如刘辰翁《集千家注批点杜工部诗集》与伪书《杜律虞注》，这两本书虽是宋元时期的杜诗注本，但因他们对明代杜诗学具有巨大影响力，因此，作者从二书在明代的刊刻、传播、接受情况入手，考察二书对明代杜诗选录与评点的影响作用。

其次，在个案研究方面，此书也提出了一些不可多得的观点，如《国家图书馆藏〈杜诗释〉残卷的作者及其价值》一节，作者由顾璘所撰写《南湖墓志铭》发现张綖著有《杜诗释》，而相关杜诗目录在著作中并无提及，《杜集书录》等书也只著录了一部著者无考的残卷《杜诗释》（藏于国家图书馆）。作者即赶赴国家图书馆，亲自对此书文字进行抄录与辑佚，并对此做出剖判，最终得出结论：国图所藏残本《杜诗释》的作者当为张綖，此书具有重要的杜诗学价值。又如，明中期的福建诗人郑善夫曾对杜诗进行过评点，惜书已亡佚，作者从胡震亨《杜诗通》中一一辑出郑批原文，总计批语248题292条。通过对相关文献材料的勘比分析，作者另发现：清代卢坤五家评本《杜工部集》所收"王慎中"评语，其真正的作者是郑善夫，而非王慎中，其著作权在明万历年间被时人张冠李戴，混淆不清，以致后世学人不辨是非、以讹传讹，沿袭至今。再如，明末清初出现了许多杜诗白文选本，有学者指出这体现了当时社会上注杜的一种极端倾向（孙微、王新芳《不笺一字是功臣——论明清杜诗学中的一种极端倾向》）。林时对的白文本《杜诗选》正是此种注杜风气下的代表。同时，作者还指出：借由此书"可探究明末清初杜诗学文献编纂的时代社会风气"；通过相关白文本的"序言""小引"，可以看出编选者的"辩体"意识，由点带面，亦可看出明末清初杜诗编选的其他社会风气和编选者的独特视角。这些观点与结论的获得与作者对文本与材料的悉心梳理、认真分析是分不开的。

如前所述，周采泉先生在《杜集书录》中指出"元明重在选隽解律"。郑庆笃等《杜集书目提要》也说"（元明）于杜律尤为著力"。意思是说，元明二代的杜诗阐释偏重杜律的选解，明朝一代尤其如此。原因主要是基于文学复古运动的兴起与科举制度的发达。明代科举之门大开，科举文化兴盛，以李梦阳、何景明、李攀龙、王世贞为代表的前后七子通过科举进入仕途后，又因政治、文化等各种因素的诱发而大力提倡文学复古，在"诗必盛唐"的主张下，继宋人之后，又一次将推崇杜甫及其诗歌作为其使命与追求，杜诗一时成为诗人们竞相模习的对象。王世贞《艺苑卮言》即云："国朝习杜者凡数家，华容孙宜得杜肉，东郡谢榛得杜貌，华州王维桢得杜一支，闽州郑善夫得杜骨，然就其中所得，亦近似耳。唯梦阳具体而微。"（《艺苑卮言》卷六）《明史·李梦阳传》进一步说："华州王维桢以为，七律自杜甫以后善用顿挫、倒插之法，惟李梦阳一人。"复古派诗人不仅借鉴领会杜诗的精神内核，也在创作中仔细揣摩杜诗的章法、技巧。由此，杜甫诗尤其是杜甫的律诗成为文人宣扬文学主张与商业出版者牟利的首选，一时间杜诗各种白文本、选本、评点本陡然增多，并在社会上广为流传。从一些书目及相关资料获知，明代正德以后，江浙、福建等地书坊刊刻了大量的杜律选本，这些杜律选本有真有伪，质量也是良莠不齐，但有一点值得肯定，那就是在文学"评点学"思潮影响下，明代文人纷纷对杜律进行诠解与评论，独树一帜，为我们研究明代杜诗学与古代诗歌批评提供了十分有益的文献材料，明人的这一成就不可抹杀。

鉴于明人对杜律的重视与关照，在《明代杜诗选录与评点研究》第四章中，燕飞博士专对明代杜律选本做出系统研究。包括对《杜律演义》与《杜律虞注》关系的对比考察，对颜廷榘《杜律意笺》初刻时间与笺注特点的考证分析，对明末福建邵傅所撰《杜律集解》的具体探讨等，在分析文本的基础上，作者也都提出了不少宝贵的见解，也能言之成理。

尤其值得注意的是，作者在《杜集书录》《杜集叙录》等成果基础上，为明代 64 种杜诗选本和 11 种杜诗评点本撰写了学术性的叙录。这些叙录的撰写，一是需要考查明清及后世诸多书目，包括综合性目录与专科性目录、藏书目录与著述目录，等等。二是必要的时候，需赶赴现场，查验原书，知其大概，考其始终。如此一来，所作叙录就为读者提供了更多、更详细的文献信息，既有利于阅读者进一步学习了解，更有利于研究者进一步发掘利用，从书目的角度对明代杜诗选注本与评点本做出总结，达到目录学"辨章学术，考镜源流"的目的。文献叙录，初看文字不多，实则撰写之人付出了许多心血，真可谓"工夫在诗外"！

此书在文献考证的基础上，贯穿了理论阐述，扎实的考论，体现出严谨的学风，限于篇幅，其优点不能尽举。总之，通过全书能够看到作者所付出的心血，也能体会到作者的学识与研究能力。燕飞的工作单位地处"喧然名都会"的成都，浣花溪畔的杜甫草堂是众多杜诗爱好者与研究者流连忘返的精神家园，我希望燕飞的杜诗文献研究也像草堂里的苍松翠柏一样常绿常新！

郝润华

二〇一九年五月十六日于西北大学

目　录

绪 论

杜甫，中国最伟大的诗人之一，是"四千年文化中最庄严、最瑰丽、最永久的一道光彩"[①]。从中唐开始，杜甫及其诗歌就受到诗坛的关注，成为诗人们模仿和学习的对象，同时对杜诗的整理和研究也渐次展开，至宋代有"千家注杜"的丰硕成果，形成了杜诗学史上的第一座高峰。金、元、明三代，杜诗学相对冷落，杜诗学文献数量虽比宋代多75种[②]，质量却远远不如宋、清两代。明代文人论诗重视诗法格调，杜甫的律诗被奉为诗歌创作之圭臬，因此，对于杜律的选注和杜诗的评点成为那一时期的风尚。明末清初，随着满族入关，清人统治，在经历了天崩地裂的大变革之后，当时的文人士大夫将目光投向有了"集大成"之誉的杜诗，注杜、选杜、评杜、学杜之风大盛，由此形成了杜诗学发展史上的第二座高峰。清代杜诗注本数量之多，质量之好，是历代研究杜诗的"集大成"时代。

相对于宋代"千家注杜"的盛况和清代名著迭出的高峰，明代杜诗学是处于其间的低谷。但是，这并不代表明代杜诗学没有自身的价值和特点。

---

① 原刊于《新月》第1卷第6期，1928年8月10日，今据孙党伯、袁謇正编《闻一多全集·唐诗编上》，湖北人民出版社1993年版，第74页。

② 据张忠纲、赵睿才、綦维、孙微所编《杜集叙录》（齐鲁书社2008年版）统计，宋代有杜诗学文献124种，金元明三代有杜诗学文献199种。

周采泉在《杜集书录·序》中说："从宋代直到近代，每一时代各有不同的研究风尚：宋代重在辑佚和编年，元明重在选隽解律，清代重在集注批点，近代则重在论述分析。然不论各自的见解高低，收获多寡，对于杜诗的研究，他们都曾起了不同程度的推动作用。"①这就指出了各代研治杜诗的不同特点。郑庆笃等在《杜集书目提要·前言》中也说："元明两季，则侧重于选注、评点……此间于杜律尤为着力。"②明代杜诗学是杜诗学史的重要组成部分，继承唐宋以来杜诗学的研究成果，并通过明代众多学者的辛勤耕耘，开拓出了新的领域，为清代杜诗学的繁盛提供了文献基础和新的研究方法。然而，由于历史、观念等各种原因，现当代学者将目光更多地投向宋、清两代的杜诗学，对于极具特色的明代杜诗学却较少研究。另据统计，明代的杜诗学文献约有 171 种，而关于杜诗的选本及评点本就有约 61种③，占其总数的 36%，由此可见，明代人对于杜诗的特殊偏好。那么，明代人为什么如此热衷杜诗的选注与评点，尤其是对杜律的选评？这和当时的社会风尚、学术背景、诗学诗潮及文人喜好有什么关系？这些杜诗的选注和评点对宋、元的杜诗学有什么继承？对清代的杜诗学又有什么影响？明人对于杜诗的选录与评点在杜诗学史上占有怎样的地位？基于以上思考，本文试图在前人研究成果的基础上，努力挖掘明代杜诗选录与评点的特点及其在杜诗学史上的价值。下面对明代杜诗学及杜诗学文献的研究及整理情况进行论述。

一、明代杜诗学文献的整理、影印和工具书的编撰

明代杜诗学文献的现代整理本甚少，至今只有明末杜诗研究专家王嗣奭的《杜臆》（以王孙旦抄本为底本）经过整理出版④；台湾则有曹树铭

---

① 周采泉《杜集书录》，上海古籍出版社 1986 年版。

② 郑庆笃等编《杜集书目提要》，齐鲁书社 1986 年版。

③ 关于明代杜诗选本和评点本的统计数量标准，主要依据周采泉著《杜集书录》和张忠纲等编著《杜集叙录》（齐鲁书社 2008 年版）。

④ 1962 年中华书局上海编辑所据上海图书馆藏稿本影印；1963 年整理标点，重新排印；1983 年 8 月上海古籍出版社出新 1 版。

《杜臆增校》出版。曹氏以仇兆鳌《杜诗详注》、杨伦《杜诗镜铨》、据林非闻抄本所引王嗣奭《杜臆》，与1963年中华书局上海编辑所排印本《杜臆》逐题校对，从其异同，考证二者之关系，并认定为两个不同抄本，可彼此互相补充，汇并一起，方是《杜臆》之全豹①。1974年台湾黄永武所编《杜诗丛刊》影印了35种杜诗学文献，其中收录明代15种，数量较为可观②。日本吉川幸次郎编有《杜诗又丛》，共收录7种，明代杜诗学文献付之阙如③。1986年台湾商务印书馆影印的文渊阁《四库全书》中只收录有一部明人唐元竑的《杜诗捃》。1997年齐鲁书社出版的《四库全书存目丛书》则影印了14种，其中含明代8种。虽然这些影印图书不是研究性的著作，却为我们的研究提供了资料基础和文献依据。

关于杜集文献的流传、版本和工具书的编撰，成果较多。1962年，马同俨、姜炳炘发表《杜诗版本目录》，此文分为杜诗版本、杜诗研究、杜诗译本、杜诗书目和附录5个部分，著录了包括北京图书馆等13家图书馆所藏的关于杜诗的各种版本，其中有许多明代杜集文献④。此目录首开杜集目录编撰之先河，为以后编撰杜集叙录的工作提供了方便。其后，万曼发表的《唐集叙录·杜工部集》，对杜集的流传、版本、著录等情况一一钩稽，辨章学术，考镜源流⑤。1964年，中华书局出版华文轩编《古典文学资料汇编·杜甫卷》，颇便使用，但是只有上编"唐宋之部"，下编"明代清之部"至今尚未编出⑥。1965年，香港大学叶绮莲完成硕士学位论文《杜诗学》，此论文以《台北"中央图书馆"善本书目》《北京图书馆善本书目》《京都大学文学部汉籍分类目录》《杜诗版本目录》及香港大学所藏

---

① 曹树铭《杜臆增校》，台湾艺文印书馆1971年版。

② 黄永武编《杜诗丛刊》，台湾大通书局1974年版。

③（日）吉川幸次郎编《杜诗又丛》，日本中文出版社1976年版。

④《图书馆》1962年第2期，收入《杜甫研究论文集（三辑）》，中华书局1963年版。

⑤ 万氏论文原名《杜集叙录》，发表在《文学评论》1962年第4期，后收入中华书局选编《杜甫研究论文集（三辑）》，在氏著《唐集叙录》（中华书局1980年版，又有河南大学出版社2008年版）中改为今名。

⑥ 华文轩编《古典文学资料汇编·杜甫卷》上编，中华书局1964年版。

杜集等为基础加以整理，分为上下两篇，上篇为"杜集源流"，以考究各朝研究杜诗之情况及其得失，下篇为"杜集书录"，以编年方式排列由唐大历至清末之杜集①。1966 年，叶嘉莹《杜甫秋兴八首集说》出版②。叶氏广事征搜，得历代杜诗评注本 53 家，不同之版本 70 种，于中撷取有关《秋兴八首》之资料，以时代为序，汇为一集，时有按语，各抒己见，其中亦有对于明代杜诗学文献之评论。还有其他一些论著对明代杜诗学文献亦有著录或介绍，如：何金文的《宋元刻杜诗》③、王重民《中国善本书提要》④、廖仲安、王学泰的《杜诗注本述评》⑤、周采泉的《经眼的杜诗"善本"简介》⑥、张忠纲《杜诗丛考（计九十则）》⑦、丁浩的《杜甫草堂藏明刻本杜集述评》⑧等。另有一些图书馆馆藏的杜集目录，如北京图书馆参考研究组编《北京图书馆馆藏杜甫诗集书目》⑨，收杜甫诗集 81 种，92 部，有关图书两种两部。浙江省图书馆编《浙江图书馆馆藏杜诗书目》⑩，收杜诗 65 种，96 部，每书均有简要解题。这其中，对明代杜诗学文献都有或多或少的著录和介绍。成都杜甫草堂编《成都杜甫草堂收藏杜诗书目》⑪，共收成

---

① 后来叶氏论文上编以《杜工部集源流》为题发表于台湾《书目季刊》1969 年秋季号，下篇以《杜工部集关系书存佚考》（上、中、下）连续刊载于《书目季刊》1970 年夏、秋、冬季号。

② 台湾中华丛书编审委员会 1966 年印行出版，后经作者修订补充，1988 年 2 月由上海古籍出版社再版，又有河北教育出版社 1997 年版。

③《草堂》1982 年第 1 期。

④ 上海古籍出版社 1983 年版。

⑤《文史知识》1984 年第 7 期，又见廖仲安《反刍集》，北京师范学院出版社 1986 年版，第 409—416 页。

⑥ 载周采泉《文史博议》，广东人民出版社 1986 年版，第 144—153 页。

⑦ 载张忠纲《杜诗纵横探》，山东大学出版社 1990 年版，第 240—317 页。

⑧ 载丁浩编《杜甫草堂博物馆馆藏精品版本卷 书海拾贝》，四川文艺出版社 1998 年版，第 24—41 页。

⑨ 北京图书馆 1954 年油印本。

⑩ 浙江图书馆 1956 年油印本。

⑪ 杜甫草堂 1963 年铅印本。

都杜甫草堂所藏杜诗图书资料 120 余种，470 部，3800 余册。其中，收录最全、使用最广的主要是以 4 种：《杜集书目提要》①《杜集书录》《杜集叙录》和《杜甫大辞典》②。这些工具书都著录了明代丰富的杜诗学文献，且有详细的叙录，具有重要的参考价值。

二、明代杜诗学及杜诗学文献的研究论著

第一，总论明代杜诗学的综合性研究。

专著方面：明代杜诗学文献的研究严重滞后，至今没有产生一部完整的著作③。台湾学者较早从事杜诗学的研究，除了叶绮莲《杜诗学》之外，简明勇著有《杜甫·杜诗·杜诗学》，其中第三篇是关于杜诗学的研究，先总述唐、宋、元、明、清、民国各个朝代杜诗研究的概况与特色，其次评价 47 位对杜诗研究有突出贡献的专家及其成果，并汇编杜诗收藏、目录表等，里面除本国研究成果外，亦有国外杜诗学纳入，包括日本、韩国、欧美杜诗学，是一本搜辑详尽的杜诗研究著作④。简恩定《清初杜诗学研究》主要从文学理论的角度研究清初杜诗学，其探讨的一系列问题，诸如拟古风气兴起，政治环境转移，晚明理学自省和比兴观念的再阐发，对杜诗之评论产生的影响等，皆能启迪思路、发人深思⑤。许总的《杜诗学发微》（南京出版社 1989 年版）是单篇论文的结集，文中对明代杜诗学有所涉及。胡可先的《杜甫诗学引论》（安徽大学出版社 2003 年版）、张忠纲、綦维、孙微的《山东杜诗学文献研究》（齐鲁书社 2004 年版）、蔡锦芳的《杜诗版本及作品研究》（上海大学出版社 2007 年版）、郝润华师《杜诗学》⑥、郝润华师等的

---

① 郑庆笃、焦裕银、张忠纲、冯建国编《杜集书目提要》，齐鲁书社 1986 年 9 月版。

② 张忠纲主编《杜甫大辞典》，山东教育出版社 2009 年 3 月版。

③ 台湾艺文印书馆 1971 年刊行曹树铭《杜臆增校》，此书并非总体研究明代杜诗学文献的专著。

④ 台北文史哲出版社 1983 年版，1984 年又出版《杜甫诗研究》，实乃前书的增订版，资料更为丰富。

⑤ 此书原为台湾东海大学博士学位论文，后由台湾文史哲出版社于 1986 年 8 月出版。

⑥ 载卞孝萱等主编《新国学三十讲》，凤凰出版社 2011 年版。

《杜诗学与杜诗学文献》①等论著对明代杜诗学和杜诗学文献亦有所提及。其中《山东杜诗学文献研究》对山东历代的杜诗学文献做了研究，有关明代杜诗学文献的则有赵大纲《杜律测旨》、卢世潅《杜诗胥钞》和明代山东人一些论杜诗话。郝师的论文和著作对整个杜诗学和杜诗学文献既有总的概述，也有个案研究，是目前对于杜诗学文献研究最为深入的一部著作。

　　论文方面主要有：廖仲安《杜诗学》②、綦维《金明代杜诗学研究》③、赵海菱《杜诗在元代的研究与整理》④、李杰玲《明末遗民对杜诗的接受和阐释——以王嗣奭、钱谦益、金圣叹和傅山为例》⑤、张家壮《明末清初杜诗学述论——以几种重要的杜集为中心》⑥、李晓霞《明人论杜研究——以诗话为中心的考察》⑦、杜伟强《明代杜诗全集性注本研究》⑧。綦文是国内首次系统梳理了金、元、明杜诗学基本情况的论文，分上、下两编。上编是"金元杜诗学研究"，对元代著名的杜诗注本和名人论杜做了概述和分析；下编讨论明代的杜诗学，分为"明代杜诗注本研究"和"明人论杜研究"以两章十节论述明代杜诗注本和明人杜诗学观点，是研究明代杜诗学较早的论文。李晓霞、杜伟强主要研究的是明代杜诗学，是目前有关明代杜诗学和杜诗学文献研究最全面的论文。李文以《明诗话全编》为材料基础，从722家明代诗话中钩稽有关的论杜言论，从"明人论杜诗话的内容""明人的杜诗学理论"两个大的方面，"对杜甫其人的评说""对杜诗艺术的评赏""对杜诗源流的分析""'诗史'说的论争""'诗圣'说、'大家'说""模拟杜诗的理论依据"等6个小的方面阐述了明人有关杜甫、杜诗的各个方面，最后指出明人论杜诗话的价值和影响。杜文首先讨论明代全集

---

① 巴蜀书社 2010 年版。

②《首都师范大学（社会科学版）》1994 年第 5 期。

③ 2002 年山东大学博士学位论文。

④《杜甫研究学刊》2008 年第 2 期。

⑤ 2009 年广西大学硕士学位论文。

⑥ 2009 年福建师范大学博士学位论文。

⑦ 2010 年西北师范大学硕士学位论文。

⑧ 2011 年西北师范大学硕士学位论文。

杜诗注本产生的背景，之后对单复《读杜愚得》和胡震亨《杜诗通》进行了个案研究，最后指出明代全集性注本的价值与不足。

第二，关于明代杜诗学文献的个案研究。

文献个案研究的重点是比较重要的杜诗学文献，如刘辰翁（1233—1297年）《集千家注批点杜工部诗集》、托名虞集（1272—1348年）《杜律虞注》①；诗话方面主要是明代大家论杜诗话，如杨慎（1488—1559年）《升庵诗话》、胡应麟（1551—1602年）《诗薮》、王嗣奭（1566—1648年）《杜臆》等，对于专书的杜诗诗话文献研究力度不够。

关于刘辰翁《批点杜诗》的研究，主要有赵星《刘辰翁的杜诗评点初探》②，焦印亭《刘辰翁批点杜甫诗论略》③、《刘辰翁评点杜诗著作叙录》④，邱旭《〈集千家注批点杜工部诗集〉研究》⑤、《试论刘辰翁杜诗评点的特点》⑥等。其中，邱旭的硕士论文用功较深，在文献方面梳理了刘辰翁批点杜诗的版本流变，在理论上概括了刘辰翁批语的特色及其在杜诗学史上的价值。

关于托名虞集《杜律虞注》的研究，主要有：程会昌《杜诗伪书考》⑦，冯建国《〈杜律虞注〉伪书新考》⑧、罗鹭《伪〈杜律虞注〉考》⑨、冯小禄《伪〈杜律虞注〉补说》⑩等。这些论文从不同方面考证了署名虞集的《杜律虞注》乃是一部伪书，其中冯小禄一文材料最为丰富，它将明代以来关于伪

①刘辰翁、托名虞集的杜诗注本分属于宋、元时期，但明人刻印较多，影响较大，故而文中于此亦有论及。

②《安徽农业大学学报（社会科学版）》2009年第3期。

③《杜甫研究学刊》2008年第1期。

④《杜甫研究学刊》2009年第3期。

⑤2009年西北师范大学硕士学位论文。

⑥《河西学院学报》2011年第4期。

⑦上海中华书局1949年版，经修订，收入《古诗考索》，上海古籍出版社1984年版，第345—365页。

⑧载《中国古典文学论丛》（第四辑），人民文学出版社1986年10月版。

⑨载《古典文献研究》（第七辑），凤凰出版社2004年7月版。

⑩《杜甫研究学刊》2007年第2期。

虞注的材料一一辩证，并就相关的问题提出异说，例如对于杨士奇《杜律虞注序》的误读等。

关于王嗣奭《杜臆》的研究。随着王嗣奭《杜臆》的整理出版，研究论文明显增多，刘开扬《王嗣奭和他的〈杜臆〉——为纪念杜甫诞生 1250 周年而写》①、《关于〈杜臆〉的一条解释——杜甫〈醉时歌〉句"灯前细雨檐花落"》②两文主要介绍了作者王嗣奭和《杜臆》的成书、版本等问题。柴德赓《关于〈杜臆〉的作者王嗣奭》对王嗣奭的民族气节、生卒年和交游等情况做了补正③。台湾曹树铭《杜臆增校》以仇兆鳌《杜诗详注》、杨伦《杜诗镜铨》、林非闻抄本所引王嗣奭《杜臆》与 1963 年中华书局上海编辑所排印本《杜臆》（以王孙旦抄本为底本）逐题校对，从其异同考证二者之关系，认为是两个不同抄本，可彼此互相补充，汇并一起，方是《杜臆》之全貌；张家壮《回归与超越：〈杜臆〉与"以意逆志"法》对《杜臆》解杜采用的"以意逆志"法及其在杜诗学史上意义做了探讨④；杨海健《浅论王嗣奭〈杜臆〉底本问题》⑤、《王嗣奭〈杜臆〉版本考》⑥，主要探讨的是《杜臆》的底本问题，认为：《杜臆》的底本乃是由高崇兰编、刘辰翁批点的《集千家注批点杜工部诗集》；还有李巍巍《王嗣奭〈杜臆〉研究》⑦、《〈杜臆〉注杜得失浅谈》⑧、许葆华《浅析〈杜臆〉的评注特色》⑨等论文研究的是王嗣奭注杜、评注杜诗的特色和得失等问题。

其他一些明代杜诗学文献也受到了关注，如：魏青《宋濂〈杜诗举隅

---

① 《文学遗产》第 408 期，载《光明日报》1962 年 4 月 1 日。

② 《文史哲》1981 年第 6 期。

③ 《文学评论》1962 年第 4 期。

④ 《福州大学学报（哲学社会科学版）》2008 年第 1 期。

⑤ 《南京师范大学文学院学报》2008 年第 3 期。

⑥ 《首都师范大学学报（社会科学版）》2008 年第 6 期。

⑦ 2008 年陕西师范大学硕士学位论文。

⑧ 《现代语文（文学研究）》2008 年第 3 期。

⑨ 《青年文学家》2009 年第 7 期。

序〉一识》分析了明初宋濂对刘辰翁批点本的批评①；钟文娟《明人赵大纲
〈杜律测旨〉研究》②、綦维《赵大纲及其〈杜律测旨〉》③二文对明人赵大
纲的《杜律测旨》进行了研究。钟文介绍了是书的版本、流传、作者、价值
和影响，通过和相关杜诗注本的比较，考察了《杜律测旨》的注评得失，认
为赵大纲以浅显通俗的串讲方式评点杜律，揭示杜诗的思想心曲，有些注评
发前人所未发，补充了前人的不足；綦文认为赵大纲注杜多从"裨补风化"
出发，多有曲解杜诗，反映了宋明理学下的杜诗学风貌，同时，赵注简明流
丽，不乏深警之见。沈时蓉、庚光蓉《卢世㴪〈读杜私言〉发微》④、綦维
《德州学者卢世㴪的杜诗学成就》⑤和孙微、王新芳《卢世㴪〈杜诗胥钞〉及
〈读杜私言〉考论》⑥，对明末清初著名杜诗学者卢世㴪的《读杜私言》和
《读杜胥抄》分别进行探讨，对文献作者、流传、版本以及卢世㴪的杜诗学
观点进行了分析。曾绍皇《论徐渭的崇杜情节极其手批〈杜工部集〉》一
文对复旦大学图书馆所藏残本徐渭《批点杜诗》做了介绍，结合徐渭的诗
学观概括了他的杜诗学特点⑦；王燕飞《颜廷榘及其〈杜律意笺〉》对《杜
律意笺》的初刻时间、笺注特点和价值等问题进行了探讨⑧；刘文刚《单复
的杜甫研究》⑨、《唐元竑的杜甫研究》⑩研究的是单复和唐元竑的杜诗学；
丁功谊《杜诗三笺与钱谦益诗史观的深化》对钱谦益的《读杜小笺》《读杜
二笺》和钱笺体现出的诗史观念的深化做了分析⑪；董芳《王慎中贬杜研

---

① 《社会科学辑刊》2002 年第 4 期。后改为《宋濂的〈杜诗举隅序〉》，发表于《杜
甫研究学刊》2002 年第 4 期。
② 2002 年首都师范大学硕士论文。
③ 《齐鲁学刊》2006 年第 5 期。
④ 《杜甫研究学刊》2000 年第 4 期。
⑤ 《东岳论坛》2004 年第 4 期。
⑥ 《新世纪图书馆》2011 年第 7 期。
⑦ 《杜甫研究学刊》2010 年第 1 期。
⑧ 《杜甫研究学刊》2010 年第 2 期。
⑨ 《杜甫研究学刊》2011 年第 4 期。
⑩ 《杜甫研究学刊》2012 年第 2 期。
⑪ 《江汉论坛》2009 年第 2 期。

究》辑录了各种本子中王慎中批评杜诗的评论，分析了王慎中贬杜的内容和原因，指出了其在杜诗学史上的意义①。

诗话方面，主要有：徐希平《博取众长　独树一帜——杨慎〈升庵诗话〉论李杜评析》②、余来明《杨升庵杜诗观的时代诠释》③、高小慧《杨慎的“诗史”论》④、邓新跃《杨慎对杜诗“诗史说”的批判及其批评史意义》⑤、吴中胜、蒋翠丽《明代诗人论杜甫》⑥、张若雅《胡应麟〈诗薮〉论杜诗》⑦、高小慧《孰为诗“圣”？——杨慎“扬李抑杜”论》⑧等主要探讨的是杨慎的“诗史”说、“李杜优劣论”等主流性论杜观点，以及胡应麟《诗薮》对于杜诗的评论。

三、本书内容简介

通过上文的综述，我们可以看到，今人对明代杜诗学的研究侧重于从诗学理论上探讨其特点，而关于明代的杜诗选录与评点，却没有人做具体的探讨和专文的研究。本书即以此立论，试图挖掘明代杜诗选录与评点的特点及其在杜诗学史上的价值，以弥补杜诗学研究上的空白，这对于明代杜诗学的研究及整个杜诗学史的建构具有重要的学术价值和意义。

本文在借鉴前人研究成果的基础上，搜集有关明代的杜诗文献，结合明代的社会、文化和学术背景，将明代杜诗的选录与评点置于整个杜诗学发展史的大背景之中，通过和宋、清两代杜诗学发展情况的对比研究，总结归纳出明代杜诗选录与评点的特点。同时通过个案的研究，具体分析明代重要的杜诗选本和评点本，以期深入分析明代杜诗学的特点，指出其地

---

① 2012 年河北大学年硕士学位论文。

②《杜甫研究学刊》2002 年第 1 期。

③《南京工业大学学报（社会科学版）》2003 年第 1 期。

④《北京大学学报（哲学社会科学版）》2004 年第 1 期。

⑤《杜甫研究学刊》2005 年第 1 期。

⑥《杜甫研究学刊》2008 年第 3 期。

⑦ 2008 年山东大学硕士学位论文。

⑧《运城学院学报》2009 年第 6 期。

位，总结其价值，说明其不足。

全书共分为七章。第一章，明代杜诗选录与评点的背景。主要从"社会背景与科举制度""刻书事业与图书流通""文学环境与杜诗学理论"等方面分析了明代盛行杜律选注和评点的原因。

第二章，明代杜诗选录与评点的特点。将明代杜诗选录与评点置于杜诗学发展史的大背景之下，通过和宋、清两代的对比，从3个方面总结归纳出明代杜诗学的特点。

第三章，明代杜诗选本和评点本文献叙录。通过相关书目的记载，同时在前人研究成果的基础上，为明代64种杜诗选本和11种杜诗评点本撰写提要。

第四、五章，主要是杜诗选本文献的个案研究。因明代杜诗选本盛行、数量最多，因此分成两章进行研究。

第四章，主要研究明代的杜律选本。《杜律演义》和《杜律虞注》关系复杂，但这两本书对明代杜律注本的盛行起到了不可估量的巨大作用。本章介绍了这两本书在元明时期的接受情况，尤其是明人对于"伪虞注"的认识，具有清本正源的认识价值和辨伪意义；还对颜廷榘的《杜律意笺》进行了初刻时间的考论和笺注特点的分析，最后指出它在杜诗学史上的价值和意义。另外，还对明末福建人邵傅的《杜律集解》进行了个案探讨。

第五章，主要研究明代综合性的杜诗选本。张綖是明代杜著名的杜诗研究专家，有三部杜诗学著作传世，文章对张綖杜诗研究的内容和特色进行了总结。林时对的《杜诗选》是一部白文无注的杜诗选本，体现出明末杜诗选本"不笺一字是功臣"的笺注特色和"辩体"意识，同时结合林时对的诗歌创作，分析了他对杜诗的继承和发展。

第六章，杜诗评点文献的个案研究。刘辰翁评点杜诗首开杜诗评点一派，对后世影响甚大。文章从元、明时期对刘辰翁评点杜诗接受情况的视角入手，来探讨此时期杜诗的研究情况。郑善夫曾评点过杜诗，未刻印行世，辗转流传，到了明末清初，人们将其著作权判给了王慎中。其中，以清代卢坤五家评本《杜工部集》的影响最大。本章对已经亡佚的郑善夫的

《批点杜诗》进行了辑录，并分析了其特色。通过考证，得出卢坤五家评本中所谓"王慎中"批语的真正作者乃是郑善夫的结论，还原郑善夫的著作权。

第七章，明代杜诗选录与评点的价值和不足。明代杜诗选录与评点的价值主要有"保存旧注的辑佚价值"和"考订价值"。不足之处则是"选录的形式过于单一""批点的内容过于简略"，同时也存在"引用材料不注出处""妄改引文"等缺点。

附录部分包含两项内容：一是杜诗学文献研究三篇，包括《俞浙及其〈杜诗举隅〉辑考研究》《单复及其〈读杜诗愚得〉考论》和《国家图书馆藏〈杜诗释〉残卷的作者及其价值》。三篇文章与正文都有或多或少的联系，故附录于后。二是对已经亡佚的张孚敬的《杜律训解》辑佚，力图展示该书的概貌，为杜诗研究者提供可靠的文本依据。

第一章

明代杜诗选录与评点的背景

宋代是杜诗学史上的重要时期。"宋人在杜诗的搜集、校勘、编年、注释等方面均为整个杜诗学奠定了基础，而且具有发凡起例的深远意义"①。尤其是在杜诗的注释方面，出现了所谓"千家注杜"的盛况，并且产生了如赵次公《新定杜工部古近体诗先后并解》，黄希、黄鹤《黄氏补千家集注杜工部诗史》，蔡梦弼《杜工部草堂诗笺》等在杜诗学发展史上占有重要地位的杜诗注本。面对着宋人如此巨硕的成绩，明人如何另辟蹊径，在杜诗学史上有所发展，从而形成和宋代不一样的特点？这是摆在每个明代学者面前的一道亟待解决的难题。

相对于宋代"千家注杜"的盛况和清代名著选出的丰硕成果，明代是杜诗学研究史上的衰落时期，但这并不代表明代杜诗学没有自身的特点和价值，前贤们已经指出明代杜诗学注重杜甫律诗的选注和评点②。本章拟从以下两个方面对明代盛行杜诗选注和评点的原因进行分析。

---

① 莫砺锋《论宋人校勘杜诗的成就及影响》，载《杜甫研究学刊》2005 年第 3 期，收入《古典诗学的文化关照》，中华书局 2005 年版，第 207 页。

② 具体参看本文"绪论"部分。

第一节　社会和文化背景

一、社会背景与科举制度

公元 1368 年，朱元璋统一中国的南北，结束了元朝的统治，建立了中国历史上又一个中央集权的封建王朝。自建国之后，朱元璋吸取前朝灭亡的教训，在政治、文化思想等各个方面采取措施，来巩固新生政权。

在政治上，明朝政府极力巩固皇权统治，废除了有 1000 多年历史的丞相制度和有 700 多年历史的中书、门下、尚书三省制度，军政大权揽于一身。到了永乐、宣德时期，又通过削弱诸王权利，建立内阁制度，进一步巩固并发展了中央集权的统治。

在文化思想上，明朝政府实行严酷的控制，对封建文人采取笼络和高压的手段。明成祖朱棣召集天下文士 3000 人编纂类书《永乐大典》，共 22877 卷，为我国文化史上一件大事。同时，明政府大力提倡程朱理学，朱元璋规定"四书""五经"为国子监的功课，并明令全国府、州、县学及闾里私塾中都要以孔子所定经书教导诸生。朱棣又命胡广、杨荣等人修"四书""五经"和《性理大全》。明初修的这些《四书五经大全》主要是篡改朱熹的《四书集注》和《五经集注》①，以此来统治人民的思想。

同时，明政府实行科举取士的制度，来进一步巩固其统治。明太祖朱元璋规定"中外文臣皆由科举而进，非科举者勿得与官"，而科举又独重初场，因此作为初场的规定文体也就更加重要。关于初场的文体，据《明史·选举志》所云为八股文："科目者，沿唐、宋之旧，而稍变其试士之法，专取四子书及《易》《书》《诗》《春秋》《礼经》五经命题试士。……其文略仿宋经义，然代古人语气为之。体用排偶，谓之八股，通谓之制义。"②八股文又称八比文、经义、制义、制艺、时文、时义，因其题目来自《四书》《五经》，故又称为四书文、五经文。八股文做得好坏，关系着士子们的前

---

① 具体可参看侯外庐等著《宋明理学史》，人民出版社 1984 年版。
② 清·张廷玉等《明史》卷七十《选举志二》，中华书局 1974 年版，第 1693 页。

途，因此士子们将其大部分心力用在了如何写好八股文上。八股文对明代文人的思想、文学创作等方面产生了深远而巨大的影响。

黄明光在分析明代科举制度"八股"文体对文学的影响时，说："从文学基本知识和基本功的角度分析，八股文的形成使语文考试更为严格。……考生必须对古代文学典故的出处、含义有较熟悉的了解。八股文中的典故，不能有时代的混淆。……准确使用典故与史实材料，是考生写八股文的一项基本功。……八股文中的起、录、转言的笔法，类似于唐宋诗词中的格式，考生只有掌握好唐宋诗赋的笔法，才能写好八股文，因为八股文中的用韵字，都与唐宋律赋中的八韵韵字有关。"①可见当时八股文的考试和唐宋诗赋存在着很大的联系。如果从历代诗人中选择一位代表的话，那么杜甫无疑是最佳人选。

元稹在《唐故工部员外郎杜君墓系铭》中曾对杜甫及其诗歌有过极高的评价，他说：

> 至于子美，盖所谓上薄风骚，下该沈宋，古傍苏李，气夺曹刘，掩颜谢之孤高，杂徐庾之流丽，尽得古今之体势，而兼今人之所独专矣。使仲尼考锻其旨要，尚不知贵，其多乎哉！苟以为能所不能，无可无不可，则诗人以来，未有如子美者。②

"苏门四学士"之一的秦观在《韩愈论》中称杜甫"集诗歌之大成"③。

---

① 黄明光《明代科举制度研究》，2005 年浙江大学博士学位论文，第 134 页。

② 唐·元稹撰，冀勤点校《元稹集》卷五十六，中华书局 1982 年版，第 601 页。

③ 宋·秦观《论韩愈》云："昔苏武、李陵之诗，长于高妙；曹植、刘公干之诗，长于豪逸，陶潜、阮籍之诗，长于冲澹；谢灵运、鲍照之诗，长于峻洁；徐陵、庾信之诗，长于藻丽。于是杜子美者，穷高妙之格，极豪逸之气，包冲澹之趣，兼峻洁之姿，备藻丽之态，而诸家之作所不及焉。然不集诸家之长，杜氏亦不能独至于斯也。岂非适当其时故耶？孟子曰：伯夷，圣之清者也；伊尹，圣之任者也；柳下惠，圣之和者也；孔子，圣之时者也。孔子之谓集大成。呜呼，杜氏、韩氏亦集诗文之大成者欤！"（《淮海集》卷二十二，《四部丛刊初编》本）

朱熹则从儒家的理想道德标准出发，盛赞杜甫，他在《王梅溪文集序》中说：

> 于汉，得丞相诸葛忠武侯；于唐，得工部杜先生、尚书颜文忠公、侍郎韩文公；于本朝，得故参知政事范文正公。此五君子，其所遭不同，所立亦异然，求其心，则皆所谓光明正大，疏畅洞达，磊磊落落而不可掩者也。其见于功业文章，下至字画之微，盖可以望之而得其为人①。

朱熹称汉代的诸葛亮，唐代的杜甫、颜真卿、韩愈，宋代的范仲淹为"五君子"，这五君子中，除了杜甫，其他四人都是位高权重的政治人物，只有杜甫，当属民间的"人民诗人"。

方孝孺是明初著名的大儒，他对杜甫的评价也极高，在《成都杜先生草堂碑》中极力称赞杜甫，其云：

> 少陵杜先生，……其言包综庶类，凌跨六合。辞高旨远，兼众长而挺出，追风雅以为友。盖有得乎《史记》之叙事，《离骚》之爱君，而忧民悯世之心，又若有合乎成相之所陈者。微意所属，时以古昔命世圣贤自拟，不知者笑之以为狂，而知其粗者，怜之以为诗人之大言，而孰能果识其所存哉？盖尝论人与物之品，才知仅施于身者，物之所以局于形；理无不备，而知无不通者，人之所以异于物。至于不能扩其所有以济万物，而规图止乎一身，此则人而物者也。均是形也，而能践其形，均是性也，而能不私乎己，以宇内之治乱，生民之安危为喜戚，而劳思极虑，必期有以济之，此则所谓人而能天，而可以谓之大儒君子矣乎！
>
> 自孔孟没，圣学不传，士之卑者多以私智小数为学，枉道以取富贵。视斯民之困穷，不少介于心，甚者或罔之以自利。圣贤仁义之道不绝如发，先生独有感于此，其心愿世之人咸得其所而已。虽

---

① 宋·朱熹《晦庵先生朱文公文集》卷七十五，《四部丛刊初编》本。

饥寒有不暇顾，视夫自私之徒如蝼蚁之求穴，则叹而哀之。是心也，使幸而达诸天下，虽致治如唐虞之盛可也。彼浅于知德者，顾以大言为先生病。呜呼，先生庶乎人而能天者也！其寓于言，岂众人之所能识哉？

……

惟先生不遇圣哲之君为知己，汝阳汉中二王虽与友善，而不能用其言。数百载之内在位而尊慕者，间有其人，然皆以诗人称先生，而未能察其所存。至于今王，稽古尚德，而后先生之道益光。则夫怀奇抱节之士，不有遇于时，必有合于后，而道之显晦莫不有命。观于此，亦可以知劝矣！①

方孝孺站在一个纯粹的正统儒者的立场上，着重赞扬杜甫爱君忧民之心，将其看作一位蓄济世之道，怀绝伦之才而不遇于明君的大儒君子。方孝孺还写有《题万间堂》一诗，云："少陵老翁饿濒死，意欲大庇天下人。一椽茅屋不足蔽风雨，安得万间之厦，盖覆四海赤子同欣欣？言狂意广不量力，至今世俗闻者交笑嗔。侯城小儒愚独甚，不敢嗔笑，谓公之意厚且真。古来致乱皆有因，大臣固位谨持禄，其计止为安一身。高车大纛耀侈富，子女玉帛骄里邻。安危得失百不知，更僭膏腴便利田宅遗子孙。生灵穷苦堕沟渎，寒士困悴无衣绅。彼也珍馐口绮席，歌舞燕乐穷朝昏。老翁哀痛实为此，熟视鄙夫恓子，辟之犬鼠加冠巾。曰我得志有不为，嫉邪愤世，欲救其弊忘贱贫。至今已阅八百岁，知翁之意世独少，蹈翁所恶常纷纷。"② 以今日世俗者的骄矜自私来反衬杜甫不顾己之贱贫而心忧天下的高风亮节。

从以上的分析可以看出，杜甫及其诗歌所具有的特征符合明代人科举考试的要求，再加上朱熹的大力褒扬，明代人热衷于杜诗也就顺理成章了，而且八股文讲究换字用韵、排比对偶、格律精严，而"思飘云物动，律中鬼神惊"（《敬赠郑谏议十韵》）的杜律已达到了炉火纯青、出神入化的境界，这就

① 明·方孝孺《逊志斋集》卷二十二，徐光大校点本，宁波出版社 2000 年版，第716 页—718 页。

② 明·方孝孺《逊志斋集》卷二十四，第 814 页。

可以解释明代杜律选本为什么大量盛行了。明代的士子是把杜诗，尤其是杜甫的律诗作为学习和模仿的对象，以此应对科举考试中对格律的严格要求。

二、刻书事业与图书流通

"明代是我国雕版印刷的黄金时代。刻书地区之广、规模之大、数量之多、内容之丰富、技术之精是任何朝代都无与伦比的。"[1]明代的图书事业承接宋代而更加兴盛，明代三大刻书系统——官刻、家刻和坊刻刻书比宋代更加繁盛，活字印刷、套版印刷在明代也很普及，而且当时发明了饾版、拱花等，将版画印刷技术推向了新的阶段。印刷术的普及和提高，对于明代图书的流传起到了极大的推动作用。

明代官刻杜诗及其普遍，周弘祖《古今书刻》著录了各府刻书情况[2]，现摘录如下，以见明代官刻杜诗之盛。

序号	地区	书名
1	内府	《杜诗》
2	工部、御制部	《杜诗集注》
3	顺天府	《杜律五言白文》
4	广平府	《杜诗类选》
5	苏州府	《杜诗》
6	常州府	《杜诗集注》《李杜白文》《杜律虞注》《读杜愚得》
7	徽州府	《杜诗白文》
8	徐州	《杜律虞注》
9	衢州府	《杜律虞注》
10	福建书坊	《杜律虞注》《杜律赵注》
11	湖广按察司	《杜诗》
12	武昌府	《杜诗范注》

[1] 曹之《中国古籍版本学》（第二版），武汉大学出版社 2007 年版，第 240 页。

[2] 冯惠民、李万建等选编《明代书目题跋丛刊》，书目文献出版社 1993 年版，第 1106—1129 页。

续表

序号	地区	书名
13	河南赵府	《杜诗选注》
14	河南府	《刘须溪批点杜诗》《杜律虞注》
15	山西布政司	《杜诗注解》
16	陕西凤翔府	《杜律》
17	四川布政司	《杜诗集注》
18	重庆府	《刘须溪批点杜诗》
19	雅州	《李杜千家诗》

以上除了福建书坊所刻为坊刻杜诗，其他均是明代官方刊刻杜诗的情况。刊刻的不仅有前代杜注本，还有本朝人注本；不仅有杜诗白文本，还有注释本；不仅有杜诗选本，还有李杜合选本，形式多样，数量可观。总的来说，所刻以杜律为主。上有所行，下必效之，官方的提倡必定使得杜诗的流传更加广泛。

明代家刻灿若群星，其中著名者如许宗鲁、张綖等都刻有杜集流传。许宗鲁（1490—1559 年），字东侯，一字伯诚，号少华，又称玄思道人、青霞道人，明咸宁（今陕西西安）人。正德十二年（1517 年）进士，著有《少华》《陵下》《辽海》《归田稿》等。宗鲁好刻书，刻有《国语解》《古文音释》《太白山人诗》《吕氏春秋训解》《少华山人诗集》《韵补》《尔雅》《六子书》等。又刻有《杜工部诗》八卷，嘉靖五年（1526 年）刻本，白文无注。今成都杜甫草堂博物馆藏有此刻残本，存一、六两卷，半叶 12 行，行二 22 字，白口单边，版心下有"净芳亭"三字①。张綖（1487—1543 年），字世文，高邮（今属江苏）人。正德八年（1513 年）年举人，著有《南湖诗集》《诗余图谱》《杜工部诗通》及《杜律本义》等，刻有《西昆酬唱集》《杜工部诗释》《淮海集》等。《杜诗释》，半叶 10 行，行 20 字，白口，四周单边。存一卷，藏国家图书馆②。

---

① 据张忠纲等《杜集叙录》，齐鲁书社 2008 年版，第 158 页。
② 可参看拙文《国家图书馆藏〈杜诗释〉残卷作者及其价值》，《文献》2013 年第 6 期。

另外值得一提的是江南的私人刻书。江南私人刻书较为兴盛，主要以浙江一带为中心，浙江则以吴兴最为繁盛。吴兴刻书的特点则是多色套印和多刻评点书，将评点和套印完美结合。吴兴刻书业的代表则推万历、天启年间的闵齐伋和凌濛初两家，世称两家所刻印的图书中，有闵氏序跋题记者为"闵刻本"，有凌氏序跋者称"凌刻本"。其中闵刻杜诗套印本多种①。闵齐伋刻有闵映璧集评的《杜诗选》八卷，为朱墨套印本。齐伋（1575—1657年），字绩武，号寓五，明吴兴（今浙江湖州）人。万历四十四年（1616年），闵齐伋刊印出吴兴第一部朱墨套印书籍《春秋左传》十五卷，之后又刻成了《檀弓》《考工记》各一册。翌年又刻成了朱、墨、黛三色套印的《孟子》二卷，为三色套印的最早刻家②。在杜诗方面则刻有三色套印本的《杜子美七言律》。闵映璧则刻有杨慎批选的《杜诗选》六卷，为朱墨套印本。这种印刷精美的套印本源于明中叶的文学评点，反过来对于评点的盛行也起到了一定的推动作用③。

第二节　文学环境与杜诗学理论

有明一代的文人在七子派"文必秦汉，诗必盛唐"等复古思想的影响下，大多将杜诗奉为圭臬，以杜诗作为学诗的规范和准则。王世贞云："国朝习杜者凡数家，华容孙宜得杜肉，东郡谢榛得杜貌，华州王维桢得杜一支，闽州郑善夫得杜骨，然就其中所得，亦近似耳。唯梦阳具体而微。"④

---

① 我国的套印术早在元至元年间已有发明，最初的套版是朱墨两色，现存最早的套印本是元末至元六年（1340年）湖北江陵资福寺所刻、无闻和尚注解的《金刚般若波罗蜜经》，经文为红色，注文为黑色。但当时套印术的应用并不广。直到明万历时，套印术才有了较大的发展。到晚明时期，用套印法印刷古籍已经被广泛采用，并有了五色套印的技术。

② 见赵红娟《五位著名闵刻刻书家考述》，载《江苏图书馆学报》2000年第5期。

③ 陈正宏认为套印技术的形成并未有效地促进评点的传播，可备一说。见其《套印与评点关系之再检讨》，载《文学遗产》2010年第6期。

④ 明·王世贞《艺苑卮言》卷六，《历代诗话续编》本，中华书局1983年版，第1050页。

对明代诗人学杜做了精当的总结。胡应麟也有类似论断，他说："国朝学杜，若袁景文、郑继之、熊士选，其表表者，要之所得声音相貌耳，又皆变调。惟李观察得其风神，王太常得其骨干，汪司马得其气格，吴参知得其体裁。李之高华，王之沈实，汪之整健，吴之雄深，皆杜正脉法门，学者所当服习也。"①指出了明代文人学杜的风尚及其不同结果。

在这股学杜潮流中，以前后七子领袖李梦阳和李攀龙最为成功。李梦阳平生最崇李白、杜甫，他曾说："唐之诗最李、杜。"②在诗歌主题的选取上，他有意模仿杜诗，如仿《秋兴八首》写成《秋怀八首》。在创作技巧上，李梦阳也深得杜诗章法之妙，如《明史·李梦阳传》云："华州王维桢以为七言律自杜甫以后，善用顿挫倒插之法，惟梦阳一人。"③李梦阳诗歌风格是雄浑悲壮，与杜甫诗沉郁顿挫的风格也有异曲同工之妙。因此，胡应麟评曰："短歌惟少陵《七歌》等篇，隽永深厚，且法律森然，极可宗尚。近献吉学之，置杜集不复辨，所当并观。"④许学夷《诗源辩体》也指出了李梦阳的学杜："虽学子美，而驰骋纵横实有过之……盖献吉斗山一代，实在歌行。"⑤如李梦阳的名作《林良画两脚鹰歌》中"戴角森森爪拳铁"略似杜甫《姜楚公画角鹰歌》的"楚公画鹰鹰带角，杀气森森到幽朔"，"迥如愁胡眦欲裂"略似杜甫《王兵马使二角鹰》的"目如愁胡视天地"，"草间妖鸟尽击死，万里晴空洒毛血"略似杜甫《画鹰》的"何当击凡鸟，毛血洒平芜"。由此可见他效仿杜甫而能灵活变化。虽然《明史》本传说他"得少陵、史迁之似，而失其真"，但也有学者以为其学杜已得杜诗真谛，如明徐缙就说："空同子诗众体兼长，浑厚沉着，格高调古，尤工七言古歌，辞开阖纵横，人不能述者，独摹写曲尽，雄健可喜，即错置杜甫、高适歌

---

① 明·胡应麟《诗薮》内编卷五，上海古籍出版社 1979 年版，第 103 页。
② 明·李梦阳《空同集·张生诗序》，影印文渊阁《四库全书》本。
③ 清·张廷玉等《明史》卷二百八十六《文苑二·李梦阳》，中华书局 1974 年版，第 7348 页。
④ 明·胡应麟《诗薮》内编卷三，上海古籍出版社 1979 年版，第 48—49 页。
⑤ 明·许学夷著，杜维沫校点《诗源辩体》后集纂要卷二，人民文学出版社 1987 年版，第 404 页。

行中，莫能辨也。"①

　　李攀龙七律创作的成功也是师法杜甫的结果。胡应麟说："于鳞七言律所以能奔走一代者，实源流《早朝》《秋兴》、李颀、祖咏等诗。大率句法得之老杜，篇法得之李颀。"②顾炎武亦有诗云："绝代诗题传子美，近朝文士数于鳞。"③其认为李攀龙学杜得其精髓。"李攀龙对杜诗的传承主要表现在：诗情上，以关心国事、关注民瘼为主要内容；诗境上，注重锤炼雄浑蕴涵之境；诗艺上，追求格律宛亮、工雅典丽，章法严整。"④可见李攀龙在诗歌上的成就和他善于学习杜诗有着密切的关系。

　　"七子派"的其他成员也都善于学杜，如何景明、王世贞等人都积极从杜诗中各取所需，从而丰富自己的诗歌创作，"宪章少陵，而所造各异，骎骎乎一代之盛矣"。⑤

　　除了在创作上学习杜诗，在理论上，明代还产生了一些重要的杜诗学观点，在当时及后世影响很大，现介绍如下。

一、关于杜诗"诗史"的争论

　　对于杜诗"诗史"的特质，明初文人也大多沿袭宋人关于杜诗善纪时事的含义。明初高棅在《唐诗品汇》中引《新唐书·杜甫传》中所说的话："（杜诗）又善陈时事，律切精深，至千言不少衰，世号诗史。"⑥在《留花门》一诗的注解中引范德机语："读此者可以鉴《春秋》书会戎、盟戎之义矣。谓子美诗为'诗史'，可不信哉！"⑦李东阳也曾多次提到"诗史"一

---

　　① 清·朱彝尊《明诗综》卷三十四引，清康熙四十四年刻本。

　　② 明·胡应麟《诗薮》续编卷二，上海古籍出版社 1979 年版，第 352 页。

　　③ 清·顾炎武著，王蘧常辑注，吴丕绩标校《顾亭林诗集汇注》，上海古籍出版社 1983 年版，第 584 页。

　　④ 蒋鹏举《评杜、选杜与学杜——明代李攀龙对杜诗的传承》，《青海社会科学》2008 年第 1 期。

　　⑤ 清·沈德潜著，霍松林校注《说诗晬语》卷下，人民出版社 1979 年版，第 238 页。

　　⑥ 明·高棅《唐诗品汇》，上海古籍出版社 1998 年版，第 100 页上。

　　⑦ 明·高棅《唐诗品汇》，上海古籍出版社 1998 年版，第 104 页下。

词。他在《答罗明仲草书歌》中说：“吾观少陵有诗史，看君之诗宛相似。包罗巨细成大家，上穷伏羲下元季。”①

明人也有对“诗史”观念提出异议的。如谢肇淛就说：“少陵以史为诗，已非风雅本色，然出于忧时悯俗，牢骚呻吟之声，犹不失《300 篇》遗意焉。至胡曾辈之咏史，直以史断为诗矣；李西涯之乐府，直以史断为乐矣。以史断为诗，读之不过呕哕；以史断为乐，何以合之管弦？野狐恶道，莫此为甚。”②他认为杜诗“诗史”非风雅本色。明人中尤以著名的诗论家杨慎对“诗史”的批评最为激烈。他说：

> 宋人以杜子美能以韵语纪时事，谓之“诗史”。鄙哉宋人之见，不足以论诗也。……后世之所谓史者，左记言，右记事，古之《尚书》《春秋》也。若诗者，其体其旨，与《易》《书》《春秋》判然矣。……杜诗之含蓄蕴藉者，盖亦多矣，宋人不能学之。至于直陈时事，类于讪讦，乃其下乘末脚，而宋人拾以为己宝，又撰出“诗史”二字以误后人。如诗可兼史，则《尚书》《春秋》可以并省。③

杨慎认为宋人“诗史”说的内涵等同于“以韵语纪时事”和“直陈时事，类于讪讦”，因此反对“诗史”这种说法。

王世贞不同意杨慎的观点，并提出了尖锐的批评：

> 杨用修驳宋人“诗史”之说，而讥少陵云：“诗刺淫乱，则曰‘雝雝鸣雁，旭日始旦’，不必曰‘慎莫近前丞相嗔’也；悯流民，则曰‘鸿雁于飞，哀鸣嗷嗷’，不必曰‘千家今有百家存’也；伤暴敛，则曰‘维南有箕，载翕其舌’，不必曰‘哀哀寡妇诛求尽’

---

① 明·李东阳《怀麓堂集》卷三，影印文渊阁《四库全书》本。
② 明·谢肇淛《小草斋诗话》卷二外编上，《明人诗话要籍汇编》本，复旦大学出版社 2017 年版，第 1185 页。
③ 明·杨慎《升庵诗话》卷十一，《历代诗话续编》本，中华书局 1983 年版，第 868 页。

也；叙饥荒，则曰'牂羊羵首，三星在罶'，不必曰'但有牙齿存，所堪骨髓干'也。"其言甚辩而核，然不知向所称皆兴比耳。诗固有赋，以述情切事为快，不尽含蓄也。语荒而曰"周余黎民，靡有孑遗"。劝乐而曰"宛其死矣，它人入室"。讥失仪而曰"人而无礼，胡不遄死"。怨谗而曰"豺虎不食，投畀有北"。若使出少陵口，不知用修何如贬剥也。且"慎莫近前丞相嗔"，乐府雅语，用修乌足知之。①

许学夷对杨慎的观点也表示了不同意见：

　　用修之论虽善，而未尽当。夫诗与史，其体、其旨，固不待辨而明矣。即杜之《石壕吏》《新安吏》《新婚别》《垂老别》《无家别》《哀王孙》《哀江头》等，虽若有意纪时事，而抑扬讽刺，悉合诗体，安得以史目之？至于含蓄蕴藉，虽子美所长，而感伤乱离、耳目所及，以述情切事为快，是亦变雅之类耳，不足为子美累也。②

胡应麟对杨慎也进行了批评："以杜为诗史，其说出孟棨《本事诗话》，非宋人也。若诗史二字所出，又本钟嵘'直举胸臆，非傍诗史'之言。盖亦未尝始于宋也。杨生平不喜宋人，但见诸说所载，则以为始于宋世，漫不更考。恐宋人有知，揶揄地下矣。明人卤莽至此。"③明人对"诗史"进行的争论，让人们开始认识到应正确理解和把握"诗"与"史"的关系，对后代"诗史"观念的演进和发展有着深刻的启发意义。

---

① 明·王世贞著，罗仲鼎校注《艺苑卮言》卷四，齐鲁书社1992年版，第183页。
② 明·许学夷著，杜维沫校点《诗源辩体》卷十九，人民文学出版社1987年版，第221页。
③ 明·胡应麟《少室山房笔丛》卷十九《续乙部·艺林学山一》，中华书局1958年版，第264页。

二、以"格调"论杜诗

李东阳是"格调"说的首倡者。他以"格调"论杜诗，认为："长篇中须有节奏，有操，有纵，有正，有变。若平铺稳布，虽多无益。唐诗类有委曲可喜之处，惟杜子美顿挫起伏，变化不测，可骇可愕，盖其音响与格律正相称，回视诸作，皆在下风。然学者不先得唐调，未可遽为杜学也。"①在《王城山人诗集序》中又说："其诗始规仿盛唐诸人，得宛转流丽之妙，晚独爱杜少陵，乃尽变其故格，益为清激悲壮之调。"②作为台阁重臣，李东阳主持文坛长达 30 余年，他的"格调"说对后来的诗论家影响深远。

李梦阳认为"宋人主理不主调"，反对宋诗，提出"盛唐格调"的概念，标举盛唐、尊崇杜甫。胡应麟也以杜甫诗之格调为楷模，云："盛唐一味秀丽雄浑。杜则精粗、巨细、巧拙、新陈、险易、浅深、浓淡、肥瘦，靡不毕具，参其格调，实与盛唐大别。其能会萃前人在此，滥觞后世亦在此，且言理近经，叙事兼史，尤诗家绝睹。其集不可不读，亦殊不易读。"③通过比较李杜，胡氏认为："李才高气逸而调雄，杜体大思精而格浑。超出唐人而不离唐人者，李也；不尽唐调而兼得唐调者，杜也。"④"太白笔力变化，极于歌行；少陵笔力变化，极于近体。李变化在调与词，杜变化在意与格。"⑤由此可见，相对于宋人主要从思想内容来肯定杜诗的成就，明人更多的是从诗歌的审美意象、审美风格和创作规律去评论杜诗。

三、对于"李杜优劣论"的评价

李杜优劣是中国诗史上聚讼千年的问题，自唐代开始，至宋、元、明、清，有关"李杜优劣论"的话题就一直不断。有"扬杜抑李论"，有"扬李抑杜论"，也有"李杜并重论"。纵观有明一代，三种论点并存。

明初刘定之沿袭宋元人的观点主要是"扬杜抑李"，云：

---

① 明·李东阳《麓堂诗话》，《历代诗话续编》本，中华书局 1983 年版，第 1373 页。
② 明·李东阳《怀麓堂集》卷二十二，影印文渊阁《四库全书》本。
③ 明·胡应麟《诗薮》内编卷四，上海古籍出版社 1979 年版，第 70 页。
④ 明·胡应麟《诗薮》内编卷四，上海古籍出版社 1979 年版，第 70 页。
⑤ 明·胡应麟《诗薮》内编卷四，上海古籍出版社 1979 年版，第 70 页。

以诗言,杜比迹与李;以文言,柳差肩于韩;而以人言,则杜韩阳淑,李柳阴慝,如冰炭异冷热,薰莸殊芳臭矣。子美当安史作难时,徒步从肃宗,其诗拳拳于君臣之义。太白于其时从永王璘,欲乘危割据江表,叛弃宗社,作《猛虎行》,……其辞意视禄山、思明反噬其主,比于刘项敌国相争,尚安知君臣之大伦欤!元稹谓太白不能窥子美藩篱,况其堂奥,得之矣。①

谢省《杜诗长古注解序》则是从杜甫的人格方面来扬杜抑李,其云:"以诗言之,固可以李、杜并称;若论其人,则太白岂子美之伦哉!观子美诗之所发,无非忠君忧民之心,经邦靖难之计,识见通明,议论高远。褒善刺恶,得《春秋》之体;扶正黜邪,合风雅之则,非它诗人模写物象,排比声韵,疏泄情思而已。昔人有谓其为灵丹一粒,光焰万丈者,有谓其残膏剩馥沾溉后人者,皆极称许其诗贯绝古今,而不论其人物之高迈也。"②

杨慎则是"扬李抑杜"说的代表。他在《升庵诗话》卷四中云:"今人谓李杜不可以优劣,此语亦太愦愦。"③"吴中四才子"之一的祝允明则完全是扬李抑杜之人。祝氏有《刺称诗不可以杜甫为冠,举李白应为唐诗之首》一文,力讨杜甫其人其诗。他说:"甫与唐室诸子,一伦耳,安得俪以前之哲,况掩而擅之耶!就其辈言之,亦有越之齐之不至之者。""诗当温而甫厉,尚柔而甫猛,宜敦而甫讦,务厚而甫露,乃是最不善诗,庆诗之教者。"在《刺诗死于宋》中说:"诗自唐以后,大厄于宋,始变终坏。""由变故以来,凡其自谓独尊杜而痛法之者,正是其失执而不回,且亦未尝果皆甫也。向令舍杜而他从,如太白等辈,虽不能及,犹唐遗韵也。"④其指

　　① 明·程敏政编《明文衡》卷五六《杂志(十条)》,影印文渊阁《四库全书》本。
　　② 转引自《中华大典》工作委员会编《中华大典·文学典》之"隋唐五代文学分典·杜甫",凤凰出版社 2000 年版,第 644 页上。
　　③ 明·杨慎《升庵诗话》卷四,《历代诗话续编》本,中华书局 1983 年版,第 717 页。
　　④ 明·祝允明《祝子罪知录》卷九,《四库全书存目丛书》本,齐鲁书社 1995 年版,第 737、738、739—740、739 页。

出后人宗杜，导致了"诗死于宋"的局面。此外，祝氏在其《烧书论》中，主张把那些"所谓杜甫诗评、注过誉者"全部烧掉①，可见他对学杜之风深恶痛绝。对于李白，祝氏则给予了高度的评价："太白才调清举，汉后群英，骈而铨之，与谪仙高居一等，不数公耳。于唐故当独步，非谓更无及者，他士不能体体皆善，不能篇篇悉美，不能句句字字尽嘉，而公能之。"②在《予李青莲》一文中，祝氏对比了李杜，云："其（太白）忠愤激烈，折骨涌飞血，什伯于甫，气盖且未论也。且必言于君邪妃宠，极盛难犯之际，祸萌未作之时，智勇二端，迥非众及，而甫特述于乱成之后，其心与识，相去亦远。学子见杜喋喋时事，便以为李忠义亚之，世所谓眼前三尺光也。"③其贬杜态度之激烈，批评之严厉，由此可见。

更多的学者持"李杜并重"论。王世贞云："李、杜光焰千古，人人知之。沧浪并极推尊，而不能致辨。元微之独重子美，宋人以为谈柄。近时杨用修为李左袒，轻俊之士，往往傅耳。要其所得，俱影响之间。五言古、选体及七言歌行，太白以气为主，以自然为宗，以俊逸高畅为贵；子美以意为主，以独造为宗，以奇拔沉雄为贵。"④胡应麟亦云："唐人才超一代者，李也；体兼一代者，杜也。李如星悬日揭，照耀太虚；杜若地负海涵，包罗万汇。李惟超出一代，故高华莫并，色相难求；杜惟兼总一代，故利钝杂陈，巨细咸畜。"⑤持论较为公允。这些代表了当时大多数人的意见。

明代众多的诗文流派，不管是以杜诗为圭臬模仿杜诗的，还是贬斥杜诗的，他们的观点都丰富了杜诗学的内容，扩大了人们的视野，对杜诗的评点提供了认识上的意义和价值。

---

① 明·祝允明著，孙宝点校《怀星堂集》卷十，西泠印社出版社 2012 年版，第 262 页。

② 明·祝允明《祝子罪知录》卷九，《四库全书存目丛书》本，齐鲁书社 1995 年版，第 738 页。

③ 明·祝允明《祝子罪知录》卷三，《四库全书存目丛书》本，齐鲁书社 1995 年版，第 664 页。

④ 明·王世贞注，罗仲鼎校注《艺苑卮言》卷四，齐鲁书社 1992 年版，第 165—166 页。

⑤ 明·胡应麟《诗薮》内编卷四，上海古籍出版社 1979 年版，第 70 页。

第二章

明代杜诗选录与评点的特点

通过对明代276年间60多种杜诗选本与评点的考察，我们可以发现[①]，在洪武至成化（1368—1487年）约120年左右的时间里，只出现了黄淮、范观的《杜诗三百篇注》，黄养正《杜诗风绪笺》和谢省《杜诗长古注解》等少数的杜诗选注本。这些注本大多沿袭宋元的杜诗学观点，选录不拘于一定的诗歌体裁和形式，但选本数量少，质量不高，对后世产生的影响不大。

弘治至隆庆（1488—1572年）约85年时间里，诗坛流派纷呈，在前七子"文必秦汉，诗必盛唐"的号召之下，复古主义思想笼罩诗坛，这段时期出现了大量的杜诗选注本和批点本。主要有：李梦阳《批杜诗》、李攀龙《评杜诗钞》、王世贞《批点杜工部集》、张孚敬《杜律训解》、赵大纲《杜诗测旨》、郑善夫《批点杜诗》、张綖《杜工部诗通》《杜诗本义》、杨慎

---

① 明代对于杜诗的选录和注释几乎是并行的，也出现了一些"白文无注本"，像陈如伦的《杜律》，卢世潅的《杜诗胥抄》等，有的是普及的目的，有的则带有"反穿凿"的意蕴，参看孙微《不笺一字是功臣——论明清杜诗学中的一种极端倾向》（孙微、王新芳《杜诗学研究论稿》，齐鲁书社2008年版，第64页）。另外，本文主要研究的是专门选录和评点杜诗的文献，其他唐诗选本中选评杜诗，如《唐诗品汇》《唐诗解》《唐诗归》《唐诗删》等只作为参考，不在本文的研究范围之内。关于"评点"，行文中也会出现诸如"批点"等词语，含义相同。特此说明。

《杜诗选》、黄光昇《杜律注解》、王维桢《杜诗七言颇解》、赵统《杜诗意注》和汪瑷《杜律五言补注》等。受前后七子诗学思潮的影响，这段时期出现的杜诗选本大多以杜律为主，也出现了一些杜诗批点本。

明代自万历以后，诗坛诗派林立，思想文化界也空前活跃，出现了一批以李贽为代表的异端思想家和文学理论家。人们认为复古主义尊古太盛，有剽窃之嫌疑，于是反复古主义思潮应运而生，受这一思潮影响产生的杜诗选本和批点本主要有：谢杰《杜律詹言》、林兆珂《杜诗抄述注》、郭正域《杜律选》、郝敬《批选杜工部诗》、杨德周《杜注水中盐》、卢世潅《杜诗胥抄》、汪慰《虞本杜律订注》、邵傅《杜律集解》、颜廷榘《杜诗意笺》等。这一时期的杜诗选注本承接着上一时段，虽也以杜律的选注为主，但在注解和批点的内容及方法上也有着细微的不同。

孙琴安考察了古代的唐诗选本，他认为历代的唐诗选本有 4 次高潮，其中第二次在明嘉靖、万历时期，"自李攀龙的《唐诗选》开始，至施重光等人的唐诗选本止，在这短短的一百年左右的时间里，就涌现出了百余种唐诗选本，超过了以往的任何一个时期"[①]。伴随着这次唐诗选本高潮的还有对于杜诗的选录与评点，那么，这些选注本和评点本有哪些特点？本节主要从三个方面来进行分析。

第一节　选录的形式和评点的内容

一、选录形式多样，以律诗为主

宋代集中于对杜诗全集的整理，主要在杜集的搜集、校勘、编年、注释等方面。元代出现了专门选录杜律的著作，如张性的《杜律演义》，托名虞集的《杜律虞注》，赵汸的《类注杜工部五言律诗》。明人承袭元人风气，大选杜律，进行注释、批点、解释、补注等工作。明代对于杜诗的选录，有古诗选本、五言律诗选本、七言律诗选本、五七言律诗合选本等形式，

---

① 孙琴安《唐诗选本提要·自序》，上海书店出版社 2005 年版。

但从总体上看以七言律诗选本为主。具体如下表所示：

选诗体裁	书名	总计
古诗选本	谢省《杜诗长古注解》	1
五言律诗选本	汪瑗《杜律五言补注》、黄乔栋《杜诗五律集解》	2
七言律诗选本	张綖《杜诗本义》、张孚敬《杜律训解》、王维桢《杜诗七言颇解》、赵大纲《杜诗测旨》、冯惟讷《杜律删注》、赵统《杜诗意注》、颜廷榘《杜律意笺》、陈与郊《杜诗律》、汪慰《虞本杜律订注》、郭正域《杜律选》、黄光昇《杜律注解》、谢杰《杜律詹言》、薛益《杜工部七言律诗分类集注》、沈岱《杜律七言注》、曾应翔《选杜律虞注》、邵宝《杜律抄本》、徐常吉《杜诗注》、过栋、邵勋《杜少陵七言分类》、程元初《杜律绪笺》、李国樑《杜诗七律注》、赵本学《注杜声律》、阙名《新刊杜工部七言律诗》	22
五七律合选本	陈如纶《杜律》、单复《杜律单注》、孙钅广《杜律》、范濂《杜诗选注》、邵傅《杜律集解》	5
诸体合选本	张綖《杜工部诗通》、王寅《杜工部诗选》、杨慎《杜诗选》、郝敬《批选杜工部诗》、周甸《杜诗会通》、林兆珂《杜诗钞述注》、闵映璧《杜诗选》、黄淮、范观《杜诗三百篇注》、卢世㴶《杜诗胥抄》、郑善夫《批点杜诗》、杨德周《注杜水中盐》、徐渭《批点杜工部集》	12
选诗体裁不详	李攀龙《评杜诗钞》、温纯《杜律一得》、钱贵《杜诗便览》、萧鸣凤《杜诗选注》、钟一元《杜律杂注》、徐楚《杜律解注》、龚方中《杜律注》、张光纪《杜律评解》、沃起凤《杜律解易》、黄润中《杜律注解》、黄中理《杜律集注》、宋咸《忘机杜诗选》、刘瑄《杜律心解》、龚道立《杜律心解》、凌氏刻《杜诗选》	15

　　备注：李梦阳《批杜诗》、王慎中《批点杜工部集》和王世贞《批点杜工部集》3种杜诗批点本选诗体裁不详，未予计算在内。

　　由上表可以看出：在明代60种杜诗选本中，七言律诗选本有22种，约占 37%，近 4 成。如果加上五言律诗和五七言律诗合选本以及选诗体裁不详中的以杜律命名的选本①，共有 39 种，那么律诗的比率约为 65%，占近 7 成的比率，由此可见明代人对于杜律选注的喜好。

二、评点内容要言不烦，多贬抑性批语

刘辰翁开创杜诗评点一派②，明人倡其风气，出现了 9 种杜诗评点本③，它们分别是：李梦阳《批杜诗》、郑善夫《批点杜诗》、杨慎《朱批杜诗》、王世贞《批点杜工部集》、徐渭《批点杜工部集》、孙鑛《杜律》、郭正域《批点杜工部七言律》、郝敬《批选杜工部诗》。从现存的评点本来看，明代杜诗评点的特征主要有以下几点。

首先，"宋人注诗均在句下，刘批皆在篇末，另以方框标'批'字，此为创格，句下多有批语，短或一字尽意，多也不过三言两语，圈点并用。这种形式被后代普遍接受，成为评点的标准格式"④。后代接受了刘辰翁开创的这种批点形式，但并未尊为"标准格式"而亦步亦趋。明代对杜诗的批点就多有不同。如刘氏批语多在篇末，明代往往多用眉批，或者在诗句旁边下批语，也没有任何标志性的"批"等字眼标出。明代的批点大多也

---

① 钱贵《杜诗便览》，又名《杜律便览》；萧鸣凤《杜诗选注》，又名《杜律选注》。二书主要选注杜律。

② 关于刘辰翁对诗歌的评点，历来褒贬不一，其中以清杨绍和评价最为公允。《楹书偶录集千家注批点杜工部集》摘引他的评价云："须溪评点虽未尽当，而足使灵悟处要自不乏，亦读杜诗者不容废也。"

③ 明代对于杜诗的评点，一般是选录与评点并行，有的在书名中直接标示出来，如郝敬《批选杜工部诗》，有的则是没有标示，如孙鑛《杜律》；有的是同书异名，但主要还是以批点为主，如杨慎《朱批杜诗》（又称《杜诗选》），郭正域《批点杜工部七言律》（又叫《杜律选》《杜子美七言律》）。另，关于明代评点杜诗的存佚及版本情况，李梦阳《批杜诗》和郑善夫《批点杜诗》已经散佚。郑善夫《批点杜诗》，明胡震亨《杜诗通》（清顺治七年朱茂时刻《李杜诗通》本）所录甚多，本文已经将其辑录出来，具体见下文。其他几种杜诗批点本都有传本流传，具体版本情况可参看郑庆笃等编《杜集书目提要》、周采泉《杜集书录》和张忠纲等编《杜集叙录》。

④ 周兴陆《刘辰翁诗歌评点的理论和实践》，载《华中师范大学学报（哲社版）》1996 年第 2 期。

有圈点，往往用"○""、"等符号将诗句、诗中的词语标出。有的还在诗句、词语的右边划一竖线，这也是和刘氏批点不同的地方。

其次，相较于宋代系统且鲜明地表现批家诗学观点的评点①，明代评点杜诗内容多以概括性语言为主，且往往以简单的肯定性或否定性词语概括。肯定性词语，如徐渭《批点杜工部集》中的"好""妙""自好""细读好"等②，郑善夫《批点杜诗》中的"好""纯好""朴得妙"等。否定性词语，如徐渭《批点杜工部集》中的"平""凡""平常""粗""凑"等，郑善夫《批点杜诗》中的"陋""陋俗""拙""无味""陋弱""不成语""大谬语"等，郭正域《批点杜工部七言律》中的"肥浊""嫩""浅"等。

最后，明代杜诗批点的内容虽然简短，但也善于运用一些批评套语。郭正域反复用同一个词语来批点，如"善叙事"出现了18次，"清空一气如话"出现了17次，"撰句"出现了14次，可见郭正域对于好诗、劣诗自有他自己的评价标准。徐渭在批点中善于运用特定的句式来批点。对于自己不甚理解之处的杜诗批点，他往往以"……何谓"的句式批点。如对《临邑舍弟书至苦雨黄河泛溢堤防之患簿领所忧因寄此诗用宽其意》一诗"燕南吹畎亩"一句中的"吹"字，徐渭不甚理解，于是批点到："'吹'何谓？"同样，对于《上韦左相二十韵》中的"感激时将晚，苍茫兴有神"一句，徐渭亦觉得难以理解，批点称此句"何谓？"而对于杜诗中瑕瑜互见之诗，徐渭则往往以"虽好……"的句式批之。如批《春日梓州登楼二首》之"行路难如此，登楼望欲迷"一首云"虽好，似有痕迹"；批《阆山歌》之"松浮欲尽不尽云，江动将崩未崩石"一句称"虽好，觉粗□"等。对于各首诗歌均较均匀的组诗批点，则喜用"全取……"句式褒扬之。如《前出塞九首》《后出塞五首》即是如此。

徐渭的批点本为现存名家批本的上乘，对其批语的统计可以了解明代

---

① 例如刘辰翁对于杜诗的评点就比较系统且表现了评家鲜明的诗学观，具体可参看邱旭《〈集千家注批点杜工部诗集〉研究》，2009 年西北师范大学硕士学位论文。

② 本文所举有关徐渭《批点杜工部集》例证及下文的表格，均来自曾绍皇《论徐渭的崇杜情结及其手批〈杜工部集〉》，载《杜甫研究学刊》2010 年第 1 期，特此说明。

批点杜诗的特色，详见下表。

	批语	出现次数	总计
褒扬性批语	妙	1	12
	好	1	
	亦自好	1	
	（……）自好	4	
	细读好	1	
	磊落	1	
	少	1	
	全取……	2	
贬抑性批语	平	2	24
	平平	3	
	无风韵	1	
	穉	1	
	平常	2	
	凡	5	
	学究气	1	
	塞	1	
	常	1	
	凡穉	1	
	粗	1	
	凑	1	
	亦欠精	1	
	亦欠洁秀	1	
	寨谬之语	1	
	亦重	1	

续表

	批语	出现次数	总计
中性批语	（……）何谓？	6	11
	似好亦似不好	1	
	虽好，……	2	
	……自然，可（却）……	2	

由上表可以看出，徐渭批杜喜欢采用简洁批语且多有重复等特征。同时也可以发现，在常用的 47 条批语中，有 24 条是贬抑性批语，约占总数的 51%，是褒扬性批语的 2 倍。如果将"中性批语"也看作是对杜诗的批评，那么，这种批评的比例则更大。其实，不光徐渭，郑善夫、郭正域等人的批语也呈现出批评多于褒扬的倾向。这种在杜诗学史上出现的以批点方式"贬杜"①的现象应该引起我们的关注，探讨其产生的原因和在当代以致对后世影响，对于我们理解和把握各个阶段、各个方面的杜诗学不无裨益。

第二节　选注的内容与注释的方法

明代对于杜诗的注释内容及方法不同于前代，体现出鲜明的"明代特色"，主要包含以下几点。

一、以"赋比兴"注杜诗

朱熹《诗集传》以"赋比兴"论诗，元明人受程朱理学的影响颇深，

---

① 有学者已经关注到了历代"贬杜"现象，如许德楠《论历代对杜诗的批评在文学史上的认识价值》，载《宁夏大学学报（人文社会科学版）》2003 年第 5 期，后收入《论诗史的地位及其他》（学苑出版社 2004 年版，第 134 页）；蒋寅《杜甫是伟大诗人吗：历代贬杜论的谱系》载《国学学刊》2009 年第 3 期。

因此在注释杜诗时也以"赋比兴"论诗。明章美中《杜工部五七言律诗序》曰:"读杜者容有以文害词,以词害意,而于少陵作诗之旨多或昧之。惟伯生、子常二注,最为鲜明。支分句解,挈旨探原,宛然朱子释《诗》家法。"①明王弼《杜诗长古注解序》:"杜诗之注,至千百家,若近代虞邵庵注杜律,实用文公注三百篇法。先训诂而后章旨,盖他家所不及。今先生之注,又用虞法而益精以核者也。"②都指出了元代虞集《杜律虞注》注释杜诗受朱熹注《诗》的影响。

明代第一部全集性的杜诗注本《读杜诗愚得》即以"赋比兴"注杜诗。在《自序》中,单复云:"余于暇日辄取杜子长短、古律诗,读每篇,必先考其出处之岁月,地理、时事,以著'诗史'之实录。次乃虚心玩味,以《三百篇》赋、比、兴例,分节段以详其作诗命意之由,及遣词用事之故。且于承接转换照应处,略为之说。"③在该书的凡例中,单复再次明确了该点,曰:"《愚得》于长短、古、律诗,仿朱子说《诗》《骚》《赋》、比、兴例分段以详作诗命意之由,及遣词用事之故,且于承接相照应处,略提掇其紧要字面。"可见,单复注释杜诗,主要是仿照朱熹注《诗》《骚》的体例,在注释杜诗时给每首诗标以"赋也""比也""兴也",或"赋而比也""兴兼赋也"等语,并给诗歌分章节,阐述诗意。此例一开,后来的杜诗选本和评点本就承袭了这种注释的方式,往往也用"赋比兴"的方式去注释或阐释杜诗。如王维桢《杜律颇解》、张綖《杜工部诗通》、颜廷榘《杜律意笺》等都采用了这种方式。

但是以"赋比兴"注释杜诗,遭到了以四库馆臣为代表的清人的批评,四库馆臣在评价单复《读杜诗愚得》时说:"至每篇仿《诗传》之例,注'兴也''赋也''比也'字,尤多所牵合矣。"④所论不无道理。即使如此,

---

① 转引自周采泉《杜集书录》内编卷六,上海古籍出版社1986年版,第295页。

② 转引自周采泉《杜集书录》内编卷六,上海古籍出版社1986年版,第299页。

③ 明·单复《读杜诗愚得》,《四库全书存目丛书》本,齐鲁书社1997年版,第4页,下引同。

④ 清·纪昀等《钦定四库全书总目·集部·别集类存目一》(整理本),中华书局1997年版,第2356页。

直到清代，以"赋比兴"注释杜诗还有一定的影响，比如清代仇兆鳌所著《杜诗详注》，在注释杜诗时依然采用此法，于此可见以"赋比兴"注释杜诗的深远影响。

二、注重结构分析和大意阐释

关于杜诗分章、分段，仇兆鳌指出他对杜诗的分章、分段主要取法朱熹《诗集传》对诗经的分法①。其实，明代深受朱熹思想的影响，在诗歌注释方面已经表现出受朱熹注《诗》的迹象。明代对于杜诗的分节，最有名的属张綖的《杜工部诗通》②。例如杜甫的名作《兵车行》，在注释完诗中的字词后，张綖对该诗进行了分节，云：

> 此因明皇用民开边，民苦于行役而作。"车辚辚"至"干云霄"七句为一节，言点民为兵，送别悲楚之状。"道旁"至"犬与鸡"十四句为第二节，言明皇黩兵不已，致民久役于外，生业俱废，此行役所以可悲者也。"长者"至"百草"十句为第三节，申说上节之意，征役不休而税敛复急，民皆无以聊生也。"君不见"至篇末四句，则言前后没边之鬼含冤号哭于远地阴雨之野，以极其痛楚焉。

张氏将全诗分作四节，并概括各节大意。这样对于初学者理解杜诗很有助益。又如《洗兵马》，张綖曰："凡四节，每节十二句一换韵。首节言

---

① 清·仇兆鳌注《杜诗详注·凡例》（中华书局 1979 年版，第 22 页）之"杜诗分章""杜诗分段"，分别为："杜诗分章。古诗先有诗而后有题，朱子作《集传》，每篇各标诗柄，乃酌小序而为之。杜诗先有题而后有诗，即不须再标诗柄矣。唯一题而并列三五首，或多至一二十首者，每首各拈大旨，又有题属托物寓言，亦须提明本意，仿《集传》例也。""杜诗分段。《诗经》古注，分章分句。朱子《集传》亦踵其例。杜诗古律长篇，每段分界处，自有天然起伏，其前后句数，必多寡匀称，详略相应。分类千家本，则逐句细断，文气不贯。编年千家本，则全篇浑列，眉目未清。兹集于长篇既分段落，而结尾则总拈各段句数，以见制格之整严，仿《诗传》某章章几句例也。"

② 明·张綖《杜工部诗通》，《杜诗丛刊》本，台湾大通书局 1974 年版，下引同。

山东、河南俱已收复，惟邺城未下，亦当不日而得，皆由独任朔方之兵成此大功也。……二节言委用得人，诸贤效力，故能拨乱反治，君子不复思隐，小民亦得安生。两君次第回宫，复睹父子之乐。三节言封赏功臣颇多幸得，亦惟内修又有其人，故寇盗不敢复起而成此中兴之治也。四节言率土既平，诸祥必至，黎献共臣，词人制颂，农民安业皆望雨泽以及时耕种。复祝攻邺军士早归以慰其室家之思。"亦是在分章节的基础上阐释大意。

张綖对杜诗的分节，有的采用的是元代范椁的分节方法，有时也提出了不同意见。例如《送从弟亚赴安西判官》："南风作秋声，杀气薄炎炽。盛夏鹰隼击，时危异人至。令弟草中来，苍然请论事。〇诏书引上殿，奋舌动天意。兵法五十家，尔腹为箧笥。应对如转丸，疏通略文字。经纶皆新语，足以正神器。宗庙尚为灰，君臣俱下泪。崆峒地无轴，青海天轩轾。西极最疮痏，连山暗烽燧。〇帝曰大布衣，藉卿佐元帅。坐看清流沙，所以子奉使。归当再前席，适远非历试。须存武威郡，为画长久利。〇孤峰石戴驿，快马金缠辔。黄羊饫不膻，芦酒多还醉。踊跃常人情，惨澹苦士志。安边敌何有，反正计始遂。吾闻驾鼓车，不合用骐骥。龙吟回其头，夹辅待所致。"范德机将此诗分作四节，诗中标"〇"者即是，张綖认为范氏分节不确，当分五节，云："此诗范分为四节，愚意当分为五节。第一节'时危异人至'一句是一篇之柱，上三句言时危，下二句言异人至。第二节'诏书'至'神器'见异人之实。'宗庙'至'烽燧'见时危之实。第三节言上命为安西判官之意，以此地最急且重，非轻用也，所以见时危用异人意。第四节期杜亚安边，反正方为异人，勿似常人踊跃。安西享用之美而已，安边以佐元帅。……末四句为第五节，言异人当有异用，见恶不当为判官，姑用以安边耳。"仇兆鳌《杜诗详注》所分大致相同。

和宋人注重杜诗史实的挖掘和字词的训诂不同，明人更侧重于对杜诗内容大意的阐释。四库馆臣谓张綖《杜工部诗通》"每首先明训诂名物，后诠作意"，谓颜廷榘《杜律意笺》"先用疏释，次加证引"①。邵傅的《杜律

---

① 清·纪昀等《钦定四库全书总目·集部·别集类存目一》（整理本），中华书局1997 年版，第 2357 页。

集解》①名为"集"，其实质仍在"解"，亦即阐释诗意。邵氏《凡例》云："杜公诗中引用典故、山川、名物，集中撮要注释，盖意在发明诗旨耳。若一一举之，不惟难偏且纷。诗义博雅，君子当自类推。"可见邵氏此书意在发明诗旨，因此他注典故史实撮要简录。如《赠献纳起居田舍人澄》："舍人退食收封事，宫女开函捧御筵。晓漏追趋青琐闼，晴窗点检白云篇。"《集解》曰："四句言其地清切，而司献纳也妆封事付之宫女，使开函御前乃得退食。晓漏会朝，即入侍左右。窗者，舍人之窗。白云篇，不必有所指，所包者广。或谓山林草茅之言，似凿。"而赵大纲的《杜律测旨》②更是注文甚简洁，不注典故出处，只简释诗意。如《玉台观》一诗云："中天积翠玉台遥，上帝高居绛节朝。遂有冯夷来击鼓，始知嬴女善吹箫。江光隐见鼋鼍窟，石势参差乌鹊桥。更肯红颜生羽翼，便应黄发老渔樵。"此诗语词复杂，典故较多，而赵大纲《杜律测旨》注释云："中天积翠，言其山之高也。绛节者，朝上帝之仪也。冯夷得水仙为河伯。《洛神赋》'冯夷鸣鼓'。嬴女，秦穆公女，名弄玉，妻萧史，能吹箫引凤凰至。'乌鹊桥'，乌鹊填河成桥，渡织女以会牵牛者也。"解释极为简约。

三、"以意逆志"方法的运用

"以意逆志"一词，最早见于《孟子·万章上》，其云："故说诗者，不以文害辞，不以辞害志，以意逆志，是为得之。"③孟子提出"以意逆志"的文学观在后世成为一种重要的文学批评方法。但是后人对孟子"以意逆志"说产生了不同的理解，主要集中在"意"与"志"的关系上，究竟是"以读者之意"去逆作者之志？还是"以作者之意"去逆作者之志？学界目前的看法④，大多认同汉代经学家赵岐《孟子注疏》云："以己之意逆诗人

---

　　① 明·邵傅《杜律集解》，万历十六年刻本，下引同。

　　② 以下引文及例子均转引自綦维《赵大纲及其〈杜律测旨〉》，《齐鲁学刊》2006 年第 5 期。

　　③ 阮元校刻《十三经注疏》之《孟子注疏》卷九，中华书局 1991 年版，第 2735 页。

　　④ 历来学界对"以意逆志"说上述两种论点的争议内容，可参邬国平《中国古代接受文学与理论》，黑龙江人民出版社 2005 年版，第 29—33 页；张浩文《"以意逆志"的现代重构》，《新东方》1996 年第 6 期；沈淑芳《论文学批评的主体性原则——孟子"以意逆志"说的现代诠释》，《海南师院学报》1994 年第 3 期。

之志"①，及宋代朱熹《四书章句集注》所云："言说诗之法，不可以一字而害一句之义，不可以一句而害设辞之志，当以己意迎取作者之志，乃可得之。"②即将"意"视为读者之意，认为读者在鉴赏或评论文学作品时，必须着眼于作品全篇的诗意，以追索诗人的写作意图，反对割裂辞句或拘泥于字面意义去解说诗旨③。

关于"以意逆志"说在杜诗学上的意义，孙微在《清代杜诗学史》中已经指出："清代杜诗学的重点已经发生转移，即从宋、元、明三代释杜的基础上，强调运用'以意逆志'的方法，进行杜诗整体诗意的阐发。与之相适应，清代的注杜多标榜以'阐''意'乃至'论文'，表现出开拓的新趋势，即由传统的重'笺注'转为着重诠释诗意。"④台湾学者陈美朱则认为"以意逆志"说在清初的杜诗评注本中体现得更为突出，"因为引文中的'阐''意''论文'，分别指卢元昌（1616—1693 年）《杜诗阐》、陈式（1613—？年）《杜意》与吴见思（1622？—1685 年）《杜诗论文》，都是顺治、康熙时期的著作"⑤，而且真正比较集中体现出清代评点热点气氛的两家评本——刘濬的《杜诗集评》和卢坤五色批本《杜工部集》虽著于嘉庆年间，但书中所汇集的评家⑥，都是清初顺、康时期的文人。

其实，如果对明代杜诗注本和批点本做一番考查，我们会发现，"以意逆志"的方法从明代开始已经被当时的学者广泛运用。

首先，从明代杜诗选本和批点本的名称可以看出，相对于宋人往往以

---

① 阮元校刻《十三经注疏》之《孟子注疏》卷九，中华书局 1991 年版，第 2735 页。

② 宋·朱熹《四书章句集注》，中华书局 1983 年版，第 306—307 页。

③ 由于"以意逆志"说涉及读者接受与诠释层面，因而接受美学、文学诠释学等相关论著，如邓新华《中国古代接受诗学》，武汉出版社 2000 年版；朱立元《接受美学导论》，安徽教育出版社 2004 年版；金元浦《接受反应文论》，山东教育出版社 1998 年版；李建盛《文学诠释学》上海译文出版社 2002 年版，皆有可资参考之处。

④ 孙微《清代杜诗学史》，齐鲁书社 2004 年版，第 82—83 页。

⑤ 陈美朱《"以意逆志"说在清初杜诗评注本中的实践》，载《成大中文学报》第十五期，2006 年 12 月，第 57—88 页。

⑥ 主要有：王士禛（1634—1711 年）、宋荦（1634—1713 年）、邵长蘅（1637—1704 年）、王士禄（1626—1673 年）、朱彝尊（1629—1709 年）、申涵光（1619—1677 年）、李因笃（1631—1692 年）、潘耒（？—？年）、吴农祥（1632—1708 年）、许昂霄（？—？年）、查慎行（1650—1727 年）等人。

"注""集注""笺注"等命名①，明人更多地采用"解""心解""训解""颇解""通""测旨""意笺""会通"等命题。明末王嗣奭的杜诗注本直接命名为《杜臆》，在《杜臆原始》中则告诉读者命名的原因，即："草成而命名曰臆，臆者，意也。'以意逆志'，孟子读诗法也。诵其诗，论其事，而逆以意，向来积疑，多所披豁，前人谬迷，多所驳正，恨不起少陵于九京而问之。"②

其次，我们还可以从各个注本的序跋中找到例证。杨祐《刻杜律单注序》云："元和以降，学律诗者，靡不以甫为宗。刘辰翁、虞集、赵汸之徒，无虑百家，各以所见，为甫注释，甲可乙否，莫由适从。国初刻单复氏参伍错综，以意逆志，撰《读杜愚得》凡若干言，独为集大成云。"③张孚敬《杜律训解·再识》明确提到孟子的"以意逆志"，云："夫生于千百载之下，而欲得作者之志于千百载之上，不亦难哉。唯孟轲氏有曰：'以意逆志，是为得之。'愚觉旧释过赘，遂大削之，能者观焉，则又不如尽削也。"④认为用孟子的"以意逆志"说来注释杜诗是可行的。陈如纶反对用"以意逆志"之法注释杜诗，因此删削诸注，只存白文，刻《杜律》八卷⑤，这从反面证

---

① 宋代比较重要的杜诗注本，如郭知达《九家集注杜诗》，蔡梦弼《杜工部草堂诗笺》等都以"注""笺注"来命名，只有赵次公《新定杜工部古近体诗先后并解》以"解"命名，在注释时虽然也注重诗歌的艺术特色（见武国权《论赵次公杜诗解释重视艺术性的特点》，载《杜甫研究学刊》2006年第4期，后收入郝润华师编著《杜诗学与杜诗学文献》，齐鲁书社2010年版，第75页），但总体来说，主要还是注重对杜诗的名物、制度和典章地理等方面的注释。

② 明·王嗣奭《杜臆》，上海古籍出版社1983年版。

③ 转引自周采泉《杜集书录》内编卷六，上海古籍出版社1986年版，第312页。

④ 均转引自周采泉《杜集书录》内编卷六，上海古籍出版社1986年版，第307—308页。

⑤ 陈如纶《杜律序》曰："杜少陵诗足嗣风雅正声响，凡注家谓其句有攸据，意有攸寓，旁质曲证，匪泛即凿，俾读者心目徽缠，莫了了也。然杜虽思闲而绪密，语迩而旨函，所以言旨者唯此理耳。以意逆志，以我观理，则人己同题，古今一揆，随其所见各有得矣，讵资注。乃因《杜律》虞赵本钞得五言二百四十章，七言一百五十章，厥注皆削焉。於乎！天下之学散于注诂，岂唯杜哉！岂唯杜哉！予懵亦罔敢议也。"（转引自周采泉《杜集书录》内编卷六，上海古籍出版社1986年版，第306页）

明了当时以"以意逆志"之法注释杜诗的盛行。赵大纲《〈杜律测旨〉引》云："春台子曰：《杜律测旨》者，测其旨意之大略如此也。少陵诗绪密思深，意在言表，而或以字句牵合附会者，失之矣。昔孟子论读诗之法：'以意逆志，是为得之。'余不能诗，又不自量，于读律之余，辄取前人训解，断以己意，僭为《测旨》。呜呼！以蠡测海，能尽其深乎？而无言神悟，固自有大方家也。若乃证事释文，前人似备，余复不能博云。"自谓《测旨》一书乃本孟子"以意逆志"解诗法测杜诗大略之旨意，重在探求杜诗之深思密绪。朱运昌在给颜廷榘《杜律意笺》所写的《序》中也有同样的说法。朱氏说："范卿（颜廷榘）愤诸注之讹舛，另注杜律七言，名之曰'意笺'。疏释详明，考据精确，不钩深，不率意，尽洗浅凿之弊，一尊子舆氏'以意逆志'之旨，精研所极，往往独诣。"可见，明代人在阐释杜诗的过程中已经开始有意识地运用"以意逆志"的方法来注释、阐释杜诗[①]。前人的探索在前，才有了明末主要以"以意逆志"的方法阐释杜诗的名著——王嗣奭的《杜臆》，也才有了清初众多踵武明代以"以意逆志"方法注杜、解杜的注本和评点本[②]。

后人认为明代学术空疏，对明代杜诗注本不予重视，加之明代在杜诗学史上的地位不如清代那样显盛，没有出现特别有名的杜诗全集性注本，又因为明代杜诗注本多散佚不存，导致后人只看到清人在注杜方法上的创新，从而抹杀了明人在杜诗学史的功绩和贡献，对明人来说，这是极其不公正的评价。

---

① 明人"以意逆志"方法在阐释杜诗上的运用，还可以在具体阐释杜诗的过程中看出，参看该书第四章第三节《颜廷榘及其〈杜律意笺〉》，此不赘述。

② 清初诗评家自言评注杜诗"唯以我之意逆杜之志"（黄生《杜诗说十二卷·杜诗概说一卷》，清康熙三十五年一木堂刻本，见《四库全书存目丛书》集部五，齐鲁书社1997年版）、"发其言中之意，意中之言，使当季幽衷苦调，曲传纸上"（卢元昌《杜诗阐·自序》，台湾大通书局1974年版）、"庶几得作者苦心于千百年之上"（仇兆鳌《杜诗详注·杜诗凡例》，中华书局1979年版）、"摄吾之心印杜之心"（浦起龙《读杜心解·发凡》，中华书局2000年版），和明人有相同之处。

第三节　其他方面

一、对宋元杜诗学的继承和发展

　　首先，从形式上来说，宋代在杜诗的分体、分类、编年等方面已经齐备，从流传下来的宋代九种杜诗注本我们可以看出①。分体本如郭知达《九家集注杜诗》三十六卷和黄希、黄鹤父子的《黄氏补千家集注杜工部诗史》三十六卷。分类本如《分门增广集注杜诗》《门类增广十注杜诗》和《分门集注杜工部诗》。编年本如托名王状元的《王状元集百家注编年杜陵诗史》和蔡梦弼的《草堂诗笺》。降及金、元、明、清各个朝代，杜诗的版本均从这三大系统变化而出。元代注杜诗全集者不多②，流传下来的也不存其一。元代主要以选本为主，其中最有名的就是托名虞集《杜律虞注》和赵汸《类注杜工部五言律诗》。《杜律虞注》版本系统较复杂，有编年体、有分类体；《类注杜工部五言律诗》则以分类编次。明代不论是全集注本还是选本、批点本，也大多沿袭宋、元人的体例。全集性注本如单复的《读杜诗愚得》十八卷就是以千家注为底本的编年体。张綖的《杜工部诗通》是在元代范梈《杜工部诗范德机批选》基础之上的深加工。张綖认为范氏的批选过于简略，且编年尤其简单，因此，张氏在增加范氏所选杜诗311首的基础上增加30余首，着重在编年方面对杜诗进行了次序的调整和考证，同时注释

---

　　① 它们分别是：《宋本杜工部集》《草堂先生杜工部诗》（残本）两种白文无注本；《分门增广集注杜诗》（残本）、《门类增广十注杜诗》（残本）、《九家集注杜诗》《王状元集百家注编年杜陵诗史》《分门集注杜工部诗》《草堂诗笺》和《黄氏补千家集注杜工部诗史》七种集注本。

　　② 周采泉《杜集书录》收录二部元代全集性注本，分别为：申屠致远《杜诗纂例》十卷，俞浙《杜诗举隅》。根据卷数和虞集《序》谓"取一篇一联一句一字可以类相从者，录之以为纂例"，及《序》中所言的苏轼的"八面受敌读书法"，申屠氏该书似乎不当为全集性注本，当为分类的选注本或札记。仇兆鳌《杜诗详注·凡例》云："元时全注杜诗者，则有俞浙之《举隅》。"从反面亦可证申屠氏之《纂例》不是全集性注本。关于《杜诗举隅》，俞氏为宋遗民，但《举隅》成书于元代，《杜集书录》《杜集书目提要》《杜集叙录》等将其列入元代。因此，从严格意义上说，元代并没有杜诗全集性注本。

也更加详细。许宗鲁编、陈如纶同辑的《杜工部诗》8 卷，白文无注，分门类，但与宋人所分门类又略有不同。如《解闷诗》原为 12 首，该书以 5 首入"果实门"，2 首入"绝句"①。这些都体现了明人对于前代杜诗学在继承中的发展。

其次，从底本的选择看，明人或翻印前代比较有名的杜诗注本，或以前代注本为依据，进行注释、增补的工作。其中，明代人翻印元代《杜律虞注》的版本最多。周采泉《杜集书录》著录明代刻印该书的版本 10 种，并感叹："周弘祖《古今书刻》统计各府、院、行省，有明一代所刻杜集凡 24 种，而《杜律虞注》，竟居六分之一，名称杂乱，不复胪列。"②明代人喜好选注杜律，这种现象和翻刻《杜律虞注》的数量之多不无关系。同时，对刘辰翁批点杜诗本的翻刻也刺激了明代批点本的盛行③。以前代注本为依据进行注释或增补工作的，如张綖的《杜工部诗通》依据的底本是范梈的《杜工部诗范德机批选》，张孚敬《杜律训解》则以张性的《杜律演义》为蓝本。

再次，对"伪虞注"的批判。明人已经注意到《杜律虞注》的真伪问题，在刻印时往往在序或跋中指明。董玘《鲍刻赵子常〈选杜律五言序〉》："此编出山东赵子常氏，独取杜五言律分类附注，诗家谓可与《七言律虞注》并传，而未有梓之者，近始梓于鲍氏。然余曾闻长老先生言：虞注亦后人依托为之者，非伯生自注。"④他指出《杜律虞注》作者不是虞集。汪慰《虞本杜律订注》出自伪虞注，并对该书有所订正。颜廷榘《杜律意笺》在笺注杜诗时对虞注的注释也发表了不同的意见。

另外，在笺释杜诗的方法上，宋人注释杜诗主要采用"知人论世""以杜证杜"等方法，明人不仅继承了宋人这些方法，又采用"以意逆志"等方法笺注、阐释杜诗，在方法论上又进了一步。

---

① 周采泉《杜集书录》内编卷六，上海古籍出版社 1986 年版，第 305 页。
② 周采泉《杜集书录》内编卷六，上海古籍出版社 1986 年版，第 279 页。
③ 具体版本可参看周采泉《杜集书录》第 96 页"须溪批点选注杜工部诗二十四卷"条和第 100 页"集千家注批点杜工部诗集"条。
④ 转引自周采泉《杜集书录》内编卷六，上海古籍出版社 1986 年版，第 291—292 页。

二、选批者呈现出明显的地域性

孙琴安《唐诗选本提要》考察了产生唐诗选本的地理环境,他发现:古代的唐诗选本一般都比较集中在山东、江苏、上海、浙江等几个省市,其次是福建、广东、湖北、江西、安徽等;并分析了4点原因:一是政治、文化中心的转移;二是地理环境的差别;三是诗坛盟主的影响;四是地方传统的沿袭。①明代的杜诗选本和唐诗选本一样也存在着交集的部分。如果对明代选杜作者的籍贯做了统计就可发现,明代杜诗的选录与评点呈现出明显的地域性特征,主要集中在江浙地区和福建、安徽等地,详见下表。

书名	编著者	编著者籍贯
《杜律单注》	单复	剡源(今浙江嵊州)人
《杜诗三百篇注》	范观	乐清(今属浙江)人
《杜诗长古注解》	谢省	黄岩(今属浙江)人
《杜律抄》	邵宝	无锡(今属江苏)人
《杜少陵七律分类》	过栋、邵勋	无锡(今属江苏)人
《杜律训解》	张孚敬	永嘉(今属浙江)人
《杜律选注》	萧鸣凤	山阴(今浙江绍兴)人
《批点杜诗》	郑善夫	闽县(今福建闽侯)人
《杜工部诗通》	张綖	高邮(今属江苏)人
《杜律本义》	张綖	
《杜诗选》	杨慎	新都(今属四川)人
《杜诗选》	闵映璧	吴兴(今浙江湖州)人
《杜律心解》	刘瑄	太仓(今属江苏)人
《杜工部诗选》	王寅	歙县(今属安徽)人
《杜律解》	徐楚	严州淳安(今属浙江)人

---

① 见孙琴安《唐诗选本提要·自序》,上海书店出版社 2005 年版。

书名	编著者	编著者籍贯
《杜律》	陈如纶	太仓（今属江苏）人
《杜律注解》	黄光昇	晋江（今属福建）人
《杜律七言五言注》	韦杰	建平（今安徽郎溪）人
《杜律颇解》	王维桢	华州（今陕西华县）人
《杜律意注》	赵统	临潼（今属陕西西安）人
《杜律七言注》	沈呇	吴江（今江苏苏州）人
《杜律五言补注》	汪瑗	新安（今安徽歙县）人
《杜律删注》	冯惟讷	临朐（今属山东）人
《杜诗会通》	周甸	海宁（今属浙江）人
《杜律测旨》	赵大纲	滨州（今属山东）人
《杜律意笺》	颜廷榘	永春（今属福建）人
《杜律杂著》	钟一元	秀水（今属浙江）人
《杜诗注》	赵建郁	晋江（今属福建）人
《选杜律虞注》	曾应翔	南丰（今属江西）人
《杜诗五律集解》	黄乔栋	晋江（今属福建）人
《杜诗选注》	苏希栻	南安（今属福建）人
《杜律一得》	温纯	三原（今属陕西）人
《杜律选注》	范濂	松江华亭（今属上海）人
《杜律》	孙钌	余姚（今属浙江）人
《杜律詹言》	谢杰	长乐（今属福建）人
《杜律注评》	陈与郊	海宁（今属浙江）人
《杜诗抄述注》	林兆珂	莆田（今福建莆田）人
《杜七言律注》	徐常吉	武进（今属江苏）人
《批点杜工部七言律》	郭正域	江夏（今湖北武汉）人

书名	编著者	编著者籍贯
《杜律心解》	龚道立	武进（今属江苏）人
《批选杜工部诗》	郝敬	京山（今属湖北）人
《杜诗厄言》	郑明选	归安（今属浙江）人
《杜律评解》	张光纪	河间（今属河北）人
《杜注水中盐》	杨德周	鄞县（今属浙江）人
《杜诗胥抄》	卢世㴶	德州（今属山东）人
《虞本杜律订注》	汪慰	新安（今安徽歙县）人
《杜律解》	龚方中	嘉定（今属上海）人
《杜工部七言律诗分《类集注》	薛益	长洲（今江苏苏州）人
《杜律集解》	邵傅	三山（今福建侯官）人
《忘机杜诗选》	宋咸	平湖（今属浙江）人
《杜律注解》	黄润中	晋江（今属福建）人
《杜律解易》	沃起凤	山阳（今属安徽）人
《杜律集注》	黄中理	济宁（今属山东）人
《批杜诗》	李梦阳	庆阳（今甘肃庆阳）人
《批点杜工部集》	王慎中	永嘉（今属浙江）人
《批点杜工部集》	王世贞	太仓（今属江苏）人
《批点杜工部集》	徐渭	山阴（今浙江绍兴）人
《杜诗便览》	钱贵	长洲（今江苏苏州）人

在以上的杜诗选本中，浙江籍选家有 16 家，江苏籍 13 家（含上海 2 家），福建籍 10 家。出现这种现象，除了以上孙著中提到的四点原因之外，也和当地的文学传统及历代刻书事业也有很大的关系。

据统计，元、明、清三代中，浙江一省的文学家占全国总数的五分之一①。这种喜好文学的风尚必将影响到对前代文学作品，尤其是诗歌的模

① 万斌主编《浙江文化名人传记丛书·总序》，浙江人民出版社 2006 年版。

仿。因为只有模仿前人优秀的作品，才能在继承之中有所发展，从而形成自己独特的风格特点。因此，通过对杜诗的选注和评点，经过细心地揣摩和学习，掌握了作诗的法门，自然而然地就可以进行创作了。再者，以上地区也有注释评论杜诗的传统。如《杜工部草堂诗笺》的作者蔡梦弼是宋代建安人，即今福建建瓯人；《杜工部诗年谱》的作者鲁訔是宋代嘉兴人，即今浙江人；《诸家老杜诗评》的作者方深道是宋代兴华人，即今福建莆田人。这种注释评论杜诗的传统也代代相传、历久弥盛。

浙江、福建是我国古代的刻书中心，繁盛的刻书事业对于杜集的刊刻和流布也起到了刺激的作用。叶梦得《石林燕语》曾谈道："今天下印书，以杭州为上，蜀本次之，福建最下。京师比岁印板，殆不减杭州，但纸不佳；蜀与福建多以柔木刻之，取其易成而速售，故不能工；福建本几遍天下，正以其易成故也。"①可见，浙江地区印本质量之好。福建刻书虽质量不好，但成书快，销售好，遍布天下，甚至远销海外。南宋熊禾为书坊（属于建阳地区）的同文书院重建开张时所写的《建同文书院上梁文》可作例证：

> 儿郎伟，抛梁东，书籍高丽日本通。……儿郎伟，抛梁北，万里车书通上国。②

到了明朝，随着工商业的起步，雕版印刷出版事业更加兴盛。尤其是嘉靖、万历时期，刻书事业空前繁荣，刻书重心由官府转入私家，刻书中心转入新的经济发达地区。谢肇淛《五杂俎》说："宋时刻本以杭州为上，蜀本最次，建本最下。今杭本不足称矣，金陵、新安、吴兴三地剞劂之精者，不下宋版。"③胡应麟《少室山房笔丛》也说："余所见当今刻本，苏常为上，金陵次之，杭又次之，近湖刻、歙刻骤精，遂与苏常争价。"④这些地区刻书事业的发达，也刺激了图书的刻印和流通。

这些杜诗的选家和评家受到以上几个方面的影响，喜欢选注和评点杜诗，形成了明显的地域特征，进而也推动了杜诗学的进一步发展。

---

① 宋·叶梦得撰，宇文绍奕考异《石林燕语》，中华书局1984年版，第116页。
② 南宋·熊禾《熊勿轩先生文集》卷五，商务印书馆1936年版，第65页。
③ 明·谢肇淛《五杂俎》卷十三《事部一》，上海书店出版社2001年版，第266页。
④ 明·胡应麟《少室山房笔丛》卷四，中华书局1958年版，第59页。

第三章
明代杜诗选本和评点本文献叙录

　　本章叙录主要采用张忠纲、赵睿才、綦维、孙微编著《杜集叙录》[①]中的相关成果，同时参考郑庆笃、焦裕银、张忠纲、冯建国编著《杜集书目提要》[②]和周采泉《杜集书录》[③]中的相关成果，对其中不准确和没有著录的文献直接改正，不做详细考论。

第一节　杜诗选本文献叙录

一、见存杜甫律诗选本

单复《杜律单注》十卷

单复，生平事迹见附录部分所作考证。

《杜律单注》乃明人陈明选辑单复《读杜诗愚得》之杜诗五七律149首而成。《成都杜甫纪念馆馆藏杜集书目》著录为嘉靖十一年（1532年）濮州

---

① 齐鲁书社2008年版。

② 齐鲁书社1986年版。

③ 周采泉《杜集书录》，上海古籍出版社1986年版。

景姚堂刻本。

2. 托名邵宝《杜诗七言律》二卷

邵宝（1460—1527 年），字国贤，号全斋，学者称二泉先生。无锡（今江苏无锡市）人。成化二十年（1484 年）进士，嘉靖间官至南京礼部尚书，卒赠太子太保，谥文庄。著有《左觿》《学史》《简端录》《大儒奏议》《慧山记》《漕政举要》《容春堂集》等。

今日本东洋文库藏有明嘉靖三十年（1551 年）刊本，二册，题"邵宝集注，姚九功校。"杨慎《升庵诗话》卷六"东阁官梅"条云："近日邵文庄宝，乃手抄其注（指伪苏注）入《杜诗七言律》刻行，岂不误后学耶？伪苏注之谬，宋世洪容斋、严沧浪、刘须溪父子，马端临《经籍考》，皆力辨其谬，而文章巨公如邵文庄者，乃独信之，亦尺有所短也。"①杨慎所指，是杜甫七律《和裴迪登蜀州东亭送客逢早梅相忆见寄》一诗，核之《分类集注杜诗》，与杨慎所引同。且杨慎所说"手抄"，与阮元《天一阁书目》著录"邵宝抄"同，《杜律抄》与《杜诗七言律》或为一书，同书异名。《杜集叙录》谓《杜律抄》无注②，当属揣测。此书或是坊间摘录《分类集注杜诗》之七律部分行世，一如陈明选辑单复《读杜诗愚得》之五七律成《杜律单注》。

3. 张綖《杜律本义》四卷

张綖，生平事迹见本书第五章第一节。

《杜律本义》，以张性《杜律演义》为底本，共收杜七言律 151 首，按年编排。张綖此注，意在纠正旧注之穿凿附会，以恢复杜诗本意，故其所释简洁晓畅。有台湾大通书局据明隆庆六年刊本影印《杜诗丛刊》本。

4. 陈如纶《杜律》

陈如纶（1499—1552 年），字德宣，号午江，太仓（今江苏太仓）人。嘉靖十一年（1535 年）进士。官至福建布政使参议。著有《冰玉堂缀逸稿》《兰舟漫稿》。

《杜律》，有嘉靖十四年（1535 年）刻本，白口，半叶十 10 行，行 20

---

① 明·杨慎《升庵诗话》卷六，《历代诗话续篇》本，中华书局 1983 年版，第 758 页。

② 张忠纲、赵睿才、綦维、孙微《杜集续录》，齐鲁书社 2008 年版，第 145 页。

字，版心下方有"紫薇精舍"四字。据陈氏《自序》知此本为白文无注本。

5. 黄光昇《杜律注解》二卷

黄光昇，字明举，号葵峰，自称懋明子，晋江（今福建晋江）人。嘉靖八年（1529年）进士，官至刑部尚书。著有《四书纪闻》《读易私记》《读书愚管》《读诗蠡测》《春秋采义》《历代纪要》《陶集注解》《泉郡志》。

《杜律注解》又名《杜工部诗疏》，收杜甫七言律122首，分上、下两卷，无目录，编次不分类别，不按年月，殊无伦次。其注解皆在篇末，大多先言作诗时地，然后串讲诗意。是书撰于黄光昇任两浙布政使时，万历四年（1567年）由上元县令林朝介刻印于金陵。又有万历十一年夏镗翻刻洮阳公署本，今浙江图书馆有藏本。

6. 王维桢《杜律颇解》四卷

王维桢（1507—1556年），字允宁，号槐野，华州（今陕西华县）人。嘉靖十四年（1535年）进士，擢庶吉士，累官南京国子祭酒。《明史》有传。著有《王氏存笥稿》。

《杜律颇解》，末附《李律颇解》一卷，有明嘉靖三十七年（1558年）刊本。首载嘉靖戊午（1558年）冬朱茹《刻杜律颇解序》。是书收杜甫七言律151首，分类编次，其类别、次序、篇目、收诗数目与伪虞注，即张性《杜律演义》完全相同。其注释甚为简略，或由《杜律演义》削减而来。又名《杜律七言颇解》，北京大学图书馆有藏本。

7. 赵统《杜诗意注》四卷

赵统，字伯一，明临潼（今属陕西西安）人，嘉靖十四年（1535年）进士，官至户部郎中。著有《骊山集》。

《杜律意注》，据"凡例"，是书共四卷，收杜甫七律151首，分为32类。今存前二卷，收七言杜律74首，分为纪行、述怀、怀古、寺观、四时等13类。卷前有赵氏自叙及"凡例"六条；次为分韵，即按韵分列诗目；次为拗体，又分一句二句、三句四句、五句六句、七句八句、句里换字五类，分论杜律拗体诸般情形。有齐鲁书社据陕西省图书馆藏清刻本影印《四库全书存目丛书》本。

8. 汪瑗《杜律五言补注》

汪瑗（？—1565年），字玉卿，新安（今安徽歙县）人。诸生，博雅工诗，与王世贞、李攀龙友善。著有《楚辞集解》《楚辞考异》《楚辞蒙引》《巽麓草堂诗集》等。

《杜律五言补注》为瑗《李杜律注》之杜律部分。书名"补注"，乃赵汸《杜工部五言赵注》之补充，共收杜甫五律 622 首。是书大略以作年先后为序，注释大体以一句或两句一注，篇末总括诗旨。于典故一般不引出处，而直释典义；于句法章法、转承照应处，论之甚详；于赵汸注多有征引，一般不照录原文，而是加以剪裁。北京大学图书馆藏万历三十一年刻本[①]，又有台湾大通书局据万历四十二年刻本影印《杜诗丛刊》本。

9. 冯惟讷《杜律删注》

冯惟讷（1515—1572 年），字汝言，号少洲。临朐（今山东临朐县）人。嘉靖十七年（1538 年）进士，知宜兴县。官至光禄卿。曾辑《古诗纪》一百五十六卷，与《昭明文选》并辔并驰，均为艺苑所珍。其《风雅广逸》十卷，实前集之别行本。《明史》有传。著有《光禄集》《楚辞旁注》《选诗约注》《文献通考纂要》等。

《杜诗删注》，又作《杜律虞注删》。黄虞稷《千顷堂书目》著录，未言卷数及体例。《成都杜甫纪念馆馆藏杜集书目》著录："《杜工部七言律诗》二卷，［元］临川虞集伯生注［明］临朐冯惟讷汝言删。"有明万历四十三年（1615 年）刻本，卷首有嘉靖十五年（1536 年）自序，卷末有万历四十三年惟讷孙珣冯跋。

10. 赵大纲《杜诗测旨》

赵大纲，字万举，自号春台子，滨州（今山东滨州市）人。嘉靖二十年（1541 年）进士，官至江西布政司、左参政等职。著有《赵大纲诗集》《方略摘要》等。

《杜律测旨》，分上、下两卷，无目录，收杜甫七律 150 首。注释不注典故出处，只简释诗意。解诗多从"裨补风化"出发，强调杜甫忠君爱国的思想和有裨世教的道德风范。是书对后世影响颇大，邵傅《杜律集解》多采赵说，仇兆鳌《杜诗详注》、浦起龙《读杜心解》亦多征引。此书有嘉靖二十九年（1550 年）初刻本和嘉靖三十四年重刻本。清华大学图书馆藏

---

① 《杜集叙录》云："是书始刻于万历四十一年"（齐鲁书社 2008 年版，第 168 页）误。

有重刻本。

11. 颜廷榘《杜诗意笺》二卷

颜廷榘，生平事迹见本书第四章第三节。

《杜律意笺》，前有颜氏《上杜律意笺状》，次为朱运昌《杜律意笺序》，次为目录，收杜甫七律151首。其注解，于解释字句同时串讲诗意，最末征引典故。书眉有评语，据何乔远跋，知其为朱运昌语。朱评甚简，中多批驳旧注，尤以虞注为最。对刘辰翁之评语，时加征引。版本有：台湾大通书局据万历三十一年刊本影印《杜诗丛刊》本，齐鲁书社据明刊本影印《四库全书存目丛书》本。

12. 范濂《杜律选注》六卷

范濂（1540—1611年后），初名廷启，字叔子，号空明子，松江华亭（今上海松江区）人。万历间诸生。著有《空明子》《云间据目抄》等。

《杜诗选注》，有书林种德堂熊冲宇刻本。首载钱龙锡《杜律选注题词》，次为范濂《杜律选注引》，末属万历辛亥，则是书成于万历三十九年（1611年）。《引》后列《杜诗选注书目》，计有34种。次为目录、以分类编次。每一类中，先五律，后七律，计收五律562首，七律148首。

13. 谢杰《杜律詹言》

谢杰（？—1604年），字汉甫，号绎梅，又号天灵山人，白云漫史。长乐（今福建长乐市）人，万历二年（1574年）进士，曾出使琉球，官至户部尚书。《明史》有传，著有《使琉球录》《天灵山人集》《白云集》等。

《杜律詹言》二卷，共收杜七言律151首，上卷69首，下卷82首。分类编次，有纪行、述怀、怀古等13类。注解置于篇末，一般先训释词语、典故，注明杜甫行迹，作诗时地。后另起行高一格以"詹言曰"开头，串解诗句，阐述诗旨，尤于老杜字法颇多独到见解。书眉辑录评语，乃注文之补充。浙江省图书馆藏有明万历二十四年刻本，清华大学图书馆藏有清康熙五十五年（1716年）三山魏氏枕江堂刻本。

14. 薛益《杜工部七言律诗分类集注》二卷

薛益，字虞卿，长洲（今江苏苏州）人。明崇祯间曾以贡生官泸州（今四川泸州市）训导，精于佛学，又工书善诗。著有《薛虞卿诗集》等。

《杜工部七言律诗分类集注》，有崇祯十四年（1641年）刻本，卷前依次为徐如翰序、林云凤序、薛益《集注杜律歌》、杨士奇《杜律虞注旧序》、白云漫史（谢杰）《少陵纪略》《杜律心解题词》、白云漫史《杜律虞注叙略》、薛益跋、修默居士《杜律心解凡例》。《杜律心解题词》录《遯斋闲览》、王安石、元稹、宋祁杜诗话四则。该书收杜七言律 151 首，上下两卷，分纪行、述怀、怀古等 32 类，卷数、门类及诗歌编次，悉依伪虞注。注解标赋、比、兴体例，对于伪虞注时有辨正。国家图书馆、吉林省图书馆有藏本。

15. 邵傅《杜律集解》

邵傅，生平事迹见本书第四章第四节。

《杜律集解》六卷，收杜甫五言律 387 首，七言律 137 首，分上、下两卷。是书编年大略依单复《读杜诗愚得》之新定年谱。注解博采众家，如千家注、伪虞注、单复注、张孚敬注、赵大纲注等皆有征引。其体例是集解附于句下及篇末，单字下偶有注音、释义。版本主要有：福建省图书馆藏明末邵明伟刊本，日本宽文十三年（1673 年）油屋市郎右卫门刊本，日本元禄九年（1696 年）神雒书肆美浓屋彦兵卫刊本，台湾大通书局据贞亨二年影印《杜诗丛刊》本，国家图书馆藏日本贞亨三年江户刻本。

二、见存杜甫古诗选注本

1. 谢省《杜诗长古注解》

谢省（1404？—1477 年），字世修，号愚得，晚自称台南逸老，黄岩（今浙江台州市黄岩区）人。景泰五年（1454 年）进士，授南京车驾主事，转兵部员外郎，迁宝庆知府。学者称桃溪先生，门人私谥贞肃先生。著有《行礼或问》。

《杜诗长古注解》共选杜诗五七言长古 142 首，其注大抵先释词语、典故，后串讲诗意，两者之间以圆圈隔开，所录旧注多标示姓名，或加"旧注"字样，眉目清楚且详尽平易。国家图书馆藏有明弘治五年（1492 年）王弼、程应韶刻本。仇兆鳌《杜诗详注》引 4 条，称赤城谢省、天台谢省。

2. 张綖《杜诗释》

详见"附录：国家图书馆藏《杜诗释》残卷作者及其价值"。

三、见存杜诗诸体合选本

1. 黄淮集，范观撰《杜诗三百篇注》

黄淮（1367—1449年），字宗豫，号介庵，明永嘉（今浙江温州市）人，洪武三十年（1397年）进士，授官中书舍人，卒谥文简。《明史》有传，著有《黄文简公介庵集》《省愆集》。

范观（1363—1426年），字以光，别号一斋，明乐清（今浙江乐清市）人，著有《一斋集》《注杜三百篇》《考订历代纪年图》。

《杜诗三百篇注》，（光绪）《乐清县志·经籍志》、孙诒让《温州经籍志》著录。

2. 张綎《杜工部诗通》十六卷

张綎，生平事迹见本书第五章第一节。

《杜工部诗通》，以元范梈《批选杜诗》为底本，按年编次，各卷首标以"某某年间所作"，之后逐首注其作年，难以确定作年者，则不注，酌情列于相应位置。其注解先于每首诗题后作简要题解，次于诗后解释典故、字词，串讲诗意，间或分析章法句法，偶有标"赋也""比也""兴也"者。《四库全书总目·集部·别集类存目一》著录做《杜诗通》。版本主要有：台湾大通书局据明隆庆六年刊本影印《杜诗丛刊》本，齐鲁书社据明隆庆六年张守中刻本影印《四库全书存目丛书》本。

3. 许宗鲁编刻、陈如纶同辑《杜工部诗》八卷

许宗鲁（1490—1560年），字东侯，一字伯诚，号少华山人，又称思玄道人、青霞道人。咸宁（今陕西西安）人，正德十二年（1517年）进士，改庶吉士。历任监察御史、湖广按察佥事副使、太仆少卿、副都御史等，著有《少华》《陵下》《辽海》《归田》等集。

《杜工部诗》，清阮元《天一阁书目》著录，有嘉靖五年（1526年）刻本，白文无注。成都杜甫草堂博物馆藏有此刻本残卷，存一、六两卷。半叶12行，行22字，白口单边，版心下题"净芳亭"。卷前有许氏自序，编次是先分体后编年。加拿大英属哥伦比亚大学图书馆有藏。

4. 王寅《杜工部诗选》六卷

王寅，字仲房，一字亮卿，小字淮儒，自号十岳山人，歙县（今安徽歙县）人。约生活于明弘治、嘉靖间。著有《十岳山人集》《王仲房集》，

曾辑新安诗曰《秀运集》。

《杜工部诗选》，白文，间有小字双行注，极简略。共收杜诗 662 首，其中卷一乐府 15 首，五古 54 首；卷二，七古 84 首；卷三，五律 251 首；卷四，七律 116 首；卷五，五排 53 首，七排 3 首；卷六，五绝 9 首，七绝 77 首北京大学图书馆藏有闵朝山刻本。

5. 周甸《杜释会通》七卷

周甸，字惟治，号亭山，海宁（今浙江海宁市）人。嘉靖十九年（1540 年）由副榜入国子监，官至广州知州，赠刑部主事。著有《性学统宗》《地理纂要》《唐诗选脉》等。

《杜诗会通》，北京大学图书馆有藏本。（康熙）《海宁县志》、钱泰吉《海昌备志》著录。是书首载吴遵《刻〈杜诗会通〉序》，知此书乃由甸子启祥刻于隆庆五年（1571 年）。次为周甸《杜诗会通引》，知此书撰成于嘉靖四十一年（1562 年）。又录元稹《唐杜工部墓志铭》及《新唐书·杜甫传》。行间及书眉有后人所录王士禄评语。卷前有总目录，共收杜诗 822 首。是集名"杜释会通"，意即会通诸家注释，其中以刘辰翁、赵汸、单复三家为多，王洙、赵次公、蔡梦弼、黄鹤、默翁（俞浙）、伪虞注等亦间引及，皆标示姓氏。仇兆鳌《杜诗详注》、杨伦《杜诗镜铨》有引。

6. 林兆珂《杜诗抄述注》十六卷

林兆珂（？—约 1621 年），字孟鸣，莆阳（今福建莆田）人。万历二年（1574 年）进士，授蒙城知县，改封教授，升国子监助教，转博士监丞。升刑部主事，历员外郎中，为大司寇，著有《林伯子诗抄》《毛诗多识编》《李诗抄述注》等。

《杜诗抄述注》，卷前有林兆珂自序、柯寿恺序，均无年月。是书共收杜诗 610 首，分体编次，五古四卷，七古三卷，五律四卷，七律三卷，五排、五绝、七绝二卷。《四库全书总目·集部·别集类存目一》著录，有 1997 年齐鲁书社据福建图书馆藏明万历刻本影印《四库全书存目丛书》本。

7. 卢世㴶《杜诗胥钞》十五卷

卢世㴶（1588—1653 年），字德水，又字紫房，晚号南村病叟。德州左卫（今山东德州市）人。天启五年（1625 年）进士及第，官户部主事。不久，因母病乞假归里。母病痊愈后，奉诏回京，改任礼部监察御使，负责督促漕运。入清后，清廷以原官拜监察御史，卢氏以病辞归。著有《宋人近体分韵诗钞》《尊水园集略》《读杜私言》等。

《胥抄》，就杜诗选取十之七、八，抄录成帙，只录杜诗白文和原注，不录注释评语，按诗体编排，卷前有总目，分卷列目录。前十四卷共录杜诗881首，附高适诗1首；十五卷摘录杜甫诗句若干则，均系前十四卷所未选者。书名"胥抄"，取杜甫《赠李八秘书别三十韵》中"乞米烦佳客，抄诗听小胥"之意。《大凡》一卷，简述该书编撰始末、体例，并总论杜甫之生平性情及杜诗概貌。卢氏又有《读杜私言》，系《大凡》《余论》之合刊，今存于《尊水园集略》卷六。

8. 林时对《杜诗选》

林时对及《杜诗选》介绍，详见本书"第五章第二节"。

四、见存李杜诗合选本

1. 顾明、史秉直《李杜诗选》十二卷

顾明、史秉直，生平不详。

《李杜诗选》，含《李诗选》六卷、《杜诗选》六卷，有嘉靖三十七年（1558年）刻本，今藏于重庆图书馆。

2. 梅鼎祚《唐二家诗抄》十二卷

梅鼎祚（1549—1616年），字禹金，宣城（今安徽宣州）人。诗文博雅，尝受知于王世贞、汤显祖，申时行荐于朝，辞不赴，唯以古学自任，隐于书带园，构天逸阁以藏书，日夜披览著述其中，享盛名于天启、崇祯间。著有《梅禹金集》《历代文纪》《汉魏八代诗乘》等。

《唐二家诗抄》，包括《李诗抄》四卷、《杜诗抄》八卷。有万历七年（1579年）鹿裘石室精印本，《萃芬阁珍藏善本书目》著录，今日本公文书馆有藏本。又有梅鼎祚、屠隆集评《合刻李杜二家抄评》十二卷，明万历十七年（1589年）刻本，《中国丛书综录》著录；梅鼎祚、屠隆集评《唐二家诗抄评林》十二卷，明余绍牙刻本，均为《李诗选评》四卷、《杜诗选评》八卷。

3. 李廷机《李杜诗选》八卷

李廷机（1542—1616年），字尔张，号九我，晋江（今福建晋江市）人。万历十一年（1583年）会试第一，以进士第二授翰林编修，累迁祭酒、南京吏部右侍郎、礼部左侍郎，官至礼部尚书兼东阁大学士，入参机务，卒谥文节。著述甚丰，主要有《四书口义》《四书臆说》《易经纂注》《诗经文林贯旨》《春秋讲章》《汉唐宋名臣录》《家礼》等。

《李杜诗选》，（乾隆）《泉州府志·艺文志》著录。今日本国会图书馆藏万历十九年（1591 年）书林熊咸初刊本，四册，《李诗评选》四卷，《杜诗评选》四卷。日本尊经阁文库亦藏此本，只一册，或为残本，与（乾隆）《泉州府志·艺文志》著录当非一本。

五、已佚杜诗选本文献（含杜诗合选本）

1. 邵宝《杜律抄》二卷

邵宝，见前"托名邵宝《杜诗七言律》二卷"条简介。

《杜律抄》二卷，旧藏天一阁，已佚。阮元《天一阁藏书》著录："《杜律抄》二卷，刊本，明无锡邵宝抄，姚九功校。"晁瑮《宝文堂书目》著录作"《邵二泉七言杜律抄》二卷"。钱谦益《绛云楼书目》作《邵二泉抄杜七言律》，钱曾《述古堂书目》作《抄杜七言律》。黄虞稷《千顷堂书目》作《杜诗解》。

2. 过栋、邵勋《杜少陵七言分类》

过栋，字汝器，号最木，明无锡（今江苏无锡）人。与同乡邵勋合撰《杜少陵七律分类》，又曾笺校邵宝《分类集注杜诗》。

邵勋，字彬侯，明无锡（今江苏无锡）人。庠生，与同乡过栋合撰《杜少陵七律分类》，又曾校万虞恺所刊《李杜诗集》。

《杜少陵七律分类》，二卷，清王闻远《孝慈楼书目》著录。

3. 钱贵《杜诗便览》

钱贵（1472—1530 年），字符抑，长洲（今江苏苏州）人。弘治十一年（1498 年）举人，正德十六年（1521 年）选为太常寺典簿。官至鸿胪寺丞，《明史》有传，著有《易通》《读史例余》《骚经标注》《太常都编》《吴越纪余》。

《杜诗便览》，又名《杜律便览》（见文征明《甫田集》卷三十《明故鸿胪寺寺丞致仕钱君墓志铭》），（同治）《苏州府志·艺文志》、（民国）《吴县志·艺文志》著录。

4. 张孚敬《杜律训解》二卷

张孚敬（1475—1539 年），原名璁，字秉用，号罗峰，永嘉（今浙江永嘉县）人。正德十六年（1521 年）进士，先后历南京刑部主事、兵部左侍郎、礼部尚书、吏部尚书等职，官至大学士，卒谥文忠，《明史》有传。著有《喻对录》《奏对录》《保和冠服图》《张文忠公集》。

《杜律训解》，明赵琦美《脉望馆书目》著录："张罗峰《杜律释》。"晁瑮《宝文堂书目》著录："《杜诗释义》，张罗峰注。"不注卷数。黄虞稷《千顷堂书目》著录："张璁《杜律训解》，二卷。"《张文忠公集》中有《杜律训解序》《再识》及《进〈杜律训解〉疏》，故应以《杜律训解》为是。此书以元张性《杜律演义》为底本，选杜甫七言律注解。明颜廷榘《杜律意笺》、明邵傅《杜律集解》、清仇兆鳌《杜诗详注》有引，可参看本书"附录二   张孚敬《杜律训解》辑存"。

5. 萧鸣凤《杜律选注》二卷

萧鸣凤（1480—1534 年），字子雝，学者称静庵先生，山阴（今浙江绍兴）人。正德九年（1514 年）进士，官至广东提学副使，《明史》有传。著有《静庵诗录》《文录》《萧鸣凤文集》等，编有《海钓遗风集》四卷。

《杜律选注》，黄虞稷《千顷堂书目》著录。明徐象梅《两浙名贤录》、（乾隆）《浙江通志·人物五·儒林中》作《杜诗注》。

6. 刘瑄《杜律心解》

刘瑄，太仓（今江苏太仓）人，嘉靖时人，尝为诸暨尉，以谗罢。

《杜律心解》，王世贞《弇州四部稿》卷六十六《刘诸暨杜律心解序》著录。

7. 徐楚《杜律解》

徐楚，字世望，号青溪，严州淳安（今浙江淳安县）人。嘉靖七年（1528 年）进士，授工部主事，转郎中，除辰州守，升广西副使，复补云南屯田副使，官终四川布政司参政，著有《吾溪集》《蜀阜小志》。

《杜律解》，（乾隆）《浙江通志·经籍十二·集部五》引（万历）《严州府志》著录。

8. 韦杰《杜律七言五言注》四卷

韦杰，字谦甫，号南明，建平（今安徽郎溪县）人。嘉靖十三年（1534 年）由选贡授无极县令，著有《诗经明辨》《北游草》等。

《杜律七言五言注》，各二卷，门人霍韬序并刻印行世。（乾隆）《广德州志》、（光绪）《广德州志》著录。

9. 沈启《杜律七言注》二卷

沈启，字子由，号江村，吴江（今江苏吴江市）人。嘉靖十七年（1538 年）进士，授南京工部主事，官至湖南按察使副使，著有《家居稿》《南北稿》《西台净稿》《越吟稿》《楚吟稿》《鸡窠岭稿》等。

《杜律七言注》，（同治）《苏州府志·艺文志》著录为二十卷，误。

10. 钟一元《杜律杂著》

钟一元，字太初，明秀水（今浙江嘉兴县秀水镇）人，嘉靖三十二年（1553 年）进士。

《杜律杂著》，（乾隆）《浙江通志·经籍十二·集部五》引（万历）《秀水县志》著录。

11. 赵建郁《注杜声律》

赵建郁，字本学，号虚舟，晋江（今福建晋江市）人。嘉靖间布衣，为宋宗室裔，蔡文庄高弟。著有《引解孙子书》《读武经总要》《阵法》《周易说》《学庸说》《参同契释》等。

《注杜声律》，注释杜甫七律。《明文海》卷二百七十一载何乔远序，作《杜注七言律》，序内又称为《注杜声律》，（乾隆）《泉州府志·艺文志》著录为《杜诗注》。

12. 曾应翔《譔杜律虞注》

曾应翔，字牧庵，南丰（今江西南丰县）人，明嘉靖间布衣。

《譔杜律虞注》，（民国）《南丰县志·艺文志》著录。

13. 黄乔栋《杜诗五律集解》

黄乔栋，字以藩，明晋江（今福建晋江市）人，约生活于嘉靖、万历年间，黄光昇子，官至云南临安守。著有《十三经传习录》《老子解》《无益子集》等。

《杜诗五律集解》，（乾隆）《泉州府志·艺文志》、（民国）《福建通志·艺文志》著录。

14. 苏希栻《杜诗选注》六卷

苏希栻（1531—1620 年），字于钦，号阜山，南安（今福建南安市）人，万历二年（1574 年）进士，授许州知府，著有《汉魏诗注》《选诗集解》《庄子注抄》《骚赋类萃》《拾存灵草》《雪峰志咏汇录》等。

《杜诗选注》，（乾隆）《泉州府志·艺文志》、（道光）《福建通志·经籍志》著录。

15. 温纯《杜律一得》

温纯（1539—1607 年），字景文，三原（今陕西三原县）人。嘉靖四十四年（1565 年）进士，官至左都御史，卒谥恭毅，《明史》有传，著有《温恭毅公集》。

《杜律一得》，有万历间刊本。孙殿起《贩书偶记》著录："《杜律一得》二卷，明关中温纯解，万历甲辰（1604 年）刊。"《明儒言行录续编》卷二著录书名作《杜诗一得》。

16. 陈与郊《杜律注评》二卷

陈与郊（1544—1611 年），字广野，号玉阳仙史，又号禺阳、隅园、高漫卿等，海宁（今浙江海宁市）人。万历二年（1574 年）进士，官至太常寺少卿，著有《檀弓辑注》《方言类聚》《隅园集》《文选章句》及杂剧《昭君出塞》等。

《杜律注平》，《四库全书总目·集部·别集类存目一》著录，云："是编因元张性《杜律演义》略施评点。每首皆有旁批，注文亦时有涂乙，大致皆刘辰翁之绪论也。"①

17. 徐常吉《杜七言律注》二卷

徐常吉，一作长吉，字士彰，武进（今江苏常州市武进区）人，万历十一年（1583 年）进士。历南京户科给事中、浙江按察司佥事，著有《事词类奇》《六经类聚》。

《杜七言律注》，黄虞稷《千顷堂书目》著录，又作《注杜律》《注杜诗》。是书在明代颇为风行，其时诸藏书家多著录，范濂《杜律选注》、谢杰《杜律詹言》有引。

18. 张光纪《杜律评解》

张光纪，河间（今河北河间市）人，万历二十三年（1595 年）进士，曾任阳新县令，著有《晋中草》。

《杜律评解》，（民国）《河北通志稿·艺文志》著录。

---

① 清·纪昀等《钦定四库全书总目·集部·别集类存目一》（整理本），中华书局1997 年版，第 2358 页。

19. 汪慰《虞本杜律订注》二卷

汪慰，字慰心，新安（今安徽歙县）人，曾官江西南昌照磨。

《虞本杜律订注》，孙殿起《贩书偶记续编》著录："《虞本杜律订注》二卷，明新安汪慰撰，无刻书年月，约万历年间精刊。"明祁承爜《澹生堂藏书目》著录作《杜诗订注》二卷，（光绪）《婺源县志》著录作《杜诗订注》一卷。周采泉《杜集书录·外编·选本律注类存目》"杜诗订注一卷"条又著录婺源汪慰，字善之，疑二者实为一人。

20. 龚方中《杜律解》

龚方中，字仲和，嘉定（今上海嘉定区）人，国子生，能诗，为人有气节。

《杜律解》，（光绪）《嘉定县志·艺文志》著录。

21. 黄润中《杜律注解》

黄润中，字嗣雨，号静谷，晋江（今福建晋江市）人。崇祯十年（1637年）进士，授刑部主事，历礼部祠祭员外郎、广东惠潮兵备道，著有《易义注解》《诗义注解》《金刚经注解》等。

《杜律注解》，（乾隆）《泉州府志·艺文志》、（道光）《福建通志·经籍志》著录。

22. 沃起凤《杜律易解》

沃起凤，字彦仲，山阳（今江苏淮安）人，崇祯十七年（1644年）恩贡生，著有《史论》《礼记汇解》。

《杜律解易》，（乾隆）《淮安府志·艺文志》、（同治）《重修山阳县志·艺文志》著录。

23. 黄中理《杜律集注》

黄中理，字纯卿，人称东愚先生，济宁（今山东济宁市）人，明诸生，著有《倔强编》《偶觉录》《陋室放言》等。

《杜律集注》，（道光）《济宁直隶州志·艺文志》著录。

24. 程元初《杜律绪笺》六卷

程元初，字全元，歙县（今安徽歙县）人，著有《五经词赋叶韵统宗》《律古词曲赋叶韵》《历代二十一传》等。

《杜律绪笺》，明祁承爜《澹生堂藏书目》、日本《尊经阁文库汉籍分类目录》（作《杜工部七言律风绪笺》）著录①。

25. 李国梁《杜诗七律注》

李国梁，生平不详。

《杜诗七律注》，仇兆鳌《杜诗详注》进呈本《凡例》著录，云："惜未寓目。"

26. 宋咸《忘机杜诗选》

宋咸，初明斌，字二元，后字尔恒，别号觉非，平湖乍浦（今浙江平湖市乍浦镇）人，著有《觉非草》《金陵游草》。

《忘机杜诗选》，《携李诗系》卷二十一宋咸传著录。（乾隆）《浙江通志·经籍十二·集部五》据此著录。

27. 赖进德《李杜诗解》三卷

赖进德，万安（今江西万安县）人，洪武二十三年（1390年）举人，授湖广宝庆知事，升凤翔府推官，著有《草庐集》。

《李杜诗解》，清黄虞稷《千顷堂书目》、（同治）《万安县志·经籍志》、（光绪）《吉安府志·艺文志》著录。

28. 朱权辑刻《李杜诗钞》

朱权（1378—1448年），号臞仙、涵虚子、丹丘先生，祖籍濠州钟离（今安徽凤阳）。他是朱元璋第十七子，卒谥献，世称宁献王，著有《太和正音谱》《汉唐秘史》《采芝吟》等。其《西江诗话》有杜甫诗话八则。

《李杜诗抄》，解放初北京天祥商场《古旧书店书目》第二期著录。

29. 汪旦《评选李杜诗》

汪旦，字仲昭，晋江（今福建晋江市）人，嘉靖元年（1522年）举人，嘉靖十四年进士，知金溪县，后擢贵州道御史。著有《黄庭经注》《道德经注》。

《评选李杜诗》，（乾隆）《泉州府志·艺文志》、（民国）《福建通志·艺文志》著录。

30. 沈懋孝《选子美献吉于鳞诗》

沈懋孝（1537—？年），字幼真，号晴峰，学者称长水先生，明平湖（今浙江平湖市）人。隆庆二年（1568年）进士，选庶吉士，授编修，进修

---

① 叶绮莲《杜工部关系书存佚考》，（台湾）《书目季刊》1970年夏季号。

撰，万历二年（1574 年）分考礼闱，十年副考南畿，迁南司业，谪两淮盐运司判官，稍迁太仆丞，寻归，著有《长水先生文抄》。

献吉，前七子领袖李梦阳字，于鳞，后七子领袖李攀龙字，《选子美献吉于鳞诗》，《明文海》卷二六六有沈懋孝《选子美献吉于鳞诗叙言三首》。

31. 梅鼎祚《李杜约选》八卷

梅鼎祚，生平事迹见"梅鼎祚《唐二家诗抄》十二卷"条。

《李杜约选》，清盛宣怀《愚斋藏书目录》、（嘉庆）《宁国府志》著录，谓《李杜约选》十卷。

32. 高节成《李杜诗解》

高节成，字元洲，号宾峰，南丰（今江西南丰县）人，万历十一年（1583 年）举人，仕湖广武冈州判。他为官正直，不和流俗，沉酣诗酒，专事著述。

《李杜诗解》，（民国）《南丰县志·艺文志》著录。

33. 李延大《李杜诗意》

李延大，字四余，为李渤之后，乐昌（今广东乐昌市）人。万历二十年（1592 年）进士，官柳州推官，旋调工部主事，后擢为吏部稽查勋郎中，不久辞官返乡，后补任湖广江防道，未就任而病卒，著有《修齐人鉴》《皇明定纪》《领表人文》《四书人物志》《吴中六草》等。

《李杜诗意》，（民国）《乐昌县续志·艺文志》著录。

34. 郑鄤《杜邵诗选》十四卷

郑鄤（1594—1639 年），字谦止，号峚阳，武进（今江苏武进区）人。天启二年（1622 年）进士，改庶吉士。供职都察院，以忤魏忠贤削职为民，后客居南京，曾编《选曲》。崇祯中，温体仁以杖母不孝诬陷之，磔于市，著有《峚阳草堂诗集》《峚阳草堂说书》等。

《杜邵诗选》，清初祁理孙《奕庆藏书楼书目》著录，注云："杜子美六卷，邵尧夫八卷。"邵尧夫即邵雍，宋代理学大儒，有《击壤集》。

35. 池显方《李杜诗选》

池显方，字直夫，号玉屏，同安（今福建厦门市同安区）人。天启四年（1624 年）应天举人，以母老不赴春官，著有《晃岩集》《南参集》《玉屏集》《澹远诗集》。

《李杜诗选》,（乾隆）《泉州府志·艺文志》、（道光）《福建通志·经籍志》著录。

36. 阙名《李杜律集》

明晁瑮《宝文堂书目》著录为"苏刻"。

第二节　杜诗评点文献叙录

1. 李梦阳《批杜诗》

李梦阳（1473—1531 年），字天赐，更字献吉，号空同子，庆阳（今甘肃庆城县）人。弘治五年（1492 号）举陕西乡试第一，次年中进士，弘治十一年，出任户部主事，后迁郎中，正德六年（1511 年）出任江西按察使提学副使。卒后，弟子私谥文毅，天启初，追谥景文。李梦阳是明代复古派"前七子"的领袖，《明史》有传，著有《空同集》。

李梦阳《批杜诗》，周采泉《杜集书录》内编卷九"辑评考订类二"据戴廷栻《杜遇》及陆烜《梅谷偶笔》著录，云清嘉、道间人陆烜言亲见此书，曰："此批或尚存天壤，亦未可知。"①然李梦阳现存诗文中并未提及批杜诗事。

2. 郑善夫《批点杜诗》

郑善夫生平事迹见本书第六章第三节。

《批点杜诗》，明焦竑《焦氏笔乘》录三条，对郑氏评点颇为推崇，明末胡震亨《杜诗通》引用颇多，计 248 题 292 条。另据笔者考证，清卢坤五家评本《杜工部集》所谓王慎中批语的作者实乃郑善夫，详见"第六章第四节　五家评本《杜工部集》王慎中批语实为郑善夫考"。

3. 杨慎《杜诗选》六卷

杨慎（1488—1559 年），字用修，号升庵，新都（今四川成都市新都区）人。正德六年（1511 年）举进士第一，授翰林院编修。后因大礼议被遣戍云南永昌卫，年近七十始还蜀。天启中，追谥文宪。《明史》有传，著

---

① 周采泉《杜集书录》内编卷九，上海古籍出版社 1986 年版，第 514 页。

有《杨升庵集》，其《升庵诗话》《丹铅总录》等著作中有许多杜诗学内容，涉及字句典故的考证、旧注版本辨正、理解评价杜诗，甚而如何认识杜甫的某些观点等多个方面，其间精见卓识不胜枚举。

《杜诗选》，又名《朱批杜诗》，为闵映璧所刻《李杜诗选》之杜诗编，《四库全书总目》著录。有天启乌程闵映璧朱墨套印本，卷首有闵氏草书《杜诗选序》；次为目录，共选诗264首，略为编年，1974年台湾大通书局据天启闵氏刻本影印《杜诗丛刊》本，1977年齐鲁书社据北京师范大学图书馆藏明刻朱墨套印本《李杜诗选》十一卷影印《四库全书存目丛书》本，收录在集部229册。

4. 闵映璧《杜诗选》八卷

闵映璧，字朝山，号无暇道人，明吴兴（今浙江湖州市）人，曾刊刻《李杜诗选》。

《杜诗选》，所录以刘辰翁、杨慎两家批语为多，无序跋。闵齐伋刊刻，有万历、崇祯间朱墨套印本，上海图书馆有藏本。

5. 王慎中《批点杜工部集》

王慎中（1509—1559年），字道思，号遵岩居士，后号南江，晋江（今福建晋江市）人，嘉靖五年（1526年）进士，授户部主事，《明史》有传，著有《遵岩集》等。

清卢坤五家评本《杜工部集》收有王慎中评语甚多，标为"王遵岩蓝笔"，据考察，这些批语的真正作者是郑善夫。详见本书第六章第四节。

6. 李攀龙《评杜诗钞》

李攀龙（1514—1570年），字于鳞，号沧溟，历城（今山东济南市历城区）人。嘉靖十九年（1540年）举乡试第二，二十三年赐同进士出身，授刑部主事。累官至河南按察使。李攀龙与王世贞同是"后七子"领袖，曾左右文坛，烜赫一时，但其论杜言论不多，《明史》有传，著有《沧溟集》《古今诗删》等。

《评杜诗抄》，（乾隆）《山东通志·艺文志》载："《评杜诗抄》，李攀龙撰，海宁沈珩《耿严文选》云：'癸丑予在长安，同年天雄孙雪崖郁豪于诗，见其枕中一帙甚秘，则于鳞《评杜诗抄》，天雄孔使君得之书林，发箧梓之。此本人所未见，吾从雪崖匄有之。诗仅三百首。点次切密，评骘字极质约，无浮文，真先雅风格。按所最赏心处大较奇淡险远、清真幽朴为多。

视世所衰杜诗瑰玮壮丽者悬别，始叹古人劙心嗜古，心得难以告人，岂皮相所知？顾于鳞诗未造极，其亦诎于年命邪？'"①或已佚。

7. 徐渭《批点杜工部集》

徐渭（1521—1593 年），初字文清，后改字文长，号天池山人、青藤道人等，山阴（今浙江绍兴市）人，为诸生十余年，入浙闽总督胡宗宪幕，参与策划平倭战争，深受器重。胡宗宪下狱，遂浪游四方。晚年卒于贫病之中。《明史》有传。著有《徐文长集》《四声猿》《南词叙录》。

《批点杜工部集》，残本，所据系戴觉民刊《杜工部集》，书签题《徐青藤批杜集》，现藏南京图书馆。关于徐氏此本的具体情况，可参看曾绍皇《论徐渭的崇杜情节及其手批〈杜工部集〉》②。

8. 王世贞《批点杜工部集》

王世贞（1526 年—1590 年），字元美，号凤洲，又号弇州山人，太仓（今江苏太仓市）人。嘉靖二十六年（1547 年）进士，官刑部主事，累官刑部尚书，移疾归，卒赠太子少保，《明史》有传，著有《弇山堂别集》《嘉靖以来首辅传》《弇州山人四部稿》等。

卢坤五家评本《杜工部集》以王世贞批为紫色，所引颇多。具体可参看孙微、王新芳《卢坤"五家评本"〈杜工部集〉考论》③。

9. 孙铲《杜律》四卷

孙铲（1542—1631 年），字文融，号月峰，余姚（今浙江余姚市）人。明万历二年（1574 年）会元，授兵部主事，官至南京兵部尚书加太子太保，《明史》有传，著有《广离骚》《月峰先生集》等。

《杜律》，为孙氏早年所批选，刻于万历二十八年（1600 年）。此四卷依次为杜律五言卷一、七言卷一、五言卷二、七言卷二。诗依类别编次，不标类别名称，只据分类本顺序排列，共收五律 245 首，七律 142 首。诗正文间有圈点，批解置于篇末，甚为简略，大多是对杜律之章法、句法，起承照应、用典手法等艺术技巧的评解，间有细微独到处。北京师范大学图

---

① 清·岳濬等修，杜诏等纂（乾隆）《山东通志》卷三十五《艺文志》，乾隆元年刻本。
② 载于《杜甫研究学刊》2010 年第 1 期。
③ 载《新世纪图书馆》2011 年第 2 期。

书馆藏明刻本。

10. 郭正域《批选杜工部七言律》

郭正域（1554—1612 年），字美命，号明龙，江夏（今湖北武汉市）人。万历十一年（1583 年）进士，选庶吉士，授编修，历南京祭酒，入为詹事，掌翰林院，升礼部右侍郎。卒追赠礼部尚书、太子太保，谥文毅，《明史》有传，著有《皇明典礼志》《武昌府志》《江夏县志》《离黄草》等。

《批点杜工部七言律》，为《韩文杜律》之杜律部分，收杜诗七律 151 首，大致以作年编次。《四库全书总目·集部·别集类存目三》著录。是书版本甚多，有万历间刊朱墨套印本；万历四十五年（1617 年）闵齐伋刊《杜诗韩文》三色套印本；崇祯间闵氏重刊三色套印本；1974 年台湾大通书局据崇祯刊本影印《杜诗丛刊》本；1997 年齐鲁书社据故宫博物院图书馆藏明闵齐伋刻朱墨套印本影印《四库全书存目丛书》本，作《韩文杜律》，收在集部第 327 册。

11. 郝敬《批选杜工部诗》四卷

郝敬（1558—1639 年），字仲舆，号楚望，京山（今湖北京山县）人，万历十七年（1589 年）进士。知缙云、永嘉，累迁户科给事中，《明史》有传。曾为"五经"、《仪礼》《周礼》《论语》《孟子》作解，另有《谈经》《批点史记琐琐》《山草堂集》等。

《批选杜工部诗》，载郝敬《山草堂集·外编》，有天启六年（1626 年）山草堂刻本。前有郝敬天启六年《批选杜诗题辞》，次为目录。共选杜诗 513 首，其中卷一 85 首五古，卷二 87 首七古，卷三 235 首五律，卷四 86 首七律、7 首五排、13 首七绝。徐乾学《传世楼书目》著录。今国家图书馆、南京图书馆、中国科学院图书馆有藏本。

第四章

蔚为大观的杜诗选本文献
——从《杜律演义》到《杜诗选》（上）

第一节　概说

鲁迅先生曾说："凡是对于文术自有主张的作家，他所赖以发表和流布自己的主张的手段，倒并不是在作文心，文则，诗品，诗话，而在出选本。"①蒋寅也说道："某种选本，如果公认是出自一些有见识的选家之手，那么它所含的一个时代的审美趣味的纯度无疑是远要高于我们后人的随机取样。选本收录的作品出自选家的自觉选择，当然集中体现了他的趣味和价值观，而个体的审美情趣和价值观从来就不是绝对主观、绝对属于个人的，它必然反映着一个时代一部分人的好尚。事实上任何以主观形式表现出来的评价与选择都带有不同程度的普遍性，显示一定的接受状况。因而，研究一些有代表性的选本表现出的倾向，不仅可以直面一个时代的文学创作，同时还能洞悉当时的文学批评，了解时人的审美趣味与价值标准。"②可见，选本具有重要的诗学价值，也是一个时代诗学风尚、思潮的晴雨表。并且，一部著名选本所具有的典范意义，对后世也将产生深远的影响。

---

① 鲁迅《鲁迅全集》第七卷《集外集·选本》，人民文学出版社1973年版，第504页。
② 蒋寅《大历诗风》，凤凰出版社2009年版，第8页。

宋人研究杜诗的主要成就在于搜集、辑佚、校勘、编年、笺注、分类等几个方面，对于杜诗的专门选录（不包括杜诗与其他诗人作品的合选）似乎并不关注。据统计，元代以前，选本律注类杜诗学文献仅有18部（宋遗民的杜诗选本也包含在内），且大多散佚。我们先把这些选本的名字罗列如下：樊晃《杜甫小集》、王著《手写杜诗》、孙仅《杜工部诗集》、宋祁《手抄杜诗》、苏舜钦《杜子美别集》、王安石《杜工部诗后集》、刘敞《杜子美外集》、阙名《杜诗外集》、阙名《杜甫诗》、华镇《杜工部诗》、黄伯思《杜少陵诗》、刘玉田《选杜诗》、宋同野《编杜诗》、阙名《（杜甫）小集》、王明清《杜甫佚诗》、周紫芝《杜甫佚诗》、员安宇《杜甫佚诗》、阙名《杜诗独得》。从这些书名中，我们可以清晰地发现，这些选本并非严格意义上的杜诗选本，它们要么是对于杜诗的抄录，要么是对于杜诗的辑佚或订补。其中较具有选本性质的是产生于宋末元初、出自两位遗民之手的刘玉田《选杜诗》和宋同野《编杜诗》。

关于刘玉田的《选杜诗》，刘辰翁的《须溪集》卷六有《题刘玉田〈选杜诗〉》一文，云："天下能读杜诗者几人？而玉笥道人刘玉孙集妙句，多悟解，如此甚未易得也。予评唐宋诸家，类反覆作者深意，跋涉何限，吾儿独取其间或一二句可举者，录为《兴观集》。然概得其散碎简径选语，若上下极论，长篇大意，与诸作互见，不止此。盖此编与吾所选多出入，凡大人语，不拘一义，亦其通脱透活自然。旧见初寮王履道跋坡帖，颇病学苏者横肆逼人，因举'不复知天上，空余见佛尊'二语，乍见极若有省，及寻上句本意，则不过树密天少耳。'见'字亦宜作'现'音，犹言现在佛即见，读如字，则'空余见'殆何等语矣。观诗各随所得，别自有用。因记往年福州登九日山'俯城中培塿，不复辨倚栏'，微讽杜句'泰山忽破碎，泾渭不可求'。时甹见求言，杨平舟栋以为蚩尤旗见，谓邪论罢、机政。偶与古心叹惜我辈如此。古翁云：'适所诵两言者得之矣。'同是此语，本无交涉，而见闻各异，但觉闻者会意更佳。用此可见杜诗之妙，亦可为读杜诗之法。从古断章而赋皆然，又未可訾为错会也。"[1]可见，其重点似乎不在选，而是与刘辰翁一样，关键在于评。

① 宋·刘辰翁《须溪集》卷六，影印文渊阁《四库全书》本。

宋同野《编杜诗》已佚，但同样在刘辰翁《须溪集》卷六有一篇《题宋同野〈编杜诗〉》的文章，云："杜子美年四十五，自鄜陷贼半年，明年自拔，取拾遗，扈从还京，又明年始外补，又明年始弃官入秦，自是流落辗转凡三迁。所遇识不识相劳苦，所居间得故人为地主，起家赞戎事，斧斤多助，种艺果树，广者四十亩，东屯又有稻可收。当时朝廷虽乱，道路无壅，雄藩宾客之盛自若。公以三朝遗老，负海内诗名，游三川、如锦城、下洞庭，意气浩然。江湖胜境，楼台高会，长歌短赋，倾晤宾主，避地如此，实亦与纵观何异？子美古今穷人，而仓卒患难，所遇犹若此。予非以其穷为可愿，所遇为可羡也。以子美为可愿可羡，则所遭又可知也。同野宋君避逃兵间，手钞杜诗离乱者百七十余首为一编，古今诗愁，亦未有其比。然十四五年所作，亦岂无开口而笑者，晚生后死，瞻望慨然。"①据此可见，宋同野编选《编杜诗》的目的很明确：他遭受了国破家亡的惨剧，深感杜诗能契合其心，抚慰其伤，于是有手抄杜诗离乱者170余首，借以寄托哀思，表达亡国之恨。

综之以上分析，从严格意义上来判定，具有明确的选本意识、真正具有选本性质、专门选录杜诗的选本当是宋同野的《编杜诗》，可惜现在没有存书。

到了元代，情况发生了变化，受方回《瀛奎律髓》及元代"宗唐得古"诗学风气的影响，杜甫的律诗受到人们的青睐。先有江西人张性选注杜甫七言律诗，成《杜律演义》，后有安徽人赵汸选注杜甫五言律诗，著《杜工部五言赵注》。这两部书对后世影响甚大，尤其是前者，明初书商托名元代著名学者虞集，又请当时的台阁派领袖杨士奇、黄淮等人作序张目，使此书在明代大为风行，虽然一些学者考辨其伪，仍刊刻不绝，成为杜诗学史上一种奇特的文化现象。

此外，还有两种杜诗诸体合选本：一种是元中期的江西人范梈的《杜工部诗范德机批选》，一种是元末明初人董养性的《杜工部诗董养性选注》（简称《杜工部诗选注》）。

范梈是元诗四大家之一，他所著的《杜工部诗范德机批选》集选和评

---

① 宋·刘辰翁《须溪集》卷六，影印文渊阁《四库全书》本。

为一体，以选为主，评为辅。该书共选杜诗 317 首[①]，共有评语 23 条，诗中有些句子间用"、""。"" ｜ "等评点符号标示，有些长诗则分段批抹。该书由范德机弟子郑鼐编次，卷前有虞集《序》一篇，云：

> 豫章郑鼐鼎夫编次范德机氏《批点杜工部诗》，凡六卷，其用心勤矣。夫杜公之诗，冲远浑厚，上薄风雅，下陵沈宋，每篇之中，有句法、章法，截乎不可紊。姑以《赠韦左相》一篇观之，前辈以为布置最得正体，如官府甲第，厅堂房室，各有完处，不可乱也。至于以正为变，以变为正，妙用无方，如行云流水，初无完质，出于精微，夺乎灭造是大，难以形器求矣。公之忠愤激切，爱若忧国之心，一系于诗，故尝因是而为之说，曰：《三百篇》，经也；杜，诗史也。诗史之名，指事实耳，不与经对言也。然风雅绝响之后，唯杜公得之，则史而能经也，学工部则无往而不在矣。
>
> 皇元混一以来，出而鸣治世之音者，浦城杨载仲弘、清江范椁德机其人也。德机之诗，雅丽典则，尤合乎杜工三尺者，生于数百载之下，能求心法于数百载之前，分章析理，发其奥典，犁然当乎人心。观德机《送济南张齐孟》诗，忠君爱国，情见乎辞，所谓"居庙堂之高则忧其民，处江湖之远则忧其君"之心，唯其有之，是以似之，德机之谓矣。吴文正公称其清修苦节，有东汉诸君子之风，信矣。鼎夫承德机之教，以所选杜诗分类编次，深得二公之意，非用心之勤者乎？及观鼎夫诗，正而有则，又得范公之三尺矣，且鼎夫尝为校官，其以游从所闻，力追雅颂之音，他日春客赓歌，出以鸣国家之盛。《传》曰：诗可以兴，可以观，可以事君。于鼎夫见之雍。[②]

---

① 仇兆鳌引张綖《杜诗五言选序》云："清江范德机先生《批选杜诗》，共三百十一篇，皆精深高古之作，盖欲合葩经之数，标点分节，悉有深意。"实误。《杜集书目提要》《杜集叙录》、赫兰国《辽金元杜诗学》（河南人民出版社 2012 年版，第 213 页）等均沿袭张綖之误。

② 载《杜工部诗范德机批选》卷首，1974 年台湾大通书局据元刊本影印《杜诗丛刊》本，第 1—5 页。

按，此序不见载虞集文集，《全元文》于虞集文亦未收录。虞集尊奉儒家诗教传统，倡导"宗唐得古"的诗学思想。在他为杨士宏编选的《唐音》所作的序中说："音也者，声之成文者也，可以观世矣。其用意之精深，岂一日之积哉？盖其所录，必也有风雅之遗、骚些之变、汉魏以来乐府之盛，其合作者则录之……噫！先王之德盛而乐作，迹熄而诗亡，系于世道之升降也。风俗颓靡，愈趋愈下，则其声文之盛，不得不随之而然，必有特起之才，卓然之见，不系于习俗之所同，则君子尚之，然亦鲜矣。"①另外，虞集在创作主体上追求"性情之正"。所谓"性情之正"，是指符合封建伦理道德规范的纯正性情。在《送熊太古诗序》中，虞集把"性情之正"同儒家之"礼"联系起来，以是否符合传统伦理纲常作为评判"性情之正"的主要标准②。以此评判诗歌，他认为中国诗学于唐代大盛，李杜为正宗。在《曹士开〈汉泉漫稿〉序》中，虞集这样高度评价杜甫："非学问则不足以得其性情之正，未可以言诗也。其次则如唐杜子美之诗，或谓之诗史者，盖可以观时政而论治道也。"③这些观念与上文中对于杜甫的评价相一致，都是以儒家传统的诗教观审视杜诗、评价杜诗，于此可见该文的著作权属于虞集无疑。又，虞集序中提到范梈《送济南张斋孟》，当指《送张炼师归武当山》④，诗中所述与虞集所称"忠君爱国，情见乎辞，所谓'居庙堂之

---

① 载元杨士弘编选《唐音》卷前，文渊阁《四库全书》本。

② 《送熊太古诗序》云："昔者周公、孔子之为教，盖莫大于礼焉。"（元·虞集《道园学古录》卷五，文渊阁《四库全书》本。）

③ 元·虞集《道园学古录》卷三十三，文渊阁《四库全书》本。

④ 诗云："张君瀛洲人，来作武当客。始来武当时，只着谢公屐。弟子百数辈，稍稍来服役。诛茅立万柱，空中现金碧。辛苦三十年，夜卧不侧席。以之律鬼神，故亦如矩墨。元年逾冬旱，朱火烧四国。野谷方焦熬，六月畿甸赤。朝廷亦不爱，牺牲与圭璧。僵巫暨赘史，歌舞无消息。君时待诏来，公卿初不识。一朝传天语，问以济旱策。君云臣鄙愚，造化非所测。阴阳有开闭，此实智者责。公卿复致辞，物生孔今刺。已敕京兆尹，取足输粟帛。此如解倒悬，祀事惟所择。君闻犹固让，心实内忧惕。飞章白玉阙，沥胆殚恫愊。臣实才浅鲜，臣实学迂塞。臣有一寸心，愿辅后皇德。后皇本爱民，民今旱为厄。或者罪有由，皇亦重开释。祈谢各有方，咒禁各有式。上堂荐明水，下堂考金石。夜分请命既，昧爽大施设。为坛东市门，经纪法灵册。庭中玄武旗，【接下页】

高则忧其民，处江湖之远则忧其君'之心，唯其有之，是以似之，德机之谓矣"若合符契。

从范德机的选目上看，虽然数量多于 311 篇，但是杜甫现实性极强的作品，如"三吏""三别"等诗篇均予选录，确如明代著名杜诗学者张綖所说："清江范德机先生批选杜诗，共三百十一篇，皆精深高古之作，盖欲合葩经之数，标点分节，悉有深意。"①范选杜诗对后世影响也较大。明代高棅编选《唐诗品汇》，其中关于杜诗部分的文献来源，极有可能受到了范梈的影响②。

董养性的《杜工部诗选注》刻本较少，历代书目如高儒《百川书志》、晁瑮《宝文堂书目》、阮元《天一阁书目》虽有记载，但传本甚少。仇兆鳌《杜诗详注》仅引用一条③，与原文文字有一定出入，或出自转引。现日本

【接上页】飘飘墨黍黑。君临一挥手，怒发上霄直。指挥东方龙，卷水东海侧。指挥西方龙，卷水略西极。北南暨中央，各以方率职。某日某甲子，漏下五十刻。我在坛上伺，不得忤区画。丰隆与飞廉，列缺与辟历。汝将汝风驰，汝遣汝雷击。汝云冯勿滴，汝雨必三尺。汝不从誓言，不畏上帝敕。至期果响答，动荡七日泽。常时人所难，若若不力。公卿奏天子，是必有襃锡。可以宠号名，可以蕃服裼。君曰天子圣，卿从诚所格。臣敢贪天功? 况在归计迫。昨得山中书，至自青溪宅。归来百弟子，迟归在朝夕。暾时冬序半，霜下木叶积。明当课斩伐，结构西岩壁。山田晚报熟，芝术及采摘。狝猿长如人，夜夜盗柿栗。堤防苟不豫，六气尽蟊贼。公家事既已，私事容弃掷。方知用世士，遗世等糠粃。所过如虚空，焉知去留迹? 我持一瓢酒，欲以赠远色。岁暮不见君，怅望空中翮。"见《范德机诗集》卷一，文渊阁《四库全书》本。

① 转引自仇兆鳌《杜诗详注·附录》，中华书局 1979 年版，第 2328 页。

② 今人对《唐诗品汇》的研究，多从文学批评的角度展开。从史源学的角度来讲，高棅选录各家诗歌，当有底本依据。限于时间原因，笔者未能一一统计，只就《唐诗品汇》中所收杜诗数量进行了粗略的统计。据统计，高棅选杜诗 313 首（含拾遗 12 首），这与范梈《杜工部诗范德机批选》的数量较为一致，而且所选诗歌也大同小异。甚者，高棅除了选录杜诗，在部分诗歌下还有评语，这些评语恰好来自范梈。范梈选杜诗先分体，后编年，高棅选本则较为紊乱，没有统一标准。于此可从反面得出高棅《唐诗品汇》中杜诗部分可能来自范选，为了掩人耳目，高棅做了篡改。

③ 董养性曰："篇中皆陈情告诉之语，而无干望请谒之私，词气磊落，傲睨宇宙，可见公虽困踬之中，英锋俊彩，未尝少挫也。"（仇兆鳌《杜诗详注》卷一引，中华书局 1979 年版，第 79 页）董养性《选注杜诗》卷一《奉赠韦左丞丈二十二韵》诗后注解曰："凡此八节，皆是陈情告诉之语，而无干望请谒之私，词气磊落，傲兀宇宙，以见公虽困顿之中，英锋俊彩，未尝少挫也。"

存一本，乃海外孤本。此书复印件现藏于山东大学文史哲研究所，是由著名的杜诗研究专家萧涤非先生的美籍弟子车淑珊女士从日本复印而得。董养性《选注杜工部诗叙》云：

> 唐元微之叙子美诗备矣，至谓其上薄风骚，下该沈宋，言夺苏李，气吞曹刘，尽兼昔人之所独专。吁！其知子美亦深乎哉。盖尝论之，诗本人情者也，诗而不本于人情，则无关乎世教，故曰声音之道与政通。三代之前，气象混涵，化成俗厚，君臣歌于朝廷，士民歌于里巷，政治之美恶一见于诗，故得以是而观风焉。两汉风气，去古未远。两汉之后，三光五岳之气分裂无余。教亡于上，俗漓于下，人不能皆诗也。始有专门名家。然三纲沦，九法斁，率皆浮靡同风，流连光景而已矣。
>
> ……
>
> 余平生最嗜读，然观旧有为之注者，如鲁訔之编年，黄鹤之分类，刘会孟之评论，虽颇详悉，又病其附会穿凿，徒牵合引据，而于作者之情性略无见焉。遂忘其愚昧，校勘诸本，略加删补，必求以著明作者之初意，分门归类，共为七卷，庶于初学之士或少助焉。元集若干，今选合者若干，非私意敢有所去取也，但学者苟能因其所选以及其所未选，则片言半句皆足以感发，况触类而长，将有得于声律文字之外，岂小补哉！①

董养性本着"诗本人情者""声音之道与政通"的传统儒家诗教观，对杜诗做了高度评价，同时又对历代注杜得失做了评判，指出其选注的目的乃"著明作者之初意""见作者之情性""于初学之士或少助"。该书沿袭了宋代杜诗的分类本体例，共选杜诗916首，解释简练清晰，亦有一定的独到见解，如《遣兴三首》其一注云："盖谓与其有功而残民，不若无功而

---

① 元·董养性《杜工部诗选注》，山东大学文史哲研究所藏复印本。该书电子版经郝润华师向郑杰文教授求取，特此致谢！

安众。"《前出塞九首》其八注云："此篇所以愧天下后世为臣子争功者也。"

另外，元代还有两部杜律选本，对明代影响很大，一为托名虞集的《杜律虞注》，一为赵汸的《杜工部五言赵注》。关于《杜律虞注》，详见下文。这里简单介绍一下赵汸的《杜工部五言赵注》。

《杜工部五言赵注》是杜诗学史上第一部专门注释杜诗五律的注本，分类编次，计 16 类 261 首：朝省 2 首、宴游 24 首、感时 12 首、羁旅 40 首、闲适 50 首、宗族 12 首、朋友 16 首、送别 14 首、哀悼 8 首、登眺 18 首、感旧 4 首、节序 9 首、异域（一作杂感）14 首、天文 22 首、禽兽 10 首、题咏 6 首，占杜甫五言律 630 首的五分之二强。该书注释简洁明了，多引前人注解，如宋代司马光、黄鹤、叶梦得等，元代方回、范梈等，评语多引自刘辰翁语，以串讲诗意为主。如杜甫著名的《旅夜书怀》，赵汸在每两句诗后注曰：

> 起言夜景，近而小者。三四言夜景之远而大者，先述客夜舟泊所见之景，后乃言情。（五、六）以二虚字（岂、应）斡旋见意。（七、八）比也。言终漂泊而无所归。①

诗后总评曰：

> 范德机曰："作诗要有惊人名语，险如子美'白摧朽骨蛟龙死，黑入太阴雷雨垂'，便自奇险。'峡坼云埋龙虎睡，江清日抱鼋鼍游'，'抱'字便险。'竹光团野色'，'团'字亦险。今如'星垂平野阔，月涌大江流'，又如李贺'黑云压城城欲摧，甲光照日金鳞开'，此等句，语任道不到。"

其体例大略如此。此书后世版刻甚多，明代汪瑗以此书为底本，对该

---

① 元·赵汸《杜律五言注解》卷一、《杜诗丛刊》本，台湾大通书局 1974 年版。下文不再出注。

书进行补注，成书曰《杜律五言补注》，对杜甫的全部五言律诗进行了注解，比赵汸注也多有发明，是明代一部较有成就的杜诗五律选注本。

　　明代的杜诗选本各体皆有，受到《杜律虞注》和《杜工部五言赵注》的影响，以杜律选注本（尤其是七律选本）为多。其中明中叶的张綖著有3种杜诗学著作，有古诗选本，有七律选本，还有诸体合选本，不仅数量居明代首位，质量也较高。万历初期颜廷榘的《杜律意笺》是一部较有特色的七律注本，万历后期邵傅著有《杜律集解》，是对明代五七言律诗选注本的一个总结。又，明代还有很多杜诗白文本，或全集，或分体选本，体现出明人"不笺一字是功臣"和"辩体"的注释理念及诗学观，其中以明遗民林时对的《杜诗选》为代表。本章首先分析了《杜律演义（虞注）》对明代杜律注本的影响，之后分别对明中期张綖的杜诗学、明万历时期颜廷榘的《杜律意笺》、邵傅的《杜律集解》以及明末清初林时对的《杜诗选》进行了个案研究，通过不同时期、不同体裁的杜诗学文献，以窥见元明时期杜诗选本文献的特点及其价值。

第二节　《杜律演义（虞注）》与明代的杜律选注本

　　《杜律虞注》是一部伪书，在杜诗学界早已成为定论①。其实在明代已经有许多人认识到了其伪书的性质，而且关于伪托何人的问题也有过讨

---

　　① 详见《四库全书总目》卷一百七十四《杜律注二卷》、程千帆《杜诗伪书考》（上海中华书局1949年版，经修订，收入《古诗考索》，上海古籍出版社1984年版，第345—365页）、余嘉锡《四库提要辨正》卷二十四《集部五·杜律注二卷》、王重民《中国善本书提要·集部·别集类》、周采泉《杜集书录》内篇卷六《选本律注类一·杜律虞注二卷》《杜律演义二卷》、卷十一《其他杂著类·杜工部七言律注二卷》、郑庆笃等编《杜集书目提要》、冯建国《〈杜律虞注〉伪书新考》（载《中国古典文学论丛·第四辑》，人民文学出版社1986年10月版，第346—359页）、冯小禄《伪〈杜律虞注〉补说》（《杜甫研究学刊》2007年第2期）、罗鹭《伪〈杜律虞注〉考》[载《古典文献研究》（第七辑），凤凰出版社2004年7月版，第312—321页]。

论。然而，就是这样一部伪书，明人不仅一而再，再而三地变着花样大量刊刻，一些杜诗研究者将其用作为底本，对明代的杜诗研究产生了很大的影响[①]；而且该书还传到当时的朝鲜、日本等国，对该国的诗坛、诗学风尚也产生了一定的影响。甚者，当时的琉球国还将其作为经学教科书来使用。　这是一种奇特的文化现象。本节先对《杜律虞注》和《杜律演义》二书的关系试做介绍，并就明人对二书的接受问题进行论述，具体探讨元代杜律选本对明代的影响。

一、《杜律演义》与《杜律虞注》

《杜律演义》，作者张性，生卒年不详，字伯成，临川金溪（今江西金溪）人。元代举人，一说进士。传世《杜律演义》卷前有曾昂夫撰写的《元进士张伯成先生传》，并附吴伯庆《哭张先生诗》对其生平及著述略有提及，今抄录如下：

> 金溪一邑，当元之世，士之学文章其知名于时而可传于后世者，有六君子焉。朱贡士元会氏、危翰林太朴氏、先学士子白氏、刘集贤良甫氏、葛经筵元喆氏、张贡士伯成氏。
>
> 贡士讳性，伯成字也。其族散居石门东曹里。幼孤，育于外氏周先生自诚。先生学尚淳实，自幼训之，先性理而后词艺。稍长，工举子业，治书经，师于先学士。他日览其为文，大称之。其同辈疑曰："曾先生谩誉伯成耳！伯成非其真能也。"是年，举于乡，疑者始曰："曾先生真知人，伯成真学者也。"明年试于春官，下第归，而用功益力。其文赡富而明畅，不独可以决科而已。会兵起，科举废。乃日取经、子、秦、汉、唐、宋之书与文章读之，学为碑、铭、序、记、论、说、箴、谏之文，刮陈剔垢，驰骛开阖，演绎含蓄，言其所当言，纪其所当纪，是非之。公不以时废，不以俗存，务在追古作者。尝将所著《尚书补传》《杜诗演义》、杂文若干，手抄成编，谓门人宋季子曰："吾志在斯，惟求吾师曾先生正之而已。"未达而卒，人

[①] 具体参看拙文《明代杜诗选录和评点研究》，西北师范大学 2011 年硕士学位论文。

悲其志。传其学者同知潮州事陈介，今国子学正邱益文绩。

夫前六君子者，其所至虽不同，而其志欲追古作者而无愧焉则同也。伯成虽厄于困穷，其所至与六君子有不同，而其志欲力追六君子而无愧焉则同也。故为张先生传。[①]

按，文中所谓"曾先生"者，乃是这篇《传》文的作者曾昂夫的父亲曾子白。张性曾求学于曾昂夫父，可见二人定有交游，此篇文献的真伪不容怀疑，文中所述关于张性的事迹亦当具有真实性。又，吴伯成写给张性的挽诗则云：

何处重逢说别时，斯文千载尽交期。学怜知己先登早，生愧同庚后死迟。笺疏空令传杜律，志铭谁与继唐碑？寡妻弱子将焉托，节传遗文只益悲。

"笺疏空令传杜律，志铭谁与继唐碑"，与曾昂夫《传》中所说"《杜诗演义》""学为碑、铭、序、记、论、说、箴、谏之文"合，可互证其真实性。所谓《杜诗演义》，当为《杜律演义》。张性确实注解过杜律，有《杜律演义》一书传世。

《杜律演义》，名称不一。明王圻《续文献通考》作《杜律注》，赵琦美《脉望馆书目》作《杜律张注》，清黄虞稷《千顷堂书目》、倪灿《补辽金元艺文志》作《杜律衍义》、阮元《天一阁书目》作《杜律衍义》。该书共选杜甫七言律诗 151 首，分为山川、时序、居室、音乐、纪行等 21 类，为前后两集。张性注解简洁明了，一般先训释词语典故，后串讲诗歌大意。其注解注重从诗歌情境出发，阐释诗歌内蕴，颇便初学。该书版本有明宣德四年（1429 年）初刻本，藏上海图书馆。又有明嘉靖十六年（1537 年）汝南王齐刊本。浙江图书馆、台湾"中央图书馆"均藏有此本。1974 年台湾大通书局据嘉靖刻本影印《杜诗丛刊》本，最为易得。

---

① 载元·张性《杜律演义》，1974 年台湾大通书局据明嘉靖十六年影印《杜诗丛刊》本。

　　虞集（1272—1348 年），字伯生，号道园，学者称邵庵先生。蜀之仁寿人（今四川省眉山市仁寿县）。宋丞相允文五世孙，居江西之崇仁。从临川吴澄游，以荐授大都路儒学教授，擢国子助教，迁集贤修撰、翰林待制，兼国子祭酒。文宗天历中，拜奎章阁侍书学士，进侍讲学士。顺帝初，谢病归临川，卒，赠仁寿郡公，谥文靖。虞集是著名的理学家、学者和文学家，与杨载、范梈、揭傒斯并称为"元诗四大家"，著有《道园学古录》等。

　　托名虞集的《杜律虞注》，实乃据张性《杜律演义》篡改售世。是书版本甚多，书名多异，有《虞邵庵分类杜诗注》《杜律七言注解》《杜工部七言律诗》《杜诗虞笺》《虞伯生选杜律七言注》等。此书所收杜诗及诗歌注解与《杜律演义》大同小异，诸本序跋也互有增减，唯杨士奇序各本均载。此书不仅盛行于元、明代，且流传到朝鲜，曾为当时最为流行的杜诗品评书籍。据《韩国所藏中国汉籍总目》著录，此书多达七八十种，其盛行状况于此可见一斑。台湾大通书局收录有明吴登籍校刊二卷本，明万历十六年（1588 年）新安吴怀保七松居藏四卷本，最为方便。

二、明人对《杜律演义》《杜律虞注》的接受与研究

　　第一，《杜律演义》《杜律虞注》在明代的刻印盛行，有一卷本、二卷本、三卷本、四卷本、不分卷本，名字多有不同，花样繁多，今据《中国古籍总目·集部·别集类·唐五代之属》著录该书的现存情况列举一表，以见当时刻印此书之盛况。如下。

	名称	刊刻情况
一卷本	杜律七言注解一卷	明正德三年刻本（1）、明刻本（2）、清山东刻本
	杜工部七言律诗一卷	明嘉靖三年张祐刻本（3）、明刻本（4）
二卷本	杜工部七言律诗二卷	明正德三年罗汝声刻本（5）、明宣德正统间刻本（6）、明邓秀夫刻本（7）、明朱熊刻本（8）、明东泉张氏刻本（9）、明王同伦刻本（10）、明毛晋刻本（11）、明刻本（12）、清康熙四十八年吴源起刻本、清康熙间高兆遗安草堂刻本

续表

	名称	刊刻情况
二卷本	杜律七言注解二卷	明嘉靖七年穆相杜律注解本（13）
	杜律（虞注）二卷	明万历五年苏民怀桐花馆刻本（14）、明遗安草堂刻本（杜律虞注）（15）
	翰林考正杜律七言虞注大成二卷	明万历十六年书林郑云竹刻本（16）
	杜工部七言律诗二卷 [明冯惟讷删]	明万历四十三年刻本（17）
	杜工部七言律诗二卷 [明吴登籍校]	明刻本（18）
	杜工部七言诗注二卷	明刻本（19）
	杜律注二卷 [清高兆校]	清抄本
三卷本	虞伯生杜律七言注三卷 [清查洪道、清金集补注]	清刻本
四卷本	杜律七言注解四卷附诗法家数一卷	明正德三年刻本（20）、明万历十六年吴怀保七松居刻本（21）
不分卷	虞邵庵分类杜诗不分卷	明正统间石璞刻本（22）
	杜律不分卷	明桐花馆刻本（23）

注：有序号为明刻本。

以上只是就现存的版本情况所做的不完全统计，如果将历史上亡佚的各种版本也计算在内，其数量远胜于此，由此可见明人的风尚喜好及此书在明代的刊刻盛况。

第二，明人对于"伪虞注"的认识。

关于伪虞注的问题，在明代已有不同的看法。通过梳理明人对此问题的意见，可以正本清源，还原明人对伪虞注的认识。

最早对《杜律虞注》发表意见的是明代"台阁派"的代表杨士奇和黄淮。杨士奇作有《杜律虞注序》，全文录之如下：

　　律诗非古也，而盛于后世。古诗三百篇，皆出乎情，而和平微婉，可歌可咏，以感发人心，何有所谓法律哉！自屈宋下至汉魏，及郭景纯、陶渊明，尚有古诗人之意。颜谢以后，稍尚新奇，古意虽衰，而诗未变也。至沈宋，而律诗出，号近体，于是诗法变矣。律诗始盛于开元、天宝之际，当时如王、孟、岑、韦诸作者，犹皆从容萧散有余味，可讽咏也。若雄深浑厚，有行云流水之势，冠冕佩玉之风，流出胸次，从容自然，而皆由夫性情之正，不拘于法律，亦不越乎法律之外，所谓"从心所欲不逾矩"。

为诗之圣者，其杜少陵乎。厥后作者代出，雕镂锻炼，力愈勤而格愈卑，志愈笃而气愈弱，盖局于法律之累也。不然，则叫呼叱咤以为豪，皆无复性情之正矣。夫观水者必于海，登高者必于岳，少陵其诗家之海岳欤！百年之前，赵子昂、虞伯生、范德机诸公，皆擅近体，亦皆宗于杜。伯生尝自比"汉庭老吏"，谓深于法律也。又尝取杜七言律为之注释。伯生学广而才高，味杜之言，究杜之心，盖得之深矣。观其《题桃树》一篇，自前辈已谓不可解，而伯生发明其旨，瞭然仁民爱物以及夫感叹之意，非深得于杜乎？

或疑此编非出于虞，盖谓欧阳原功所撰《墓碑》不见录也。伯生以道学、文章重当世，碑之所录，取其大而略其小，故录此未足以见伯生，然必伯生能为此也。此篇旧未有刻本，江阴朱善继尝刻单阳元《读杜愚得》，其子熊得此编，又请于父而刻之。吾闻熊有孝行，固其克承父志欤！①

杨士奇针对当时人怀疑此书并非虞集所著的情况做了说明，认为其《墓碑》未录的原因乃是舍小取大，非虞集不能为。可见他认为此书的作者就是虞集②。另，杨士奇作有《读杜诗愚得序》，其中说道："虞文靖公集，取其近体百余篇，为之注。盖得杜之心，而长篇短章，关乎世道之大者，

① 杨士奇《杜律虞注序》，各种《杜律虞注》版本均见载，又收入杨士奇《东里集续集》卷十四，文渊阁《四库全书》本。周采泉未检其《东里集续集》，认为未收，乃判断杨士奇《序》出于伪托，实误。

② 关于后人对杨士奇《序》的误读，详见冯小禄《伪〈杜律虞注〉补说》。

未遍及。"又，《〈读杜诗愚得〉二集》其一亦云："虞道园尝注杜律诗百余篇，最为简明。"均可见杨士奇的观点。

黄淮作有《杜律虞注后序》，其文曰：

> 律诗始于唐而盛于杜少陵，盖其志之所发也。振迅激昂，不狃于流俗，开阖变化，不滞于一隅，如孙吴用兵，因敌制胜，奇正迭出，行列整然而不乱。其即景咏物，写情叙事，言人之所不能言，诵之者心醉神怡，击节蹈抃之不暇，诚一代之杰作也。元奎章学士虞文靖公摭其尤精者百篇注释，以惠后人。文靖以雄才硕学为当代儒宗，其注释引援证据，不泛不略，因辞演义，深得少陵之旨趣，然而未有刻本，而所传不广也。

> 江阴朱熊于京都录而得之，持归，将锓诸梓，求二杨少傅先生序，以冠其端。熊之伯父善继暨乃父善庆尝承庐陵杨公之命刊刻单复《读杜愚得》，熊今于此复能致力，逾月而告成。呜呼，文靖之注释，实有功于少陵，而朱氏一门，亦可谓有功于诗学者矣。

> 或谓诗自风、雅、颂变而为骚些，骚些变而为古选、歌行，又变而后，及于唐律。文靖注诗，舍本而逐末，何居？夫诗与乐相通，乐有五声八音，九变而大成。或举其一声一音而独奏之，得不谓之乐乎？诗至于律，其变已极。初唐、盛唐，犹存古意，驯至中唐、晚唐，日趋于靡丽，甚至排比声音，摩切对偶，以相夸尚，诗道几乎熄矣。文靖深为此虑，故因变例之中，特取少陵之浑厚雅纯者表章之，以为世范，是亦狂澜砥柱之意也。学者由此而求之，则思过半矣。[①]

其观点与杨士奇并无二致，他不仅认为作者是虞集，还对此书大加赞赏。然而更多的人对《杜律虞注》的著作权表示怀疑。今择其要者列举如下：

---

① 明·黄淮《黄文简公介庵集》卷十一，《四库全书存目丛书》本，集部第26、27册，《杜律虞注后序》见第27册，齐鲁书社1997年版，第80—81页。

宣德年间黎近为《杜律演义》作序云："然近时江阴诸处以为虞文靖公注而刻板盛行，谬矣！其《桃树》等篇，'东行万里'等句，又有数字之谬焉。吾临川固有刻本，且首载曾昂夫、吴伯庆所著《伯成传》并挽词，叙述所以作《演义》甚悉。奈何以之厚诬虞公哉？按，文靖公早居禁近，继掌丝纶，尝欲厘析《诗》《书》，汇正三《礼》弗暇，独暇为此乎？昨少师杨文贞公固疑此注非虞，惜不知其为伯成耳！……天顺丁丑（1457 年）秋黎近久大序。"①黎近序是目前所见最早提到伪虞注的文献，其从版本学的角度进行辨伪，据临川刻本所载曾昂夫、吴伯庆所著《伯成传》并挽词，以此证明作者不是虞集。这种辨伪有理有据，也成为后人证明《杜律演义》的作者是张性的有力证据。

正统年间，曹安②在其《谰言长语》中提道："杜子美律诗自成一家言。元进士临川张伯成注《杜诗演义》，曾昂夫作《传》有此作，又有刊版告语，惜其少传。往时见《杜律虞注》，以为虞伯生，古今人冒前人之作为己作者居多。"③曹安辨伪的依据乃是亲见《杜律演义》一书及曾昂夫《传》，所以指出昔日所见《杜律虞注》乃是伪书。

其后，成化年间的进士蒋冕对此问题亦有所认识，他曾在《书元张伯成〈杜诗演义〉后》一文中说道：

> 杨文贞公序虞文靖公所注《杜少陵七言律诗》，所谓《杜律虞注》者，刻本在江阴，行于天下久矣。序不书年月，惟书荣禄大夫少傅、兵部尚书、华盖殿大学士官衔，盖在宣德、正统间。而宣德初年，已有金溪进士元人张伯成所注《杜诗演义》梓行于世。二书篇目、次序虽微有不同，而皆用文公传《诗》与《楚辞》例，先明

---

① 转引自周采泉《杜集书录》内编卷六，上海古籍出版社 1986 年版，第 285—286 页。按，《杜集书目提要》亦引有此段文字，认为序文的作者是"黎近久"，误，当为"黎近"，字久大。观其序尾署名自可知。

② 曹安，字以宁，松江人。正统甲子举人，官安丘县教谕。素负才名，著述甚富，有《谰言长语》一卷传世。

③ 明·曹安《谰言长语》，文渊阁《四库全书》本。

训诂，次述作者意旨，而以一圈别之，其同者盖十之八九。《演义》篇首有曾子白之子昂夫所撰《伯成传》，称伯成之文，务在追古作者，尝以所著《尚书补传》《杜诗演义》、杂文若干，手抄成编，谓门人宋季子曰："吾志在斯，惟求吾师曾先生正之而已。"先生，指子白也。《传》后附录独足翁吴伯庆《哭伯成》诗，亦有"笺疏空令传杜律"之句，则注杜律者，乃张伯成，非虞文靖，明矣！窃意文靖家临川，去金溪百里而近。伯成所注《杜律》，文靖岂尝见而爱之？其不同者，岂文靖尝笔削之欤？未可知也。文贞序有云："或疑此编非出于虞。"盖当时亦未尝不致疑也。暇日曝旧书，偶见《演义》，漫笔识之，以谂知者。[①]

蒋冕的证据，除了曾昂夫《伯成传》及吴伯庆《著挽词》，还有杨士奇序《杜律虞注》不署年月。经过对比，蒋冕发现"二书篇目、次序虽微有不同，而皆用文公传《诗》与《楚辞》例，先明训诂，次述作者意旨，而以一圈别之，其同者盖十之八九"，再次证明了所谓的《杜律虞注》是伪书。

弘治年间进士董玘《鲍刻赵子常〈选杜律五言序〉》云："此编出山东赵子常氏，独取杜五言律分类附注，诗家谓可与《七言律虞注》并传，而未有梓之者，近始梓于鲍氏。然余曾闻长老先生言：虞注亦后人依托为之者，非伯生自注。"[②]同样指出《杜律虞注》作者不是虞集。

著名茶陵派诗人李东阳（1447—1516年）在《麓堂诗话》中亦云："徐竹轩以道尝谓予曰：'《杜律》非虞伯生注，杨文贞公序刻于正统某年，宣德初已有刻本，乃张姓某人注。渠所亲见。'予求其本，弗得也。"[③]按，据李东阳《怀麓堂集》卷七十一《传都城故老传》云："徐本，字以道，姑苏

---

① 明·蒋冕《书元张伯成〈杜律演义〉后》，载《明文海》卷二百十三，文渊阁《四库全书》本。

② 转引自周采泉《杜集书录》内编卷六，上海古籍出版社1986年版，第291、292页。

③ 明·李东阳《麓堂诗话》，《历代诗话续编》本，中华书局1983年版，第1383页。

人，藉京师。尝出入杨文贞公之门，及见诸老，能道前朝典故。……独嗜书，每得一书，手自披对，缺板脱字，则界乌丝栏纸乞善者补之。笑谓人曰：'吾犹老鼠搬生姜——劳无用也。'年八十余乃卒，其自号曰'竹轩'，所辑有《竹轩诗》一卷。"李东阳《怀麓堂集》卷十一《竹轩为徐以道先生作》[①]、杨士奇《东里续集》卷五十八《竹轩为徐以道赋》[②]均有赠诗给徐以道，可见三人有交游。徐以道"独嗜书，每得一书，手自披对，缺板脱字，则界乌丝栏纸乞善书者补之"，可见他是目验所得出的结论。

王齐认为："涯翁《麓堂诗话》谓：'《杜律》非虞注，乃张注，宣德初已刊。恨未之见也。'予因读《道园》诸录，疑其藻思弗伦，及考《墓碑》，又弗及载，心知非虞，而惜张注无征之难信也。他日应聘关中，道出落下，谒王乔洞，见于铁门学究，朽蚀几不可读矣。涯翁平生所思，一朝获之，始信为伯成《演义》焉。岂昔人以伯成、伯生音近而误传耶？抑虞公尝为题品，而江阴诸处遂伪传耶？抑好事者以张之穷、虞之达，而藉重以传耶？"[③]

杨慎（1488—1559 年）在《闲书杜律》中说道："杜诗可以意解，而不可以辞解。必不得已而解之，可以一句一首解，而不可以全帙解。全帙解，必有牵强不通，反为作者之累。世传《虞伯生注杜七言律》，本不出自伯生笔，乃张伯成为之，后人驾名于伯生耳。其注，首解《恨别》云：'杜公初至成都，未得所依，故以别为恨。'不知唐室板荡，故园陷虏，虽得所依，岂不以别为恨？公岂如江估淮商，风水为乡，船作宅，一得醉饱，不思家者乎？……其他尚多，聊举一二耳。牵缠之长，实累千里。此既晦杜

---

① 诗云："城里青山竹外扉，先生于世本忘机。贤如阮籍非耽酒，兴比王献只布衣。秋枕倚风高叶下，夜窗听雨一灯微。苍茫岁晚交游别，叹息林塘旧事稀。"（文渊阁《四库全书》本）

② 诗云："幽人乐种竹，竹生繁且妍。垂云幕户外，映月摇阶前。晴疑抗翠翻，风类鸣清弦。夏来暑威薄，冬至寒节坚。时携羊求侣，亦咏嵇阮篇。即此适萧散，焉知尘俗牵。"（文渊阁《四库全书》本）

③ 转引自郑庆笃等编《杜集书目提要》，第 58 页。按，《杜集书目提要》引文标点稍有错误，据文意径改。

意，又污虞名，曷镵其板，勿误人也！"①

万历年间的谢杰（？—1604 年）对于伪虞注的批判最为强烈，其《杜律詹言序》云：

> 注杜律者众矣，而莫盛于虞，以伯生闻人，且东里学士为之叙也，然是恶足以注杜乎哉！说者谓为元人张性伯成所为，而托之虞以显，理或然者。欧阳原功撰虞《墓碑》，不及注杜，东里业已疑之，则此之为赝书可必也。余使琉球，见彼国所读书独无经，而以《杜律虞注》当之，亦唐鸡林贾之俦与！第贾能辩白傅之赝，彼直以燕石宝少陵，窃谓白傅幸而少陵不幸也。
>
> ……
>
> 故以此解杜，是为诬杜；以此名虞，是为诬虞，宜毗陵氏摈而黜之者。自毗陵说行，世稍知其为赝，不可谓无功于虞。惜所释寥寥，无足深明作者之轨，谓之有功于杜或未也。用是不揣，姑会其意，而为之词，取材诸家，发以肤见，窃附古者以意逆志之谊，期于备而约、卺而圆。虽杜之全豹未之能窥，而寸管一斑，亦时有见。②

明末徐𤊹（1563—1639 年）在其《徐氏笔精》中沿袭了谢省的观点，云："《杜律虞注》杨文贞作序，疑其不出伯生之手。然实京口张性伯成所著也。性亦元进士，后世借伯生之名以行。予家有张刻古本，名《杜律演义》，世所罕知也。谢司农尝言'使琉球时见彼国读书无经，而以杜律虞注当之，是以燕石宝少陵也'。……按张本编次与虞本大异，其中训诂，张简而虞繁，必后人以张之旧稿稍增益之，伪为伯生所注。盖伯生位极人臣，而张宦不达故耳。元吴伯庆有《挽张伯成诗》云：……杨文贞素以博洽闻，

---

① 明·杨慎《闲书杜律》，周维德集校《全明诗话》本，齐鲁书社 2005 年版，第 1201—1202 页。
② 明·谢杰《杜律詹言序》，见《明文海》第 213 卷，文渊阁《四库全书》本。

又去元季未远，序文犹未能决其非虞笔，宜乎愈久而愈误也。"①

　　以上是明人对于伪虞注的认识，明人从版本学的角度，从曾昂夫的传及吴伯庆的挽诗来断定《杜律演义》的作者是张性，而非虞集，有的学者较为严谨，将二书做了比勘，其结论也是一样的，从而使得这一公案得以水落石出。后人对二书的作者问题大多也是沿袭明人的意见。

　　第三，《杜律演义》《杜律虞注》影响下的明代七律选注本。

　　受到《杜律虞注》的影响，明人喜好刊刻杜律注本。据统计，在明代60多种杜诗选本中，七言律选本有22种，约占37%。受此风气影响，明代出现了一大批杜律注本，如赵本学《注杜声律》、王维桢《杜诗七言颇解》、赵大纲《杜诗测旨》、冯惟讷《杜律删注》、赵统《杜诗意注》、颜廷榘《杜律意笺》、陈与郊《杜诗律》、汪愐《虞本杜律订注》、郭正域《杜律选》、黄光昇《杜律注解》、谢杰《杜律詹言》、薛益《杜工部七言律诗分类集注》、沈啓《杜律七言注》、曾应翔《选杜律虞注》、邵宝《杜律抄本》、徐常吉《杜诗注》、过栋、邵勋《杜少陵七言分类》、程元初《杜律绪笺》、李国樑《杜诗七律注》、赵本学《注杜声律》、阙名《新刊杜工部七言律诗》等等。

　　这些注本或以张性《杜律演义》为底本，或以《杜律虞注》为蓝本，注解中也多引用虞集注，或赞同，或批驳。其中王维桢《杜律颇解》收诗15首，其类别、次序、篇目、收诗数目与张性《杜律演义》完全相同；其注释甚为简略，部分乃是由《杜律演义》削减而来。此书乃是书商篡改张性《杜律演义》，加上王维桢的一些观点拼凑而成，实乃一部伪书，亦可见《杜律演义》在明代的影响。又如张綖（1487—1543年）《杜律本义》卷末有綖弟张绘跋，云："元进士金溪张伯成尝著《杜律演义》，今讹传虞注者是也，永嘉罗峰张阁老又为《释义》，二书优劣不待论而可知，其间俱不免有失杜之本旨者。余兄南湖先生因又为之注，以继二宗之后。而以《本义》名，良有谓也。"可见张綖注解杜律是在张性《杜律演义》、张孚敬《杜律训解》基础上的研究。冯惟讷《杜诗删注》，又作《杜律虞注删》，从书名

―――――――

① 明·徐𤊨《徐氏笔精》卷三"杜律虞注"条，文渊阁《四库全书》本。

可知，乃是直接删存伪虞注而成。

第三节　颜廷榘及其《杜律意笺》

明代杜律注本盛行，福建人颜廷榘所著《杜律意笺》二卷为其中一种。该注本以笺释诗意为主，对元代《杜律虞注》多所驳正，对前人及同时代人的注本也多有引用，体现出鲜明的笺注特色。本节就颜廷榘的生平，《杜律意笺》初刻时间与笺释特点等试做考证分析，并挖掘《杜律意笺》在杜诗学史上的成就与价值。

一、颜廷榘的生平

颜廷榘（1519—1611 年）[①]，字范卿，自号陋巷生、赘翁、桃源渔人，明永春始安里（今福建永春石鼓乡桃场村）人，是永春历史上有名的乡贤、诗人和书法家。世称颜国史或颜长史。颜氏父名溥，由太学生出任连州通判，有德于民，民敬而尊其为"颜佛"，后升直隶广平府曲周知县。嘉靖三十七年（1558 年），颜氏被举为岁贡，授九江府通判，暇即会友赋诗，游览匡庐、彭蠡的风景名胜，江州人以白居易比之。屡承办郡县之事，所办案件均公正廉明。当时有兵与民起冲突，当权者要加罪于民以媚兵，廷榘坚持不可，三次上报均遭驳回，忤上司意，遂被贬至太宁都司断事。赴任时，只带一仆人，一住五年，每日以读书写字自娱，书法上乘。后调任岷王府长史，辅导匡正，深得岷王朱运昌器重。年七十余辞官告归，纵游蓟、燕、吴、越间，栖虎丘，泛西湖，登天目，所过皆留诗纪胜，海内名硕大多与他

---

① 关于颜廷榘生卒年，周采泉《杜集书录》（上海古籍出版社 1986 年版）没有注明，郑庆笃、焦裕银、张忠纲、冯建国编《杜集书目提要》称其"生卒年不详"，（齐鲁书社 1986 年版，第 94 页）。张忠纲、赵睿才、綦维、孙微著《杜集叙录》记颜氏生平曰："1513？—1605？"（齐鲁书社 2008 年版，第 171 页）。今据永春县志编纂委员会编《永春县志·卷三十二·人物志》（语文出版社 1990 年版，第 875 页）。

有交往。卒后人们把他奉祀在永春名宦乡贤祠，并尊他为"桃陵先生"。所著有《匡庐倡和集》^①《燕南寓稿》《楚游草山堂近稿》《颜氏家谱》《丛桂堂集》及《杜律意笺》等^②。（万历）《重修泉州府志·人物志》，（嘉庆）《重修一统志》及《永春县志·人物志》有传。

廷榘天资聪颖，秉性慈良。小时随父到广东任所，其母在家侍奉祖母。一次，老师出对试他："人在高堂千里远"，廷榘应答"客眠孤馆五更寒"。对仗工整，深得老师赞赏。

廷榘重孝悌，笃人伦。他与母及弟廷棐早已分产，而父亲晚年再得一子，廷榘即取出原有契券分产与弟。少年时，曾从莆田人吴石渠学习，后吴客死永春，廷榘抬其尸体至家收殓，设神位，哭泣数日，再以厚赙运柩归里。

廷榘工书善画。他在永春魁星岩读书时，以地砖为笺，清泉为墨，终日挥毫，练就了一手好字，楷、行、草、隶、篆书样样精通。人们将他的墨迹作为珍宝收藏。其书法与桂亭织画、翘松^③诗词被合称为"永春三绝"。

廷榘平生倾仰杜甫，作诗极力模仿工部，海内文士咸知其名。明代著名诗人、颜廷榘的好友黄克缵对颜氏之书法、诗文极为推崇，在其《数马集》卷二十七《跋李还素所藏黄孔昭颜范卿诗画卷》中称，"颜精草隶，称

---

① （万历）《重修泉州府志·人物志》"黄克晦"条云："黄克晦……从左长史之江州，有《匡庐倡和集》。"知该集乃颜、黄二人酬唱之作，此处系于黄氏名下。今捻出。

② 关于颜氏著作，（万历）《重修泉州府志》著录为《楚游草》《燕南寓稿》。（嘉庆）《重修一统志》著录为《楚游草》《燕南寓稿》《丛桂堂集》《杜律意笺》。《四库全书总目提要》收《杜律意笺》二卷，《丛桂堂全集》诗、文各四卷。《杜集书目提要》云："所著有《楚游草》《燕南寓稿》《丛桂堂集》及《杜律意笺》。"似采自（嘉庆）《重修一统志》。《永春县志》云："所著有《匡庐唱和集》《燕南寓稿》《楚游草山堂近稿》《颜氏家谱》《丛桂堂集》及《杜律意笺》等。"所记不同。今从《永春县志》。

③ 郑翘松（1876—1955年），一名庆荣，字奕向，号苍亭，晚号卧云老人，永春桃城镇大坪村人。清光绪二十八年（1902年）考中举人。民国十四年，与侨胞李俊承等倡修（民国）《永春县志》，翘松任主编，历时二年始成，为永春县唯一民间纂修的地方志书。著有《卧云诗草》等。

笔下龙蛇"，还认为颜诗"衣钵少陵，而时出入于中唐者也"。①

二、《杜律意笺》初刻时间考

关于《杜律意笺》（以下简称《意笺》）初刻的时间②，周采泉《杜集书录》"板本"条下标明"明永春县刻"③，没有标明具体初刻时间。郑庆笃等人在其所编《杜集书目提要》中有这样的推测："此书乃颜廷榘晚年所撰，竭一生心力，年八十始竣其事，缮楷清稿，送呈岷王朱运昌指正，并求为序。朱运昌命永春县令陈见龙梓之，此即初刻，约当万历二十年前后。"④即《意笺》初刻时间大约为公元 1592 年前后，不知何据？既云"年八十始竣其事"，据其生年公元 1519 年推算，颜氏在公元 1598 年完成此书；云"此即初刻，约当万历二十年前后"，颜氏怎么可能在其没有完成著作的情况下付之版刻？其结论明显有误。

下面笔者将对此做一番考察，以期对《意笺》初刻的时间作出推测。

首先，在《意笺》眉批中有多处"测旨云"的字样，查知明代注杜律者有赵大纲《杜律测旨》。《杜集书录》云"是书有刻本，刻于何年待考。赵大纲《测旨自序》，成于嘉靖庚戌（1550 年）。是书在万历间于张孚敬《训解》最为风行。"⑤《杜集书目提要》云："嘉靖二十九年（1550 年）初刻本，嘉靖三十四年（1555 年）重刻本。"⑥由此可知，《杜律测旨》的初刻时间可能在公元 1550 年。颜氏在书中多次引用《杜律测旨》，可知颜氏必目睹过该书，因此，《意笺》的刊刻时间必晚于嘉靖二十九年（1550 年）。

---

① 明·黄克缵《数马集》卷二十七，《四库禁毁书丛刊》本，第 180 册，北京出版社 1998 年版，第 337 页。

② 本节所引《杜律意笺》之内容均来自台湾大通书局 1974 年版，下文不再出注。

③ 周采泉《杜集书录》，上海古籍出版社 1986 年版，第 320 页。

④ 郑庆笃、焦裕银、张忠纲、冯建国编《杜集书目提要》，齐鲁书社 1986 年版，第 94 页。

⑤ 周采泉《杜集书录》内编卷六，上海古籍出版社 1986 年版，第 316 页。

⑥ 郑庆笃、焦裕银、张忠纲、冯建国编《杜集书目提要》，齐鲁书社 1986 年版，第 77 页。

又，在《意笺》的眉批中，颜氏有几处引用"黄恭肃公"的注解来旁注杜诗。据查，明代被称为"黄恭肃公"且为杜诗做过注解的乃是福建晋江人黄光昇，黄氏著有《杜律注解》二卷。据《杜集书录》和《杜集书目提要》，《杜律注解》初刻于万历四年（1576 年），万历十一年（1583 年）翻刻。据此可知，《意笺》的刊刻年代必晚于万历四年（1576 年）。

其次，在笺释《九日二首》其二"风急天高猿啸哀"时，《意笺》眉批云："此诗悲壮沉郁，即起两句已不可捉摸，自是神至。评者谓老杜第一首诗。"首次将该诗评为"老杜第一首诗"的是明人胡应麟，其《诗薮》内编卷五云："杜'风急天高'一章五十六字……然此诗自当为古今七言律第一。"①胡应麟《诗薮》最早的刊本是明万历十八年（1590 年）胡氏少室山房原刊本②。由此推断，廷榘阅过胡氏之《诗薮》，而《意笺》的刊刻时间也必晚于万历十八年。

最后，《杜律意笺叙》云："近日长乐谢司寇益不满焉。"《上杜律意笺状》云："近见大司寇三山谢绎梅公所著《詹言》。"《意笺》的眉批也多有"詹言云"的字句。以上所说谢司寇指福建长乐人谢杰，他著有《杜律詹言》。据《杜集书录》和《杜集书目提要》，《杜律詹言》最早刻于明万历二十四年（1596 年）。《意笺》多次提到，并在笺释中多次引用，可推知颜氏当见过此书。所以，《意笺》的刊刻时间当晚于万历二十四年（1596 年）。《杜集叙录》考证颜氏约生于公元 1513 年，且云："颜廷榘……竭其心力著成《杜律意笺》一书，年八十五始成。"③据此推断《意笺》当初刻于公元 1597 年。如果按照颜氏生于公元 1519 年，那么初刻时间应在公元 1603 年。又，《意笺》末有万历三十一年（1603 年）七月十日何乔远所作《杜律意笺跋》。据此可知，《意笺》的初刻时间当在万历三十一年，也可见颜氏生年当为公元 1519 年。

---

① 明·胡应麟《诗薮》内编卷五，上海古籍出版社 1979 年版，第 95 页。

②《诗薮》之《出版说明》。

③ 张忠纲等编《杜集叙录》，齐鲁书社 2008 年版，第 172 页。

三、《杜律意笺》的笺注特点

《意笺》二卷，上卷收杜律 75 首，下卷 76 首，共计 151 首，大略按年编次。关于《意笺》的笺注特点，四库馆臣云："先用疏释，次加证引。"①郑庆笃等亦云："其笺注，先学释句解疏通诗意，次征引出处。意在阐明诗之主旨'不贵以博洽自见，其意约而理明'。"②所论极是，然过于简略。笔者在细阅《意笺》的基础上，首先对其诗歌笺注，诸如解题、释词、主旨大意等方面做简单分析，之后总结归纳出《意笺》的笺注特点。

1. 解题

题目是一首诗的中心，对题目的解说有助于我们更好地理解诗歌。《意笺》在笺注的时候，往往在一首诗的开篇即对该诗的题目做一番解释说明。如《夜》，《意笺》云："公将去蜀，以病寓夔，因秋夜怀京，而题曰《夜》，以诗皆言夜也。"紧扣题目"夜"，同时联系杜甫的生平和所处环境及当时诗人的心境，对该诗进行题解，让读者对该诗有了初步的把握。又《宾至》，《意笺》云："题曰《宾至》，是远客也。地僻幽居，经过自少，非慕公者不至，宾至慕公者也。"《白帝》，《意笺》云："蜀中频年有戎马之患，公在夔，因感暴雨而伤之，题曰《白帝》，纪地也。"《野老》，《意笺》云："公避乱弃官入蜀，以《野老》名篇，用写其忧国之情。"这些都是联系杜甫所处的时代背景对诗歌的命题原因和题旨进行解释说明的。

2. 释词

《意笺》在笺释诗歌之后，对诗中的一些词语作简单的注解，即所谓的"次加引证"，然而这样的释词并不多见，更多的则是在笺释过程中的随文而释。这些解释，往往是作者根据自己对杜诗的理解而做，因此毫不繁琐，却能让读者体会到其中之真意。如《又作此奉卫王》"远开山岳散江湖"，《意笺》云："山岳分峙曰开，江湖流别曰散。"颜氏以拟人手法解

---

① 清·纪昀等《钦定四库全书总目·集部·别集类存目一》（整理本），中华书局 1997 年版，第 2357 页。

② 郑庆笃、焦裕银、张忠纲、冯建国编《杜集书目提要》，齐鲁书社 1986 年版，第 94 页。

释"开""散"二词，形象生动。又如《冬至》"忽忽穷愁泥杀人"，《意笺》云："泥，如泥涂之泥。"采用比喻的方法解释了该词，让读者对该句诗的意思也了然于胸。此外，《意笺》在释词的同时，对一些相近的词语进行了辨析，如《江村》"相亲相近水中鸥"，《意笺》眉批云："相亲以意，相近以迹，自是不同。""相亲""相近"本为同义词，但二者究竟不同，《意笺》细细体味，从而发现二者之不同。不是细心揣摩研究，怎能有如此结论？有些看似平常的词语，通过颜氏的注解，往往能得到新的含义。如《九日二首》其一"旧国霜前白雁来"，笺曰："言故乡无日不思，而白雁霜前又从旧国而来，盖虽知霜信，又望乡信也。"其后又对"霜信"进行了注解，云："北方有白雁，似雁而小，秋深乃来，来则霜降，北人谓之霜信。"关于"霜信"，宋沈括《梦溪笔谈》卷二十四《杂志一》云："北方有白雁，似雁而小，色白。秋深则来。白雁至，则霜降。河北人谓之'霜信'。杜甫诗云'故国霜前白雁来'，即此也。"①可知颜氏本于此。但颜氏通过"霜信"引出"乡信"，指出诗之主旨在于思乡，可谓味杜之言，究杜之心，盖得之深矣！又如《曲江陪郑八丈南史饮》"此身那得更无家"，对于"无家"，颜氏注曰："韩退之云：'中世士大夫，以官为家，罪则无所于归，亦无家之意。'"又其题解曰："此公罢拾遗，将之华州，而郑亦有去志，因陪曲江饮。"二者参阅，乃知颜氏体会之深，笺释之妙。

　　3. 主旨大意

　　《意笺》最大的特点就是"先取得杜公一章大指之所在，而不贵以博洽自见，其义约而理明"②，也就是对诗歌主旨大意的阐释简约明了。《意笺》往往以简短的一句话对全诗进行全局式的概括，以己之心，体杜之意。如《野望》（金华山北涪水西），《意笺》云："野望，在野而望也。……'山连越嶲蟠三蜀'，言金华山势不断，尽乎蜀也。'水散巴渝下五溪'，言涪水下流皆合，达乎楚也。是山川在望中矣。独鹤无侣，不知何事而舞，然有欲飞之态也；饥鸟无食，似欲向人而鸣，亦有难通之意也。是物情在望中

---

　　① 宋·沈括《梦溪笔谈》卷二十四，岳麓书社 2002 年版，第 173 页。

　　②《杜律意笺·跋》，台湾大通书局 1974 年版。

矣。"《意笺》紧扣题目中之"望",指出作者望之内容乃"山川""物情"。解说颇中题意。又如杜甫有名的《秋兴八首》,颜氏用简短的一句话为各首诗的主旨大意做了高度概括。

其一,《意笺》曰:"此公寓夔,将欲东下,感秋而赋,所谓秋兴也。"

其二,《意笺》曰:"此公秋夜思长安也。"

其三,《意笺》曰:"此秋日江楼述怀也。"

其四,《意笺》曰:"此因秋而伤长安之乱也。"

其五,《意笺》曰:"此公因秋而追思明皇昔居蓬莱宫及己为拾遗侍从之日也。"

其六,《意笺》曰:"此公因秋思曲江也。"

其七,《意笺》曰:"此公因秋思长安之昆明池也。"

其八,《意笺》曰:"此公因秋思昔日渼陂之游也。"

在对杜诗进行笺注的过程中,《意笺》还注重对杜诗的艺术特色进行总结探讨,具体有二:

1. 探讨用字之妙

杜诗用字之妙,前人多有论述,如宋魏庆之《诗人玉屑》卷六"下字"类一共二十条,以杜诗作为范例进行分析的就有"诚斋论用字""一字之工""妙在一字""善用俗字""下双字极难""下连绵字不虚发"等条①。颜氏在笺注杜诗时也注意到杜诗用字的巧妙,如《将赴荆南寄别李剑州弟》"天入沧浪一钓舟",《意笺》眉批曰:"'天入沧浪','入'字神妙,言天与沧浪之水相涵也,渔石钓舟入沧浪,'天'亦妙。"《南邻》,《意笺》眉批曰:"范元实《诗眼》云:'工部有喜用字,如:"修竹不受暑""吹面受和风""轻燕受风斜""野航恰受两三人","受"字皆入妙。'"引用宋人评论证明此处用字之妙。又如《蜀相》"映阶碧草自春色,隔叶黄鹂空好音。"《意笺》曰:

---

① 宋·魏庆之编、王仲闻校《诗人玉屑》,上海古籍出版社 1978 年版,第 141 页。

"映阶碧草，见春色而曰'自'，隔叶黄鹂，闻好音而曰'空'，谓诸葛公不可见，草色自春，鸟音空好，徒增感念耳。"解释了杜甫用"自""空"而不用"见""闻"二字的原因。

2. 以赋、比、兴论诗

《诗经》开创了以赋、比、兴论诗的传统，后人在笺注诗歌时，往往注意对这种方法的继承和发扬。在对杜诗进行笺注的过程中，《意笺》注重这种传统，或论诗中某句之用赋、比、兴，或论全诗之用赋、比、兴，进而探讨杜诗的艺术特色。

论诗中某句之用赋、比、兴，如《秋兴八首》其四："鱼龙寂寞秋江冷。"《意笺》云：

> 鱼龙川，在秦州，公之故国也。其时方秋，公因以鱼龙寂寞秋江冷为君臣失所、朝野变迁之喻，而又因起故园平居之思。盖比而又兴也。

又《黄草》："万里秋风吹锦水，谁家别泪湿罗衣。"《意笺》云：

> "秋风吹锦水"二句，串兴而赋也。诗必有此，风韵自长。

论全诗之用赋、比、兴，如《暮春》："卧病拥塞在峡中，潇湘洞庭虚映空。楚天不断四时雨，巫峡常吹千里风。沙上草阁柳新暗，城边野池莲欲红。暮春鸳鹭立洲渚，挟子翻飞还一丛。"《意笺》曰：

> 《暮春》，病时之怀也。巫峡与潇湘、洞庭，其广狭自殊。公病峡中，但觉壅塞不展，虽有空旷之想，未得便往，故曰虚映空。楚天四时雨，即漏天之谓。巫峡万里风，乃峡长之故。柳新暗，莲欲红，言客虁又当暮春之候也。鸳鹭翻飞，挟子还集，物情尚如此，宁不动他乡流落、病卧壅塞之感乎？兴而又比也。刘须溪谓此诗可不作，犹未得先生之志。

又，《舍弟观赴蓝田取妻子到江陵喜寄三首》其二：“马度秦关雪正深，北来肌骨苦寒侵。他乡就我生春色，故国移居见客心。剩欲提携如意舞，喜多行坐白头吟。巡檐索共梅花笑，冷蕊疏枝半不禁。”《意笺》曰：

> 他乡，谓荆州。故国，谓洛阳。生春色，谓相煖休不寂寞也。见客心，谓在客相依之心也。如意，手中指挥之物。白头吟，借用其字，谓虽老不相忘也，非文君事。巡檐与梅花索笑，而冷蕊疏枝犹半不禁寒，是春尚浅也。然生意已含于此矣。此兴也，亦比也。

再如《即事》：“天畔群山孤草亭，江中风浪雨冥冥。一双白鱼不受钓，三寸黄甘犹自青。多病马卿无日起，穷途阮籍几时醒。未闻细柳散金甲，肠断秦川流浊泾。”《意笺》曰：

> 即事者，即一时之事也。赋而兴又比也。群山矗立天畔，一亭在其间，下临长江，风浪作恶，雨色冥冥，鱼不可钓，柑未可摘，生平未遂之志，亦犹是耳。于是叹病如马卿而未起，穷如阮籍而未醒。细柳尚屯，甲兵未散，而世方乱离，亦犹泾流之浊而无清。时公之所为断肠，其在此乎？

综合以上，《意笺》在笺注过程中体现出以下几个方面的特点：

首先，《意笺》最大的特点是“以意逆志”和“以史证诗”。所谓“以意逆志”，是由孟子首先提出的，其云：“故说《诗》者，不以文害辞，不以辞害志。以意逆志，是为得之。”[1]孟子提出“以意逆志”主要是用来解说《诗经》，然而“在中国文学批评史上产生了巨大的影响”，“成为一种运用范围最广、运用时间最久的文学批评方法，从而对中国文学的发展也起到了极大的作用”[2]。“以意逆志”经孟子提出，经汉魏和隋唐，到宋代有

---

[1]《孟子·万章上》，阮元校刻《十三经注疏》本，中华书局1980年版。

[2] 张伯伟《中国古代文学方法研究》，中华书局2002年版，第17页。

很大的发展，究其原因，则为"理学的出现"①。明代理学昌盛，明朝统治者将程朱理学作为官方思想统治人民，表现在诗学批评上就是强调以社会功用为中心的儒家正统文艺思想。明代杜诗学虽然没有出现宋代那样"千家注杜"的盛况，作为宋代杜诗学的延续与发展，在某些方面还是与宋代杜诗学一脉相承，突出表现在以"以意逆志"解杜和"以史证诗"注杜。

朱运昌《杜律意笺序》云："晚乃愤诸注之讹舛，另注杜律七言，名之曰《意笺》。疏释详明，考据精确，不钩深，不率意，尽洗向浅凿之弊，一尊子舆氏'以意逆志'之指，精研所极，往往独诣。"四库馆臣亦云："名曰《意笺》，盖取'以意逆志'之义。"②都指出了《杜律意笺》的特点是"以意逆志"。如，《野望》（《意笺》作《望野》，误）"不堪人事日萧条"句，《意笺》曰：

> 跨马出郊，本以消忧，而极目之际，返不堪人事之萧条。所谓"萧条"，非寇乱之未平，诸弟之未见，君恩之未报，老病之相仍乎？盖公之情，丁是为至矣。

《杜诗详注》在此处引朱鹤龄注，曰："按史：是时分剑南为两节度，而西山三城列戍，百姓疲于调役，高适尝上疏论之，不纳。公诗当为此作，故有人事萧条之叹。"③二者相较，朱注以史证诗，有理有据，考证甚详。然《意笺》联系上下文，以排比句式列出何谓"萧条"，反问其词，语气强烈，气势激昂，指出老杜"之情""为至"，笔含深情，情意饱满，非深知杜者不能至此。又如，《覃山人隐居》：

> 南极老人自有星，《北山移文》谁勒铭。征君已去独松菊，哀

---

① 张伯伟《中国古代文学方法研究》，中华书局 2002 年版，第 53 页。

② 清·纪昀等《钦定四库全书总目·集部·别集类存目一》（整理本），中华书局 1997 年版，第 2357 页。

③ 清·仇兆鳌注《杜诗详注》卷十，中华书局 1979 年版，第 881 页。

壑无光留户庭。予见乱离不得已，子知出处必须经。高车驷马带倾覆，怅望秋天虚翠屏。

《意笺》曰：

此必覃山人既出从仕，而公过其旧庐而题也。南极星见，则天下太平。曰"南极老人自有星"，盖望之致太平也。《北山移文》，孔稚圭托山神拒周颙之词也。曰"谁勒铭"，则无有非之者矣。征君未出时，松菊有主，哀壑有光，今曰"独"、曰"无光"、曰"留户庭"，不胜其惆怅之情矣。又言已入蜀，为乱之故，所谓不得已也。征军为济变而出，则经常之望如是也，亦与之之词。末诵《四皓紫芝歌》以相勖，而且顾其来归，是亦故人之情也。然山人之出，来必便归，惆怅秋天，犹不免有虚翠屏之恨耳。盖望之、与之、戒之、勉之，其委曲如此。

颜氏首先对诗歌的背景做了简单介绍，之后对每句诗歌逐次笺释，最后用"望之、与之、戒之、勉之"作为总结，同时也照应了诗句。

其次，以史证杜诗。晚唐孟棨在其《本事诗》中首次提出杜诗具有"诗史"的性质后，宋人加以发挥，广为盛行。宋人注杜，大多注意杜诗的"诗史"性质，如宋代著名的《黄氏补千家集注杜工部诗史》，即发挥"诗史"之说对杜诗进行实证性的解读。到了明代，杨慎等人极力反对宋人的"诗史"说，但在杜诗注释方面，许多人还是强调"知人论世"，注意杜诗产生的历史背景和社会环境，以"以史证诗"的方法来笺注杜诗。《意笺》在这些方面也有所体现。如《野人送朱樱》，《意笺》云："唐制，四月一日，内园进樱桃，荐寝庙讫，颁赐群臣有差，赐毕有宴。时公既罢拾遗，因乱弃官入蜀，于是野人送樱桃于公。"《赠田九判官梁丘》，《意笺》云："按《唐书》，田梁丘以判官充军司马，时从主帅哥舒翰送款入朝。"《郑十八虔贬台州司户伤其临老陷贼之故阙为面别情见乎诗》，《意笺》云："《唐书》本传，虔以禄山反，陷贼，伪授为水部郎中，因称风缓，求摄市令，潜以密章达灵武。贼平，与王维等并囚宣阳里。以善画，崔圆使绘斋壁。虔即祈解于圆，卒免死，贬台州司户参军。"又如《奉和贾至舍人早朝大明宫》，《意笺》云："高宗朝，以大明宫为蓬莱宫，其殿曰含元。元日、冬至，受华夷万国大明会，即古之外朝。"再如《曲江对雨》，《意笺》曰："开元折左右羽林军，置左右龙武军，宿卫禁御。至德一载，改名天骑，所谓新军也。"以《唐书·兵志》来注释诗句"龙武新军深驻辇"。这些注解简单明了而不琐屑，为我们理解杜诗提供了背景知识。

《意笺》的另一特点则是"以杜证杜"。颜氏所采用的"以杜证杜"方法主要有两种：一种是在题下做简略的说明，如《题张氏隐居》题下注曰："按，公《杂说》：'鲁有张叔卿。'疑即其人。"①又如《南邻》，《意笺》题下注曰："公有《过南邻朱山人水亭》诗，或其人也。"此种方式较少。一种是以杜诗证杜诗，从而揭示两诗或用字之相同，或诗意之相和。如《蜀相》"映阶碧草自春色"，眉批曰："公《玉台观》（笔者注，误，当为《滕王亭子》二首）诗：'古墙犹竹色，虚阁自空声。'亦因滕王没后，故用'犹''白'二字以增感，与此同。"以杜证杜，指出杜诗喜用"自"的特点。《南邻》笺曰："南邻有锦里先生，北邻有王明府，皆时之贤者。公《北邻》诗'明府岂辞满，藏身方告劳。青钱买野竹，白帻岸江皋'云云，德必有邻。"《赠田九判官》笺曰："公投哥舒翰诗（笔者注，指《投赠哥舒开府翰二十韵》）'防身一长剑，将欲倚崆峒'，亦有望于翰。"又如《郑十八虔贬台州司户伤其临老陷贼之故阙为面别情见乎诗》笺曰："公作虔哀词（笔者注，指《八哀诗·故著作郎贬台州司户荥阳郑公虔》）曰：'百年见存殁，牢落吾安放。'盖伤其所遭之不幸，而叹其无从依仿也。可谓平生之交矣。"以杜证杜，指出了诗中蕴含的深意。

当然，《意笺》也有一些不足之处，比如有些笺释过于简略，所引书目多有错误等，此处不再一一赘述。

---

① 此处《杂说》应为《杂述》。另，张忠纲在《杜诗纵横探》（山东大学出版社1990年版，第147页）中对"张氏"所指作出考辨，于张叔明、张叔卿、张彪、张玠四人中确定为张玠。张先生考据甚详，当从之。然于此亦可作为"以杜证杜"之例。

四、《杜律意笺》对杜诗学的贡献

和宋、清两代的杜诗注本相比，产生于明季的《意笺》自然影响不大；然而在众多的杜律注本中，《意笺》无疑是有着自身的特点和价值。黄永武主编的《杜诗丛刊》收有《意笺》，并评价曰："虽不钩深，亦不率意，颇称简明扼要……于虞注则时予驳斥，能发前人之所未发。"[①]叶嘉莹云："此书略于注释而详于解说，颇能阐发诗义。"[②]对《意笺》都给予了充分的肯定。下面对《意笺》的价值及其对杜诗学的贡献试做简单介绍。

首先，《意笺》广征博引，保存了许多前人和同时代人有关杜诗的注释与评论，这为我们了解明代人的杜诗学观点提供了文献依据和资料基础。前人杜诗评论及文献如蔡梦弼《杜工部草堂诗笺》、黄鹤《黄氏补千家集注杜工部诗史》、《荆公语录》、范元实《诗眼》、苏轼《东坡志林》、邵伯温《邵氏闻见录》、陈师道《后山诗话》、刘辰翁《集千家注批点杜工部诗集》、《杜律虞注》等，同时代人的杜诗学文献如胡应麟《诗薮》、赵大纲《杜律测旨》、谢杰《杜律詹言》、张孚敬《杜律训解》、黄光昇《杜律注解》等，在该书中都有不同程度的征引。如《意笺》中就有很多地方引用了刘辰翁的评语，对虞注也多有批驳。对于同时代人的注释评论，颜氏也不是一味赞同，而是提出自己的看法，并与之探讨。如，《愁》：

> 江草日日唤愁生，巫峡泠泠非世情。盘涡鹭浴底心性，独树花发自分明。十年戎马暗南国，异域宾客老孤城。渭水秦山得见否，人今疲病虎纵横。

《意笺》曰：

> 公因蜀乱，思归未得，寄愁于所见之物，而后言其所愁之故。"江草日日唤愁生"，是见草江而愁，若草唤之也，江草岂能愁人

---

① 黄永武《杜甫诗集四十种索引》，台湾大通书局1976年版，第3页。

② 叶嘉莹《杜甫秋兴八首集说》，上海古籍出版社1988年版，第6页。

哉？"巫峡泠泠非世情"，是见巫峡之泠泠而愁，峡水岂有世情哉？又见盘涡之鹭而愁，曰有"底心性"，自得如此也。又见独树之花发而愁，曰何独花之分明如此也？于是伤妖氛之未净，则曰"十年戎马暗南国"；念羁旅之已久，则曰"异域宾客老孤城"。渭水秦山，公家在焉。乱未已，则归未得，曰"得见否"，未必然之词。又以人罢病，由虐政使然，曰"虎纵横"，是虐政猛于虎也，益重公之愁也。

在该诗的眉批处，又有3处笺释：

> 《楚辞》："春草生兮萋萋，王孙游兮不归。"公之不归，公之不得归也，故所见无非可愁之物，非独春草。
> 《詹言》以人罢病为公之病，非是。谓政猛而民罢耳。
> 张文忠公云："时京兆用第五琦什一税法，民多流亡者。"

在笺释部分，颜氏首先通过题解的方式交代了诗歌的大意，之后采用"以意逆志"的方法对杜诗各句进行笺释，3句反问让人对杜诗的整体意义有了深刻地理解。眉批3处笺释一引《楚辞》，一引谢杰《杜律詹言》，一引张孚敬《杜律训解》。所引《楚辞》诗句用来注解题解"公因蜀乱，思归未得，寄愁于所见之物，而后言其所愁之故"和诗句"江草日日唤愁生"，而所得之结论"所见无非可愁之物，非独春草"，又与笺释部分的"是见草江而愁，若草唤之也，江草岂能愁人哉"遥相呼应，有异曲同工之妙；对于谢杰《杜律詹言》的观点则予以驳斥，指出此处的"人今罢病"乃是由于苛政导致的，这不仅是杜甫一人之病，它暗和杜甫忧国爱民之思想；所引张孚敬的《杜律训解》，则以史注杜，指出造成人民疲病流亡的根本原因在于当时"第五琦什一税法"这样的猛政，进一步强调杜甫"愁"的真正原因所在。通过对这些评论的分析，我们可以更清楚地了解明人的杜诗学理论与观点，从而丰富明代杜诗学的内涵。

其次，《意笺》所运用的"以史证诗"和"以意逆志"方法具有承前启后的作用。杜诗素有"诗史"之称。宋人强调杜甫的忠君爱国思想，注杜则从"知人论世"的角度强调杜诗产生的历史背景，即"以史证诗"方法的运用，如宋人黄希、黄鹤父子的《黄氏补千家集注杜工部诗史》。明人尚理论，治学较粗疏，在注杜方面并没有出现像宋人"千家注杜"和清人杜诗学文献迭出的盛况，但作为两座高峰之间的低谷，明人的桥梁作用不可低估。清人考据学勃兴，在注杜方面多创获和发展，出现了很多有名的杜诗注本，其中较有特色的注本当属钱谦益的《钱注杜诗》。钱谦益利用绛云楼丰富的藏书，采用诗史互证方法来对杜诗进行注解，丰富并拓展了杜诗学的内容①。另外，"以意逆志"方法的运用对后人注杜解杜也有启发意义。明末王嗣奭之《杜臆》②、清代黄生之《杜诗说》③可谓"以意逆志"解杜的典范之作。

最后，对后世杜律注本的影响。宋人注杜多为全集性质的注本，自元张性著《杜律演义》专注杜甫七言律，赵汸著《类注杜工部五言律诗》专注杜诗五律，明人倡其风气，大注杜律。据统计，有明一代出现的杜律注本和选本有60余种。清代杜律注本更盛，据孙微《清代杜诗学文献考》著录，清代杜律注本和选本更多。这些杜律注本无疑和前代的注本有着一脉相承的关系。如《郑驸马宴洞中》"时闻杂佩声珊珊"，《意笺》云："然不曰闻王佩，而曰杂佩，谓主贤，能劝驸马致客。盖用《诗》'杂佩以赠之'义。"又云："《诗》：'知子之来之，杂佩以赠之。'"《杜诗详注》曰："朱瀚曰：末句暗用《毛诗》'杂佩以问之'。亦见公主有好贤之意。"④二者相较，实乃前后相续、一脉相承。

---

① 见郝润华师《〈钱注杜诗〉与诗史互证方法》，黄山书社2002年版。

② 王嗣奭《杜臆原始》云："草成而命名曰臆，臆者，意也。'以意逆志'，孟子读诗法也。诵其诗，论其事，而逆以意，向来积疑，多所披豁，前人谬迷，多所驳正，恨不起少陵于九京而问之。"（王嗣奭《杜臆》，上海古籍出版社1983年版）由此可见王氏注杜，重在"以意逆志"之法。

③ 见徐定祥《以意逆志 尽得性情——评黄生〈杜诗说〉》，《杜甫研究学刊》1994年第2期。

④ 清·仇兆鳌注《杜诗详注》卷一，中华书局1979年版，第47页。

总之，作为明代的一部杜律注本，《意笺》有着自身的特色和价值，它在杜诗学史上的地位虽然不高，然而其价值及其对杜诗学的贡献是不可忽视的。

第四节　邵傅《杜律集解》研究

明代盛行对杜诗的选注和批点，尤其是对杜律的注解和批点，由此产生了一批有特色的杜律注本，并对后世杜律的注评产生了广泛而深远的影响。其中福建人邵傅所著的《杜律集解》便是其中之一。

一、邵傅生平、著述及交游

邵傅，字梦弼，三山（今福建侯官）人。清黄虞稷《千顷堂书目》卷二十五说他是"隆庆间贡生，王府教授"[①]，余不详。陈学乐《刻杜工部七言律诗集解序》简单提及邵氏生平，云："余社友博士邵君梦弼，乃翁符台卿鳌峰公""梦弼君少小侍游官邸，业易待举，暇受内翰高廷礼所编《唐诗正声》于符卿，长游艺百家，独赏少陵氏作，口诵心惟，若神与游。"[②]父亲以同乡高棅所编的著名唐诗选本《唐诗品汇》教授邵傅，从小培养了邵傅对诗歌的喜爱和鉴赏能力。其中，邵傅对杜甫情有独钟，这为他以后撰著《杜律集解》准备了良好的条件。

关于邵傅的著述，黄虞稷《千顷堂书目》卷二十五著录："邵傅《朴巅集》二卷，又《青门集》六卷。"[③]可见，邵傅著有《朴巅集》二卷，《青门集》六卷。惜已不存。

---

① 清·黄虞稷《千顷堂书目》卷二十五，瞿起凤、潘景郑整理本，上海古籍出版社2001年版，第619页。

② 明·邵傅《杜律集解》，《杜诗丛刊》本，台湾大通书局1974年版。文中引文均出此版本，不再出注。

③ 清·黄虞稷《千顷堂书目》卷二十五，瞿凤起、潘景郑整理本，上海古籍出版社2001年版，第619页。

通过对相关文献的钩稽，与邵傅有交游的有吴国伦、佘翔、徐𤊶等人。①

吴国伦（1524—1593 年），字明卿，兴国（今属湖北阳新县）人。嘉靖二十九年（1550 年）进士，授兵部给事中。忤严嵩，谪南康推事。嵩败，官至河南左参政。为人好客轻财，富有才气，著述甚丰，名列"后七子"之一。有《甀甀洞稿》传世。检吴国伦诗文集，有《赠昭梦弼》一诗：

> 谁挟三山跨六鳌，扶桑东挂海天高。由来国士逢时晚，自倚长
> 风击佩刀。②

可见二人有交游。

佘翔（1535—1604 年后），字宗汉，号凤台。莆田（今福建莆田市）人。嘉靖三十七年（1558 年）举人，官全椒县知县。与巡按御史抵牾，投劾弃官去，为汗漫之游。其诗以雄丽高峭为宗，声调气格颇近七子，王世贞赠诗云："十八娘红生荔枝，蠔房舌嫩比西施。更教何处夸三绝，为有余郎七字诗。"③佘翔人品颇高，诗有清致。著有《薜荔园诗集》等。

检佘翔《薜荔园诗集》，该书卷四有《同邵梦弼、王重甫、林贞济、陈振狂登乌石山作》《林大合招饮鳌峰亭同邵梦弼、王重甫作》《寄梦弼》等诗作，可见二人有交游唱和。其中《寄梦弼》诗云：

> 屏迹江村雨雪多，岁寒生计竟如何。檐前云影斜飞鸟，湖上松
> 声急逝波。慷慨漫怀燕市筑，猖狂还作楚人歌。君家五色瓜堪种，
> 不见咸阳卧橐驼。④

---

① 据明·何侨远编（崇祯）《闽书》卷一百二十六："林世璧，字天瑞。……少有俊才，为歌诗、古文、词，任诞自放，一时同县邵傅、怀安林凤仪、古田郭文涓、福清王延钦，皆与游。"（明崇祯刻本），可见与邵傅同游之人还有林世璧等人。

② 明·吴国伦《甀甀洞稿》卷三十二，明万历刻本。

③ 明·王世贞《弇州山人四部续稿》卷二十五《佘宗汉令君谢全椒事归作汗漫游者二十载……一谈而别辄依数报之》，文渊阁《四库全书》本

④ 明·佘翔《薜荔园诗集》卷四，文渊阁《四库全书》本。

明代著名的藏书家徐𤊹和邵傅亦有交游。徐𤊹（1561—1599 年），字惟和，别字调侯，闽县（今福建福州）人，明代著名藏书家徐燉兄，万历十六年（1588 年）举人。徐𤊹负才淹蹇，肆力诗章，圭臬唐人而不为决裂饾饤之习。万历年间，与弟在福州鳌峰坊建"红雨楼""绿玉斋""南损楼"，以藏书、校书为乐。著有《幔亭集》十五卷，并辑明洪武至万历年间闽人诗作成《晋安风雅》，又撰有《陈金凤外传》。

检徐𤊹《幔亭诗集》，从卷五《舟次小箬溪遇邵广文梦弼话别》，卷七《过邵梦弼广文山居》《哭邵梦弼广文》，卷十三《小箬溪怀邵梦弼》等诗作可以看出二人交情深厚，其《哭邵梦弼广文》是首挽诗，可谓声泪俱下，诗云：

> 云黯乌山旧草亭，抚床恸哭泪交零。百年天地收灵气，半夜词坛陨将星。挂壁哀弦今已断，隔邻长笛不堪听。茂陵死后多遗稿，剩有残编著汗青。
>
> 赋就招魂竟莫还，天阍虎豹正当关。更无白日能回照，岂有金丹可驻颜？死后修文居地下，生前遗墨在人间。青门皓首幽栖处，桂树萧条不忍攀。①

徐𤊹高度评价了邵傅及其诗文，对其逝世表示了巨大的哀痛。

二、《杜律集解》的成书、体例及版本

关于该书的成书经过，陈学乐《刻杜工部五言律诗集解序》记邵傅语云："吾于七言律也，承先符卿之橐籯，采诸名家之琼藻，自青衿至皓首，乃尔卒业。"可见邵氏集解杜诗，乃是本源于其父亲邵符卿，之后遍览名家之说，费几十年乃成。后因陈氏相请对杜甫的五言律诗进行集解，"几八月而稿就"。

《杜律集解》六卷，分为《五律集解》四卷和《七律集解》两卷。其中《五律集解》收杜甫五言律 387 首，并录高适《赠杜二拾遗》一首。《七律

---

① 明·徐𤊹《幔亭诗集》卷七，文渊阁《四库全书》本。

集解》分上、下两卷，收诗共 137 首。初刻于万历十六年（1588 年），由邵傅同里陈学乐校勘。今福建省图书馆藏有明末邵明伟刊本，五律卷前有陈学乐《刻杜工部五言律诗集解序》、邵傅《刻杜律五言集解引》，均署"万历戊子"（1588 年），次五言集解目录；七律卷前有陈学乐《刻杜工部七言律集解序》、七言集解目录、邵傅《集杜律七言注解序》及《集解凡例》七则，二序均作于万历丁亥（1587 年）；七律卷末有方起莘跋。该书用编年法编次，主要依照单复《读杜诗愚得》所新定年谱。书名"集解"，意在发明诗旨，故注典故史实则撮要简录，而于诸家说诗旨处，则采择汇集甚博，如千家注、单注、默翁注及当时学者张罗峰、赵滨州及其父之注等，皆并收录。邵氏在注解过程中多不标前人姓名，然径引原注文处，则标之。其体例大略是集解附于句下及篇末，单字只词下亦偶有注音、释义。

该书的主要版本有以下几种：

1. 万历十六年（1588 年）初刻本。

2. 日本宽文十三年（1673 年）油屋市郎右卫门刊本，《七律集解》陈学乐序后有 1954 年贺昌群跋。今藏成都杜甫草堂博物馆。

3. 日本贞亨二年（1685 年）刊本，宇都宫标注，见叶绮莲《杜工部集关系书存佚考》。1974 年台湾大通书局据贞亨二年影印《杜诗丛刊》本，然误标为元禄九年刊本。

4. 元禄九年（1696 年）日本神雒书肆美浓屋彦兵卫刊本。此本七律卷前尚有"杜工部年谱"，卷末有宇都宫跋，篇末、书眉还有宇都宫为补正邵注而辑录之朱鹤龄《杜诗辑注》、张远《杜诗会稡》、顾宸《杜诗注解》有关注解。《成都杜甫纪念馆馆藏杜集目录》著录第 3、第 4 两种版本。

5. 北京国家图书馆藏有日本贞亨三年江户刻本，马同俨、姜炳炘《杜诗版本目录》著录。

三、《杜律集解》的特色和成就

首先，杜律编年。杜诗编年，始于宋代。宋人认为杜诗具有"史"的性质，不仅记录了杜甫本人的经历，而且也描绘了唐代的历史事实，能够起到补史之阙的功能。因此他们颇为赞同晚唐孟棨提出的"诗史"之说，并从"知人论世"的角度为杜诗编年，即所谓的年谱。其中如吕大防所编《杜工部年谱》、赵子栎撰《杜工部草堂诗年谱》、蔡兴宗所编《重编杜工部年谱》、鲁訔编撰《杜工部诗年谱》、吴仁杰撰《杜子美年谱》、梁权道所编《杜工部年谱》、王十朋集注《王状元集百家注编年杜陵诗史》等。其中王十朋集注的《王状元集百家注编年杜陵诗史》更是将杜诗的"编年"与"诗史"联系起来，更强化了二者之间的联系。

　　元代国祚短促，杜诗学衰微，于杜诗编年也大多沿袭宋人意见，唯范梈所撰《杜工部诗范德机批选》，虽按照诗歌之体类编选，然亦在大类之下约略编年，对宋人意见提出不同观点，然所选只有三百余首，并不能见杜诗编年之全貌。

　　明初单复，远承"诗史"之说，在参照宋谱基础之上重新为杜诗编年，著有《读杜诗愚得》十八卷，其中有《重定杜子年谱诗史目录》，将年谱与目录并在一起，起于杜甫生年，止于其卒年，每年先言重要时事，次言杜甫行迹，再列杜诗题目，可谓后出转精，开创了以诗系年的新体例，在明代颇有影响。在《集解·凡例》中，邵氏称："杜年谱，单复重定，随杜出处，疏诗自于下，见诗与史合也，当以单为的。"肯定了单谱的价值，但邵氏并不是完全同意单谱，在《七律集解》卷上最后五首诗及卷下六首诗的题下双行小注中，言此诗当在某诗下云云，即是不同于单注处。

　　其次，泛论而不拘泥于字句。邵氏《集解凡例》云："杜公诗中引用典故、山川、名物，集中撮要注释，盖意在发明诗旨耳。若一一举之，不惟难遍且纷诗义。博雅君子，当自类推。"可见邵氏此书意在发明诗旨，因此他注典故史实撮要简录，对于凿凿于字句处，邵氏则给予批评。如《即事》"肠断秦川流浊泾"，《集解》曰："按秦川，千家注作秦州，虞注亦有辨，质疑其字，必有一误。然以意会，或秦川，或秦州，大要俱是乱之为定也，不必深泥。"对杜诗具体字句的含义不当过于拘泥的理解。也有关于诗旨方面的。如《雨不绝》曰："鸣雨既过渐细微"，《集解》曰："默翁曰：此咏物一体也。首以本体言，次以物理言，又次以神异言，末以人事言。诗之佳处在言用不言体，故此诗次联以下皆言用也。愚谓此评备录，可为咏物一助，然亦不可拘拘也。"引用俞浙的注解并阐述自己的意见，但又说也不可拘，由此可见邵氏的通达。再如《秋尽》"秋尽东行且未回"，《集解》曰："此诗似怀草堂，似怀严武，似怀故乡，解者莫一。但客中怀抱作，总是思乡也。"

再次，邵傅往往在注解过程中用简洁的话语评价杜甫其人其诗。有评价诗歌本身的，如评《蜀相》（丞相祠堂何处寻），《集解》谓："一字一泪。"《人日》（此日此时人共得）题下注曰："一篇诗意俱从第二句出。"《滟滪》（滟滪既没孤根深），《集解》曰："通篇句句在水多上。"评《吹笛》（吹笛秋山风月清），《集解》曰："公闻笛思归，引用典故，忽翻变语意，既不着象，又不落空，真咏物妙绝哉！"还有评价诗歌特色的，如评《返照》（楚王宫北正黄昏），《集解》曰："自述既病、既愁、既山村昏暗，又远作客，又值祸乱不能归，安得不闭门？数句具许多意绪，不见繁杂，真大手笔。"在《冬至》（年年至日常为客）题下注曰："此诗别是一格，千锻百炼，晚唐祖之，竟莫得其雄畅。"同时，在注解的过程中，表现出邵氏审慎的态度，如《夜》："露下天高秋水清，空山独夜旅魂惊。疏灯自照孤帆宿，新月犹悬双杵鸣。南菊再逢人卧病，北书不至雁无情。步檐倚仗看牛斗，银汉遥应接凤城。"《集解》曰："空山独夜，是在山中矣。宿日灯照孤帆，非在舟中乎？'帆'字想误。又舟中何得步檐倚杖，想是帏字。况帆在蓬窗外，灯何照之？从来无人疑，而愚见若斯。俟质知者。"

四、《杜律集解》的价值及不足

首先，保存旧注的文献价值。邵傅《杜律集解》引用前时代和同时代人的注释包括千家注、默翁注、张罗峰注、赵大纲注及傅父邵符卿注等。明代有两部颇为流行、影响很大的杜律注本，即张孚敬的《杜律训解》和赵大纲的《杜律测旨》。赵氏注本今有存本，而张氏注本已经亡佚。邵氏《集解·凡例》中说："杜诗有千家注、虞注、单注、默翁注、近张罗峰并赵滨州注及各诗话不一。愚《集解》，或以句取，或以意会，或录全文，或错综互发，或繁简损益，不能尽同。罗峰统合诸家，考证翔实，而注义略陈。滨州演会罗峰章旨，亦稍更易。愚出入滨州注尤多。呜呼难哉！"虽然《集解》出入赵大纲《杜律测旨》尤多，而赵氏也是演会张孚敬之大旨。张孚敬《杜律训解序》云："杜少陵诗，代称'诗史'，而后《三百篇》者也。注家引证多妄，释意非浅则凿，其本旨远矣。夫少陵为诗，句中藏字，字中藏意，其引用故事，翻腾点化，故王介甫尝谓：'绪密思深，观者苟不能臻其闽奥，未能识其妙处。'斯言信矣。"①在《集杜律七言注解序》中，邵氏也说："律诗非古也，作者尚之，然莫难于七言律。有正律，有变律。少陵矩度精严，正变两备。句中藏字，字中藏意。翻腾典故，变化融液，独称'诗圣'。盖七言律之宗范也。绪密思深，未易测其闽奥，古今为杜解者，无虑百家，莫能拟其心神，宣其口吻。"两篇序言中的大意相近，且用此多有相同之处，可见其实邵氏主要还是本源于张氏之《杜律训解》的。因此，对于已经亡佚的《杜律训解》，我们从邵傅的《集解》中可以一窥张氏之杜诗见解。

其次，五七言律诗合选注本的体例价值。自元代张性《杜律演义》首选杜甫律诗，赵汸《类注杜工部五言律诗》，后人跟其风气，大兴杜律的选注和批点。有明一代的杜律选本计有 40 余种，尤以七律选注本较多。邵氏此本首开将杜甫五七律合选并注释的风气，这种体例对于后代影响也较大。后人不仅将张性《杜律演义》（也有《杜律虞注》）和赵汸《类注杜工部五言律诗》两书合为一种刊刻，而且出现了很多注释杜甫律诗的注本，像清代顾宸的《辟疆园杜诗注解》、边连宝的《杜律启蒙》等，在杜诗学史上都是比较著名的杜律注本。

当然，《集解》也存在着不足之处。比如，受单复影响，解诗好言比兴。有时，解释诗意过于简略而流于浮泛。在《凡例》中，邵氏曰："杜诗，诗史也。感遇则赋，非泛泛文词。考之史籍，诗意跃然。"说明了杜诗和时事的紧密联系，然而邵氏在解释过程中，只是简单提及，并不对当时的史实做任何介绍，这对于深刻挖掘杜诗的深意没有很大意义。如《曲江对雨》题下注曰："必考当时时事，然后可得诗意，总在末四句。"可是对于具体诗句却只是解释词句。诗歌前四句云："城上春云覆苑墙，江亭晚色静

---

① 明·张孚敬《太师张文忠公集·文稿》卷一，《四库全书存目丛书》本，集部第77 册，第 256 页。

年芳。林花著雨燕脂湿，水荇牵风翠带长。"《集解》曰："此对雨景。云覆苑墙，雨斯集矣。四时以春为芳，'静年芳'，春事歇矣。花著雨落，荇牵风长，所谓绿暗红稀，即静年芳之意。"后四句云："龙武新军深驻辇，芙蓉别殿谩焚香。何时诏此金钱会，暂醉佳人锦瑟傍。"《集解》曰："四句对雨写怀，而所思者切也。时肃宗初拆左右羽林军为龙武军，故曰新。朝廷多事，莫游曲江，只居大内，故曰深驻辇。芙蓉城虽连近曲江，圣辇既不来游，则芙蓉别殿徒焚香望幸也。谩，犹徒也。开元盛时，曲江合宴，赐金钱会，赐太常乐。今俱寂然，故曰何时，恐难再见也。曰暂醉，欲斯须不可得也。"按《杜诗详注》引黄生曰："公感玄宗知遇，诗中每每见意。五六指南内之事，盖隐之也。叙时事处，不露痕迹。忆上皇处，不犯忌讳。本诗人之忠厚，法宣圣之微辞，岂古今抽黄媲白之士所敢望哉。《钱笺》独得其旨。"①颇中诗旨。又如《诸将五首》，题下注曰："读《诸将五首》，必考当年事迹及典故，斯见真趣，注难尽述。"也只是泛泛而谈，并没有发掘杜诗的深意。

---

① 清·仇兆鳌《杜诗详注》卷六，中华书局 1979 年版，第 452 页。

第五章

蔚为大观的杜诗选本文献
——从《杜律演义》到《杜诗选》(下)

第一节　明代张綖的杜诗研究

张綖是明代著名的词人和词学家。在词学创作上，他与秦观齐名，朱曰藩《张南湖先生诗集序》称为"再来少游"①；在词学理论上，他编有《诗余图谱》《草堂诗余别录》等，且首次提出了词分"豪放""婉约"二体的观点，被后代广泛接受，影响甚大。其实，张綖不仅在词学领域卓有建树，在杜诗研究方面，他也堪称明代杜诗研究的大家。本节就张綖的杜诗研究试做论述，以就正于方家。

一、张綖的生平

张綖（1487—1543 年），字世文，自号南湖居士，高邮（今属江苏）人，为明代著名散曲家王磐（约 1470—1530 年）之婿。关于张綖的生平，《明史》无传，钱谦益（1582—1664 年）《列朝诗集小传》丙集、曹溶（1613—1685 年）《明人小传》卷二、朱彝尊（1629—1709 年）《明诗综》

---

① 载《张南湖先生诗集》四卷附录一卷，《四库全书存目丛书》本，集部 68 册，齐鲁书社 1997 年出版，第 325 页。

卷三十七、《明词综》卷三、(嘉庆)《高邮州志》卷之十上《政事》等均有记载，大多沿袭顾璘所作《南湖墓志铭》①（下文省称《墓铭》），该文对张綖一生行迹所述甚详，现抄录如下：

> 高邮有博雅君子曰张君世文，正德癸酉（八年，1513 年）与予同领乡荐。明年（1514 年）会试礼部，偶联席舍，始稔相识。既各萍梗散去，声迹不相闻者二十年。嘉靖丁酉（十六年，1537 年）予罢官里居，忽辱君惠顾，则通判武昌矣。相与叙故旧道离索，因得窃窥所蕴，曰："是瑰奇磊落人也，而涵操不露，与世异趣者耶！"君亦喜予拙直，不入时俗，遂成深交。其后屡以公事至京，必亟过予，讲论评品，倾竭不吝，益相厚善。庚子（十九年，1540 年）之会，谓予言："久宦，荒我南湖，闻今已擢光守，予将纳檄归矣。"予曰："吾子洪才，而伜车不得展。光州佳郡，而贪鄙者难之，何不一行？使光人乐得父母，且知世有循良也？胡为以一方易一湖哉？"既而，君沥恳再三，卒不得请，乃强一之任。未期，被中罢归，适会君怀，其乐也。以书告予，洒然无几微介意。予极高之，独恨阻远，不获相从。今年夏，忽传君讣。悲痛未平，君子守中持太仆寺丞王君状来请铭以奠。呜呼！吾忍铭吾世文耶！然相知诚厚，无如吾二人者，而今则已矣。忍不为铭，按状：
>
> 君讳綖，字世文，其先陕之合水人，高祖文质仕元为云南宣慰使，王师下云南，率所部来归。高皇帝嘉之，诏仍其官。后朝京师，择地高邮请老焉，迨今五世为高邮人。曾祖得义，祖仲良，父允通，生君兄弟四人，君最少。七岁读书通大义，口占为诗，时出奇句。十三遭父丧，哀毁如成人。尝见道旁殍死者，抚而哭之曰："他日为政，何以使天下无此饿夫也？"十五游郡庠，谒乡贤祠，作诗辄有俎豆其间意，盖自少志已不凡如此。每督学使者至，必遇以

① 载《张南湖先生诗集》卷首，《四库全书存目丛书》本，集部 68 册，齐鲁书社 1997 年出版，第 395—397 页。

殊礼。兄弟更迭首冠，时有"四龙"之目①。癸酉（1513年）领举，年甫二十有七。丙子（十一年，1515年）卒业南雍。时阳明王公网罗人物，访士与汪司成，独以君对，王与君论及武王伐商，大加惊赏，曰："汪公谓子豪杰，真豪杰也。"平居商榷义理，进退古人，多出人意表，闻者厌服。八上春官不第。乙未（嘉靖十四年，1535年）谒铨曹，得武昌通判，专督郡赋，武昌治。会贼事剧而礼繁，君敬以事上而不逢其意，仁以抚下而不贷以法。岁终行，县令有系民催逋者，君愀然曰："公赋固急，穷民冻馁囹圄中，可念也。"亟使放归，责以春和完办。十邑之民感惠，争输，惟恐干三合之限。属邑通城，豪家多橐盗，为楚、豫患，君密启当道捕除，且教以礼义，使知向善。

昭圣梓宫附陵，圣驾继即南狩。君两承大役，备极劳瘁，事集而民不扰，然未尝自以为功。有欲为君显白者，君力止之。暇则吊古寻幽，多所述作，政声、文誉并起，而忌亦随之矣。及赴光州，设施未久，豪强敛迹，民有倚赖。岁凶民饥，请当道，得谷数万赈之，全活者甚众。述职京师，士民咸吁天祷神祈其复来，竟以武昌上官诬君怠事游咏，而君不可留矣。光人闻君将归，相顾涕泣不已，而君欣然畅适，如释重负。

先是读书武安湖上，自号"南湖居士"。及是增构草堂数楹，贮书数千卷其中，多手自标点，昼夜诵读，目为之眚，犹日令人诵而默听之，其癖好如此，故于声利泊如也。为诗文，操笔立就，而尤工于长短句，率意口占，皆合格调。然不欲以此自名。尝谓："人贵于道有见，无汲汲于立言也。"判武昌时，过留都，谒吕泾野先生，论及岳武穆班师及所说《论语》数条。吕公叹服□，君所见到此，若得嘉惠，后学有益于居官多矣。

予兄东桥公自湖南巡抚过家，予因问君，公称许不容口。及得

① 关于"四龙"的说法，（嘉庆）《高邮州志》卷之十上《政事》云："（綖）与兄经、绂、从弟绘有'张氏四龙'之目。"

君罢官信，叹息不已。与君书，有"古道难行，古心难识"之语。盖君高才绝识，而以诚心直道自将，故每为名公赏拔如此。君天性孝友，疾亟犹追念二亲，形之诗句。兄子瞻早孤多难，赖君扶植教育，今已领乡举。从弟某家业颠坠，子颇慧，不能顾。君力经纪其家，教其子，使有成立。其他亲友有不克婚丧者，不俟请求，辄周济如已。恩惠不自德，而人多德之。施于乡者，多于官也。

元配王氏，生男一，即守中，女一，配朱玠。继吴氏，生女二，一聘王太仆子学诚，一尚幼。君生于成化丁未（二十三年，1487年）二月二十二日，以嘉靖癸卯（二十二年，1543年）五月五日卒，得年五十有七，以是年十二月初三日葬车逻镇西新莹。

所著《诗余图谱》《杜诗释》《杜诗本义》《南湖入楚吟》皆刊行于世。其他诗文未经编辑者，与《杜诗通》十八卷皆藏于家。

呜呼！君道在经济，而未竟其施；志在著述，而未毕其愿；乐在山水，而未畅其情。甲子将周，赍志以殁，可胜痛哉！守中孝谨，而文庶几嗣君之志者，铭曰："儒也则醇，吏也则偳。胡数之奇，而命之屯。弗究于其身，寔昌其后人。"

此铭文对张綎的生平、仕宦、事迹等所述甚详。张綎早有才名，为官清正廉明，深得民心归护，与当时的名公如王阳明、吕柟、顾璘、顾璘兄弟等均有交游。张綎认为"人贵于道有见，无汲汲于立言也"，所以一生著述并不丰夥。《墓铭》记载张綎生前刊刻行世的著作有四种，其中关于杜诗的研究著作有三种。从数量上说，张綎可谓是明代研究杜诗的大家。

二、张綎的杜诗学著作

关于张綎的杜诗著作，相关书目只著录了《杜诗通》和《杜律本义》。通过研究我们发现，国家图书馆所藏孤本《杜诗释》残卷的作者实乃张綎[①]。如此看来，张綎实有 3 部杜诗学著作。下面对这 3 部杜诗学著作做

---

① 详见拙文《国家图书馆〈杜诗释〉残卷作者及其价值》，载《文献》2013 年第 6 期。

简单介绍：

（一）《杜诗释》，明刻本，存一卷，前后残缺，书名依版心上方题作《杜诗释》，下方标有页码，从第 4 页到第 32 页，共 29 页。半叶 10 行，行 20 字，白口，四周单边。残卷第一页的左上角有印章一枚，书"长乐郑振铎西谛藏书"，末页的左上角又有印章一枚，篆文"长乐郑氏藏书之印"。可知该残卷经过著名藏书家郑振铎先生收藏，后归国家图书馆。据《墓铭》，该书在张綖生前已刊刻流传。仇兆鳌在《杜诗详注·凡例》提到"张綖之……《杜古》"和《附录·诸家论杜》"张綖南湖《杜诗五言选序》"①，和《杜诗释》当为同书异名。残卷《杜诗释》共选注杜诗 32 首，依次为：《赠李白》（残）、《望岳》《陪李北海宴历下亭》《送高三十五书记》《苦雨奉寄陇西公兼呈王征士》《九日寄岑参》《前出塞九首》《后出塞五首》《同诸公登慈恩寺塔》《夏日李公见访》《自京赴奉先县咏怀五百字》《桥陵诗三十韵因呈县内诸官》《雨过苏端》《喜晴》《晦日寻崔戢李封》《送樊二十三侍御赴汉中判官》《送从弟亚赴河西判官》《送长孙九侍御赴武威判官》《玉华宫》《九成宫》。其中，《夏日李公见访》《自京赴奉先县咏怀五百字》这两首诗并不见于《杜工部诗通》，而且在诗歌的编年、注释，诗意的阐释等方面和《杜工部诗通》也稍有不同，当为张綖早年的杜诗学著作。

（二）《杜诗本义》，各公私书目均有著录，名称不一，或《杜诗本义》，或《杜律本义》，或《杜律本意》，或《七律本义》。是书共收录杜七言律诗 151 首，篇目、总数亦与张本相同。惟《杜律演义》分类编次，是书则为编年本。据卷末张綖子守中《杜律本义后序》所记，知其初刻于嘉靖十九年（1540 年），后版毁于光州，隆庆六年（1572 年）年张守中又将此书与《杜工部诗通》一并刻于浙江温州官署。卷前有张綖《杜律本义引》，卷末又有綖弟张绘跋。1974 年台湾大通书局据之影印《杜诗丛刊》本，附于《杜工部诗通》后，是为通行本。

（三）《杜工部诗通》十八卷。关于《杜工部诗通》，存在很多问题，下面一一分析。

---

① 清·仇兆鳌注《杜诗详注》，中华书局 1979 年版，第 24、2328 页。

首先，《杜工部诗通》的成书①。关于《杜工部诗通》的成书及刊刻，经历了一个颇为曲折的过程，张綖子守中在《杜工部诗通·题记》所述甚详，其云：

> 先大夫著《杜诗通》十六卷，嘉靖辛亥岁（1551年）素庵先叔尹定海，携行箧中，会临海举人胡子重氏借录。及觐回，胡亦出仕山东，相继沦没，原本遂失传焉。迨今二十年矣。岁壬申（1572年）不肖以职事分巡浙东历台郡学，诸生有胡承忠者，揖而进曰："此先大人所注杜诗也，敢以献诸行台。"不肖且喜且悲，有若神授者。乃托进士张鸣鸢、侯一麟正其鲁鱼之误，捐俸锓梓。②

又，张鸣鸢《杜工部诗通跋》亦记载了该书失而复得到刊刻流传的经过，云：

> 宪伯裕斋夫子（笔者注，指綖子守中）肃清海宇，戢武之暇，雅意绥文，出南湖公笺注《诗通》示鸣鸢曰：此吾先大夫手泽也。曩余未离定省，仲叔宦游赤城，谋梓是书，寻失之。嗣余购以百朋不获，今二十年矣。适观风其地，偶校官弟子胡承忠者，挟书以献。余惊怪此事，悲喜交集。

又据张守中《杜律本义后序》云："先大夫南湖公……雅好吟弄，感遇之情契于杜者独深。所著《杜律本义》庚子（嘉靖十九年，1540年）刻，

---

① 关于《杜工部诗通》的卷数。《墓铭》著录为"十八卷"，明王圻《续文献通考》和《四库全书总目》等书目均著录为"十六卷"，与此卷数不同。现在所见到的《杜工部诗通》亦为十六卷。可能是《杜工部诗通》原稿为十八卷，经过二十年的辗转，有所散佚，守中所谓的"原本"其实并非完本，他整理后为十六卷，使之传于世。

② 文中所引《杜工部诗通》引文，均出自《四库全书存目丛书》本，集部第4册，齐鲁书社1997年版，不再出注。

在光毁之。兹不肖驻节东瓯，观风之暇，檄通判万子木以俸资再刻于郡斋。……隆庆壬申（1572 年）菊月望日。"①由此可知，《杜律本义》初刻于嘉靖十九年，而此时《杜工部诗通》没有刊刻，当以稿本形式流传。3 年后，即嘉靖二十二年（1543 年），张綖就去世了。后其子守中整理遗稿，成《张南湖先生集》。当时可能遍搜张綖著作，但是《杜工部诗通》已于嘉靖辛亥岁（三十年，1551 年）被"素庵先叔"携至定海，因此无法付梓刊印。按，此处"仲叔""素庵先叔"者，张綖从弟张绘也。据（嘉庆）《高邮州志》卷之十上《政事》记载："张绘，字世观，乡贤綖之弟也。幼有文名，由选贡中顺天癸卯乡荐，授浙江定海县令。适倭寇临境，绘多方捍御，竟不敢犯。又上《御倭十三策》，皆俞用之。因舟山卫守构乱，绘设计诛其渠魁，余党悉平。去任之日，囊橐萧然，赖郡伯孙公捐俸以助归。而杜门不出，惟以著述为事。著有诗文若干卷。"可见，张绘实乃明代正德、嘉靖间的抗倭英雄，且为官清廉，以致卸任之时，连回家的路费都没有，更不要说刊刻其兄的著作了！张绘在浙江时，临海举人胡子重氏曾借录《杜工部诗通》。二十年后，即隆庆六年（1572 年），等到守中分巡浙东历台郡学时，胡氏后人有胡承忠者献出此书，守中才将《杜工部诗通》和《杜律本义》一同刊刻。据侯一元《杜工部诗通序》、一元弟侯一麟《杜诗通后小叙》、张守中《题记》，卷末有张鸣鸾《跋》，均为隆庆壬申作，是知此书初刻于隆庆六年（1572 年）。此书的流传刊刻实乃曲折，因此侯一元在《杜工部诗通序》中列举其可传者有四，曰："见仁孝之理焉、见旷世之感焉、见述作之原焉、见政治之符焉。"虽属附会溢美之言，但亦可见该书抄本经过 20 多年的辗转流传，最后刊刻，实属不易，确实是有如神助。

其次，关于《杜工部诗通》的版本。《杜工部诗通》于隆庆六年（1572 年）刊印后，除了康熙年间据明刻影写（见《北京图书馆善本书目》）外，均无其他版本。1974 年台湾大通书局据明隆庆六年张守中浙江刊本影印《杜诗丛刊》本。卷前有江西布政司侯一元序、一元弟侯一麟小叙、綖子张守中题记，卷末有张鸣鸾跋。是书半叶 10 行，行 22 字，白口，四周单边，

---

① 明·张綖《杜律本义》，《杜诗丛刊》本，台湾大通书局 1974 年版，第 725—726 页。

版心上方刻书名《杜诗通》，下方有刻工：瑞安许伦梓、苏州郭昌言锓梓、苏州钱世英刊、永嘉王堂刊、苏杨国器、苏顾令祥、王镐刊、龚林、余赐、六旺、吴诏、张富、余三、龚旺、陆旺、龚八、苏昌其。1997年齐鲁书社据北京大学藏明隆庆六年张守中刻本影印《四库全书存目丛书》本，仅有《杜工部诗通》十六卷，没有《杜律本义》。比之《杜诗丛刊》本，《四库全书存目丛书》本卷前缺侯一麟《小叙》，张守中题记移在卷之十六末，次之为张鸣鸾《杜工部诗通跋》，二书次序不同。另外，《杜诗丛刊》本在卷之十二残缺两页（缺第389、390两页，页脚注明"本页原稿原缺"），《四库全书存目丛书》本全，当补之。又，《四库全书存目丛书》本卷之十二最末页（第436页）的注释显然与上文不符，较之《杜诗丛刊》本，知此处误，当以《杜诗丛刊》本正之。两本互有优缺，但《杜诗丛刊》本附有《杜律本义》四卷，价值更大。国家图书馆、上海图书馆、中科院图书馆、武汉大学图书馆、成都杜甫草堂博物馆均有藏本。

三、张綖杜诗注解的特色

关于张綖注解杜诗的特色，四库馆臣云："是编因清江范德机批点杜诗311篇，每首先明训诂名物，后诠作意，颇能去诗家钩棘穿凿之说，而其失又在于浅近。《本义》四卷，皆释七言律诗。大抵顺文演意，均不能窥杜之藩篱也。"[1]评价不高。台湾黄永武先生主编的《杜诗丛刊》收录了《杜工部诗通》十六卷、《杜律本义》四卷，在《杜诗丛刊简介》中说道："是书……标三宗年号于卷首，逐诗编年，据事求情，辨正单复年谱处不少，颇称精赅，后人谓其陈义虽不高，但解说时有可取，尤称持平之论。"[2]评价较四库馆更为公允。叶嘉莹先生亦云："此书采择旧注而加以删节融贯，更以己意为之阐述，颇为可取。"[3]

---

① 清·纪昀等《钦定四库全书总目·集部·别集类存目一》（整理本），中华书局1997年版，第2357页。

② 黄永武《杜甫诗集四十种所引·杜诗丛刊简介》，台湾大通书局1976年版，第2页。

③ 叶嘉莹《杜甫秋兴八首集说·引用书目》，河北教育出版社2000年8月第2版，第4页。

以《杜工部诗通》为主要研究对象，笔者总结出张綖的杜诗注解有以下几个特点：

（一）融通豁达的诗歌编年

宋人认为杜诗具有"史"的性质，他们从传统"知人论世"的角度为杜诗编年，编撰了许多杜甫年谱。其中王十朋集注的《王状元集百家注编年杜陵诗史》将杜诗的"编年"与"诗史"联系起来，强化了二者之间的联系。元代杜诗学衰微，唯范梈所撰《杜工部诗范德机批选》在大类之下约略编年，对宋人意见提出不同观点。明初单复，远承"诗史"之说，在参照宋谱基础之上重新为杜诗编年，著有《重订杜子年谱诗史目录》，它将年谱与诗歌目录并在一起，每年先言重要时事，次言杜甫行迹，再列杜诗题目，开创了以诗系年的新体例，在明代颇有影响。

张綖《杜工部诗通》对杜诗的编年提出了不同见解，在《杜工部诗通》卷之一即指出：

> 观杜诗，固必先考编年，据事求情，而后其意可见。然编年非公自订，不过后人因诗意而附之耳。夫史传、编年已有失其真而不可尽信者，又况数百年之后，徒因诗意以求合史传之年耶！若《北征》《发秦州》《同谷》等篇及公自注年月，卓有明据，固无可疑。其余诸篇，时之或先或后，亦未必尽实。观者要当以诗意为主，不可泥于编年，反牵合诗意也。且如《寄临邑舍弟黄河泛滥》诗，诸家皆编在开元二十九年。公是时年甫三十，而诗中有"吾衰同泛梗"之句，是岂其少作耶？徒以《唐史》此年有伊洛及支川皆溢，河南北二十四郡水，遂为编附。然黄河水溢常常有之，岂独是年哉？集中如此类者甚多，不能遍举。今惟大约标三宗年号于卷首，其逐诗编年颇为考订，分注题下，使览者更详焉。

张綖指出编年对于理解杜诗诗意的重要性，但如果一味地为杜诗编年，则反失诗意。因此，他采取更为审慎的态度，"大约标三宗年号于卷首"，即在每卷卷首标明"某某年间所作"，之后再逐首注其作年，对于难以确定作年者，则不注年月，酌情列于相应位置。

对于前人编年，张綖有吸收采用的，也有不同意之处，并指出了理由，或为其考订正确作年，或存疑俟后人研究，体现出较为严谨的学风。如《赠李白》题下注曰："此诗梁权道编在天宝十二载，梦弼订在开元二十四年，单谱又订在天宝九年。然白天宝元年始入长安，则开元间安得即谓之'金闺彦'？考公天宝七年冬往东都，是年白放还山，至九年庚寅，公与白俱在东都，诗谓'二年客东都'与'李侯金闺彦，脱身事幽讨'皆合。即单谱近是。"张綖首先罗列宋梁权道和蔡梦弼、明单复的编年，接着根据历史事实一一分析，条分缕析，指出宋人编年的错误，最后认为单复之年谱较为合理。又如《望岳》，题下注曰："此诗单谱订在开元十四年，公省亲兖州作，时年十五。然公自省亲至天宝丙戌，二十年间往来齐鲁者数矣。今亦未知的为何岁所作。"单复将此诗编年在开元十四年，张綖对此提出了不同意见，对此诗暂时存疑。又如在《登兖州城楼》的题后，张綖做了如下考证，曰："公游齐鲁者不一已，注见《望岳》题下。尝疑此诗亦非在省亲时，恐是后来游兖州，登城思其亲而作。是谓：我当时东郡趋庭之日，登此南楼之初，纵目之下，见云连海岱，野入青徐。今孤嶂秦碑尚在，荒城鲁殿仍余，其景皆犹夫昔也，而吾亲不可见矣。夫从来多古意，况此临眺又怀思之感。……如此说似亦可通。姑记于此，以俟知者详焉。盖此诗老成沉郁，疑非少作。"张綖根据杜诗的风格特征，认为该诗当不是杜甫少年时所作；通过检阅诗意，张綖提出了较为合理的阐释。到底将该诗系于何年？张綖采取了更为审慎的态度，并不惧于前人权威的意见，而是"姑记于此，以俟知者详焉"。

（二）分章划段阐说诗意

关于杜诗分章、分段，仇兆鳌指出他对杜诗的分章、分段主要取法朱熹《诗集传》的分法①。其实，明代统治思想主要是程朱理学，再加上科举考试主要以"四书""五经"为主，而对于"四书""五经"的注解主要依据的便是朱熹的《四书章句集注》。尤其是他对《诗经》采取了不同于汉、唐的注释方法，还原了《诗经》的文学性质，注释时避免繁琐的考证和繁

---

① 清·仇兆鳌注《杜诗详注·凡例》，中华书局1979年版，第22页。

复的资料征引，融汇各家之说于一体，同时又阐发自己的心得独见。这种注释方法对明人产生了很大的影响。除了像朱熹在《诗集传》中标明"赋、比、兴"这样的形式之外，明人在注释杜诗时也注意分章断句阐释诗歌大意。张綖《杜工部诗通》即是这方面的典型代表。例如杜甫的名作《兵车行》，在注释完诗中的字词后，张綖对该诗进行了分节：

> 此因明皇用民开边，民苦于行役而作。"车辚辚"至"干云霄"七句为一节，言点民为兵，送别悲楚之状。"道旁"至"犬与鸡"十四句为第二节，言明皇黩兵不已，致民久役于外，生业俱废，此行役所以可悲者也。"长者"至"百草"十句为第三节，申说上节之意，征役不休而税敛复急，民皆无以聊生也。"君不见"至篇末四句，则言前后没边之鬼含冤号哭于远地阴雨之野，以极其痛楚焉。

张綖将全诗分作四节，并概括各节大意。这样对于初学者理解杜诗很有帮助。又如《洗兵马》，张綖曰："凡四节，每节十二句一换韵。首节言山东、河南俱已收复，惟邺城未下，亦当不日而得，皆由独任朔方之兵成此大功也。……二节言委用得人，诸贤效力，故能拨乱反治，君子不复思隐，小民亦得安生。三节言封赏功臣颇多幸得，亦惟内修又有其人，故寇盗不敢复起而成此中兴之治也。四节言率土既平，诸祥必至，黎献共臣，词人制颂，农民安业，皆望雨泽以及时耕种。复祝攻邺军士早归以慰其室家之思。"亦是在分章节的基础上阐释大意。

张綖对杜诗的分节，有的采用的是元代范梈的分节方法，有时也提出不同的意见。如《送从弟亚赴安西判官》："南风作秋声，杀气薄炎炽。盛夏鹰隼击，时危异人至。令弟草中来，苍然请论事。○诏书引上殿，奋舌动天意。兵法五十家，尔腹为箧笥。应对如转丸，疏通略文字。经纶皆新语，足以正神器。宗庙尚为灰，君臣俱下泪。崆峒地无轴，青海天轩轾。西极最疮痍，连山暗烽燧。○帝曰大布衣，藉卿佐元帅。坐看清流沙，所以子奉使。归当再前席，适远非历试。须存武威郡，为画长久利。○孤峰石戴驿，快马金缠辔。黄羊饫不膻，芦酒多还醉。踊跃常人情，惨澹苦士志。安边敌何有，反正计始遂。吾闻驾鼓车，不合用骐骥。龙吟回其头，夹辅待所致。"范德机将此诗分作四节，诗中标"○"者即是，张綖认为范氏分节不确，当分五节，云："此诗范分为四节，愚意当分为五节。第一节'时危异人至'一句是一篇之柱，上三句言时危，下二句言异人至。第二节'诏书'至'神器'见异人之实。'宗庙'至'烽燧'见时危之实。第三节言上命为安西判官之意，以此地最急且重，非轻用也，所以见时危用异人意。第四节期杜亚安边，反正方为异人，勿似常人踊跃。……末四句为第五节，言异人当有异用，见亚不当为判官，姑用以安边耳。"可见，和宋人的注重对杜诗史实的挖掘和字词的训诂不同，张綖更侧重于对杜诗内容大意的阐释。

（三）以"格调"评杜诗

"格调说"是盛行于明代的主流诗学观念，由李东阳（1447—1516 年）首倡。他以"格调"论杜诗，认为："长篇中须有节奏，有操，有纵，有正，有变。若平铺稳布，虽多无益。唐诗类有委曲可喜之处，惟杜子美顿挫起伏，变化不测，可骇可愕，盖其音响与格律正相称，回视诸作，皆在下风。然学者不先得唐调，未可遽为杜学也。"①在《王城山人诗集序》中又说："其诗始规仿盛唐诸人，得宛转流丽之妙，晚独爱杜少陵，乃尽变其故格，益为清激悲壮之调。"②作为台阁重臣，李东阳主持文坛长达 30 余年，他的"格调"说对后来的诗论家影响深远。"前七子"领袖李梦阳（1473—1530年）亦主"格调"说，他认为"宋人主理不主调"，反对宋诗，提出"盛唐格调"的概念标举盛唐，尊崇杜甫。比李梦阳稍晚的孙升（1501—1560 年）对当时诗坛崇尚李梦阳"格调"说的风气有所记载。在《孙文恪公集》卷之十四《与陈山人论诗书》中，他这样描述：

> 古今论诗主格调，高古曰格，宛亮曰调。严沧浪诸人发明，殆

---

① 明·李东阳《麓堂诗话》，《历代诗话续编》本，中华书局 1983 年版，第 1373 页。
② 明·李东阳《怀麓堂集》卷二十二，影印文渊阁《四库全书》本。

悉足下所知也。仆向云：先结构，而后修词，盖主最上乘说耳。今
海内诗人摹拟唐之声调，皆足成名。老杜最尚格，亦云："语不惊
人死不休。"试观杜律，冲淡而有气骨者甚多，不皆入选；而入选
者，词率清丽，可见风容色泽：故亦诗家之所崇尚也。李空同氏
者，振古雄才，今之老杜，仆何敢望足下儗之过矣。①

据钱谦益《列朝诗集小传》记载，张綖的岳父，明代著名的南曲家王
磐不喜欢李梦阳②，因此有文章认为张綖受岳父影响，"不为风气所移，尚
香奁体、学晚唐，这本身就有抗拒风气的意义"③。不可否认，在张綖的
《张南湖先生诗集》中，他写有《拟无题》四首、《香奁诗》八首、《二月一
日游华严寺用李义山"飒飒东南细雨来"诗韵》《效韩致光》二首、《效李
长吉体》《村居秋兴用杜牧之诗韵》《二月二日华容寺用许仲晦韵》《题堂
前白菊用〈陆鲁望白菊〉诗韵》等诗作，来模仿李商隐、韩偓、李贺、杜
牧、许浑、司马都等晚唐诗人，甚至有《七月十四日亥初二刻立秋效昆体》
这样的诗题，效仿以晚唐诗为宗的"西昆体"。但是我们也可以看到《中秋
夜醉后用李太白诗韵》《九日寄西楼》（是岁大荒）、《东山春望》（是岁大
水，民多逃亡）、《安庆感事》等模仿李白、杜甫的诗篇，尤其是《安庆感
事》，诗尾注曰："宁贼之变，兵围安庆。时府守张文锦辽东人，适有同乡
十三人旅寓城中，各请分守要害，谓贼徒曰：'朝廷久知尔将反，命我辽军
备御，不信视其箭。'贼徒识其箭，莫不褫魄，卒之败散者，此十三人之力
也。事平，有司以尺籍无名重上其事，但各私赠银十两而已。众以出死力
破贼，竟不得沾寸赏，皆恸哭而去。予过安庆城下，询之士人，信然。为
赋此诗。"④堪称"诗史"，可以诗证史，补史书之不足。张綖并不排斥盛唐

①　明·孙升《孙文恪公集》，《四库全书存目丛书》本集部第 99 册，齐鲁书社 1997
年出版，第 746 页。

②　清·钱谦益《列朝诗集小传》，上海古籍出版社 2008 年 4 月第 2 版，第 347 页。

③　叶辉《张綖研究》，复旦大学 2000 年硕士学位论文。

④　明·张綖《张南湖先生诗集》卷三，《四库全书存目丛刊》本，集部第 68 册，第
374 页。

诗人，他著有三种杜诗学著作，本身就说明了他对杜甫的喜爱。在对杜诗的评论中，我们还可以看到他用"格调"评杜诗。试看：

> 凡诗人题咏，必须胸次之高，下笔方能卓绝不凡。杜公此诗如"雄姿未受伏枥恩，猛气犹思战场利"，又云"青丝络头为君老，何由却出横门道"，如此状物，不惟格韵高，亦足以见少陵人品。若曹唐《病马》诗云："一朝千里心犹在，争敢潜忘秣饲恩。"真乃乞儿语。其意趣可怜也哉！（《高都护骢马行》）
>
> 李杜二公齐名，李集中多古乐府之作，而杜公绝无乐府，惟此前、后《出塞》数首耳。然又别出一格，用古体写今事，大家机轴，不主故常，后人不敢议也，而称"诗史"者以此。（《前出塞九首》其九）
>
> 柳子厚《捕蛇者说》，至篇终方说出孔子"苛政猛于虎"一句，袭此格也。（《除草》）

第一首评价指出杜诗格韵高，第二首认为杜甫的前、后《出塞》别出一格，而杜甫所谓的"诗史"，主要是指他"用古体写今事"的乐府诗。第三首指出柳宗元《捕蛇者说》的结构乃是采用了杜甫诗歌的结构布局。通过以上的批评，可以看出，张綖或多或少还是受到了李梦阳"格调"说的影响。

要之，张綖对杜诗的注释虽然也注重编年，但他更强调据事求情，以意为主；在诗歌阐释上顺文演义，分章划段；同时，受诗坛风气的影响，以"格调"评杜诗。张綖的杜诗研究能去诗家钩棘穿凿之说，因此对后代较有影响，多种杜诗注本予以引用，如明代王嗣奭（1566—1648年）的《杜臆》、杨德周（1572—1648年）的《杜注水中盐》及清代仇兆鳌（1638—1713年）的《杜诗详注》、清吴景旭《历代诗话》等。仇兆鳌《杜诗详注》甚至引用了80多条，可见他对张綖杜诗学的重视。

第二节　林时对《杜诗选》研究

　　明遗民诗人林时对有多种杜诗学著作，清仇兆鳌（1638—1717 年）《杜诗详注》引用了四条。相关书目亦有著录，如民国《鄞县通志·艺文志》（以下简称《鄞志》）即著录了《纂杜评略》一卷、《杜诗选》一册和《诗史》四卷[①]。其他书目，如《杜集书录》[②]和《杜集叙录》[③]等据《鄞志》著录，因未见到原书，所以解题也属推测。另外，《清人别集总目》[④]也予以著录。但是，关于林时对的杜诗学著作到底有哪些，现存《杜诗选》的价值何在？目前杜诗学界对此尚未见讨论。笔者通过对上海图书馆所藏林时对《杜诗选》稿本和浙江图书馆所藏民国抄本的研究，来探析《杜诗选》的学术价值。

一、林时对生平及著述

　　林时对（1623—1713 年），字殿飏，号茧翁，一号茧庵，又自著明州野史拾遗氏。鄞县（今浙江宁波鄞州区）人。林氏生平资料不见于正史，全祖望（1705—1755 年）《续甬上耆旧诗》、李桓《国朝耆献类征》、孙静庵《明遗民录》等均提到林氏相关事迹，其中以全祖望《明太常寺卿晋秩右副都御史茧庵林公逸事状》[⑤]（以下简称《逸事状》）一文为最详，其他传记

---

　　① 浙江《鄞县通志》第四《文献志》戊编上《艺文一》（第五册），《中国方志丛书》据民国二十四年铅印本影印本，成文出版社有限公司 1974 年版，第 1667、1668 页。按，《诗史》并非是关于杜诗的集部文献，详见下文。

　　② 周采泉《杜集书录》内编卷七，上海古籍出版社 1986 年版，第 340、341 页。按，《纂杜诗略》当为《纂杜评略》，详见下文。

　　③ 张忠纲、赵睿才、綦维、孙微编《杜集叙录》，齐鲁书社 2008 年版，第 282、283 页。

　　④ 李灵年、杨忠等编《清人别集总目》，安徽教育出版社 2000 年版，第 1370、1371 页。

　　⑤ 清·全祖望《全祖望集汇校集注》，朱铸禹汇校集注，上海古籍出版社 2000 年版，第 476—479 页。

大多据此文增删修改而成，今将《逸事状》节录如下：

> 公讳时对，字殿飏，学者称为茧庵先生，浙之宁波府鄞县人，宋名臣特进保之后。……公以崇祯己卯（十二年，1639 年）、庚辰（1640 年）连荐成进士，时年十八，授行人司行人。逾年，以使淮藩出。又逾年而居制。又逾二年而北都亡，赧王起南中，以吏科都给事中召。又逾年，南都亡，跟跄归里，从戎江干，累迁太常寺卿，晋都察院右副都御史。逾年，事去，杜门不出……
>
> 公之少也，伯兄荔堂先生喜言名节，公与上下其议论，荔堂引为畏友。执经倪文正公门，既释褐，施忠介公、徐忠襄公皆重之，多所指授。常熟□侍郎□□①闻公名，招致之，公不往。于同官最与刘公中藻、陆公培、沈公宸荃相昵。或问之曰："冷官索莫，何以自遣？"公曰："苟不爱钱，原无热地。"时人叹为名言。
>
> ……及在科中，时局正恣其昏狂，公以轮对上三折，言："史督相可法之军江北，所以藩卫江南者也，不当使之掣肘；至于进战退守，当假以便宜。""左都御史刘宗周四朝老臣，天下山斗，当置左右。""翰林检讨方以智忠孝世家，间关南来，不当诬以传闻之说。"并留中不下。当是时台省混沓，邪党过半，独掌科熊公汝霖，掌道章公正宸，清望谔谔，顾皆引公为助。阮大铖深恶之，乃嗾方国安以东林遗孽纠之，遂与同里沈公履祥偕去。
>
> "截江"之役，孙公嘉绩故公庚辰房师，挽以共事。熊公、章公、钱公、沈公，交章上荐，起佐孙公幕务，每有封事，多遭阻格。中枢余公煌叹息语公，以不能力持为愧。前御史姜公垛兄弟避地天台，公以人望请召之，御史不至，其弟赴军。公力主渡江，熊公之下海宁，公实赞之。盖自丧乱以来，公之所见，其可纪者只此而已。

---

① 按，此处空文，据《明遗民录》当为钱谦益。下文同。孙静庵《明遗民录》云："常熟钱谦益闻其名，招致之，不往。"浙江古籍出版社 1985 年版，第 310 页。

……及归，家门破碎，乃博访国难事，上自巨公元夫，下至老兵退卒，随所闻见，折衷而论定之。斜日荒江，以此自消其磊块。已而征车四出，公名亦豫其中，以病力辞。有同年来访出处者，公答之曰："此事宁容商诸人耶？吾志自定，为君谋宁有殊。"同年愧公之言而止。

……

未几咸淳诸老，凋落殆尽，而公独年逾大耋，幅巾深衣，踽踽行吟，莫可与语。于是悒悒弥甚，乃令小胥舁篮舆遍行坊市，遇有场演剧，辄驻舆视之。凡公之至，五尺童子俱为让道。一日，至湖上圣功寺巷中，公眼已花，不辨场上所演何曲，但见有冕旒而前者，或曰："此流贼破京师也。"公即狂号，自篮舆撞身下，踣地晕绝，流血满面，伶人亦共流涕。观者逆散，是日为之罢剧。嗣是，公不复出，掩关咄咄而已。及卒，遗命柳棺布衣，不许以状请志墓之文，故皆阙焉。

先公尝曰："吾年十五，随汝祖往拜公床下，自是尝抠衣请益，闻问漳海黄公遗事，公所举自东崖所作行状外，别传、哀诔、挽诗、祭文及杂录诸遗事，几百余家，其余所闻最少者，亦不下数十家，恨不能强记。又语予：野史之难信者有二：彭仲《谋流寇志》讹错，十五出于传闻，是君子之过；邹流漪则有心淆乱黑白，是小人之过。其余可以类推。"先公问曰："然则公何不着为一家，以存信史。"公笑不答，盖是时公方有所著而讳之。然自公殁后，所谓《茧庵逸史》者，阙不完。其《诗史》共四卷，今归于予。

林氏著述，据民国《鄞县通志·艺文志》著录有"史部"：《茧庵逸史》《明小纪》四册（原文注：此书本无名目，抱经楼卢氏藏本题为此名，所载皆明三百年朝政暨忠贤事迹，以某宗某帝纪分帙。首册已失，故无太祖纪，自惠宗让皇帝起至威宗烈皇帝止，为此四册）、《五朝耆旧记》一卷（注：起万历甲戌，讫崇祯癸未。凡所见所闻所传闻之耆旧久已论定者，采摭其姓氏爵里，以为此编，本附《明小纪》后）、《表忠录》（注：此书记明末之忠臣烈士，凡分六等，曰：死节、死义、死难、死事、死遁、死志）、《留补堂纂乙酉以来忠义殉国十二传》一卷（注：此书本藏抱经楼，为时对手稿，凡三册）、《疏草》。"子部"：《茧庵类稿》十册（注：此为随时采摘读书而成。分经学、经济二项。经学又分十八类，经济又分二十类。张之铭藏本）、《茧庵杂录》（注：此为抱经楼藏本）、《荷牏丛谈》四卷（注：此书笔记明代朝章典故，国计民生利病安危。有得诸目睹者，有得诸传闻者，中山大学活字本）。"集部"：《留补堂文集选》四卷（注：静山主人选，《四明丛书》六集刻本）、《留补堂诗选》（注：此为时对手自定、其子目有《南湖游草》《客吟》《蠡城杂咏》《清豫堂燕集诗》《冬青集》《闽游草》《碎筑集》）、《天风浮屠倡和诗二卷》（注：此与闻性道同辑）、《纂杜评略》一卷（所纂皆历来杜诗评语）、《杜诗选》一册（注：所选五古二十七首、七古二十七首、五律一百首、五排八首、七律一百首、五七绝十八首。张之铭藏本）、《诗史》四卷。后按曰："《抱经楼书目》有《明季传记杂录》十一册，旧抄本不著撰人名氏，内载明季忠义诸传、状、志、表为多。或云林时对作。《诗史》，《续耆旧传》作《茧庵诗史》。"

又据《清人别集总目》记载："留补堂文集　3 卷　诗选1卷忠义传2卷，稿本（上图）；留补堂诗集　3 卷　诗集不分卷附忠义殉国十二传1卷杜诗选2卷，抄本（浙图）①；留补堂文集4卷自订诗选6卷，清抄本（北图），按：文集卷3缺；留补堂文集选4卷，四明丛书本，民国29年刻（丛书综录）。"《清人别集总目》主要著录文人的诗文别集，对史部、子部书不予著录（《忠义传》附录在《诗选》后著录，当为史部）。以下对其著述进行梳理。

史部：《诗史》四卷、《茧庵逸史》《表忠录》《疏草》，佚。《明小纪》不分卷，《五朝耆旧记》一卷，存。国家图书馆藏有《明小纪》不分卷，《五朝耆旧记》一卷，8 册，清抄本。《留补堂纂乙酉以来忠义殉国十二传》一卷，存。上海图书馆藏陈氏孤云轩抄本，书名作《留补深圳纂乙酉以来忠义殉国十二传》。另有稿本《忠义传》，附《留补堂文集·杜诗选》后。

---

① 按，此处误，当为：留补堂文集3卷，留补堂诗集1卷，忠义殉国十二传1卷，杜诗选1卷。

《荷牐丛谈》四卷，此书版本甚多，上海图书馆、浙江图书馆、国家图书馆均有藏本。通行本是中山大学语言历史研究所编，民国 17 年（1928 年）铅印本。

子部：《茧庵类稿》10 册、《茧庵杂录》，未知存否。上海图书馆藏有稿本《茧庵类纂》不分卷，16 册，疑为《茧庵类稿》和《茧庵杂录》合订本。

集部：《纂杜评略》一卷、《天风浮屠倡和诗》二卷，佚。《杜诗选》1 册，存，上海图书馆藏稿本，浙江图书馆藏抄本。《留补堂文集选》四卷，存。此书版本较多，通行本是《丛书集成续编》本据《四明丛书本》影印，上海书店出版社 1994 年版。上海图书馆藏稿本《留补堂自订诗选》六卷，分体编排，计五言古体共 46 首，七言歌行共 25 首，五言近体共 100 首，五言排律 4 首，七言近体共 236 首，七言排律 1 首，五七言绝句共 120 首，杂体 14 首，共 546 首。后附诗余、南北调若干首。《诗选前》有《南浦游草原序》（缺）、葛世振《客吟原序》、姜垓《蠡城杂咏原叙》、万日吉《清豫堂燕集诗原序》、梁以樟《冬青集原序》、陈轼《闽游草原序》、三山年宗弟日光《碎筑集原序》、徐凤垣《碎筑集原叙》。可见，林氏集子此前曾以《南浦游草》《客吟》《蠡城杂咏》《清豫堂燕集诗》《冬青集》《闽游草》《碎筑集》等单行本的形式刊刻流传，后林氏整理旧作，编为《留补堂自订诗选》。遗憾的是，该集并未刊刻，只是以稿本的形式流传，且《南浦游草原序》已残缺不全。据《鄞县通志·艺文志》的"注"，当即为《留补堂诗选》。又有《留补堂文集》四卷，分上、中、下三卷，按题材编排。卷之上为：序 26 篇，卷之中为：序 13 篇，记 8 篇，考 1 篇，论 1 篇，述 4 篇，卷之下为：文 11 篇，传 20 篇，墓志 1 篇，行状 6 篇，杂著 14 篇。共计105 篇。国家图书馆、上海图书馆均有馆藏，浙江图书馆著录为《留补堂文集》三卷、《留补堂诗集》一卷，当不是全本。

二、《杜诗选》的著录及流传

林时对《杜诗选》，共一卷。上海图书馆著录如下：

　　留补堂文集三卷，诗选一卷，忠义传二卷，（明）林时对撰。

杜诗选不分卷。（唐）杜甫撰，（明）林时对选。稿本，12 册，线善800297—308。

浙江图书馆著录如下：

留补堂文集三卷，留补堂诗集一卷，忠义殉国十二传一卷，（清）林时对撰。杜诗选一卷。林时对撰。抄本，8 册，善旧 4974。

可见该书实际或不分卷，或只有一卷，并非二卷①。

上海图书馆藏《杜诗选》为稿本，每半叶 8 行，行 24 字。先为《选杜诗小引》，其后为"《杜诗选》目录"，右下方书：拾遗氏茧翁选定，之后分体记录各个诗题。浙江图书馆所藏为民国抄本，每半叶 8 行，行 24 字。抄本卷首有《林时对传》（录光绪《鄞县志·人物传》）曰："林时跃，字霞举，号荔堂……时对自有传。林时对，字殿扬，号茧庵。"按，林时跃，时对兄，别号月山遗民，鄞县人，明季贡生。抄本右上角《林时对传》上有阴文印章一枚，书"端虚室"，知为民国藏书家杨贻诚（1888—1969 年）（字菊庭，号端虚，鄞县人）所藏。根据文中"玄""弘"不讳，"宁"作"甯"、亦有作"寜"，卷前录光绪《鄞县志·人物传》之《林时对传》末有"《鄞县通志·文献志》戊编上《艺文一》载林时对著述有……《四明丛书》六集刻本，《留补堂诗选》为时对手自订定"，按《鄞县通志》及《四明丛书》，均刻于民国时期，此书当抄于民国年间。

《杜诗选》前有一段序，名为《选杜诗小引》，全文不长，今录于下：

今人学诗竞宗杜，然杜为律最为擅长。律者，音律、法律，其格极严、极整，有声、有韵，而杜抑扬顿挫，极音节之妙。子美亦云："晚节渐于诗律细。"得手全在一"细"字。此其长技也。自五

---

①《清人别集总目》《清诗话考》著录为两卷，误。

言古，自言"熟精《文选》理"，而选体高者，苏、李无论已，子建而下，如太冲、士衡、安仁、康乐、明远、玄晖，俱清绝滔滔，芊绵流丽，而杜长篇至百韵者，蔓（笔者注：疑作"曼"）衍拖沓，全无生动之趣，何于《文选》殊不类乎？惟七言歌行，跌宕天矫，淋漓悲壮，令读者飘飘欲仙。此于骚坛另辟一格，自是绝唱。若绝句则自青莲、龙标外，并鲜登峰造极者，今集中采数首，聊备杜之一体，读者详之。茧庵老人漫题。

后依诗体编排，计：五言古诗 24 首（按，《鄞志》注为 27 首）、七言歌行 27 首、五言律诗 70 首（按，原书标为 100 首，实收 70 首）、五言排律 8 首、七言律诗 100 首、五七言绝句 18 首，共选杜诗 247 首。该选本无注释，为杜诗白文本。

下面对《杜诗选》的流传情况试做推断。上海图书馆所藏《杜诗选》为稿本，抄写工整，且与该馆著录的林氏其他著作字体一样，当为一人手迹。《杜诗选》成书后，并未付梓刊行，只在鄞县流传，或只藏于林氏家中。仇兆鳌集注杜诗，广征博引，于乡邦文献多所引用，且和林氏有同乡之谊，或曾拜会林氏[1]，见到包括《杜诗选》在内的林氏杜诗学著作，故在《杜诗详注》中予以引用[2]。又据周采泉先生记载，《杜诗选》等书旧藏甬上张之铭古驩室。按，张之铭（1872—1945 年），字赍顺，号伯岸，浙江鄞县著名藏书家，藏书 1000 余种。章太炎（1869—1936 年）曾为其做《古驩室记》。张氏去世后，其藏书散佚，后来辗转流入上海图书馆，其中就包括《杜诗选》，而《纂杜评略》已佚。杨贻诚抄本当据稿本所抄，并在书前增入光绪《鄞县志·人物传》中的《林时对传》，此抄本后归浙江省图书馆。

---

[1] 林氏享年最永，只比仇兆鳌早去世 4 年，且为同乡，极有交游之可能。

[2] 上海图书馆藏仇兆鳌《杜诗详注》进呈本有《历代名家评注杜诗姓氏》云："明人"中云："林时对，论杜襮见。"对于《纂杜评略》，仇氏并无提及。此处的"论杜襮见"不见于书目著录，颇疑仇氏见到的可能是《纂杜评略》的雏形，当时林时对还没完成《纂杜评略》的撰写工作。

三、《杜诗选》的价值

该书具有较高的学术价值，以下从四个方面试做论述。

首先，借助该杜诗选本，可探究明末清初杜诗学文献编纂的时代社会风气。

宋代对杜诗的整理研究主要集中于全集的校勘、集注、编年、分类等方面。元代开始选注杜律，影响最大的注本是托名虞集的《杜律虞注》和赵汸的《杜律五言赵注》。明代承元人风气，不仅多次刊刻虞、赵二家注本，而且大量选注杜律。林时对为明末清初人，《杜诗选》的编撰明显受到元、明杜诗学的影响，同时也反映了当时杜诗编撰、注评的一种时代特色。

《杜诗选》是分体编排的白文本，《纂杜评略》是略具诗话性质的杜诗学文献，这种分开编撰的体例很容易让我们想到卢世㴐的《杜诗胥抄》和《读杜私言》。卢世㴐（1588—1653 年），字德水，山东德州（今山东德州市）人，著有《杜诗胥抄》，在当时影响很大。清王士禛《戏仿元遗山论诗绝句三十二首》其五云："杜家笺传太纷挐，虞赵诸贤尽守株。苦为《南华》寻向郭，前惟山谷后钱卢。"①将该书与黄庭坚的《杜诗笺》、钱谦益的《钱注杜诗》相提并论，评价颇高。《杜诗胥抄》以蔡梦弼《草堂诗笺》为底本，只录杜诗白文与原注，于分体中又依蔡本编次，前十四卷共录杜诗 881 首，附高适诗 1 首；十五卷摘录杜甫诗句若干则，均系前十四卷所未选录者。卷后有《知己赠言》与《大凡》。《知己赠言》是卢氏友人为此书所作的序、记及赠诗。《大凡》简述该书编撰始末、体例，并总论杜甫之生平性情及杜诗概貌。崇祯四年（1631）由卢氏友人王瑞符、门人王元礼刻印行世。崇祯七年，卢氏又撰成《余论》一卷，遂续刻之与前书并行。《余论》分论各体杜诗，依次为论五言古诗、论七言古诗、论五言律诗、论七言律诗、论五七言排律、论五七言绝句，论摘录，从各个方面阐述对杜甫及其诗歌的看法。后又将《杜诗胥抄》的《大凡》与《余论》合刊，名为《读杜私言》行世。

由此可见，当时对杜诗的编纂存在这样一些情况：一种是"不笺一字

---

① 清·王士禛《渔洋精华录集释》卷二，李毓芙、牟通、李茂肃整理本，上海古籍出版社 1999 年版，第 328 页。

是功臣"①，即只抄录杜诗的白文；一种是不录杜诗，直接注解或评论杜诗，其性质与诗话接近。前者，如李郙嗣《杜诗选》等；后者，如王嗣奭《杜臆》、杨德周《杜注水中盐》、唐元竑《杜诗捃》等；另外一种则是兼而有之，如林时对既编有《杜诗选》，又有诗话性质的《纂杜评略》，卢世㴑既编有《杜诗胥抄》，又著有《读杜私言》。于此可见明末清初对杜诗编纂的时代特点。

其次，通过《选杜诗小引》，可以看出林氏强烈的杜诗"辩体"意识。

"辩体"，是我国古代文学批评的核心内容之一，在魏晋南北朝时期的《文赋》《文心雕龙》《文章流别论》等书中已有论述，但纵观整个古代文学批评史，明代可以说是一个最讲究"辩体的时代"，是"古代辩体理论发展的集大成时代"②。这期间，涌现出了《文章辩体》《文体明辨》《文章辩体汇选》等一批以辩体为主旨的专门著作。除了有潘援《诗林辩体》、许学夷《诗源辩体》等明确地以"辩体"为标榜的诗学著作外，像《艺苑卮言》《诗薮》《唐音癸签》等明代诗学名著，虽未冠以"辩体"之名，实际上都是以辩体为主要内容的文学批评著作。有明近300年间，在文学复古运动的背景下，辩体成为明代诗学批评的核心内容，相关的立论与主张极为复杂。在诗歌的内部，辨析古诗、乐府、律诗之间的差异；在同一诗体中，辨别五古与七古，五律与七律，五绝与七绝之间的差异；在诗歌与其他文体之间，辨析诗与文、诗与词、诗与史之间的同异；在时代方面，探讨汉魏六朝诗与唐诗、宋诗、元诗之间的关系；同时代的诗歌如唐诗，讨论其初、盛、中、晚之差异。其中，对唐诗体式的辨析与争论则是核心的问题。李梦阳云："诗至唐，古调亡矣，然自有唐调可歌咏，高者犹足被管弦。"③许学夷曰："五言古至于唐，古体尽亡，而唐体始兴矣。"④还有如明代关于唐人七律第一之

---

① 参见孙微、王新芳《"不笺一字是功臣"——论明清杜诗学中的一种极端倾向》，《中国韵文学刊》2007年第4期。

② 邓新跃《明代诗学辨体理论的尊体意识与典范意识》，《南都学坛》2005年第2期。

③ 明·李梦阳《空同集》卷五十二《缶音序》，文渊阁《四库全书》本，第1262册，第477页。

④ 明·许学夷《诗源辩体》卷十七，杜维沫点校本，人民文学出版社1987年版，第177页。

争、杨慎对于杜诗"诗史"说的辩论①、李攀龙"唐无五言古诗而有其古诗"之说②等著名的诗学公案，更体现出明人热衷唐诗辩体的事实。

高棅的《唐诗品汇》，是明代著名的唐诗选本。该选本即是按照五言古诗、七言古诗、五言绝句、七言绝句、五言律诗、五言排律、七言律诗、七言排律分体编排，体现了编者受到辩体意识的支配。著名的唐诗学家胡震亨著有《唐音癸签》，此书首篇《体凡》即对诗歌进行辩体，云："诗至唐，体大备矣。今考唐人集录，所标体名，凡效汉、魏以下诗，声律未叶者，名往体；其所变诗体，则声律之叶者，不论长句、绝句，概名为律诗、为近体；而七言古诗，于往体外另为一目，又或名歌行。举其大凡，不过此三者为之区分而已。……一曰四言古诗，一曰五言古诗，一曰七言古诗，一曰长短句，一曰五言律诗，一曰五言排律，一曰七言律诗，一曰七言排律，一曰五言绝句，一曰七言绝句。外，古体有三字诗，六字诗，三五七言诗，一字至七字诗；骚体杂言诗；律体有五言小律、七言小律，又有六言律诗，及六言绝句。而诸诗内又有诗与乐府之别，乐府内又有往体、新题之别。"③亦表现出明确的诗学辩体观。

杜甫是唐代诗人的杰出代表，杜诗具有集大成的特质，在明代复古派"文必秦汉、诗必盛唐"的影响下，杜诗辩体也成为明人讨论的热点话题。林氏《杜诗选》即反映出明代杜诗的辩体观。他将杜诗按诗体分为：律诗、五古、七言歌行、绝句，欣赏的是杜甫的律诗和七言歌行，对于杜甫的五言古诗则颇有微词，对绝句亦不甚欣赏。我们再看其选诗数目，五古 24 首，七言歌行 27 首，五律 70 首，五排 8 首，七律 100 首，五言绝句 2 首，七言绝句 16 首，共计 247 首。杜甫七律共 151 首，林氏入选 100 首，可见他对七律的重视。明代杜诗选本多七律，说明林氏受到明代编选杜诗选本

---

① 明·杨慎《升庵诗话》卷十一"诗史"条，《历代诗话续编》本，中华书局 1983 年版，第 868 页。

② 明·李攀龙《沧溟集》卷十五《选唐诗序》，文渊阁《四库全书》本，第 1278 册，第 359 页。

③ 明·胡震亨《唐音癸签》卷之一《体凡》，周本淳点校本，上海古籍出版社 1981 年版，第 1 页。

风气的浸染①。七言歌行和五古都只选了20多首，绝句则连20首都不到，五绝只选了2首。其实，林氏这种"扬律贬古"（古体诗与近体诗）、"扬律贬绝"（近体诗内部）、"扬七言歌行贬五言古诗"（古体诗内部）及杜甫五言古诗不同于选体的选诗、评诗特色，正是其诗学辩体意识的强烈体现。下面就其中的"律诗和绝句的辩体""五古和选体的辩体"两方面试做分析。

首先，在律诗和绝句的辩体中，可以看出林氏鲜明的"扬律贬绝"的辩体意识。杜甫作为律诗大家，其地位无可置疑，明代众多的杜诗选本中，明人对杜律情有独钟，选杜律、注杜律、评杜律、解杜律……蔚然成风，这和托名元代虞集的《杜律虞注》在明代的大量翻印有一定之关系，和明人的诗学"辩体"意识也有莫大的联系。反观杜甫的绝句，成就却相当有限。因此，林氏在《小引》中"采数首，聊备杜之一体"，且敬告读者"详之"，可见其鲜明的"扬律贬绝"的辩体意识。无独有偶，早于林氏的著名学者杨慎亦有此观点，云：

> 唐人乐府多唱诗人绝句，王少伯、李太白为多。杜子美七言绝近百，锦城妓女独唱其《赠花卿》一首，所谓"锦城丝管日纷纷，半入江风半入云。此曲只应天上有，人间能得几回闻"也。盖花卿在蜀，颇僭用天子礼乐，子美作此讽之，而意在言外，最得诗人之旨。当时妓女独以此诗入歌，亦有见哉。杜子美诗，诸体皆有绝妙者，独绝句本无所解。而近世乃效之而废诸家，是其真识冥契，犹在唐世妓人之下乎？②

在《唐绝增奇》中，杨慎亦有同样的观点：

> 少陵虽号大家，不能兼善，一则拘乎对偶，二则泪于典故。拘

---

① 见拙文《论明代杜诗注和评点的特点》，《杜甫研究学刊》2012年第1期。

② 明·杨慎《升庵诗话》卷十三"锦城丝管"条，《历代诗话续编》本，中华书局1983年版，第903页。

则未成之律诗，而非绝体；泪则儒生之书袋，而乏性情。故观其全集，自"锦城丝管"之外，咸无几焉。近世有爱而忘其丑者，专取而效之，惑矣！①

可见，林氏对杜律与绝句的不同评价和选录，是受到了明代律诗和绝句之不同的"辩体"意识的影响，也说明律诗和绝句的创作有着不同的路数。

其次，由《选杜诗小引》可见林氏不喜欢杜甫的五言古诗，他赞赏的是"选"体那样"清绝滔滔，芊绵流丽"的五古，欣赏的是曹植、左思、陆机、潘岳、谢灵运、谢朓、鲍照等人的诗歌，而非杜甫"长篇至百韵者，曼衍拖沓，全无生动之趣"的五古。他的这种辩体观显然是受到李攀龙"唐无五言古诗，而有其古诗"说的影响，这个说法在当时或后世，都引起过议论，批评者如钱谦益《列朝诗集小传》云：

　　彼以昭明所谓为古诗，而唐无古诗也，则胡不曰魏有其古诗，而无汉古诗，晋有其古诗，而无汉魏之古诗乎？……论古则判唐、选为鸿沟，言今则别中、盛为河汉，谬种流传，俗学沈锢。②

支持者如王士禛《诗问》中说：

　　沧溟先生论五言谓："唐无五言古诗，而有其古诗。"此定论也。常熟钱牧斋翁宗伯但截取上一句，以为沧溟罪案，沧溟不受也。③

可见，林氏也受到了当时关于"唐代古诗"和"汉魏古诗"辩体思潮的影响，因此借着杜诗选本这样特殊的文学批评样式来阐发他的诗歌辩体观。

最后，可据《杜诗选》订正前人相关错误观点。

《鄞志》著录林时对《纂杜评略》一卷、《杜诗选》一册、《诗史》四卷。《纂杜评略》下云："所纂皆历来杜诗评语。"周采泉《杜集书录》即

---

①　明·杨慎《唐绝增奇序》，吴文治主编《明诗话全编》第 3 册，江苏古籍出版社 1997 年版，第 2740 页。

②　清·钱谦益《列朝诗集小传》，上海古籍出版社 2008 年版，第 429 页。

③　清·王士禛等著《诗问四种》，周维德笺注，齐鲁书社 1985 年版，第 7 页。

据此著录①。蒋寅《清诗话考》著录"《纂杜评略》一卷、《诗史》四卷"，于《诗史》条下云："林氏编有《杜诗选》二卷，评略一卷或即诗选所附评论也。"②此说误。以下就《杜诗选》《纂杜评略》《诗史》诸问题试做辨析。

首先，据上图稿本和浙图抄本知《杜诗选》为白文本，《纂杜评略》并非是《杜诗选》的附录，当是林氏另外一部杜诗学著作，别书单行。

《杜诗详注》引有 4 条林时对注杜的材料，现抄录如下：

1. 四明林时对曰：古文用字，随义定音，如上下之"下"，乃上声，而礼贤下士之"下"，则去声也。杜诗"广文到官舍，系马堂阶下"，又"朝来少试华轩下，未觉千金满高价"，是借上声为去声矣。王维诗"公子为嬴停驷马，执辔愈恭意愈下"，是借去声为上声矣。此类颇多，不可无辩。（卷三《戏简郑广文虔兼呈苏司业源明》，第 250 页。）

2. 林时对曰：考《海录》，有"竹林静，啼青笋"之句，竹林与青笋并用，似属鸟名。《演繁露》：诗人假象为辞，因竹之号风若啼，故谓之啼耳。按，二说皆穿凿难信。（卷八《乾元中寓居同谷县作歌七首》其四，第 697 页。）

3. 林时对曰：傅玄《盘中》诗："何惜马蹄归不数，羊肉千斤酒百斛，令君马肥麦与菽。"此诗结句所祖。王建诗云："人客少能留我屋，客有新浆马有粟。"句法与杜相合。（卷十《入奏行赠西山检察使窦侍御》，第 870 页。）

4. 林时对曰：春水二句，非袭用前人句也，此用前人句，而以己意损益之也。又有全用前人一句，而以己意贴之者，如沈云卿诗"云白山青千万里，几时重谒圣明君"，杜云"云白山青万余里，愁看直北是长安"，是也。范元实谓老杜不免蹈袭，斯言过矣。（卷

---

① 周采泉《杜集书录》云："仅知其所编纂皆历代杜诗评语，或为集评一类。"

② 蒋寅《清诗话考》，中华书局 2005 年版，第 125 页。按，《杜集叙录》作《纂杜诗略》，误，并在其文中纠正《清诗话考》误将《纂杜诗略》当作《评略》，更是误上加误。见《杜集叙录》，第 282 页。

二十三《小寒食舟中作》，第 2063 页。)

考之《杜诗选》，仇氏所引的 4 首诗，只有《乾元中寓居同谷县作歌七首》"其四"见于《杜诗选》，其他 3 首均不见载，可证二者实非一书，《评略》亦非诗选所附评论。

据《杜诗详注》引文可知，林氏评论杜诗十分广泛，他不仅讨论杜诗的用字、声韵，杜诗典故、词语出处，而且也指出杜诗渊源及后代诗人对杜诗的学习等问题。这 4 条材料虽简略，却涉及杜诗的各个方面，表现了林氏对杜诗的各种看法，显然不可能是他纂辑前人的评语。尤其在第 2 条，仇兆鳌引用林氏语，并进行辩驳，认为其"穿凿难信"，亦可证明此书不可能仅仅是摘自前人材料编撰而成。又，上海图书馆藏《杜诗详注》进呈本《历代名家评注杜诗姓氏》"明人"中云："林时对，论杜裸见。"那么，"论杜裸见"与《纂杜评略》又是何种关系？它是否为林氏的另一部杜诗学著作？既是著作，为何又不见公私书目著录，只有仇兆鳌在此提及？据笔者推测，仇兆鳌所看到的可能是林氏未完成的汇辑历代杜诗评语的《纂杜评略》的草稿，其中林氏可能对某些杜诗篇章发表了一些自己的看法，而仇兆鳌就其中较合理的部分予以采录。后来林氏完成此书，并命名为《纂杜评略》，而此时仇兆鳌的《杜诗详注》已经完成并付梓刊刻，所以当然不会在引用书目中出现《纂杜评略》的书名。

其次，关于《诗史》一书，周采泉云："《诗史》内容不详，未敢必其为有关杜诗之作，故不列目。林氏为明遗民，与杨德周、王嗣奭为同时同邑之治杜诗者，今杨、王二家之书尚存，而《纂杜诗略》已佚。林氏有《荷牖丛谈》一书，纪晚明轶事，中山大学有排印本，窃疑《诗史》或为《荷牖丛谈》之类，亦记桑海逸闻也。"[①]周先生的态度极为审慎，他的推理也比较可信。其实这个问题，清人已有所记。全祖望在《逸事状》末尾写他父亲曾与林氏讨论"信史""野史"的问题，云："先公问（林时对）曰：'然则公何不著为一家，以存信史？'公笑不答。盖是时公方有所著，而讳之。然自公殁后，所谓《茧庵逸史》者，阙不完，其《诗史》共四卷，今归于予。"可见《诗史》乃是史书，其内容主要记载明代史事。又，《遗民

---

① 周采泉《杜集书录》内编卷七，上海古籍出版社 1986 年版，第 340 页。

录》对此亦有记载，云："林时对……博访国难事，上自巨公元老，下至老兵边卒，随所闻见，折衷而论定之，曰《茧庵逸史》，曰《诗史》。"[①]据此二说，《诗史》为史书无疑。盖《鄞县通志·艺文志》编者未见原书，仅据书名将其著录于"集部"，实误之始，而《清诗话考》与《杜集叙录》又据之著录，将《诗史》看作一部诗话，其实是错误的，当加以改正。

最后，结合《杜诗选小引》《杜诗选》选诗情况和林氏本人的诗歌创作，可窥探明末清初遗民对杜诗接受情况。

由《杜诗选小引》可以看出，林氏欣赏的是杜甫的律诗和七言歌行。他认为学杜宗杜，当以杜律为范式，而所谓"律"者，乃"音律、法律""其格极严、极整，有声、有韵"，杜诗"抑扬顿挫，极音节之妙"，"得手全在一'细'字""此其长技也"。关于五言古诗，林氏首先从五言诗歌发展史的高度表明自己欣赏的是曹植、左思、陆机、潘岳、谢灵运、谢朓、鲍照等人的诗歌，风格主要是"清绝滔滔，芊绵流丽"。对于杜诗"蔓衍拖沓，全无生动之趣"的五言排律，认为不合选体。杜甫的七言歌行，则是"跌宕夭矫，淋漓悲壮，令读者飘飘欲仙""另辟一格，自是绝唱"。绝句方面，他认为只有李白和王昌龄达到了登峰造极的地步，他人恐难达此功力。由《小引》不难看出林氏的诗学眼光，他以此为标的，对于杜诗的选录主要侧重于律诗和七言歌行。以见前述，不再重复。

作为明遗民，林氏经历了明末改朝换代的巨大社会变动，和杜甫所经历的安史之乱有着相同的背景，因此在诗歌中有着真实的反映。如《闻变七歌》（甲申仲夏有序）是林氏听到甲申之变后所写的组诗，抒发了国破家亡的沉重情绪。荔堂评曰："《五噫》《九歌》，同悲千古，七哭之词，血枯肠裂，直轶楚些，率土皆臣能无倚墙之泪？"[②]按，荔堂指林时跃，时对兄。时跃，字遄举，号荔堂，别号月山遗民。林氏还作有《五噫》《九歌》等组诗，同样写的是甲申之变的惨剧，在诗中描写了明末清初的战乱给人民带来的深重灾难，表达了对故国的无限思念之情。林氏的这些组诗让我们想起杜甫著名的"三吏""三别"，在《杜诗选》中，林氏也虽没有将六首诗歌全部选入，但杜甫

---

① 孙静庵《明遗民录》，浙江古籍出版社1985年版，第311页。

② 明·林时对《留补堂自订诗选》，上海图书馆藏稿本，下文对林氏诗歌及评论均出自该书，不再出注。

名篇《石壕吏》《新婚别》《垂老别》《兵车行》等都已入选。这当和林氏经历的明末清初"天崩地解"的巨大社会变革有很大关系。

林氏不仅在诗歌内容方面直接继承杜诗，描写民瘼，关注社会现实，抒发故国之思，在艺术风格方面对杜甫也多有继承。如《丁亥季春山居放吟十二首》，其后评曰："流连唱叹，非徒行遁之吟，都作搴兰之思。杜老长歌短咏，篇什盈千，无非忠爱之诚，忧□之语，所以风雅可传，《放吟》真可嗣响。"荔堂曰："歌行夭矫离奇，沉博绝丽，以太白之惊才发少陵之奇抱，正当横绝一代，何止独擅四明！"前者认为此诗受到杜诗的影响，后者则认为兼有李白之才和杜甫之怀，横绝一代，同时指出林氏的歌行对于杜甫的学习，这和《杜诗选小引》中林氏对杜甫的评价是一样的，可见林氏对杜甫的有意模仿。又如《哀今四咏又和荔堂》，荔堂评曰："丽词雅藻，以徐庾之绮制裁沈宋之清音，六代三唐皆为搁笔，当编入填词弦歌檀板。"呆堂评曰："巨丽雄华，叙事抒怀，可参典故，而俯仰感慨，禾黍之悲，河山之泪，不堪回首，杜公诗史，斯其近乎！"指出林氏诗歌和杜诗同样具有"诗史"的特征。按，呆堂，指李邺嗣。邺嗣（1622—1680 年），名文胤，字邺嗣，号呆堂，清初鄞县人。邺嗣诗文卓然成家，为黄宗羲所称道，今有《呆堂诗文钞》行世，清徐凤垣称其"几欲夺江南半壁以自霸"①，钱仲联称其"是诗社中艺术成就最卓越的诗人"②。据《呆堂诗文钞·呆堂著述考》称李氏著有《杜诗选》四卷，该书前有林时对的《序》，可见二人有交游，且都选过杜诗。

由此可见，林氏生当易代之际，和杜甫具有同样的经历，所以其诗也像杜诗一样反映了当时的社会现实，被李邺嗣评为"杜公诗史"，不为无由。同时，林氏博采众家之长，既学盛唐如李白、王维、王昌龄等诗人诗作，对于汉魏六朝诗歌也积极学习，各体兼善，其诗风苞蕴醇厚，巨丽雄华，沉博绝丽，风气遒止。这和他对杜诗各种诗歌体式评价很相一致，可以说，林氏的诗歌创作和杜诗评论（包括他人对林氏诗歌的评论）为我们了解杜诗在明末清初，尤其是明遗民对杜诗的接受提供了一份鲜活生动的例证。

---

① 清·徐凤垣《呆堂诗文钞·序》，见《呆堂诗文钞》卷首，《丛书集成续编》本。

② 钱仲联《三百年来浙江的古典诗歌》，见《当代学者自选文库》（钱仲联卷），安徽教育出版社 1999 年版，第 363 页。

第六章

方兴未艾的杜诗评点文献
——以刘辰翁、郑善夫批点杜诗为例

第一节　概说

"评点是中国文学批评的传统方式之一，南宋以后，诗文评点即趋兴盛，明清以来的小说和戏曲批评评中亦数见不鲜。这种批评形式往往又和选本结合在一起，为读者点明精彩，示以文章规矩，但也因此而被通人讥訾"①。关于评点起于何时，学者有不同意见②。然而，"文学评点之成立，实始于南宋"③，其中宋末元初著名诗人刘辰翁可谓"中国第一位杰出的评点大师，……（他）把宋代的文学评点推到了一个前所未有的高度"④。刘辰翁评点的著作有《班马异同评》《刘须溪批评九种》《王右丞诗集参评》《孟襄阳集》《王孟诗评》《须溪批点选注杜工部诗》《须溪先生校点韦苏州

---

① 张伯伟《中国古代文学批评方法研究》，中华书局 2002 年版，第 543 页。

② 可参看罗根泽《中国文学批评史》第三册第十一章第十节"诗文评点"，龚鹏程《细部批评导论》（收入《文学批评的视野》，大安出版社 1990 年版，第 387—438 页），吴承学《评点之兴》（载《文学评论》1995 年第 1 期），张伯伟《中国古代文学批评方法研究》等。

③ 张伯伟《中国古代文学批评方法研究》，中华书局 2002 年版，第 544 页。

④ 孙琴安《中国评点文学史》，上海社会科学院出版社 1999 年版，第 55—56 页。

集》《孟东野诗集》《笺注评点李长吉歌诗》《笺注王荆公诗》《增刊校正王状元集注分类东坡先生诗》《须溪先生评点简斋诗集》《精选陆放翁诗集》《湖山类稿》等等，其中刊刻最多、流传最广、影响最大的莫过于刘辰翁的《批点杜诗》。

　　刘辰翁批点杜诗在后世有两个版本系统，较早的是罗履泰序，彭镜溪集注本，称《须溪批点选注杜工部诗》，二十二卷。此书并未标有"集千家注"字样，校刻的时间大约在刘辰翁死后一、二年。因其有罗序，故称为罗本。周采泉先生以为彭氏为集注者，应称彭镜溪本①，甚是。彭镜溪本只有杜诗，不含杜甫的文赋。另一个版本系统是高崇兰本。由刘辰翁的弟子高崇兰编，称《集千家注批点杜工部诗集》其中诗二十卷，文二卷。此书在元明刻印不绝，流传颇广，影响甚是巨大。刘辰翁一般被认为是南宋人，然其批点杜诗即在晚年，该书之两个版刻系统亦在元代，且对元明杜诗学文献的产生、传播均产生了深远的影响，因此本文就以其在元明的接受为考察视角，从接受学的角度讨论该书的价值。

　　有元一代，杜诗的评点归于沉寂。方回的《瀛奎律髓》是著名的唐宋诗选本，集选、评为一体，不仅诗后有评语，而且诗中还有圈点。方回论诗提倡"一祖三宗"，对杜甫推崇备至，然而该书毕竟不是专门选录杜诗的评点本。元诗四大家之一的范梈著有《杜工部诗范德机批选》，其中选杜诗317首，有注或评的诗歌仅有65首，批语只有21条，可见该书以选为主，也不是严格意义上的评点本。

　　进入明代，随着文学复古运动的兴起，出版印刷业的发展，文学评点慢慢繁盛，至明中后期全面繁荣和空前发展，不仅出现了像李贽这样的一批评点大家，而且评点的文体也有所扩展，传统的雅文学样式，如诗歌、散文、词、赋，评本盛行，新兴的俗文学，如小说、戏曲等，评本也是琳琅满目。明人不仅评论前代的作品，对本朝的各种文学样式也进行了评点。就传统的诗歌来说，如果说唐人选唐诗，宋人注宋诗在文学史上是一种突出的文学现象，在学术上占有一席地位，那么明人评点明诗也是一种有学

---

① 见周采泉《杜集书录》内编卷二，上海古籍出版社1986年版，第95页。

术价值的文学现象，可惜其并未引起学界的重视和研究①。明人提倡"诗必盛唐"，因此对唐人诗歌多有评点，笔者曾以孙琴安《唐诗选本提要》为依据，统计出明人评点唐诗选本约有 50 余种。影响所及，杜诗评点也较为可观。然而，这些评点大多散见于各种唐诗选本，单独以杜诗为评点对象的评本也有一些，但因为多未刊刻，以致后来散佚不存。据书目记载，明代大约有近 10 种杜诗评点本。当时一些著名的文人，如李梦阳、郑善夫、李攀龙、王世贞、徐渭、郝敬等人均评点过杜诗。其中，以郑善夫评本最为有名。明代的焦竑、胡震亨对郑善夫评点杜诗评价很高，后者还在其《杜诗通》中引用 292 条，保存了较多的评语。清代卢坤曾刊刻五家评本《杜工部集》，其中收录了明代王慎中、王世贞的评语。然而，据对勘发现，王慎中的批语和《杜诗通》所引郑善夫批语大部分相同，并且明清也没有王慎中曾批点杜诗的记载，因此笔者认为五家评本《杜工部集》中所收王慎中批语实为郑善夫所批。

　　另外需要注意的是，杜甫在宋代被推到极高的地位，其中虽有不同声音②，即所谓的"贬杜论"，但是终究被推崇者的巨大声音淹没。到了明代，情况发生了变化，明人举世宗唐，对杜甫也极为推崇，但是贬杜论者也不

---

　　① 笔者据"四库系列"（文渊阁四库全书、四库全书存目丛书、续修四库全书、四库禁毁书丛刊、四库未收书辑刊）不完全统计，明人评点明诗至少有五六十种。

　　② 如西昆派代表杨亿不喜欢杜甫诗，称其为"村夫子"（见清·赵执信《谈龙录》，《清诗话》本，上海古籍出版社 1963 年版，第 313 页）。北宋叶梦得《石林诗话》云："长篇最难，晋魏以前，诗无过十韵者，盖常使人以意逆志，初不以叙事倾倒为工。至《述怀》《北征》诸篇，穷极笔力，如太史公纪传，此古今绝唱。然《八哀》八篇，本非集中高作，而世多尊称之不敢议，此乃揣骨听声耳。其病盖伤于多也。"（宋·胡仔《苕溪渔隐丛话》前集引，人民文学出版社 1962 年版，第 69 页）南宋朱熹云："李太白始终学《选》诗，所以好；杜子美诗好者亦多是效《选》诗，渐放手，夔州诸诗则不然也。"又云："人多说杜子美夔州诗好，此不可晓。夔州诗却说得郑重烦絮，不如他中前有一节诗好。鲁直一时固自有所见。今人只见鲁直说好，便却说好，如矮人看戏耳！"又云："杜甫夔州以前诗佳，夔州以后自出规模，不可学。"又云："杜子美晚年诗都不可晓。"吕居仁尝言："诗字字要响，其晚年诗都哑了。不知是如何以为好否？"【接下页】

乏其人，其中最著名者莫过于祝允明①。如果说祝允明对杜甫及其杜诗的批评是出于个人的喜好，受到了明代商业、市民意识等影响，那么在众多杜诗评点本中对杜诗的批评则是当时诗学思潮的普遍反映，以至于清代著名杜诗学家仇兆鳌对这种现象大为不满，表示"凡与杜诗为敌者，概削不存"②。仇氏袒护杜甫之心可以理解，但这并不是一种客观的治学态度。对于历代的贬杜，我们也应当客观地看待和分析。杜诗学界虽已有相关成果③，但是关于历代杜诗评点本中贬杜的研究似乎还未引起相关的注意，因此，不烦赘语，略述如上。

第二节　刘辰翁《批点杜诗》在元明时期的流传与接受

一、刘辰翁及其《批点杜诗》

刘辰翁（1232—1297 年），字会孟，号须溪，宋吉州庐陵（今江西吉安）人。幼年丧父，家贫力学。南宋景定元年（1260 年），补太学生，景定三进士及第，后因亲老请为赣州濂溪书院山长。景定五年，应江万里之邀

【接上页】又云："杜诗初年甚精细，晚年横逆不可当，只意到处便押一个韵。如自秦州入蜀诸诗，分明如画，乃其少作也。李太白诗非无法度，乃从容于法度之中，盖圣于诗者也。"（见黎靖德编《朱子语类》卷一四〇，中华书局 1986 年版，第 3324—3326 页）

①　详见本书第一章第二节。

②　见清·仇兆鳌注《杜诗详注·杜诗凡例》"杜诗褒贬"条，中华书局 1979 年版，第 23 页。

③　主要有许德楠《论历代对杜诗的批评在文学史上的认识价值》[载《宁夏大学学报（人文社会科学版）》2003 年 05 期]，收入氏著《论诗史的定位及其他》，学苑出版社 2004 年版、蒋寅《杜甫是伟大诗人吗——历代贬杜论的谱系》[载《国学学刊》2009 年 3 期，第 108—123 页，后收入氏著《金陵生文学史论集》，辽海出版社 2009 年版，第 194—231 页]、吴中胜《也谈历代对杜甫的负面性评价》[载《中国诗学》（第十七辑），人民文学出版社 2013 年版，第 88—97 页]。

入福建转运司幕，未几，入福建安抚司幕。咸淳元年（1265 年），为临安府教授。四年，入江东转运司幕。五年，为中书省架阁。德佑元年（1275年），丞相陈宜中荐居史官，辞不赴。又授太学博士，未赴。旋入文天祥江西幕，参与抗元。宋亡，隐居著述，终其身。元大德元年（1297 年）年卒，年六十六。著有《须溪集》传世。

刘辰翁"人品颇高洁"①，当时人张孟浩《寄赠须溪诗》云："首阳饿夫甘一死，叩马何曾罪辛巳。斜川石上漉酒巾，义熙以后为全人。"②其子刘将孙（1257—？）称他"登第十五年，立朝不满月，外庸无一考。当晦明绝续之交，胸中之郁郁者，壹泄之于诗。其盘礴簸积而不得吐者，借文以自宣。脱于口者曾不经意，其引而不发者又何其极也"③。刘辰翁以文章见重于世，其文在当时影响颇大，时人每以乡先辈欧阳修为比，曾闻礼称其与欧阳守道"相继以雄文大笔，拟于欧（阳修）尽常、苏（轼）尽变。由是海内之推言文章者，必以庐陵为宗"④，四库馆臣谓其诗文"专以奇怪磊落为宗，务在艰涩其词，甚或至于不可句读，尤不免轶于绳墨之外。特蹊径本自蒙庄，故惝恍迷离，亦间有意趣，不尽堕牛鬼蛇神。且于宗邦沦覆之后，眷怀麦秀，寄托遥深，忠爱之忱，往往形诸笔墨，其志亦多有可取者"⑤。可见刘辰翁写诗作文均有深刻的寄托。

刘辰翁早年从王泰来学诗，尤以善评诗著称，吴澄谓其"于诸家诗融液贯彻，评论造极"⑥，程钜夫称其"发古今诗人之秘，江西诗为之

---

① 清·纪昀等《钦定四库全书总目》卷四十六《正史类存目》"班马异同评三十五卷"，中华书局 1997 年整理本，第 642 页。

② 宋·刘辰翁《刘辰翁集》"附录"，段大林校点本，江西人民出版社 1987 年版，第 455 页。

③ 元·刘将孙《养吾斋集》卷十一《须溪先生集序》，影印文渊阁《四库全书》本。

④ 元·刘将孙《养吾斋集》卷首《〈养吾斋集〉原序》，文渊阁《四库全书》本。

⑤ 清·纪昀等《钦定四库全书总目》卷一百六十五《别集类十八》"须溪集十卷"，中华书局 1997 年整理本，第 2184 页。

⑥ 元·吴澄《吴文正集》卷十八《大酉山白云集序》，文渊阁《四库全书》本。

一变"①，欧阳玄也称"宋末须溪刘会孟出于庐陵，适科目废，士子专意学诗，会孟点校诸家甚精，而自作多奇崛，众翕然宗之，于是诗又一变矣"②。辰翁最擅评点之学，其所评点诸家之中，最先李贺，以致时人竞效"昌谷体"。其子刘将孙《刻长吉诗序》云：

> 先君子须溪先生于评诸家诗，最先长吉。盖乙亥（1275年）辟地山中，无以纾思寄怀，始有意留眼目，开后来，自长吉而后及于诸家。尚恨书本白地狭，旁注不尽意，开示其微，使览者隔反神悟，不能细论也。自是传本四出，近年乃无不知读长吉诗，效昌谷体。然类展转讹脱。剑江王庭光笃好雅尚，取善本校而刻之，寄声庐陵，俾识其端。抑所不可闻者，莫能载也，何以为是编言哉？第每见举长吉诗教学者，谓其思深情浓，故语适称，而非刻画无情无思之辞，徒苦心出之者，若得其趣，动天地、泣鬼神者固如此。又尝谓："吾作《兴观集》，最可以发越动悟者在长吉诗。"呜呼！姑著其常言之浅者于此，凡能读此诗者，必能解者矣。其万一有所征也。③

刘辰翁称自己所著《兴观集》，"最可以发越动悟者在长吉诗"，所以在从事文学评点时，于长吉诗颇"纾思寄怀"。除此之外，辰翁文学评点的目的是教授门生儿子。《集千家注杜工部诗集》卷五《秦州杂诗二十首》其二"月明垂夜露，云逐度溪风"句下，刘辰翁评曰："可言云逐风，不可言风逐云。诗本不须如此，评以谕儿辈。"④著名学者台静农亦云："辰翁生当宋末……而其所以专事评点者，则因国亡隐遁家居，以此教授后生，如其子

---

① 元·程钜夫《雪楼集》卷十五《严元德诗序》，文渊阁《四库全书》本。

② 元·欧阳玄《圭斋文集》卷八《罗舜美诗序》，文渊阁《四库全书》本。

③ 元·刘将孙《养吾斋集》卷九，文渊阁《四库全书》本。

④ 宋·刘辰翁批点，元·高楚芳编《集千家注批点杜工部诗集》卷五，元至大元年云衢会文堂刊本。下引皆出自该本，不再出注。

将孙所说'以传门生儿子'。"①可见其评点杜诗的目的，在于教授门生子侄辈通过研习揣悟杜诗来学习作诗，这和江西诗派崇尚杜诗有一定的关系。

江西诗派最为推崇老杜，加上宋代杜诗学的高度发达，刘辰翁评点杜诗必然在情理之中。关于刘辰翁评点杜诗，罗履泰认为他评点杜诗的目的在于清理人们对杜诗诗意的误解。在为彭镜溪集注的《须溪批点选注杜工部诗》所作的序中，罗履泰说道：

> 旧见《后村诗话》中，评王、杨、卢、骆，证以杜诗，颇有贬数子意，尝疑后村误认杜诗为贬语。一日，侍须溪谈此，先生因出所批本示仆曰："吾意正如此。"②

按，《后村诗话》续集卷二云："杜子美笑王、杨、卢、骆文体轻薄，然卢《病梨赋》未易贬驳。骆檄武氏多警策语。王《边上有怀》云：'城荒犹筑怨，碣毁尚铭功。'杨挽诗云：'青乌新兆去，白马故人来。'亦佳句也。"③杜甫《戏为六绝句》云："王杨卢骆当时体，轻薄为文哂未休。尔曹身与名俱灭，不废江河万古流。"关于杜甫对初唐四杰的态度问题，虽有不同意见，但一般认为这是"轻薄者"嘲笑王、杨、卢、骆，杜甫则是站在四杰一边，批判这些轻薄子。他认为四杰"不废江河万古流"。刘克庄曲解杜诗本意，以为杜甫嘲笑四杰。刘克庄这样的著名诗人、学者还对杜诗理解错误，那么一般人就可想而知了。因此，面对这种情况，刘辰翁批点杜诗，目的在于纠正时人对杜诗的错误理解。

辰翁子刘将孙为高崇兰所编的《集千家注批点杜工部诗集》也写过一

---

① 台静农《记王荆公诗集李璧注的版本》，载《台静农论文集》，安徽教育出版社2002年版，第163页。

② 载刘辰翁批点、彭镜溪集注《须溪批点选注杜工部诗》卷首，元刻本。

③ 宋·刘克庄撰，王秀梅点校《后村诗话》，中华书局1983年版，第99页。

篇序，其中亦提及辰翁评点杜诗的缘由，较为详细：

> 有杜诗来五百年，注者以二三百数，然无善本。至或伪苏注，谬妄钳劫可笑。自或者谓少陵诗史，谓少陵一饭不忘君。于是注者深求而强附，句句字字必附会时事曲折；不知其所谓史、所谓不忘者，公之于天下，寓意深婉，初不在此。诗有风有隐，工部大雅与《三百篇》相望，讵有此心胸哉？此岂所以为少陵！第知肤引以为忠爱，而不知陷于险薄。凡注诗尚意者，又蹈此弊，而杜集为甚。诸后来忌诗、妒诗、疑诗、开诗祸，皆起此而莫之悟，此不得不为少陵辨者也，先君子须溪先生每浩叹学诗者各自为宗，无能读杜诗者，类尊丘垤而恶睹昆仑。平生屡看杜集，既选为《兴观》；他评泊尚多，批点皆各有意，非但谓其佳而已。

由此可见，刘辰翁评点杜诗"皆各有意"，不仅是对时人理解杜诗的偏差进行纠正，还有厘清前人注解杜诗的附会。

由以上序文可知，刘辰翁评点杜诗，名为《兴观集》。关于"兴观"，或出自《论语·阳货》："子曰：'小子，何莫学夫《诗》？《诗》可以兴，可以观，可以群，可以怨；迩之事父，远之事君；多识于鸟兽草木之名。'"表达的是作为宋遗民的刘辰翁对杜诗的审美取向及杜诗所具有的社会功能的高度认可。

二、刘辰翁《批点杜诗》在元明时期的流传与接受

刘辰翁评点杜诗，初名《兴观集》行世，后来彭镜溪又铨摘旧注，编为《须溪批点选注杜工部诗》二十二卷行世，请辰翁门人罗履泰作序，是为彭镜溪本。罗履泰序云：

> 今《兴观集》行，不载此，每念复见先生所示本不可得。族孙

祥翁得以示仆，视《六绝句》批语，则昔所见也。其舅氏彭镜溪又铨摘旧注，不失去取，刻之以便览阅。[1]

后来辰翁另一门人高崇兰病彭本之舛误，另为新本，求辰翁子将孙作序。刘将孙序言之甚明：

> 高楚芳类萃刻之，复删旧注无稽者、泛滥者，特存精确必不可无者，求为序以传。……是本净其繁芜，可以使读者得之神，而批评摽撮，足使灵悟；固草堂集之郭象本矣。楚芳于是注，用力勤，去取当，校正审，贤他本草草藉吾家名以欺者甚远。

将孙对高本评价甚高，后来高本大行于元明，而彭本在明代仅刊刻数次便式微匿迹。现将二本的刊刻集流传情况做一介绍。

（一）两个版本系统在明代的刊刻和流传

刘辰翁《批点杜诗》中有两个版本系统：一个是彭镜溪所辑录之刘批。彭镜溪，生平事迹不可考。该书前未标"集千家"字样，该书校刻在刘辰翁逝世后一、二年间，较为草率，刘将孙序高崇兰本即云："楚芳（崇兰字）于此注，用力勤，去取当，校正审，贤他本草草藉吾家以欺者甚远。""他本"云云，或隐指此本。该本有罗履泰序，故世称罗履泰本。周采泉认为该书的集注者乃是彭镜溪，当为彭镜溪本，简称彭本，甚是，今从之。另一个则是高崇兰本，简称高本。罗履泰和高崇兰同为刘辰翁门下士，高本旨在校正彭本之误。该本由于刘将孙父子亲自参与校刻，质量远胜于彭本。因此，自高本出，彭本虽也有刻本流传，但影响远不及高本。自元迄明，所有集千家注本，大致均以高本为祖本。今据周采泉《杜集书录》，将这两个版本在元明的刊刻情况罗列如下：

首先，来看彭镜溪本在元明的刊刻情况：

---

[1] 载刘辰翁批点、彭镜溪集注《须溪批点选注杜工部诗》卷首，元刻本。

1. 贞元元年序刻本。题《须溪批点选注杜工部诗》，二十二卷，有诗无文。

2. 明正德四年黎尧卿刻于河南。题《集千家注批点杜工部诗集》，二十四卷。刘辰翁批点二十二卷，第二十三卷为《增赵东山类选杜工部诗》，第二十四卷为《增虞伯生注杜工部诗》，亦题为《刘须溪评点杜诗》。

3. 明正德十二年马质夫刻于重庆。题《集千家注批点杜工部诗集》，据正德四年本重印。残存五卷，藏成都杜甫草堂博物馆。

4. 元刻明印本。题《集千家注杜工部诗》，有赵汸注，无虞集注。①

其次，再看高崇兰本在元明的刊刻情况：

1. 元大德七年原刻本。

2. 元至元元年云衢会文堂校刻本。诗集二十卷，文集二卷，附录一卷。

3. 元至元三年蜀刻大字本。二十卷，藏成都杜甫草堂博物馆。

4. 元刻八行本。二十卷。

5. 元刻《集千家注杜诗》二十卷、文集二卷本。

6. 元刻十二行本。

7. 元刻九行本。

8. 元刻建阳小字本。

9. 元刻十三行本。

10. 元明间刻十四行本。

11. 元明间刻十行本。

12. 明正德八年刘氏安正堂刻本，题为《集千家注批点补遗杜工部诗集》，二十卷、附录一卷、年谱一卷。

13. 明正德十四年书林刘宗器安正堂刻本。题为《集千家注批点杜工部诗集》，二十卷，无年谱。

14. 明嘉靖八年朱经扶刻本。

15. 明嘉靖初王九之刻本。

---

① 周采泉《杜集书录》内编卷二，上海古籍出版社 1986 年版，第 97—98 页。

16. 明嘉靖九年陈沂序刻本。

17. 明嘉靖十五年曹道刻本，诗集二十卷，文集二卷，世称玉几山人本。

18. 明万历九年金銮刻于关中本。

19. 明天启四年杨人驹校刻本。

20. 明崇祯三年汲古阁刻本，毛晋重订，二十卷，无文集。

21. 明末刻本，二十卷，题《杜子美诗集》，十行本。

22. 明刻二十卷本。

23. 明孙文龙刻本，题《集千家注批点杜工部诗集》，二十卷。

以上是周采泉从各个书目著录（包括经眼的善本）所归纳的有关两本的版本情况，其中或许有不确之处，或许很多版本已经残佚，但是翻看《中国古籍善本书目》和《中国古籍总目》关于两书的著录情况，其现存数量仍是十分可观的①。限于篇幅，不再一一详举。

（二）对刘辰翁评点的肯定与批评

刘辰翁开创的杜诗评点一派，客观地说，在杜诗学史上有积极的意义，在宋代杜诗搜集、整理、辑佚、编年、考证、集注、分类、集杜、和杜之外，另闯出一条门路，这对于杜诗学的发展无疑具有促进作用，所以在元明两代影响很大。明初单复在《读杜诗愚得序》中对刘辰翁批点杜诗的流行盛况有切实的描述："近世咸重须溪刘氏评点杜诗，家传而人诵，亟取读之。"②明末钱谦益也说："元人及近时之宗刘辰翁，奉为律令，莫敢异议。"③于此可见，刘辰翁批点杜诗在整个明代的盛行状况。著名学者洪业

---

① 《中国古籍善本书目·集部》卷二十三"唐五代别集类"共著录刘辰翁批点杜诗21 种，其中16 种标有"集千家"（当为高本系统），5 种标有"须溪批点"（附有赵汸、虞集注本，当为彭本系统）。上海古籍出版社 1998 年版，第 71—74 页。《中国古籍总目·集部·别集类·唐五代之属》著录10 种，7 种标有"集千家"，2 种有"须溪批点"，1 种是《杜子美诗集》（二十二卷，与彭本卷数同，当为彭本系统），中华书局 2012 年版，第 80—82 页。

② 载单复《读杜诗愚得》卷首，《四库全书存目丛书》本。

③ 清·钱谦益《注杜诗略例》，载《钱注杜诗》，上海古籍出版社 2009 年版，第 4 页。

对这种现象也有过一段精辟的论述，他说：

> 窃谓宋人之于杜诗，所尚在辑校集注，迨南宋之末，蔡黄二本已造其极。元人别开生面，一转而为批选。虽天水之世已有《诸家老杜诗评》《少陵诗格》二书，可谓滥觞所始。顾唯刘辰翁以逸才令闻，首昌鉴赏，于是选隽解律之风大起，范梈之《批选杜子美诗》，赵汸之《类选杜工部五言律诗》，虽非伪托之作，而亦盛行一时；然究尚不若刘辰翁评点，风流所被且长。明末钱谦益曰："元人及近时之宗刘辰翁，奉为律令，莫敢异议。"殆纪实之言。故元明二代所翻刻之杜集唯带有刘评者最多。①

刘辰翁批点杜诗的确在元明兴盛不衰，但事实真如钱谦益所云"奉为律令，莫敢异议"吗？元明时代的文人对刘辰翁批点杜诗采取的究竟是一种怎样的态度？经过对相关材料的分析，我们发现，肯定者有之，批判者有之，两可者亦有之。他们或在诗文序跋、诗话笔记中对其发表看法，或在具体的杜诗评论中对刘批的某些观点提出商榷，抑或只是受到时代风气的影响，在书中仅仅引用刘批。今从相关文献中搜辑出相关代表性观点，分为肯定者和批判者两种意见，以见元明人对刘评的认识。

我们先来看其中一些具有代表性的肯定意见，如：

李东阳《麓堂诗话》："刘会孟名能评诗，自杜子美下至王摩诘、李长吉诸家，皆有评，语简意切，别是一机轴，诸人评诗者皆不及。"②李东阳认为刘辰翁的评语简洁切实，另是一种机轴。

黎尧卿云："杜少陵诗，纵横阖阖，隐隐蛟龙在空，变化倏忽，谁得而踪迹之。恨旧注坌冗，探公心曲者尠。顷居秣陵，乃得刘须溪批本，读之如获拱璧。"③黎尧卿获刘批如至宝，其推崇可见一斑。据上文，黎氏认为

---

① 洪业等编《杜诗引得》，上海古籍出版社 1985 年版，第 40 页。

② 明·李东阳《麓堂诗话》，《历代诗话续编》本，中华书局 1983 年版，第 1375 页。

③ 转引自周采泉《杜集书录》内编卷二，上海古籍出版社 1986 年版，第 99 页。

旧注"坌冗""探公心曲者尟",反言之,刘批简切,能探公心曲。

闵齐伋《批点杜工部七言律·识语》云:"子美七言,古今宗匠,昔人有谓之圣矣。白璧微瑕,谁能诣之?大都无古人之胆识,而欲尚友古人,正自难耳。如其真与冥契,安在以佞为恭?自有此评,而后进于今知道所趣舍矣。子美而有知者,能无点首?先生(郭正域)在前,在宋唯刘须溪时寄此意,是用取先生所手校于南雍者,更付之梓,而黛书刘语以附。"[1]闵齐伋认为郭正域批点的杜甫七律"寄此意",因此将其与刘辰翁批语套印刊刻。

卢世㴶《读杜私言》云:"刘须溪篇评句骘、另成点本,破的表微,兼饶远韵,今其书已大行。"[2]卢氏赞扬刘批的具体内容不可晓,但其肯定之意溢于言表。

下面,再看看批评的意见。

元末明初董养性《选注杜工部诗叙》云:"余平生最嗜读,然观旧为之注者,如鲁訔之编年,黄鹤之分类,刘会孟之评论,虽颇详悉,又病其附会穿凿,徒牵合引据,而于作者之性情略无见焉。"[3]董养性认为刘批附会穿凿,牵合引据,对作者的性情无所发明。

宋濂《杜诗举隅序》云:"近代庐陵大儒颇患之,通集所用事实,别见篇后,固无缴绕猥杂之病,未免轻加批抹,如醉翁谵语,终不能了了,其视二者相去何远哉!"[4]宋濂认为刘辰翁批语虽然避免了"缴绕猥杂之病",但他随意批抹,最终对于诗意的阐释也毫无意义。

杨慎《升庵诗话》卷十二"刘须溪"条:"世以刘须溪为能赏音,为其于《选》诗、李、杜诸家皆有批点也。予以为须溪元不知诗,其批《选》诗首云:'诗至《文选》为一厄。五言盛于建安,而勃窣为甚。'此言大本

---

① 载郭正域批点《杜子美七言律》卷末,《杜诗丛刊》本,台湾大通书局1974年版。

② 周维德集校《全明诗话》(第6册),齐鲁书社2005年版,第4389页。

③ 载元·董养性《杜工部诗选注》卷首,山东大学文史哲研究院藏据日本藏本复印本。

④ 载明·宋濂《文宪集》卷五,文渊阁《四库全书》本。

已迷矣。须溪徒知尊李、杜，而不知《选》诗又李、杜之所自出。予尝谓须溪乃开剪截罗缎铺客人，元不曾到苏、杭、南京机坊也。"①杨慎虽未对辰翁评点杜诗有所看法，但对他评点视域的狭窄提出了严厉的批评和嘲讽。

钱谦益《注杜诗略例》云："自宋以来，……评杜诗者，莫不善于刘辰翁。……辰翁之评杜也，不识杜之大家数。所谓铺陈终始，排比声韵者，而点缀其尖新儁冷，单词只字，以为得杜骨髓。此所谓一知半解也。"②钱谦益对刘的批判态度最为激烈，语言也最尖刻，主要原因在于二人注解杜诗的方法及体例不同，同时或许也含有一些个人心理的因素③。

除了以上这些比较有代表性的观点，在具体的杜诗学文献中，也含有大量的或赞同或否定的材料，比如闵映璧所刻的《杜诗选》六卷，其眉批只录有两家批语，一为刘辰翁，一为杨慎。其中对刘批有褒有贬，褒多于贬。其他明代杜诗学文献也或多或少引及刘批，其中，以王嗣奭《杜臆》对刘批的批判较为丰富，也较为客观。王嗣奭不仅在《杜臆原始》中对刘批有看法，认为他评杜"多不中窾"④，在具体诗篇的解释上也多持有不同意见。在引用的刘辰翁113条批语中⑤，王氏对刘氏的批评占了大多数，大多以"误矣""可笑""不知所谓""误甚"等评语批判刘辰翁的观点。我们试举几例以见其大概。

---

① 明·杨慎《升庵诗话》卷十二，《历代诗话续编》本，中华书局1983年版，第888页。

② 载钱谦益《钱注杜诗》，上海古籍出版社2009年版，第4页。

③ 刘辰翁为宋遗民，其政治大节并不有损于后世。钱谦益仕于清，为贰臣，他对于刘辰翁的激烈批判或许出于某种嫉妒心理。同为明遗民的王嗣奭在《杜臆》中引用刘辰翁批语113条，也多是批评，但态度却缓和得多，与钱氏大相径庭。

④ 明·王嗣奭《杜臆原始》云："善读古人诗者，昔称须溪，今推竟陵。至于评杜而多不中窾，何况其他？然其中窾者已收入《臆》。"（载《杜臆》卷首，上海古籍出版社1983年版，第2页）

⑤ 杨海健《浅论王嗣奭〈杜臆〉底本问题》（载《南京师范大学文学院学报》2008年第3期）统计为108条。今将统计条数列举如下：卷一24条、卷二18条、卷三13条、卷四8条、卷五11条、卷六12条、卷七8条、卷八3条、卷九13条、卷十3条。

批评刘辰翁"不知所谓",如《冬日有怀李白》,王嗣奭曰:

> 韩宣子宴于季氏,有嘉树焉,宣子誉之。季武子曰:"宿敢不封殖此树,以无忘《角弓》。"而《角弓》之诗曰:"兄弟婚姻,无相远矣。""更寻嘉树传,不忘《角弓》诗",正用其语,而须溪之解,不知所谓。①

按,《集千家注批点杜工部诗集》卷一引刘辰翁评曰:"此与出处别,谓他种树为隐者之计,我之不忘如《角弓》,以其诗故也。"杜诗"更寻嘉树传,不忘《角弓》诗"乃是用典。据《左传·昭公二年》载,晋大夫韩宣子聘问鲁国,宴席间赋《角弓》诗,表达晋鲁兄弟宜相亲之意。又宴于鲁大夫季武子家,其家有嘉树,韩宣子加以赞美,季武子表示要培植好这棵树,以纪念《角弓》之咏。此处的"嘉树传"与"《角弓》诗",均借指李白给杜甫的诗文。据此,王嗣奭所引为是。刘辰翁所评,"出处"者,当指《左传》所载韩宣子事;"他种树为隐者之计",当指季武子所言,意为季武子种嘉树乃是表达隐者之意。这种解释已经曲解典故,后面所说真是不知所云了。刘辰翁评点多据一时之感悟,他又不详加解释,致使后人疑误,因此王嗣奭云"不知所谓"甚是。

批评刘辰翁"胡说",如《饮中八仙歌》,王氏云:

> "知章"借用其语,而须溪云:"浙人不喜骑马而喜乘船,杜盖嘲之。"真胡说也。②

王嗣奭是浙江人,当他看到刘辰翁解释杜诗"知章骑马似乘船"为"浙人不喜骑马而喜乘船",不禁直斥其"真胡说"。的确,刘辰翁所评毫无

---

① 明·王嗣奭《杜臆》卷之一,上海古籍出版社1983年版,第5页。
② 明·王嗣奭《杜臆》卷之一,上海古籍出版社1983年版,第8页。

根据，一派胡言。

批评刘批妄改杜诗字句，如《同诸公登慈恩寺塔》，王氏云：

> "秦山"近在塔下，故云"忽破碎"，真是奇语。而须溪据樊本
> 定为"泰山"，谬甚。①

按，"秦山忽破碎"，《集千家注批点杜工部诗集》卷一作"秦山忽破碎"，注云："秦，樊察序本如此，近是。"彭镜溪本《须溪批点选注杜工部诗》卷三亦作"秦"，无注文。所谓"樊序"本，当指樊晃所辑《杜工部小集》六卷，此本早佚。北宋王洙、王琪编订的《杜工部集》及《文苑英华》等均作"秦"，据《杜甫全诗校注》"'秦'宋百家本、宋千家本、宋分门本、宋十注本、元千家本、元分类本、范本作'泰'。"②刘辰翁批点本当是驳正作"泰"字，此处王嗣奭所见不知何本，或是误记。

当然，王氏对某些杜诗求之过深，比如对《石壕吏》的解释，就显得毫无根据和阐释过度，但从一个侧面反映了作为明遗民的王嗣奭的一种乱世心态。从严格的杜诗注释学来说此法并不可取，却为了解明末的杜诗阐释提供了一份鲜活的例证。

（三）对《集千家注批点杜工部诗集》"注文"的抄袭和篡改

不论是元明时期的全集注本，还是选本，这些杜诗学文献的主要特点是对杜诗进行篇章大意的解说，字法、句法、结构的探讨，并不像宋人那样侧重于对字词、典故、地理等方面的注释。因此，元明时期的杜诗注本，尤其是明代的注本，在诗歌的注释方面大多承袭宋人的注释，像高崇兰本的注释，主要是删改宋代黄希、黄鹤父子的《黄氏补千家注纪年杜工部诗史》而成。高崇兰本在元明时期刻印成风，明代的杜诗注本便明目张胆地对高本的注文进行改头换面的抄袭或篡改，其中如比较著名的《读杜诗愚

---

① 明·王嗣奭《杜臆》卷之一，上海古籍出版社1983年版，第15页。
② 萧涤非主编《杜甫全集校注》卷二，人民文学出版社2013年版，第304页。

得》《杜工部诗通》等质量比较高的注本，或删除注文中的"××曰"，或
混淆各种"××曰"，张冠李戴。我们以《自京赴奉先县咏怀五百字》为
例，来看看高本、单复、张綖及林兆珂的注释。

高本《集千家注批点杜工部诗集》关于该诗的注解是：

> 洙曰：《庄子》：飽落无所容。注：犹廓落也。《诗》注：契阔，
> 勤苦也。潘曰：刘毅云：丈夫盖棺事方定矣。赵曰：明皇开元天宝
> 间，无岁不幸骊山，故云御榻在。嵽嵲：嵽，徒结切。嵲，音啮，
> 山高貌。赵曰：蚩尤乘舆前导之旗羽林扈驾之军也。梦弼曰：樛
> 嶱，欧公及荆公改作"胶葛"。相如赋："张乐平胶葛之寓。"注：
> 旷远深貌。殷，读作隐。按《唐书》：天子幸温泉，赐从臣浴。赵
> 曰：彤庭，天子庭以丹饰之。洙曰：内金盘，尚方器用也。赵曰：
> 卫、霍皆以后戚而贵，此以比杨国忠辈也。洙曰：官渡，即曹操、
> 袁绍相持之处。崒兀，高峻貌。崒，藏没切。《列子》：共工氏与颛
> 顼争为帝，怒而触不周山，折天柱，绝地维。梦弼曰：窸窣，声不
> 安也。上息七切，下苏骨切。赵曰：《淮南子》曰：未有天地鸿蒙。
> 溃洞，上胡孔切，下徒总切。梦弼曰：掇，都活切，拾也。魏武诗：
> "明明如月，何时可掇？"《东坡志林》：子美自许稷与契，人未必许
> 也。然其诗云："舜举十六相，身尊道何高。秦时用商鞅，法令如
> 牛毛。"此自是稷契辈人口中语也。

单复《读杜诗愚得》对于该诗的注解是：

> 洙曰：《庄子》："飽落无所容。"注：犹廓落也。《诗》注：契阔，
> 勤苦也。刘毅云：丈夫盖棺，事方定矣。蚩尤乘舆前导之旗，羽林
> 扈驾之军也。相如赋："张乐平胶葛之寓。"注：旷远深貌。《唐书》：
> 天子每年十月幸温泉，赐从臣浴。赵曰：卫霍皆以后戚而贵，此以
> 比杨国忠辈也。官渡，即曹操、袁绍相持之处。《列子》：共工氏与

颛顼争为帝，怒而触不周山，折天柱，绝地维。窸窣，声不安也。魏武诗："明明如月，何时可掇？"

张綖《杜诗释》[1]对于该诗的注解如下：

> 灌落，犹廓落也。《庄子》：灌洛无所容。刘毅云：丈夫盖棺事方足。觊觎，不忘也。曹植曰：葵藿之倾太阳，虽不为回光，其向之者诚也。巢由，巢父、许由，皆隐者也。嵽嵲，山高貌。骊山，在渭南县。蚩尤乘兴前导之旗。崖谷滑，言蹖踏者之多。郁律，高兀貌。羽林，扈跸之军。摩戛，言兵器相摩戛，见扈跸者之盛。碣嵑，诸本作"樛嵑"，欧公改作"胶葛"。相如赋："张乐乎胶葛之宇。"汪，旷远深貌。《唐书》：天子幸温泉，赐从臣浴。内金盘，尚方器用也。卫霍皆以后戚而贵，比杨国忠辈。崒兀，高峻貌。崆峒，陇西山，共工触不周山折天柱。窸窣，声不安也。澒洞，广远貌。《淮南子》：鸿蒙澒洞。掇，拾也。魏武诗：何时可掇？

对比以上三篇注文可以发现，单复将高本"潘曰""赵曰""梦弼曰"删除，致使各个注文相混，张綖更是省事，直接将注解者删除，造成自己是注文作者的假象。如果说单复的行为属于不严谨，那么张綖的"注解"就属于抄袭了。

不仅是这首诗，据对三书的比勘，大部分诗歌的注文差不多是相同的，限于篇幅，不能一一列举。由此可见，明代在杜诗注释上其实大部分是沿袭了宋人的成果，少所发明，同时也说明《集千家注批点杜工部诗集》在明代的巨大影响力。

综之上文，我们可以看到刘辰翁批点杜诗的两个版本在元明时的不同命运，一显一隐。虽然元明时期人们对刘辰翁评点有诸多不满，甚至不留

---

① 张綖《杜工部诗通》不收该诗，但据笔者考察，国家图书馆所藏残卷《杜诗释》的作者正是张綖，详见拙文《国家图书馆藏〈杜诗释〉残卷作者及其价值》，载《文献》2013 年第 6 期。

情面地大肆批评，在注本中一一指出其错误和不实之处，然而高本在元明时期依然刻板盛行，直到钱谦益《钱注杜诗》问世，风气为之一变。清代注家尚考证之实学，高本逐渐不受重视，最后退出了杜诗学史的范围。

第三节　郑善夫《批点杜诗》辑录及其特色

一、郑善夫生平简介

郑善夫（1485—1523 年），字继之，号少谷，闽县（今属福州市闽侯县）人。善夫少负才名，特别推崇庄子、屈原、杜甫的诗文，并精于易经、数学和历法。弘治十七年（1504 年），善夫中举人，翌年成进士。正德元年（1506 年），在京候补，纂修《苏松常镇实录》，当年完稿。在京期间，善夫与何景明在文学复古问题上看法一致，相处甚好，并常与薛惠、王廷陈、顾璘、方豪、殷云霄等名士诗酒唱和。后因父母去世，返乡守孝。

正德六年（1511 年），善夫始任户部广西司主事，榷税浒墅关。任内廉洁奉公，深受时人称道。因不满宦官当政，愤而辞官。回乡筑少谷草堂于金鳌峰下，闭户读书。善夫目睹朝政腐败，民不聊生，盗贼蜂起，忧国忧民之心常见于诗文之中。正德十三年（1518 年），朝廷起用善夫为礼部主事，次年升员外郎。同年，武宗将南巡，善夫与黄巩等多人伏阙谏阻，并上疏痛斥江彬及宦官怂恿皇帝巡幸，劳民伤财。江彬为此恨之入骨，假传圣旨，杖打谏者，有人竟被活活打死。善夫不胜愤慨，又同舒芬、张衍庆上疏力谏，因而被杖三十，并罚跪午门五日。正德十五年（1520 年），善夫通过对天文历法的考察和对日食、月食的研究，认为现行历法已不准确，上疏请改历元。其研究对明代数学和天文历法的发展都作出了贡献，但意见未得到采纳。同年，又上疏辞官，获准。

回乡后，善夫常与林钺、傅汝舟和福州太守汪文盛等人来往，谈诗论道。嘉靖元年（1522 年），都御史周季凤等人荐善夫任南京刑部郎中，未几，改吏部验封司。二年（1523年），善夫在赴任途中便道游武夷山九曲，遇风雪，受寒得病，返家后病逝。

善夫多才艺，能书善画，作品多为历代名士所珍藏。他对数学、历法有较深的研究，著有《奏改历元疏》《日宿例》《时宿例》《序数》《田制论》《九章乘除法》《九归法》等。善夫诗文成就也较高，与李梦阳、何景明等人在文学上提倡复古，主张"文必秦汉，诗必盛唐"，并着力模仿杜甫的诗作，其诗大多是忧时感事之作，如《贫女吟》《送周方伯入楚》《寇至》等，对当时黑暗的社会现实有所揭露和批判。《明史·文苑传》称："闽中诗文，自林鸿、高棅后，阅百余年，善夫继之。迨万历中年，曹学佺、徐𤊹等辈继起。"①郑善夫在明代福建文坛起到了承上启下的作用。

善夫死后，其友汪文盛等人为其料理丧事，将其葬于西郊梅亭山，并将其诗文编定刊印。其遗著凡九刻，有《郑少谷全集》传世②。

二、郑善夫《批点杜诗》辑录

郑善夫《批点杜诗》无卷数，没有刻本流传，也不见于各公私书目的著录，明代焦竑在《焦氏笔乘》中录存三条③，胡震亨《杜诗通》四十卷对郑氏《批点杜诗》也多有引录。笔者有幸翻阅上海图书馆藏有胡震亨《杜

---

① 清·张廷玉等《明史》卷二百八十六《文苑二》，中华书局1974年版，第7357页。

② 关于郑善夫文集刻印及版本的情况，具体可以参看史小军、王勇《郑善夫文集版本考述》，载《民办教育研究》2010年第4期。

③ 明·焦竑著，李剑雄点校《焦氏笔乘》卷三"评杜条"云："余家有郑善夫《批点杜诗》，其指摘瑕颣，不遗余力，然实子美之知己。余子议论虽多，直观场之见耳。尝记其数则，一云：'诗之妙处，正在不必说到尽，不必写到真，而其欲说欲写者，自宛然可想。虽可想，而又不可道，斯得风人之义。杜公往往要到真处尽处，所以失之。'一云：'长篇沉著顿挫，指事陈情有根节骨骼，此杜老独擅之能，唐人皆出其下。然诗正不以此为贵，但可以为难而已。宋人学之，往往以文为诗，雅道大坏，由杜老起之也。'一云：'杜陵只欲脱去唐人工丽之体，而独占高古，盖意在自成一家，不肯随场作剧也。如孟诗云"当杯已入手，歌伎莫停声"，便自风度，视"玉佩仍当歌"，不啻霄壤矣。此诗终以兴致为宗，而气格反为病也。'善夫之诗，本出子美，而其持论如此，正子瞻所谓'知其所长而又知其敝'者也。"（上海古籍出版社1986年版，第82—83页）。

诗通》①，现将有关郑氏评语辑录出来，以供参考。

又，据董芳《王慎中贬杜论研究》一文称河北大学图书馆特藏部藏有王慎中手批许自昌（1578—1623 年）刊刻《集千家注杜工部诗集》。许自昌刻本共二十卷，文集两卷，明万历三十一年（1602 年）刻，每卷首题"长洲许自昌玄祐校刻"，王慎中批语为红色，手写，有眉批、夹批，散见于行间题下②。笔者认为这篇论文的立论存在错误，原因有下：

第一，王慎中生卒年为 1509—1559 年，许自昌刻本《集千家注杜工部诗集》刊刻于万历三十一年（1602 年）。试问，已经去世近半个世纪的王慎中怎么会"手批"刻于万历三十一年的《集千家注杜工部诗集》？且王慎中去世 20 年后，许自昌才出生，也可推知此事绝无可能。作者未核实诸多时间顺序，贸然定为此本为"手批本"，实在错误！抑或先入为主，看了卢坤五家评本中王慎中评语，经过对比发现和许自昌刻本中评语相同，于是想当然地将这些批语的版权判给了王慎中。

第二，许自昌刻本中的批语（包括卢坤五家评本中所谓王慎中批语）既然不属于王慎中，董芳论文又用诸多篇幅讨论"王慎中贬杜论说""王慎中贬杜的原因"等问题，无异于沙上建城，根基不稳；并找出王慎中贬杜的诸多原因，无中生有，其立论毫无价值。

当然，董芳论文较有价值之处是将所谓"手批本"中的批语一一抄录。下表中的"王慎中评语"即转引自此文，特此说明。另外，经过对勘，笔者认为所谓"王慎中评语"真正的作者其实是郑善夫，详见下文"第四节五家评本《杜工部集》王慎中评语实为郑善夫评语考"。

郑氏批点本没有体例、卷数等方面的著录，加之批点的随意性，对全诗、某句甚至某个字都可能进行评点，因此本文的辑录主要依据《杜诗通》的体例（下表中"郑善夫评语"），同时将董芳文抄录的"王慎中评语"也以列表的形式展现（下表中"王慎中评语"），一是用来对比，证明王慎中评语的真正作者是郑善夫；二是保存郑善夫评语的完整性。郑善夫具体评语情况详见下表：

---

① 清顺治七年朱茂时刻《李杜诗通》本。
② 董芳《王慎中贬杜论研究》，河北大学 2012 年硕士学位论文，第 3 页。

序号	诗歌题目	郑善夫评语	王慎中评语
1	《前出塞九首》	其四：此犹有乐府之风。 其五"主将宁尽闻。"似魏人。 其七：结语似学魏人，然魏人缓而有意，此则殊无谓矣。	其二"捷下万仞冈，俯身试搴旗。"欠气势。 其三"欲轻肠断声，心绪乱已久。"虽苦，反不悲人。"丈夫誓许国，愤惋复何有？"亦常。《手批本》卷六。 其四：通篇都完，犹有乐府意。 其七：结学魏人，然魏人缓而有意，此殊无谓。"径危抱寒石，指落曾冰间。"此律诗之小者，不称古风。 其九：此诗极佳矣，然终是唐人之佳者。"丈夫四方志，安可辞固穷。"苦不类军中语。
2	《后出塞五首》	其一：纯用魏人体格口气。 其三：此篇拙甚。 其五"将骄益愁思。"亦拙。	其一：纯用魏人体格口气。 其二：形容极妙，军中气象宛然。 其三"岂知英雄主，出师亘长云"，语甚拙。"六合已一家，四夷且孤军。"恶句。"遂使庞虎士，奋身勇所闻。"又拙。 其五"将骄益愁思。"五字不好。
3	《留花门》	"中原有驱除，隐忍用此物。"几于押韵。	几于押韵而已。
4	《新安吏》	"眼哭却见骨，天地终无情。"悲痛极矣。	此篇甚佳。 "肥男有母送，瘦男独伶俜。"又妙。 "眼哭却见骨，天地终无情。"悲哉。
5	《石壕吏》	目前实事，写得就是乐府。	
6	《遣兴五首》："朔风飘胡雁"	其五：古乐府之妙者。	篇篇皆佳。 其四：太真率，乏讽刺之旨。 其五：古乐府之妙者。

续表

序号	诗歌题目	郑善夫评语	王慎中评语
7	《遣兴三首》："蓬生非无根"	（其一、其二）二诗皆有魏人风格，以其不造一种苦怪语也。	《遣兴三首》其二：皆有魏人风骨，以其不造一种苦怪语也。
8	《遣兴二首》"天用莫如龙"	二首艰晦，无神气。	艰晦，无神气。
9	《述古三首》"赤骥顿长缨"	如此古风，真不足诵。	如此古风，真不足诵。
10	《写怀二首》	其二"吾亦驱其儿，营营为私实。"有阮嗣宗之致。结句不甚可解。	二首绝妙，难以逐句赞也。结语不甚可解。"终契如往还，得匪合仙术。"结语不甚可解。
11	《壮游》	郑善夫以此诗豪宕奇伟，无一句一字不稳贴，此等乃见老杜之神力。	豪荡奇伟，无一句一字不稳贴，此乃可见老杜神力，欲学者宜于此处参究。"之推避赏从，渔父濯沧浪。荣华敌勋业，岁暮有严霜。"两韵。
12	《夏夜叹》	"昊天出华月，茂林延疏光。"真魏人语。	（《夏日叹》《夏夜叹》）二叹俱全。
13	《牵牛织女》	拗郁多事，反不成篇。	抑郁多事，反不成篇。
14	《火》	韩文公《陆浑》诗，已自不成诗，然犹以学问胜，此何为者？	韩文公《陆浑火》诗，已不成章，犹以学问胜，如此欲何为哉？
15	《同诸公登慈恩寺塔》	后段于游览间寓感慨时事，苦刻，徒然无味。	后八句殊不成文理，于游览间寓感慨时事，自不应如此苦刻沉晦，徒然无味。

序号	诗歌题目	郑善夫评语	王慎中评语
16	《游龙门奉先寺》	"已从招提游，更宿招提境。"起句无味，"已""更"二字更无味。	起无味，"已""更"二字更无味。
17	《自京赴奉先县咏怀五百字》	"圣人筐篚恩，实愿邦国活。"杂议论而自有风旨。"吾宁舍一哀，里巷亦呜咽。所愧为人父，无食致夭折。"置之《三百篇》中，亦不愧。	虽议论，而自有风旨。"圣人筐篚恩，……尽在卫霍室。"其忠如此。"入门闻号咷，幼子饥已卒。"其慈如此。总评：置之《三百篇》中，亦不愧。
18	《述怀》	"即开口。"固善造语，亦由忠悃，有本性，言不可以强为也。	首尾结构，无毫发遗憾，使读者想见其逃贼从君，间关受职，顾念家门，不能舍君。言者千古之下，悲苦凄然，诗可以观，尚观于此。"草木长。"三字无故。"涕泪受拾遗，流离主恩厚。"固善造语，亦由忠悃，有本性言，不可以强为也。"反畏消息来，寸心亦何有？"情苦何极。
19	《彭衙行》	杜诗雅与朴俱妙，叙实事不嫌于朴，此类是也。	此老黯者极黯，比物用意之类；朴者极朴，叙实事之类也。
20	《赤谷》	"岂但岁月暮，重来未有期。"似乎无故。	"岂但岁月暮，重来未有期。"似乎无味。"山深苦多风，落日童穉饥。"用意刻到如此。"贫病转零落，故乡不可思。"深苦。

续表

序号	诗歌题目	郑善夫评语	王慎中评语
21	《铁堂峡》	"嵌空太始雪。"造语处。 总评：悲苦感慨，尽行旅之况。	二篇行旅之况，悲苦感慨，妙不可极，与后《寒硖》同。 "嵌空太始雪。""嵌空"造语处。 "生涯抵弧矢。"造语。
22	《青阳峡》	"仰看日车侧，俯恐坤轴弱。"好。	"东笑莲花卑，北知崆峒薄。"（薄）押韵矣。 "突兀犹趁人，及兹叹冥寞。"没趣。
23	《龙门镇》	此篇为劣。	此篇为劣。
24	《石龛》	"熊罴咆我东，虎豹号我西。"此类起语虽学乐府，都无甚意致在。	"熊罴咆我东，虎豹号我西。"起虽学乐府，然不佳，都无甚意致。
25	《凤凰台》	此等诗意、诗格，只杜子为之，已自不惬人意，世人欲效之者，真痴也。	
26	《万丈潭》	无字不经锻琢，雄峻峭深，令人神夺。	无一字不经锻炼雕琢，雄峻深峭，令人神夺，但韵不胜耳。
27	《水会渡》	"山行有常程，中夜尚未安。微月没已久，崖倾路何难。"此岂不寻常，而尤为佳造。 "迥眺积水外，始知众星乾。""始知众星乾"，太巧。	"山行有常程，中夜尚未安。"此岂不寻常，而尤为难造。 "迥眺积水外，始知众星乾。"奇。（《手批本》卷六）
28	《五盘》	"好鸟不妄飞。"又作一种风味。	又作等风味。 又作一种风味。（《手批本》卷六） "五盘虽云险，山色佳有余。"好句。

续表

序号	诗歌题目	郑善夫评语	王慎中评语
29	《南池》	故为奇刻，而实肤陋，为诗决不可学。	故为奇刻，而实陋（陋，《手批本》卷十作"庸陋"）。 "高堂亦明王，魂魄犹正直。"此体亦不可学。
30	《上水遣怀》	"篙工密逞巧，……善知应触类，各藉颖脱手。古来经济才，何事独罕有。"观'篙工''触类'推之，求古来经济之才，如操舟之妙者，何独罕有？屈曲用此，诗何得如是耶？此皆老杜逗滞处，篇篇有之。	"歌讴互激远，回斡明受授。"此老杜逗滞处，篇篇有之。
31	《次晚洲》	"危沙折花当。羁离暂愉悦，羸老反惆怅。"沙势善崩，折木以当之，而所折之木，皆花也。盖戏为之，故下云"暂愉悦"。	
32	《破船》	"仰看西飞翼。"破船亦不伦。	"仰看西飞翼，下愧东逝流。"不伦。
33	《客堂》	"死为殊方鬼，头白免短促。"悲哉！	"忆昨离少城，而今异楚蜀。舍舟复深山，窅窕一林麓。"二韵兼出。 "死为殊方鬼，头白免短促。"悲哉！
34	《除草》	比《送菜》《伐木》稍成文理，然亦不必作，作亦不必传。今人一概诵之，可笑也。	较前二作（笔者按，指《园官送菜》《课伐木》），稍成文理。

续表

序号	诗歌题目	郑善夫评语	王慎中评语
35	《信行远修水筒》	此类皆山谷所谓"不烦绳削而自合"者，皆梦说也。文公不满夔诗，是矣。	此类皆黄山谷所谓"不烦绳削而自合"者，真是说梦。晦翁评是。
36	《暇日小园散病将种秋菜督勒耕牛兼书触目》	"飞来两白鹤，暮啄泥中芹。"老杜最有此病。	"飞来两白鹤。"最有此病。
37	《奉同郭给事汤东灵湫作》	"浩歌绿水曲，清绝听者愁。"结语浮俗。	"来必十月。"决不可如此下字。 "初闻龙用壮，擘石摧林丘。"终不可以为诗。 "坡陁金虾蟆，出见盖有由。"终不能知其事，诗亦不必如此。 "浩歌绿水曲，清绝听者愁。"末一句（句，《手批本》卷二作"段"）亦为求奇之过，反见浅俗。
38	《雨过苏端》	"久旱雨亦好。""亦"字缓。	"久旱雨亦好。""亦"字缓。
39	《晦日寻崔戢李封》	"草芽既青出，蜂声亦暖游。"点缀极浓丽。 总评：全篇皆是唐人公派，但从杜公口中陶铸一番，自与人不同，至"上古葛天民"以下十句，乃杜公自作机轴，就不为妙，信乎能为异者！要于同中异，不宜以异异也。	全篇佳（《手批本》卷四作"俱"）妙。 "起行视天宇，春气渐和柔。"圆妙闲适。 全篇皆是唐人公派，出杜公口，自与他人不同。自（《手批本》卷四作"至"）"上古"以下十句，自出机轴（《手批本》卷四作"是公自出机轴"），就不为妙，信乎能为异者，须同而异也。

续表

序号	诗歌题目	郑善夫评语	王慎中评语
40	《白水县崔少府十九翁高斋三十韵》	其多处固为长技，然何如删去累句，成一纯然佳篇。	其多处固为长技，然如删去累句，纯然佳篇，何必以多为尚哉！"相对十丈蛟……铁马云雾积。""十丈蛟"一下至"云雾积"，皆借眼前之景，以影当时之事。
41	《赠蜀僧闾丘师兄》	此篇虽备极委曲，而乏神韵。	虽极委曲，终无神韵。
42	《赠苏四徯》	"将老委所穷。"老杜好用"所"字，而用多不恰。	"将老委所穷。"老杜好用"所"字，用不当者颇多。
43	《赠李十五丈别》	"中有万里船。""中"字欠通。	"中有万里船。""中"字欠通。
44	《苦雨奉寄陇西公兼呈王征士》	"今秋乃淫雨。""乃"字不伦。	
45	《别唐十五诫因寄礼部贾侍郎至》	"萧条四海内，人少豺虎多。"诗人安得有此《三百篇》正义也？	"九载一相逢，百年能几何？"好。（《手批本》卷十一）"胡星坠燕地，汉将仍横戈。"好句。"少人慎莫投多，多虎信所过。"诗人安得有此？皆三百正义也。"饥有易子食，兽犹畏虞罗。"伤哉！
46	《送高三十五书记十五韵》	"又如参与商。""又"字无下落。	赠送诗至此篇更不可加矣。"又如参与商。""又"，此一字无下落。
47	《送樊二十三侍御赴汉中判官》	"天子从北来。"不成语。	自是佳篇。"天子从北来，长驱振凋敝。"不成语。"二京陷未收，四极我得制。"亦不成语。"幕府辍谏官，朝廷无此例。"岂不近拙？然自可人。

续表

序号	诗歌题目	郑善夫评语	王慎中评语
48	《送从弟亚赴河西判官》	"所以子奉使。""所以"二字无当。"龙吟回其头，夹辅待所致。"雄心锐气，奋发飞骞，而造语雕字之力，妙出笔墨外。	"所以子奉使。"（所以）二字无当。（《手批本》卷三）雄心锐气，奋发飞腾，而造语雕字之力，妙出笔墨（《手批本》卷三作"毫"）。
49	《送韦十六评事充同谷防御判官》	"论兵远壑净。"不成语。"题诗得秀句，札翰时相投。"诗家送人此等结，自是常调，但此篇全皆主辱臣死之时，结之以此，似为不类耳。	"论兵远壑净。"（远壑净）不成语。"题诗得秀句，札翰时相投。"结语似为不伦。
50	《阆州东楼筵奉送十一舅往青城县得昏字》	"而无人世喧。"无意趣。"霜露在草根。"语古。	"虽有车马客，而无人世喧。"无意趣。"天寒鸟兽伏，霜露在草根。"语古。（《手批本》卷十）"高贤意不暇，王命久崩奔。"好。（《手批本》卷十）"临风欲恸哭，声出已复吞。"悲甚。
51	《送高司直寻封阆州》	"长卿消渴再。"无谓。	"时见文章士。"（见）一字无谓（见《手批本》卷十八作"时"）。
52	《送重表侄王砅评事使南海》	一篇《史记》，此等笔力，真扛鼎手也。	一篇《史记》，此等笔力，真扛鼎手。
53	《将适吴楚留别章使君留后兼幕府诸公得柳字韵》	"相逢半新故，取别随薄厚。"世情行迹，时久事变之感，峥嵘飞动，无不极其工。	世情行迹，时久事变，峥嵘飞动，妙绝意表，其欲去此适彼及难与为别而留语诸公之意，无不极其工。

序号	诗歌题目	郑善夫评语	王慎中评语
	同上	"扁舟落吾手。"不成语。（笔者按，此处批语或为郑氏语，胡震亨《杜诗通》无"郑云"字样）	"岂惟长儿童，自觉成老丑。常恐性坦率，失身为杯酒。"数句甚好。 "扁舟落吾手。"不成语。
54	《八哀诗·赠左仆射郑国公严公武》	"京兆空桃色，尚书无履声。"已言其死，又言其死，终觉重复。 "颜回竟短折，贾谊徒忠贞。"虽欲明其短折，然人事大不相类。	"开口取将相，小心事友生。"好。（《手批本》卷十三） "匡汲俄宠辱，卫霍竟哀荣。"不伦，无谓。 "京兆空柳色，尚书无履声。"又言其死，重出。 "岂无成都酒，忧国只细倾。"巧语正意。 "空余老宾客，身上愧簪缨。"情感无尽。
55	《八哀诗·赠太子太师汝阳郡王琎》	"色映塞外春。"不可通。 "袖中谏猎书，扣马久上陈。"叙其游从亲昵，指一猎事而他可想见，此又继之以正，以见忠而能诲。	"爱其谨洁极，倍此骨肉亲。"宛曲思致。 "箭出飞鞚内，上又回翠麟。""上又"必误。 "袖中谏猎书，扣马久上陈。"见琎爱而忠君。 "宛彼汉中郡，文雅见天伦。"此又是死人中入生人（《手批本》卷十三"中"前有"诗"字）。
56	《八哀诗·故秘书少监武功苏公源明》	"得无顺逆辨。"源明不污伪官，欠发得精彩。 "煌煌斋房芝，事绝万手搴。垂之俟来者，正始征劝勉。"此四句，是摹写其诗，得用之郊庙歌颂，可以垂后传世，非如旧注所谓谏谕也。	"负米晚为身，每食脸必泫。夜字照爇薪，垢衣生碧藓。"应起句"少孤"。 "文章日自负，掾吏亦累践。"不受伪官，欠发得精彩。

续表

序号	诗歌题目	郑善夫评语	王慎中评语
57	《八哀诗·故著作郎贬台州司户荥阳郑公虔》	"点染无涤荡。"替他出脱污伪之罪，用意至深。 "他日访江楼，含凄述飘荡。"此等处终不纯，杜往往有此病，死人诗中，忽著生人，无粘带，无次第，如《武功》及《荥阳》诗中，则不妨耳。	"贯穿无遗恨，荟蕞何技痒。"形容其人，综博多能，妙绝矣。 "宣鹤误一响。"不知。 "三绝自御题，四方尤所仰。"不成语。 "点染无涤荡。"替他出脱污伪之罪，用意深至。
58	《病橘》	苦恼勉强，只欲摆脱一时工声韵之习气，然已非诗法矣，亦作俑之弊也。此类甚多，聊著于此。	苦恼勉强，只欲摆脱一时。
59	《枯棕》	《病橘》《枯棕》二首，皆枯槁浅涩，如击土缶，绝无意味。	与前首（笔者注，指《病橘》）皆枯槁浅涩，如击大（《手批本》卷八作"土"）缶，绝无意味。
60	《义鹘行》	此亦杜之能，人亦不必能也。	奇事奇篇，此亦杜公之能，人固不能，而亦不必能也。 "生虽灭众雏，死亦垂千年。"悲悲拙拙，二句跃然。
61	《夜听许十一诵诗爱而有作》	苦刻而伤于情韵，都不可讽矣。	
62	《兵车行》	此《行》为诸家所赏，然实未为杜公绝唱也。 "新鬼烦冤旧鬼哭，天阴雨湿声啾啾。"结语亦寻常，而节缓。	"君不闻汉家山东二百州，千村万落生荆杞。"语不古（《手批本》卷一批"二"字）。 "况复秦兵耐苦战，被驱不异犬与鸡。"殆不成语。

续表

序号	诗歌题目	郑善夫评语	王慎中评语
63	《哀王孙》	"昨夜春风吹血腥。"以下乃为王孙立斯须短语。总评：词体乐府，意义则二《雅》之奥也，如何赞得？	词体化出乐府，而意义则《雅》《颂》之奥也，如何替？
64	《洗兵马》	此篇多陋语，可怪。	亦不见佳。 "京师皆骑汗血马，回纥馁肉蒲萄宫。"不成话说。 "三年笛里关山月，万国兵前草木风。"此语岂不好？然终是陋。 "青春复随冠冕入，紫禁正耐烟花绕。"欠通。
65	《锦树行》	信是杂乱，但次第无端由处，见一种感叹。	信是紊乱，但于次第无由中，见一种感慨。
66	《折槛行》	作者必有故，纵自有故，亦不成诗，不必求其说也。	全不知何故，纵有其故，亦自不成诗。
67	《可叹》	杂乱钝拙，都不可读。	杂乱钝拙，皆不可读。
68	《百忧集行》	此诗只以拙朴胜，情韵终不为工。	以拙朴胜，情韵终不工。
69	《秋雨三首》	三首有乐府之意，悲咽感慨，语短意长，真堪屡讽也。	三首有乐府意，悲咽感慨，语短意长，真可屡讽也。
70	《楠树为风雨所拔叹》	"根断泉涌岂天意？"怪语险思。	怪语险思。（《手批本》卷十二） "我有新诗何处吟，草堂自此无颜色。"佳甚。（《手批本》卷十二）
71	《乐游园歌》	"只今未醉已先悲。"情韵始起。	"长生木瓢示真率。"（长生）难解。 "青春波浪芙蓉园，白日雷霆夹城仗。"气格雄浑有之，情韵终薄。

续表

序号	诗歌题目	郑善夫评语	王慎中评语
72	《石犀行》	何大复谓诗法亡于杜，虽不可谓亡，然如《石笋》《石犀》等篇，体亦已大变矣，宜其起宋人一种村恶诗派也。	即是《石笋行》也。何大复常谓诗法亡于杜，虽不谓亡，亦已变矣，宜有一种江西诗派。
73	《最能行》	此类诗总不必作。	比《杜鹃》稍成音节，亦不必作。
74	《发阆中》	"秋花锦石谁能数。"败语。	
75	《苏端薛复筵简薛华醉歌》	篇中"端复得之名誉早，开筵上日思芳草"及"移远梅""插晴昊""如渑池之酒"等句，皆杜撰不成语。	不见佳。"开筵上日思芳草。"杜撰无味。"令我心中苦不足。"何味？"前者坐皮因问毛，知子历险人马劳。"奇句。
76	《久雨期王将军不至》	"昏昏闾阖闭氛祲，十月荆南雷怒号。"结得寂然，通无着落。	"令我心中苦不足。"何味？"前者坐皮因问毛，知子历险人马劳。"奇句。"昏昏闾阖闭氛祲，十月荆南雷怒号。"结甚寂然，通无着落。
77	《投简成华两县诸子》	全篇悲壮，绝无字句之恨矣。	全篇悲壮，绝无一字之恨。
78	《徐卿二子歌》	寻常平稳耳。	寻常平稳耳。
79	《狂歌行赠四兄》	人伦天性之间，风雅为近。	人伦天性之间，发得风骚。
80	《大觉高僧兰若》	郑继之谓此篇殊不成语。	不成语。
81	《玄都坛歌寄元逸人》	"故人昔隐东蒙峰，已佩含景苍精龙。"二句竟无谓。	"铁锁高垂不可攀，致身福地何萧爽。"好句。
82	《寄柏学士林居》	"自胡之反持干戈。"不成语。	"自胡之反持干戈，天下学士亦奔波。"不成语。"叹彼幽栖载典籍，萧然暴露依山阿。"便妙。

续表

序号	诗歌题目	郑善夫评语	王慎中评语
			"青山万里静散地，白雨一洗空垂萝。"几不可通。 "荆扬春冬异风土，巫峡日夜多云雨。"好。
83	《寄韩谏议注》	全不成章。	
84	《杜鹃行》	《凤凰台》《石笋行》《杜鹃行》皆不是诗家本宗，虽刻苦出奇，难以为训。	虽刻苦出奇，难以为训。 《石笋行》，此亦是自出体格，终不必效他。
85	《奉先刘少府新画山水障歌》	"画师亦无数，好手不可遇。"粗粗拙拙，乃成大家口气。 "野亭春还杂花远。"娟婉处又语极幽巧。	咏马咏画，皆化出唐人一种工丽之体，而独高古，盖其用心在于自成，不欲随人作据也。 "元气淋漓障犹湿，真宰上诉天应泣。"此病处。（《手批本》卷二） "野亭春还杂花远，渔翁暝踏孤舟立。"娟婉，又语极幽秀。 "不见湘妃鼓瑟时，至今斑竹临江活。"翻得出人意表。
86	《观公孙大娘弟子舞剑器行》	自是佳篇，然终少奇警处。	自是佳篇，然中少奇警处。 自是佳篇。（《手批本》卷十八）
87	《喜达行在所三首》	其三"犹瞻太白雪，喜遇武功天。"直而不工。	其一"雾树行相引，莲峰望忽开。"不成句。 其三"死去凭谁报，归来始自怜。"温恻最佳。 其三"犹瞻太白雪，喜遇武功天。"平直不工。
88	《晚出左掖》	"退朝花底散，归院柳边迷。"不为佳句。	"退朝花底散，归院柳边迷。"不为佳句。

续表

序号	诗歌题目	郑善夫评语	王慎中评语
89	《王命》	"血埋诸将甲。"何语？	
90	《覆舟二首》	二首不大成语。	大不成诗。
91	《落日》	"啅雀争枝坠，飞虫满院游。"小点缀，自是佳句。	"芳菲缘岸圃，樵爨倚滩舟。"好句。"啅雀争枝坠，飞虫满院游。"小点缀，佳。
92	《返照》	"已低鱼复暗，不尽白盐孤。"语若无难者，而妙处非人可及。	"已低鱼复暗，不尽白盐孤。"二句若无难者，妙处人自不能及。"荻岸如秋水，松门似画图。"佳句。
93	《雨》	"微雨不滑道，断云疏复行。"起语闲适，而甚锻炼。	
94	《朝雨》	"黄绮终辞汉。"忽入此妥否？	"黄绮终辞汉，巢由不见尧。"忽然入此，亦不妥。"草堂樽酒在，幸得过清朝。"袅娜（《手批本》卷八作"小小袅娜。"）
95	《春夜喜雨》	"晓看红湿处，花重锦官城。"挽得风味。	"晓看红湿处，花重锦官城。"宛得风味。
96	《雨晴》	"胡笳楼上发。"何故？	"今朝好晴景，久雨不妨农。"是何故也？
97	《雨晴》	"雨时山不改，晴罢峡如新。"刻意之句，然不成诗。	"雨时山不改，晴罢峡如新。"刻意之句，不成诗。
98	《晚晴》	"书乱谁能帙，杯干自可添。"朴得好。	翻得异（《手批本》卷八作"实"）。"夕阳薰细草，江色映疏帘。"工。（《手批本》卷八）"书乱谁能帙，杯干自可添。"朴得好。（《手批本》卷八）

续表

序号	诗歌题目	郑善夫评语	王慎中评语
99	《对雪》	"北雪犯长沙，胡云冷万家。"险语突兀，自是一种。	"北雪犯长沙，胡云冷万家。"险语突兀，自是一种。
100	《又雪》	"愁边有江水，焉得北之朝。"雪中著此，不伦。	"愁边有江水，焉得北之朝。"雪中著此，亦不伦。
101	《早起》	不刻不急，趣味殊深。	不刻不急，趣况殊深。
102	《向夕》	"鹤下云汀近。"篇中此语略少味。	"深山催短景，乔木易高风。"古雅中含工致。 "琴书散明烛，长夜始堪终。"情真事幽。
103	《热三首》	其一"乞为寒水玉，愿作冷秋菰。"虽戏，亦自成语。	
104	《秋尽》	"轻舟近所如。"亦稍近情致。	
105	《春日江村五首》	其一："乾坤万里眼，时序百年心。"此等语，今不可复作矣。 其四"郊扉存晚计，幕府愧群材。"此等语，便不可及，不必在苦作翻硬也。 其五：此诗体惟杜老有之，他人学之，不成说话矣！	其一"乾坤万里眼，时序百年心。"此等语，亦不可复作矣。 "茅屋还堪赋，桃源自可寻。"无谓。 "艰难贱生理，飘泊到如今。"好。 其三"岂知牙齿落，名玷荐贤中。"好。 其四"扶病垂朱绂，归休步紫苔。郊扉存晚计，幕府愧群材。燕外晴丝卷，鸥边水叶开。邻家送鱼鳖，问我数能来。"只此尤不可及，正不必苦作翻硬也。 其五：此体惟杜老有之，若他人作，便不成话说矣！（成话，《手批本》卷十二作"得谓"。） "宅入先贤传，才高处士名。"总是无谓，但不恶耳。

续表

序号	诗歌题目	郑善夫评语	王慎中评语
106	《水槛遣心二首》	其一"澄江平少岸，幽树晚多花。"风韵可人。	其一"澄江平少岸，幽树晚多花。"风韵可人。（《手批本》卷八） "细雨鱼儿出，微风燕子斜。"亦自可爱。
107	《独坐二首》	其二"白狗斜临北，黄牛更在东。"二峡名取对，有何情趣？	其二"白狗斜临北，黄牛更在东。"起句有何情趣？（《手批本》卷十八无"起句"）
108	《独酌成诗》	"灯花何太喜，酒绿正相亲。醉里从为客，诗成觉有神。"不得云好，亦与他人不同。	"灯花何太喜，酒绿正相亲。"不得谓好，而与他人不同。
109	《遣兴》"干戈犹未定"	唐人无此律，惟杜有之。	唐人无此等律，惟杜有之，须思乃巧也。
110	《遣意二首》	其一"一径野花落，孤村春水生。"冲容闲适，杜公如此绝少，唐人往往工为此。	其一"一径野花落，孤村春水生。"冲容闲适，杜公如此绝少，唐人往往为此。
111	《遣怀》"愁眼看霜露。"	通篇用语工苦特甚。	通篇用语工苦特甚。 "愁眼看霜露，寒城菊自花。"语苦，而少兴致。
112	《可惜》	"吾生后汝期。"朴得妙。	《村夜》《早起》《可惜》，三篇皆全首皆妙，无字句之憾，妙得朴。
113	《避地》	"诗书遂墙壁。""遂"字不可晓。	"诗书遂墙壁。""遂"字不可晓，老杜病不少。
114	《城上》	"风吹花片片，春动水茫茫。"此语不可易作。	"风吹花片片，春动水茫茫。"此语不可易作。

续表

序号	诗歌题目	郑善夫评语	王慎中评语
115	《客亭》	"日出寒山外，江流宿雾中。"咏景之语，超出唐人之外。	《客夜》《客亭》，二首全篇佳胜，难以一字形容。 "日出寒山外，江流宿雾中。"咏景语，超出唐人之外。
116	《旅夜书怀》	"星垂平野阔，月涌大江流。"宏壮。	宏壮。
117	《游子》	"蓬莱如可到。"野哉！	"厌就成都卜，休为吏部眠。"何故？"蓬莱如可到，衰白问群仙。"野哉！（《手批本》卷十）
118	《秦州杂诗二十首》	其二"苔藓山门古，丹青野殿空。月明垂叶露，云逐度溪风。"岂不巧？然不足贵，此类是也。 其三"州图领同谷，驿道出流沙。"诗中题山川界至，人人所有，而此两句与人不同，读之便见控扼要害险远，形势关系之意。 其九：此首通不成章。	其一"满目悲生事，因人作远游。"开口便与人不同。"迟回度陇怯，浩荡及关愁。"拙。 其二"秦州山北寺，胜迹隗嚣宫。"本（《手批本》卷五作"太"）无味，寻常过得耳。"苔藓山门古，丹青野殿空。"岂不巧？不足贵，此类是也。 其三"州图领同谷，驿道出流沙。"诗中题山川，人人所有，而如此二句，便与人不同。有不知其所以然者，只可意喻耳，读之自具"控扼要害险远，而形势关系"之意。"降虏兼千帐，居人有万家。"无意味。 其四"抱叶寒蝉静，归山独鸟迟。"无味。 其五"由来万匹强。"硬语。 其九：通不成章。 其十一"黄鹄翅垂雨，苍鹰饥啄泥。"可厌。"不意书生耳，临衰厌鼓鼙。"可厌。

序号	诗歌题目	郑善夫评语	王慎中评语
			其十二"秋花危石底，晚景卧钟边。"丑恶。（《手批本》卷五） 其十三"传道东柯谷，深藏数十家。"好句。 其十三：是何话说，亦有何缘故？可笑。 其十五"未暇泛沧海，悠悠兵马间。"妙。"塞门风落木，客舍雨连山。"妙句。 其十六"落日邀双鸟，晴天养片云。"句工而陋，亦近俗。"采药吾将老，儿童未遣闻。"绝妙。 其二十"为报鸳行旧，鹡鸰在一枝。"亦好。
119	《自阆州领妻子却赴蜀山行三首》其三	其三"转石惊魑魅，抨弓落狖鼯。直供一笑乐，似欲慰穷途。"亦有一种情兴。	其一"物役水虚照，魂伤山寂然。"（物役）不成语。 其三"仆夫穿竹语，稚子入云呼。"小小风致。"转石惊魑魅，抨弓落狖鼯。"亦自有一种情兴。
120	《春日梓州登楼二首》	其一"行路难如此，登楼望欲迷。"感叹凄然。 其二"天畔登楼眼，随春入故园。"奇语。总评：直率说话，自是情感，而风致有亦具，诗正合如此。	其一"行路难如此，登楼望欲迷。"感叹凄然。 其一"身无却少壮，迹有但羁栖。" 其二"战场今始定，移柳更能存。""无却""有但""更能"，皆是不可人意处，此老偏好用此功夫。"迹有但羁栖。"拗语最不可人。 其一"江水流城郭，春风入鼓鼙。"情景俱悲。 其二"天畔登楼眼，随春入故园。"平直说话，自是情感，而风致亦具，正合如此。

序号	诗歌题目	郑善夫评语	王慎中评语
			其二"战场今始定，移柳更能存。"人之不能造。 其二"厌蜀交游冷，思吴胜事繁。"质而不俚。
121	《九日登梓州城》	"伊昔黄花酒，如今白发翁。"淡中极巧，无缘无由，偏似着得。"弟妹悲歌里，朝廷醉眼中。"此类独老杜好之，甚非佳语也。	起淡中极巧，无缘无由，偏似著得。"弟妹悲歌里，朝廷醉眼中。"甚不佳。
122	《入宅三首》	其一"客居愧迁次，春洒渐多添。"对不得。	其一"客居愧迁次，春色渐多添。"对不得。"花亚欲移竹，鸟窥新卷帘。"亦不胜。 其二"乱后居难定，春归客未还。""春归客在先"（笔者注，出自刘长卿《年做》，一作宋之问），视此尤胜。
123	《晓望白帝城盐山》	"红远结飞楼。"近丑。	"看山仰白头。"何故？"红远结飞楼。"近丑。（均见《手批本》卷十四）
124	《南楚》	"无名江上草，随意岭头云。"欲为超洒，实闲谈耳。	"无名江上草，随意岭头云。"欲为超浓，实闲淡耳。
125	《入乔口》	"贾生骨已朽，凄恻近长沙。"有感。	
126	《铜官渚守风》	"水耕先浸草，春火更烧山。"用事无兴感。	"水耕先浸草，春火更烧山。"用事无兴感。
127	《双枫浦》	"自惊衰谢力，不道栋梁材。"陋。	"自惊衰谢力，不道栋梁材。"陋。（《手批本》卷十九）

续表

序号	诗歌题目	郑善夫评语	王慎中评语
128	《与任城许主簿游南池》	"蒲荒八月天。"无味。	"蒲荒八月天。晨朝降白露,遥忆旧青毡。"亦无味。(《手批本》卷一)
129	《奉陪郑驸马韦曲二首》	二首纯好。	二首纯好。(《手批本》卷四) 其一:一首纯好。
130	《李监宅二首》	其一"尚觉王孙贵。""尚"字全无当。 其二"虚怀只爱才。""只"字无当。	此题,集注本是二首。 其一"尚觉王孙贵,豪家意颇浓。""尚"字全无当。"屏开金孔雀。"大陋笔。(《手批本》卷一)"且食双鱼美,谁看异味重。"大是陋笔。 其二"杂花分户映,娇燕入檐回。"纤媚有之。"虚怀只爱才。""只"字无当。
131	《夜宴左氏庄》	"诗罢闻吴咏,扁舟意不忘。"终属牵凑。	"风林纤月落,衣露静琴张。"无限情景。"暗水流花径,春星带草堂。"甚工。"诗罢闻吴咏,扁舟意不忘。"虽潇洒,终属牵凑。
132	《陪郑广文游何将军山林十首》	十首有四首两截诗,亦忌也。二、四、六、七首是。 其二:凑合闲话作结语。 其七"阴益食单凉。"杜可厌皆此类也。 其九"阶前树拂云。"此句无味。"将军不好武,稚子总能文。"上句好,下句不为佳。 其十:"回首白云多。"末首正须如此形容,始见欲去而不忍之意。	十首有四首两截诗,亦忌也。(《手批本》卷二) 其二:凑合闲话作结语,若不得了事,而自有一种情致,信可寻也。 其五:此律人以为极佳,然杜好处,正不在是。 其六"酒醒思卧簟,衣冷欲装绵。"朴而无味。"野老来看客,河鱼不取钱。"此朴则可。 其七"脆添生菜美。"可厌。"阴益食单凉。"胡说。 其八"刺船思郢客,解水乞吴儿。"无端及此。

续表

序号	诗歌题目	郑善夫评语	王慎中评语
			其九：亦自清畅。"床上书连屋，阶前树拂云。"无味。"将军不好武，稚子总能文。"不为佳。 其十：末首正须如此，见欲去不忍去意（意，《手批本》卷二作"也"）。
133	《重过何氏五首》	其一"问讯东桥竹。"五字岂容易下得？细思之，当见其妙。"高枕乃吾庐。……重来休沐地，真作野人居。"联中既有"吾庐"，结句复如此用，失于太照顾矣。 其三"石阑斜点笔。"五字极无味。 其四"手自移蒲柳，家才足稻粱。"对不得，非别业中语。 其五"到此应尝宿。""应尝"二字，不大可通，杜公多此病。	其一"重来休沐地，真作野人居。"联中既有"吾庐"，结不当如此，亦失照顾。 其三"石阑斜点笔。"极无味。"桐叶坐题诗。"又将一事作联，尤为不必（必，《手批本》卷三作"工"）。 其四"手自移蒲柳，家才足稻粱。"对不得，文非别业中语。 其五"到此应尝宿。"（应尝）二字不可通。
134	《陪王使君晦日泛江就黄家亭子二首》	其一"稍知花改岸，始验鸟随舟。"工巧，不为佳句。	其一"稍知花改岸，始验鸟随舟。结束多红粉，欢娱恨白头。非君爱人客，晦日更添。"亦极工巧，然不佳，"验"字俗。后四句同。
135	《过南邻朱山人水亭》	"看君多道气，从此数追随。"直率尔雅。	"相近竹参差，相过人不知。"幽意。"看君多道气，从此数追随。"真率深雅。
136	《野望因过常少仙》	"野桥齐渡马。"拙。	"野桥齐渡马，秋望转悠哉。"语雅而奇崛。"落尽高天日，幽人未遣回。"好。

续表

序号	诗歌题目	郑善夫评语	王慎中评语
137	《重题郑氏东亭》	"残云傍马飞。"不成语。	"华亭入翠微，秋日乱清晖。"语俊。"向晚寻征路，残云傍马飞。"不成语。
138	《秋日寄题郑监湖上亭三首》	其三"挥金应物理，拖玉岂吾身。"不是诗句，此等往往引坏后人。	其二"自须开竹径"，（自须）二字有何故？（《手批本》卷十五）其三"挥金应物理，拖玉岂吾身。"引坏后人。
139	《登兖州城楼》	通篇首尾圆足，词格亦稳称，正好入高廷礼《正声》，不为甚佳。	
140	《禹庙》	"早知乘四载，疏凿控三巴。"二句不甚可解。	"荒庭垂橘柚，古屋画龙蛇。""古屋""龙蛇"，皆体色语暗同，下同。（《手批本》卷十二）"早知乘四载，疏凿控三巴。"二句不甚可解。
141	《湘夫人祠》	"燕舞翠帷尘。"陋弱。	"虫书玉佩藓，燕舞翠帷尘。"下语又陋弱。
142	《龙门》	"往来时屡改，川陆日悠哉。"排律则可，律诗如此，虽占气象，终是思致不足。	排律（排律，《手批本》卷一作"律诗"）则可，排诗如此，虽占气象，终是神气不足。
143	《巳上人茅斋》	"茶瓜留客迟。"大无情味。	"茶瓜留客迟。"大无意味。"江莲摇白羽，天棘蔓青丝。"亦疏浅。
144	《宿赞公房》	"雨荒深院菊，霜倒半池莲。"形容秋意，陋而不工。	"杖锡何来此。"无味。"秋风已飒然。"便好。（《手批本》卷六）"雨荒深院菊，霜倒半池莲。"亦陋而不工。"相逢成夜宿，陇月向人圆。"无味。（《手批本》卷六）
145	《谒真谛寺禅师》	"冻泉依细石。"无味。	"冻泉依细石，晴雪落长松。"无味。

序号	诗歌题目	郑善夫评语	王慎中评语
146	《赠高式颜》	"昔别是何处，相逢皆老夫。"无限情话，在十字中。	"昔别是何处，相逢皆老夫。"无限情语，在十字中，读之令人飞动。
147	《玩月呈汉中王》	"江月满江城。"平平自好。	"平平自好。""关山同一照，乌鹊自多惊。"好。
148	《巴西驿亭观江涨呈窦十五使君二首》	"孤亭凌喷薄，万井逼春容。"包含变化。	"孤亭凌喷薄，万井逼春容。"包含变化。
149	《观作桥成月夜舟中有述还呈李司马》	"天高云去尽，江迥月来迟。"小有风韵。	"天高云去尽，江迥月来迟。"少有风韵。"异方成此兴，乐罢不无悲。"好句。（《手批本》卷八）
150	《暂如临邑至崿山湖亭奉怀李员外率尔成兴》	"鼋吼风奔浪，鱼跳日映山。"多事语，反不如寻常为工。	"野亭逼湖水，歇马高林间。"寻常语自好（《手批本》卷一作"多事之语"）。"鼋吼风奔浪，鱼跳日映山。"多事之语。"霭霭生云雾，惟应促驾还。"无味。"暂游阻词伯，却望怀青关。"无味。
151	《戏寄崔评事表侄苏五表弟韦大少府诸侄》	"泥多仍径曲，心醉阻贤群。"大谬语。	"泥多仍径曲，心醉阻贤群。"太谬（谬，《手批本》卷十七作"语"）拙。
152	《江阁卧病走笔寄呈崔卢两侍御》	"滑忆雕胡饭，香闻锦带羹。"又作馋态。	"滑忆雕胡饭，香闻锦带羹。"又作馋态，语可厌。
153	《送翰林张司马南海勒碑》	此皆一一请旨趣矣。	
154	《奉济驿重送严公四韵》	"列郡讴歌惜，三朝出入荣。"蕴藉崇隆。	"几时杯重把，昨夜月同圆。"妙甚。"列郡讴歌惜，三朝出入荣。"蕴藉崇隆。（均《手批本》卷八）

续表

序号	诗歌题目	郑善夫评语	王慎中评语
155	《郪城西原送李判官兄武判官弟赴成都府》	"野花随处发,官柳著行新。"闲得有结构。	"野花随处发,官柳著行新。"有结撰。"天际伤愁别,离筵何太频。"即此乃人所不能道。
156	《送何侍御归朝》	"春日垂霜鬓,天隅把绣衣。"似刻而拙。	"舟楫诸侯饯。"句亦好。"车舆使者归。"此却不好。(均《手批本》卷九)"山花相映发,水鸟自孤飞。"无端无由,亦自风致。"春日垂霜鬓,天隅把绣衣。"苦刻而拙。
157	《巴西闻收宫阙送班司马入京》	诗之妙处,不必写到真,不必说到尽,而其欲写欲说者自宛然可想,而又不可道,斯得风人之义。杜公往往要真处、尽处,反不为妙,如"念君经世乱"二句,则不真、不尽之兴矣。杜公如此尚多,偶著其凡于此。	"念君经世乱,匹马向王畿。"好。(《手批本》卷十)
158	《船下夔州郭宿雨湿不得上岸别王十二判官》	"柔橹轻鸥外,含情觉汝贤。"无谓。	"依沙宿舸船,石濑月娟娟。"清楚。"晨钟云外湿,胜地石堂烟。"不成文理。"柔橹轻鸥外,含凄觉汝贤。"无谓。
159	《月夜忆舍弟》	"戍鼓断人行,边秋一雁声。"二句皆佳,上句雅,下句陋,此难辨也。	一二皆佳,然上句雅,而下句陋,此难辨也。五六皆古,然上句浅,而下句(《手批本》卷五无"句"字)深,此亦难辨。(《手批本》卷五末有"也"字)

续表

序号	诗歌题目	郑善夫评语	王慎中评语
160	《第五弟丰独在江左近三四载寂无消息觅使寄此二首》	其二"杭州定越州。"流离寄遇，传闻不得之情宛然。	
161	《佐还山后寄三首》	其二"老人他日爱，正想滑流匙。"乞相谲样。	其一"涧寒人欲到，林黑鸟应栖。"何说？ 其二"白露黄粱熟，分张素有期。"乞相谲样。
162	《示侄佐》	"只想竹林眠。……嗣宗诸子侄，早觉仲容贤。"即用此语为结，则联中不宜复用"竹林"字矣，此亦诗家所忌也。	"多病秋风落，君来慰眼前。"不成语。"嗣宗诸子侄，早觉仲容贤。"既如此结，便不宜用"竹林"字，此诗家忌也。
163	《别房太尉墓》	"对棋陪谢傅，把剑觅徐君。"如此用事人联，依稀可通，终不合。	
164	《故武卫将军挽词三首》	其一：唐人挽诗，无能如此，用意造语，真奇特也。 其二"舞剑过人绝，鸣弓射兽能。铦锋行惬顺，猛噬失蹻腾。"此等句，虽自气格，而诗人风致，元不如此。	唐人挽诗，无能如此，造意用语，真奇特也。 其二"舞剑过人绝，鸣弓射兽能。"虽见气格，而诗人风致，元不如此。"赤羽千夫膳，黄河十月冰。""膳"字终不可解。
165	《不归》	"汝骨在空城。"苦语，然不佳。	可涕。（《手批本》卷五）

续表

序号	诗歌题目	郑善夫评语	王慎中评语
166	《天宝初南曹小司寇舅与我太夫人堂下垒土为山一匮盈尺以代彼朽木承诸焚香瓷瓯瓯甚安矣旁植慈竹盖兹数峰嶔岑婵娟宛有尘外格致乃不知兴之所至而作是诗》	费一长题，总无一语可观。	
167	《甘园》	"青云羞叶密。"大陋俗。	"青云羞叶密，白雪避花繁。"太陋俗。
168	《归燕》	"不独避霜雪。"无故。	"不独避霜雪，其如俦侣稀。"无故。"四时无失序，八月自知归。"浅。"春色岂相访，众雏还识机。"欠通。"故巢傥未毁，会傍主人飞。"好。
169	《归雁》	"闻道今春雁。""闻道"二字无故。	"闻道今春雁。"（闻道）二字无谓。
170	《病马》	"乘尔亦已久。"此语自好。	"乘尔亦已久，天寒关塞深。"此语自好。"物微意不浅，感动一沉吟。"好。（《手批本》卷六）
171	《秋笛》	"相逢恐恨过，故作发声微。"全不成语。	"他日伤心极，征人白骨归。"何说？
172	《严公厅宴同咏蜀道画图得空字》	"画列地图雄。"无意韵。	"兴与烟霞会。"近俗。

序号	诗歌题目	郑善夫评语	王慎中评语
173	《西阁二首》	其二："诗尽人间意，兼须入海求。"此句不可晓，即可晓，亦不为佳。	其二"豪华看古往，服食寄冥搜。"不通。"诗尽人间兴，兼须入海求。"不可晓也，即可晓，亦不佳。
174	《喜闻官军已临贼境二十韵》	"帐殿罗玄冕，辕门照白袍。"用陈庆之事无谓。"家家卖钗钏，只待献香醪。"殊欠腴润，一味枯瘦耳。	"胡虏潜京县，官军拥贼壕。"殊欠润腴，一味枯瘦耳。"帐殿罗玄冕，辕门照白袍。"无谓。
175	《建都十二韵》	都无声响可讽。	都无些（《手批本》卷九无"些"字）声响可诵。
176	《伤春五首》	五首总是一首，不过道一时之乱。虽见其爱君忧国之诚，而于诗自是叠床。	
177	《遣兴》	"问知人客姓，诵得老夫诗。"真率□工。	"骥子好男儿，前年学语时。"即此起，亦不佳。"问知人客姓，诵得老夫诗。"真率实工。"世乱怜渠小，家贫仰母慈。"好。
178	《与李十二白同寻范十隐居》	"向来吟《橘颂》，谁欲讨蓴羹。"不可晓。	"余亦东蒙客，怜君如弟兄。"不承上。
179	《奉和严中丞西城晚眺十韵》	"层城临媚景，绝域望余春。"点缀之工，自殊凡手。	"直词才不世，雄略动如神。"勉作奇语，不甚妙。"层城临暇景，绝域望余春。"点缀之工，自异（异，《手批本》卷八作"非"）凡乎。"地平江动蜀，天阔树浮秦。"非老

续表

序号	诗歌题目	郑善夫评语	王慎中评语
			杜不能为，吾不甚爱之。"征南多兴绪，事业闇相亲。"唐人不如此作语。
180	《上韦左相二十韵》	"豫樟深出地，沧海阔无津。"形容人物有格力。	亦是大篇。"豫樟深出地，沧海阔无津。"形容人物有格力。
181	《赠特进汝阳王二十韵》	"圣情常有眷，朝退若无凭。""无凭"，犹汉高失萧何如失左右手意。言帝眷之切，非言汝阳之谦。"花月穷游宴，炎天避郁蒸。砚寒金井水，檐动玉壶冰。"此二语，不顾"花月"一句，只下"避炎蒸"注脚耳。	
182	《赠韦左丞丈济》	"时议归前烈，天伦恨莫俱。"此等入处，最是难。	
183	《赠翰林张四学士垍》	"无复随高凤，空余泣聚萤。……倘忆山阳会，悲歌在一听。"此中无有可感之事，用"泣萤""山阳"等语，惜公不自注，使后人无因知之。	

序号	诗歌题目	郑善夫评语	王慎中评语
184	《奉赠鲜于京兆二十韵》	"王国称多士，贤良复几人。"不多事，而实异凡格。	"王国称多士，贤良复几人。"不多事，实异凡格。"爽气必殊伦。"（爽气）无当。（《手批本》卷一）"途远欲何向，天高难重陈。"古雅。
185	《投赠哥舒开府翰二十韵》	"勋业青冥上，交亲气概中。"看他入处。	"新兼节制通。"此句大不可通。"日月低秦树，乾坤绕汉宫。"二语终是无谓。
186	《赠崔十三评事公辅》	"舅氏多人物，无惭困翮垂。"无端绪，无意味，多不可晓。	
187	《行次古城店泛江作不揆鄙拙奉呈江陵幕府诸公》	"老年常道路，迟日复山川。"无味。	"老年常道路，迟日复山川。"无味。"下水不劳牵。"拙甚。
188	《移居公安敬赠卫大郎》	"雅量涵高远，清襟照等夷。"此类语，自有深趣。	"雅量涵高远，清襟照等夷。"自有深趣。"河海由来合，风云若有期。"亦自不同。
189	《临邑舍弟书至苦雨黄河泛溢堤防之患簿领所忧因寄此诗用宽其意》	"闻道洪河坼，遥连沧海高。"大可厌处，然难为人言也。	"闻道洪河坼，遥连沧海高。"大可厌，然难为人言也。"尺书前日至，版筑不时操。"（版筑）用不着。"徐关深水府。"不成语。
190	《秦州见敕目薛三璩授司议郎毕四曜除监察与二子有故远喜迁官兼述索居凡三十韵》	"浩荡逐流萍。……掘剑知埋狱，……谁定握青萍。""萍"字重出，又碍"掘剑，"为重用，殆偶误。	"谁定握青萍。"重出。"秋风动关塞，高卧想仪形。"结不工。
191	《寄李十二白二十韵》	"笔落惊风雨，诗成泣鬼神。"近俗。	"昔年有狂客，号尔谪仙人。"起亦不见好。"笔落惊风雨，诗成泣鬼

续表

序号	诗歌题目	郑善夫评语	王慎中评语
			神。"近俗。"文彩承殊渥，流传必绝伦。龙舟移棹晚，兽锦夺袍新。白日来深殿，青云满后尘。乞归优诏许，遇我宿心亲。"铺叙恩遇荣绝，不是家数也。"龙舟移棹晚，兽锦夺袍新。"几乎来不得，可怪。
192	《敝庐遣兴奉寄严公》	"江上忆词源。""词源"，指严公。公居在江上，而以词源影江字，此其着意处，然不为佳也。	"府中瞻暇日，江上忆词源。"故为深刻，而不甚妙。
193	《寄董卿嘉荣十韵》	都无一豪情韵，苦拗特甚，不足贵也。	无一豪情韵，苦构特甚，何足贵也？
194	《秋日夔府咏怀奉寄郑监李宾客一百韵》	长篇沉着顿挫，指事陈情，有根节、有骨格，此老杜独擅之能，唐人皆出其下。然诗亦不以此为贵，但可以为难而已。宋人往往学之，遂以诗当文，滥觞不已，咏道大坏，由老杜启之也。漫发凡于此云。"春草何曾歇，寒花亦可怜。"无要紧处，见情景。	沉着顿挫，指事陈情，有根节骨格，唐人皆出其下。然诗不以此贵，但可以为难矣。（矣，《手批本》卷十四作"而已"）"煮井为盐速，烧畲度地偏。"铺（《手批本》卷十四作"炼"）。"碧萝长似带，锦石小如钱。"小小点缀。"春草何曾歇，寒花亦可怜。"无要紧处，见情景。"南内开元曲，常时弟子传。"入事作诗，自见气格。"长吟不世贤。"牵强。"道里下牢千。"此语又拙。"雕虫蒙记忆，烹鲤问沉绵。"入得好。"困学违从众，明公各勉旃。"答毕又入赠。
195	《奉留赠集贤院崔于二学士》	"谬称三赋在，难述二公恩。"朴雅。	赠送诗如此篇，更不可加矣。（《手批本》卷二）"天老书题目，春官验讨论。"不成语（语，《手批本》

续表

序号	诗歌题目	郑善夫评语	王慎中评语
			卷二作"句")。"故山多药物，胜概忆桃源。"好语，惜非杜句耳。"谬称三赋在，难述二公恩。"古朴典雅，诗人多不及此。
196	《送严侍郎到绵州同登杜使君江楼宴得心字》	"野兴每难尽，江楼延赏心。"洒然。	"野兴每难尽，江楼延赏心。"洒然。"灯光散远近，月彩静高深。"无甚（甚，《手批本》卷八作"意"）味。"穷途衰谢意，苦调短长吟。"不成吟（吟，《手批本》卷八作"语"）。"此会共能几，诸孙贤至今。"不成语。
197	《别苏徯赴湖南幕》	每句中多有不甚通之字。	
198	《送大理封主簿五郎亲事不合却赵通州主簿前阆州贤子余与主簿平章郑氏女子垂欲纳采郑氏伯父京书至女子已许他族亲事遂停》	有此诗题！有此题诗！	此题不是诗题！此诗不是题诗！
199	《奉送苏州李二十五长史丈之任》	"客间头最白，惆怅此离筵。"虽不为佳，亦自老成。	虽不佳，亦老成。
200	《冬晚送长孙渐舍人归州》	"匣里雌雄剑，吹毛任选将。"不独无情味，而气韵已索然矣。	

续表

序号	诗歌题目	郑善夫评语	王慎中评语
201	《奉送二十三舅录事之摄郴州》	"从役何蛮貊，居官志在行。"太不成调。	
202	《奉和贾至舍人早朝大明宫》	"五夜漏声催晓箭，九重春色醉仙桃。"不成语。	不惟于诸同作为劣，集中亦是败篇。"诗成珠玉在挥毫。"已拙，然不如下句（欲知世掌丝纶美）之甚。
203	《曲江二首》	其二"朝回日日典春衣，每日江头尽醉归。酒债寻常行处有，人生七十古来稀。"真率有情。	二首之佳，难以名状。"一片飞花减却春，风飘万点正愁人。"唐人伤春语，佳者极多，皆当面北。 其二：韵胜，而不涉轻浅，妙哉！"朝回日日典春衣，每日江头尽醉归。"真率有情。
204	《曲江对雨》	"龙武新军深驻辇，芙蓉别殿谩焚香。""深""谩"二字皆无味。	"龙武新军深驻辇，芙蓉别殿谩焚香。"（深、谩）二字无味。"何时诏此金钱会，暂醉佳人锦瑟傍。"结得思致难喻。
205	《曲江陪郑八丈南史饮》	"自知白发非春事，且尽芳樽恋物华。"潇洒流畅。	"雀啄江头黄柳花，鸂鶒鸂鶒满晴沙。"无来由，而极有情景，此杜公过人处。"自知白发非春事，且尽芳樽恋物华。"潇洒流畅。
206	《郑驸马宅宴洞中》	"自是秦楼压郑谷，时闻杂佩声珊珊。"变体至此，都不是诗，用意可谓过矣。	"主家阴洞细烟雾，留客夏簟青琅玕。"不过为主家铺叙，直变其体。（叙直，《手批本》卷一作"序真"）
207	《院中晚晴怀西郭茅舍》	"复有楼台衔暮景，不劳钟鼓报新晴。"律诗何得如此苟且？	"复有楼台衔暮景，不劳钟鼓报新晴。"律诗何得如此苟且？
208	《暮归》	"客子入门月皎皎，谁家捣练风凄凄。年过半百不称意，明	"霜黄碧梧白鹤栖，城上击柝复乌啼。"句好。（《手批本》卷十七作"好句"）"客子入门月皎皎，谁家捣

序号	诗歌题目	郑善夫评语	王慎中评语
		日看云还杖藜。"雕苦之过，反合自然，此为最佳者。	练风凄凄。"雕苦之过，反合自然。"南渡桂水阙舟楫，北归秦川多鼓鼙。"语平直，而实工。
209	《阁夜》	"五更鼓角声悲壮，三峡星河影动摇。"此一联，古今传诵，终非佳句，此可与知者道。	
210	《小寒食舟中作》	"云白山青。"不成语。	
211	《登高》"去年登高郪县北"	悲叹清楚。	悲叹清楚。
212	《九日》"风急天高猿啸哀"	起结语皆逗滞，节促而兴浅。	起结语皆臃肿逗滞，节促而兴短，句句实，乃不满耳（《手批本》卷十七无"句句实乃不满耳"七字）。
213	《秋尽》	"秋尽东行且未回。"杜公有许多"且"字用得不惬好。	"秋尽东行且未回，茅斋寄在少城隈。"有许多"且"字，不佳。
214	《秋兴八首》	其三"匡衡抗疏功名薄，刘向传经心事违。同学少年多不贱，五陵衣马自轻肥。"用匡刘只是自寓，结句正见同辈以曲学致通显，而己独不遇也。	其一"玉露凋伤枫树林，巫山巫峡气萧森。"壮警特甚。"江间波浪兼天涌，塞上风云接地阴。"（兼天、接地）四字终不佳。"丛菊两开他日泪。"七字拙。"寒衣处处催刀尺，白帝城高急暮砧。"好。 其二"听猿实下三声泪，奉使虚随八月槎。"不成语。 其三"千家山郭静朝晖，日日江楼坐翠微。"超脱，而实自在。 其六"瞿唐峡口曲江头，万里风烟接素秋。"起语惟此老有之，终非

续表

序号	诗歌题目	郑善夫评语	王慎中评语
			正法。 其七"关塞极天唯鸟道，江湖满地一渔翁。"创出者。 其八"香稻啄余鹦鹉粒，碧梧栖老凤凰枝。"自创法。
215	《冬至》	"江上形容吾独老。""吾"字可议。	"江上形容吾独老。""吾"字不工。
216	《恨别》	"洛城一别四千里，胡骑长驱五六年。"上句犹可，此一俪语不可观矣。	"洛城一别四千里，胡骑长驱五六年。"上句犹可，此句便不可观矣。"草木变衰行剑外，兵戈阻绝老江边。"佳。"思家步月清宵立，忆弟看云白日眠。"终于情景不稳贴，无味故也。"闻道河阳近乘胜，司徒急为破幽燕。"好句。
217	《进艇》	"茗饮蔗浆携所有，瓷罂无谢玉为缸。"不成文理。	
218	《蜀相》	"三顾频烦天下计，两朝开济老臣心。"此类语钝滞。	"三顾频烦天下计，两朝开济老臣心。"钝滞。
219	《涪城县香积寺官阁》	"山腰官阁迥添愁。"不知何故，要作此语。	"含风翠壁孤云细，背日丹枫万朵稠。"绝无风韵。"小院回廊春寂寂，浴凫飞鹭晚悠悠。"亦不为工。
220	《咏怀古迹五首》	其二"摇落深知宋玉悲，风流儒雅亦吾师。"无此等诗句。	其二"摇落深知宋玉悲，风流儒雅亦吾师。"无此等语。（语，《手批本》卷十五作"诗句"） 其三：妙超。 其五"三分割据纡筹策，万古云霄一羽毛。"不成语。

续表

序号	诗歌题目	郑善夫评语	王慎中评语
221	《题张氏隐居》	"涧道余寒历冰雪，石门斜日到林丘。""历冰雪"，牵强。"斜日到林丘"，亦无意味。	其一"春山无伴独相求，伐木丁丁山更幽。"只用如此，兴趣自足。 其二"霁潭鳣发发，春草鹿呦呦。"二句间有意韵。
222	《七月一日题终明府水楼二首》	其二"承家节操尚不泯，为政风流今在兹。"是何结构？	其一"绝壁过云开锦绣，疏松夹水奏笙簧。"俗。 其二"可怜宾客尽倾盖，何处老翁来赋诗。"有何结构？（《手批本》卷十四）"楚江巫峡半云雨，清簟疏帘看弈棋。""半"字好，看他绛色画。
223	《又作此奉卫王》	"推毂几年惟镇静，曳裾终日盛文儒。"典则清丽。	典则清丽。
224	《严中丞枉驾见过》	"川合东西瞻使节，地分南北任流萍。"俱是填塞七字。	"川合东西瞻使节，地分南北任流萍。"腐烂潦倒。"扁舟不独如张翰"，填满（满，《手批本》卷八作"塞"）七字耳。"皂帽还应似管宁。"填。（《手批本》卷八）
225	《陪李七司马皂江上观造竹桥即日成往来之人免冬寒入水聊题短作简李公二首》	其一"天寒白鹤归华表，日落青龙见水中。顾我老非题柱客，知君才是济川功。"得无近俗。	其一"天寒白鹤归华表，日落青龙见水中。"勉强凑。 其二"天高云去尽，江迥月来迟。"少有风韵。"异方成此兴，乐罢不无悲。"好句。
226	《宾至》	"幽栖地僻经过少，老病人扶再拜难。岂有文章惊海内，漫劳车马驻江干。"诗中不可无此风旨。	

续表

序号	诗歌题目	郑善夫评语	王慎中评语
227	《赠献纳使起居田舍人澄》	"晓漏追飞青琐闼，晴窗点检白云篇。""白云篇"必有出处，然正使有出，此句总不谓之诗。	"献纳司存雨露边，地分清切任才贤。"拙句。"晓漏追飞青琐闼，晴窗点检白云篇。""白云篇"必有出乃可。
228	《简吴郎司法》	"云石荧荧高叶曙，风江飒飒乱帆秋。"亦自有风格。	
229	《又呈吴郎》	"已诉征求贫到骨，正思戎马泪盈巾。"不成诗。	不成诗。
230	《奉待严大夫》	"身老时危思会面，一生襟抱向谁开？"悲感动人。	全佳胜。
231	《将赴成都草堂途中有作先寄严郑公五首》	五诗深厚隐约，情致殊胜。	总评：深源稳约，情致殊深。其一"五马旧曾谙小径，几回书札待潜夫。"好。（《手批本》卷十）其二"习池未觉风流尽，况复荆州赏更新。"几不可通。
232	《暮登四安寺钟楼寄裴十迪》	"孤城返照红将敛，近市浮烟翠且重。"一语无味。	
233	《奉寄章十侍御》	"指麾能事回天地，训练强兵动鬼神。"此等语不为佳，而用意又不为不苦。	
234	《寄常征君》	"白水青山空复春。"不彻。	"白水青山空复春，征君晚节傍风尘。"不清澈。

序号	诗歌题目	郑善夫评语	王慎中评语
235	《寄杜位》	"干戈况复尘随眼，鬓发还应雪满头。""况复""还应"□字全无关系，徒填满七字耳。杜老亦有此蹎跋处。	"干戈况复尘随眼。"填满（满，《手批本》卷八作"写"）七字耳。
236	《舍弟观赴蓝田取妻子到江陵喜寄三首》	其一"鸿雁影来连峡内，鹡鸰飞急到沙头。"无味。	其一"鸿雁影来连峡内，鹡鸰飞急到沙头。"无味。 其二"剩欲提携如意舞，喜多行坐白头吟。"反覆叙置不遗。
237	《送王十五判官扶侍还黔中得开字》	"大家东征逐子回。""逐"字妥否？	"离别不堪无限意，艰危深仗济时才。"懈怠苟且。
238	《题桃树》	"寡妻群盗非今日，天下车书正一家。"何为者？	
239	《野人送朱樱》	"金盘玉箸无消息，此日尝新任转蓬。"亦有一种风格，但不工耳。	
240	《释闷》	"犬戎也复临咸京。""也复"二字无着落。	总评：亦不为过人。"天子亦应厌奔走，群公固合思升平。"（亦应）二字弱。"江边老翁错料事，眼暗不见风尘清。"末语佳。
241	《绝句三首》	其三"吹花随水去，翻却钓鱼船。"有情致。	其三"吹花随水去，翻却钓鱼船。"有情致。
242	《少年行》	"不通姓字粗豪甚。"诗亦甚豪。	甚豪。

续表

序号	诗歌题目	郑善夫评语	王慎中评语
243	《三绝句》"前年渝州杀刺史"	都不是诗。	
244	《承闻河北诸道节度入朝欢喜口号绝句十二首》"禄山作逆降天诛"	无一佳者。	无一佳者。
245	《解闷十二首》	其二"商胡离别下扬州，忆上西陵故驿楼。为问淮东米贵贱，老夫乘兴欲东游。"流丽逍遥。其八"最传秀句寰区满，未绝风流相国能。"不成句。	其一"草阁柴扉星散居，浪翻江黑雨飞初。"直如击缶耳。其二"商胡离别下扬州，忆上西陵故驿楼。"流丽逍遥。其八"最传秀句寰区满，未绝风流相国能。"不成句。其九"先帝贵妃今寂寞，荔枝还复入长安。"成何语？其十"忆过泸戎摘荔枝，青枫隐映石逶迤。"无谓。
246	《三绝句》	其二"自今已后知人意，一日须来一百回。"有风致。总评：如此绝句，格调即高，风致又妙，真可空唐人矣，惜其纯此者不多，而他皆作一种朴拙之语、钝滞之声，不可讽而可恨也。	总评：格调即高，风致又妙，可空唐人矣。其三"会须上番看成竹，客至从嗔不出迎。"妙。
247	《赠花卿》	杜公绝句，流洒疏俊，如此者绝少。	
248	《投简梓州幕府兼简韦十郎官》	"能使韦郎迹也疏。"方是风人本色。	

按，《九日蓝田崔氏庄》后，胡震亨评曰："此诗宋人杨诚斋推为杜律第一，刘辰翁及今代选家皆谓然。愚以为……'蓝水'一联，

绝无生韵，大类许用晦塞白语，在杜律此为最劣，可得之压卷耶？郑继之批本亦抹此一联，庶几具眼。"可见善夫批点本亦有批抹，惜已佚，不可一窥。

三、郑善夫《批点杜诗》的特色

郑善夫是明代弘治、正德年间著名的诗人，其诗以气格为主，以悲壮为宗，在学习杜甫方面被后七子领袖王世贞称为"得杜骨"①。当李梦阳、何景明倡导文学复古之时，郑善夫继承了杜诗的写实精神，创作了大量反映现实、揭露矛盾、干预时政的优秀作品。郑善夫不仅学习杜诗进行创作，而且还对杜诗进行批点，来发表他的诗学观点。为了更明确地了解郑善夫的杜诗学观点，下面以列表的形式对《批点杜诗》选、批的诗歌和批语进行研究，以期对郑善夫的杜诗学思想有准确的理解。

	诗歌体裁	诗歌数目	批语数目	诗歌统计	批语统计	总计
古诗	五言古诗	65	79	92	107	诗歌 248 题 262 首 292 条
	七言古诗	27	28			
律诗	五言律诗	95	104	160	175	
	五言排律	27	32			
	七言律诗	37	38			
	七言排律	1	1			
绝句	五言绝句	1	1	10	10	
	七言绝句	9	9			
总计		262	292	262	292	

备注：这只是从《杜诗通》辑佚选出来的《批点杜诗》的诗歌和批语的数目，不能代表整个《批点杜诗》的面貌。然而对其进行统计，也可以看出郑善夫的选诗特色。

由上表的统计数字可以看出，郑氏批选的 248 题 262 首诗歌中，古诗

---

① 明·王世贞《艺苑卮言》卷六云："国朝习杜者凡数家，华容孙宜得杜肉，东郡谢榛得杜貌，华州王维桢得杜一支，闽州郑善夫得杜骨，然就其中所得，亦近似耳。唯梦阳具体而微。"《历代诗话续篇》本，中华书局 1983 年版，第 1050 页。

92 首，约占整个批选诗歌数量的 35%；律诗 160 首，约占 61%；绝句 10 首，约占 4%。律诗占去了郑氏所批选的杜诗的六成，由此可见善夫批选杜诗和当时整个明代喜选杜律的选诗风尚的紧密联系。不过，与时人仅选择杜律不同的是，善夫还批选了其他诗体的杜诗，比如古诗，尤其是绝句，数量虽然不多，也代表了善夫不同于其他诗选家的诗论思想。邓原岳认为："先生诗以气格为主，以悲壮为宗。古诗、乐府原汉魏，下及六朝，歌行近体抵掌少陵，绝句翩翩有青莲之致。"①正因为郑氏善于"转益多师"，不仅在诗歌创作上取得了较高成就，在选诗方面也表现出了不同于时人的特点。

纵观 292 条批语，可以看出郑善夫大多是对杜诗进行批评，无怪乎仇兆鳌言辞激烈地予以批驳，他说："至嘉、隆间，突有王慎中、郑继之、郭子章诸人严驳杜诗，几令身无完肤，真少陵蟊贼也。"②纵观他对杜诗的批评，归纳起来大致有以下几点：

第一，拙、钝拙等。如《后出塞五首》其三"古人重守边"云："此篇拙甚。"其五"将骄益愁思"亦云："亦拙。"评《可叹》云："杂乱钝拙，都不可读。"评《野望因过常少仙》中"野桥齐渡马"云："拙。"评《送何侍御归朝》中"春日垂霜鬓，天隅把绣衣"云："似刻而拙。"

第二，陋、陋弱、陋俗。如评《南池》云："故为奇刻，而实肤陋，为诗决不可学。"评《湘夫人祠》中"燕舞翠帷尘"云："陋弱。"评《宿赞公房》中"雨荒深院菊，霜倒半池莲"云："形容秋意，陋而不工。"评《月夜忆舍弟》中"戍鼓断人行，边秋一雁声"云："二句皆佳，上句雅，下句陋，此难辨也。"评《柑园》中"青云羞叶密"云："大陋俗。"评《洗兵马》则云："此篇多陋语，可怪。"

第三，讨论用字不当。如以下例子：《游龙门奉先寺》"已从招提游，更宿招提境"，云："起句无味，已、更二字更无味。"《赠李十五丈别》"中有万里船"，云："中字欠通。"《苦雨奉寄陇西公兼呈王征士》"今秋乃淫雨"，云："乃字不伦。"《送高三十五书记十五韵》"又如参与商"，云："又字无下落。"《避地》"诗书遂墙壁"，云："遂字不可晓。"《李监宅二首》其一

<hr/>

① 明·邓原岳《西楼集·郑继之先生传》，《四库全书存目丛书》本。
② 清·仇兆鳌《杜诗详注·凡例》中华书局 1979 年版，第 23 页。

"尚觉王孙贵"，云："尚字全无当。"其二"虚怀只爱才"，云："只字无当。"
《重返何氏五首》其五"到此应尝宿"，云："应尝二字不大可通，杜公多此
病。"《曲江对雨》"龙武新军深驻辇，芙蓉别殿谩焚香"，云："深、谩二字
皆无味。"

第四，不成语、不成章。如评《重题郑氏东亭》云："不成语。"评《病
马》，郑云："全不成语。"批《奉和贾至舍人早朝大明宫》中"五夜漏声催
晓箭，九重春色醉仙桃"，云"不成语"。批《送樊二十三侍御赴汉中判官》
中"天子从北来"云："不成语。"评《苏端薛复筵简薛华醉歌》，郑云：篇
中"端复得之名誉早""开筵上日思芳草"及"移远梅""插青昊""如渑池
之酒"等句，皆杜撰不成语。评《覆舟二首》其二"竹宫时望拜"，郑云：
"二首不大成语。"评《秦州杂诗二十首》其九"今日明人眼"，郑云："此
首通不成章。"评《寄韩谏议注》，郑云："全不成章。"

第五，其他批评。在评《巴西闻收宫阙送班司马入京》时，郑云："诗
之妙处，不必写到真，不必说到尽，而其欲写欲说者自宛然可想，而又不
可道，斯得风人之义。杜公往往要真处尽处，反不为妙，如'念君经世乱'
二句，则有不真不尽之兴矣。杜公如此尚多，偶著其凡于此。"评《病橘》
中"百马死山谷，到今耆旧悲。"郑云："苦恼勉强，只欲摆脱一时工声韵
之习气，然已非诗法矣，亦作俑之弊也。此类甚多，聊著于此。"在《秋日
夔府咏怀奉寄郑监李宾客一百韵》题下，郑云："长篇沉著顿挫，指事陈情，
有根节、有骨格，此老杜独擅之能，唐人皆出其下。然诗亦不以此为贵，
但可以为难而已。宋人往往学之，遂以诗当文，滥觞不已，咏道大坏，由
老杜启之也。漫发凡于此云。"

那么，郑氏欣赏的是哪些诗歌呢？从其批语来看，主要是那些"似魏
人""似学魏人""纯用魏人体格口气"和具有"乐府之风"的作品。前者
如：批《前出塞九首》其五"迢迢万里余"，郑云："似魏人。"其七"驱
马天雨雪"，云："结语似学魏人，然魏人缓而有意，此则殊无谓矣。"《后
出塞五首》其一"男儿生世间"，云："纯用魏人体格口气。"《遣兴三首》
其一"蓬生非无根"、其二"我今日夜忧"，云："二诗皆有魏人风格，以
其不造一种若怪语也。"批《夏夜叹》，郑云："真魏人语。"《写怀二首》
其二"夜深坐南轩"，云："有阮嗣宗之致。"后者如：评《前出塞九首》

其四"送徒既有长",云:"此犹有乐府之风。"评《石壕吏》云:"目前实事写得就是乐府。"《遣兴五首》其五"朝逢富家葬",云:"古乐府之妙者。"批《石龛》"熊罴咆我东,虎豹号我西。"郑云:"此类起语虽学乐府,都无甚意致在。"评《秋雨三首》云:"三首有乐府之意,悲咽感慨,语短意长,真堪屡讽也。"

另外,在风格上具有"朴、雅、自然、冲淡闲适"等特征的作品也是郑善夫所赞美的。例如,评《彭衙行》,郑云:"杜诗雅与朴俱妙,叙实事不嫌于朴,此类是也。"评《晚晴》,郑云:"朴得好。"评《可惜》,郑云:"朴得妙。"批《奉留赠集贤院崔国辅于休烈二学士》中"谬称三赋在,难述二公恩",郑云:"朴雅。"批《遣意二首》其一"一径野花落,孤村春水生",郑云:"冲容闲适,杜公如此绝少,唐人往往工为此。"评《九日登梓州城》中"伊昔黄花酒,如今白发翁",郑云:"淡中极巧,无缘无由,偏似着得。"

至此,我们不由得产生了疑问:郑善夫为什么只欣赏那些"似魏人""似学魏人""纯用魏人体格口气"和具有"乐府之风"的作品?为什么赞美那些风格上具有"朴、雅、自然、冲淡闲适"等特征的作品?答案就在郑善夫的诗学历程和诗学理论及实践之中①。

郑氏对杜诗的批评的确很多,但是态度并非一味贬低,焦竑曾云:"郑善夫《批点杜诗》,其指摘瑕颣,不遗余力,然实子美之知己。余子议论虽多,直观场之见耳。"②可见,郑氏对杜诗的批评是在理解的前提下进行的客观评价,也是对当时诗坛一味崇拜模拟杜诗,以致造成剽窃之风的一种反驳。如,评《春日江村五首》其五"群盗哀王粲",郑云:"此诗体惟杜老有之,他人学之,不成说话矣?"指出了后人学杜不成的后果。

---

① 关于郑善夫的诗歌特色及在明代诗坛的地位和影响,前人已关注到且有专文讨论,如,段学红《质劲其文 率真其人——明代作家郑善夫研究》,《石家庄职业技术学院学报》2001年第1期;蔡一鹏《郑善夫与弘、正诗风的新变》,《漳州师范学院学报》(哲学社会科学版)2007年第1期;庄丹《郑善夫诗歌研究》,漳州师范学院2009年硕士学位论文。蔡文对郑善夫诗歌特色不同于李梦阳而与何景明的诗学观比较接近有详细的论述,这也能够解释郑善夫批杜诗喜欢用"似魏人""似学魏人""纯用魏人体格口气"和"乐府之风"等批语的原因。

②《焦氏笔乘》,上海古籍出版社1986年版,第82—83页。

第四节　五家评本《杜工部集》王慎中批语实为郑善夫批语考

清代道光年间，涿州（今河北涿州市）人卢坤（1771—1835 年）汇集明代王世贞、王慎中，清代王士禛、邵长蘅、宋荦五家评点，成五家评本《杜工部集》，并用六种颜色套印行世，是为杜诗学史上的一个重要评点本，也是雕版印刷史上套印本的重要代表。关于该书的情况，卢坤在为该书所作的《序》中言之甚明，其云：

> 诗至少陵极矣，然而言人人殊。余藏有五家合评《杜集》二十卷，编次完善，汇五家所评，别以五色笔，炳炳烺烺，列眉可数。譬诸五声异器而皆适于耳，五味异和而各餍于口，自称一家，聚为众妙，公诸艺苑，得非读杜者一大快欤？昔宋潜溪以刘辰翁评杜为梦语，是数家者，皆海内夙称诗宗，当不及是，而读杜者因五家以求津途，则此中自有指南，无虞目迷五色矣。昌黎云：学焉而得其性之所近。是集之刻，义取于斯。若夫少陵之墙宇峻深，千门万户，谓五家所评足以尽之也，夫岂其然？[①]

是书所集五家评语，以王世贞为紫笔，以王慎中为蓝笔，王士禛为朱墨笔，邵长蘅为绿笔，宋荦为黄笔。卢坤此《序》没有说明五家评点的来源及五家评点所用的底本等问题[②]，其云“是数家者，皆海内夙称诗宗”，则为不当。清代三人我们暂且不论，明代王世贞为后七子代表人物之一，在前七子之后再次掀起复古运动的大潮，诗歌创作引领一代风气，被称为“诗宗”毫无疑义。但说王慎中为“诗宗”，则实属牵强。

按，王慎中（1509—1559 年），字道思，晋江人，嘉靖五年（1526 年）

---

① 清·卢坤刻印五家评本《杜工部集》，西北师范大学古籍馆藏清道光十四年（1834）卢坤芸叶盦六色套印本。

② 关于五家评本《杜工部集》底本的问题，可参看孙微、王新芳《卢坤“五家评本”〈杜工部集〉考论》，载《新世纪图书馆》2011 年第 2 期。

进士，官至河南布政使参政，事迹见《明史·文苑传》中。王慎中是明代中期唐宋派的重要代表，其散文创作"演迤详赡，卓然成家，与顺之齐名，天下称之为'王唐'""其诗则初为藻艳之格。归田以后，又杂入讲学之语，颓然自放，亦与顺之相似"。朱彝尊谓其诗"五言文理精密，嗣响颜、谢"。然综其全集之诗，正如四库馆臣之评价："与文相较，则浅深高下，自不能掩。文胜之论，殆不尽诬。彝尊之论，不揣本而齐其末矣。"①可见，王慎中只是以文章知名，其诗歌创作并无甚大影响。卢坤称之为"诗宗"，明显错误。

既然王慎中诗不如文，受明代复古思潮的影响，其以杜诗为创作的典范，通过评点杜诗，学习杜诗，从而提高自己的诗歌创作水平，从常理上讲无可厚非。然而，笔者检阅比勘后发现：卢坤五家评本《杜工部集》所谓"王遵岩蓝笔"批语并非出自王慎中，其著作权应当属于比王氏时代稍早的明代弘治、正德间的著名福建诗人郑善夫。

按，郑善夫（1485—1523 年），字继之，号少谷，闽县（今属福建福州市）人。弘治十八年（1505 年）进士。正德六年（1511 年），始任户部广西司主事，榷税浒墅关，以清操闻。正德十三年，起礼部主事，进员外郎。武宗将南巡，偕同列切谏，杖于廷，明年力请乃得归。嘉靖改元，用荐起南京刑部郎中，未上，改吏部。行抵建宁，便道游武夷、九曲，风雪绝粮，得病卒，年 39。有《少谷集》二十五卷传世。

明朝弘治年间，以李梦阳、何景明为首的前七子登上文坛②，大力提倡"文必秦汉，诗必盛唐"③的文学复古运动，其中在诗歌创作上以盛唐诗人，

---

① 清·纪昀等《钦四库全书总目·集部·别集类二十五》（整理本），中华书局 1997 年版，第 2320 页。

② 明·陈束《苏门集序》："成化以来，海内酥豫，缙绅之声，喜为流易，时则李、谢为之宗。及乎弘治，文教大起，学士辈出，力振古风，尽削凡调，一变而为杜诗，则有李、何为之倡。"（载明·高叔嗣《苏门集》，文渊阁《四库全书》本。）

③《明史·文苑传》云："梦阳才思雄鸷，卓然以复古自命。弘治时，宰相李东阳主文柄，天下翕然宗之，梦阳独讥其萎弱。倡言文必秦汉，诗必盛唐，非是者弗道。与何景明、徐祯卿、边贡、朱应登、顾、陈沂、郑善夫、康海、王九思等号十才子。"（清·张廷玉等撰《明史》卷二百八十六《文苑二》，中华书局 1974 年版，第 7348 页。）

主要是将杜甫作为学习和模仿的对象①。郑善夫是复古派的重要成员，受时代风气影响，在诗歌创作上刻意模拟杜诗。关于郑善夫对杜甫及其诗歌的学习和模仿，当时及后世人均有许多评论和研究②，此不赘述。

除了在创作上将杜诗作为诗学的典范之外，郑善夫还曾批点杜诗。郑批点杜诗并未刊刻，相关目录学著作也未予著录，因此杜诗学界关于郑善夫批点杜诗的情况只是根据相关转引材料人云亦云。上海图书馆藏明胡震亨著《杜诗通》（清康熙刻本），其中所引郑氏批语有292条，笔者曾据以辑录，并对其批语的特色做了粗浅的介绍③。通过将《杜诗通》所引292条评语和卢坤五家评本《杜工部集》中"王慎中"相关评语相互比勘及其他相关证据，我们认为："王遵岩蓝笔"评语的真正作者是郑善夫。理由如下：

一、从历代书目的记载来看郑善夫批语

现存《少谷集》中郑善夫并未提到自己曾批点杜诗，古代相关的目录学著作也未予著录。最早提到郑善夫批点杜诗的是明代著名学者焦竑（1540—1620年）。在《焦氏笔乘》中，他不仅说自己家里藏有郑善夫《批点杜诗》一书，对其评点大加赞赏，而且还引用了其中3条：

> 余家有郑善夫《批点杜诗》，其指摘瑕颣，不遗余力，然实子美之知己。余子议论虽多，直观场之见耳。尝记其数则，一云："诗之妙处，正在不必说到尽，不必写到真，而其欲说欲写者，自宛然可想。虽可想，而又不可道，斯得风人之义。杜公往往要到真处尽处，所以失之。"一云："长篇沉着顿挫，指事陈情有根节骨骼，此杜老独擅之能，唐人皆出其下。然诗正不以此为贵，但可以为难而已。宋人学之，往往以文为诗，雅道大坏，由杜老起之也。"一云：

① 明·杨慎《升庵诗话》卷七："至李、何二子一出，变而学杜，壮乎伟矣。"（《历代诗话续编》本，中华书局1983年版，第774页）

② 关于当时人的评论，具体可参看文渊阁《四库全书》本《少谷集》卷二十三至二十五"附录"。

③ 具体可参看拙文《明代杜诗选录和评点研究》，西北师范大学2011年硕士学位论文。

"杜陵只欲脱去唐人工丽之体，而独占高古，盖意在自成一家，不肯随场作剧也。如孟诗云'当杯已入手，歌伎莫停声'，便自风度，视'玉佩仍当歌'不啻霄壤矣。此诗终以兴致为宗，而气格反为病也。"善夫之诗，本出子美，而其持论如此，正子瞻所谓"知其所长而又知其敝"者也。①

据李剑雄《焦竑评传》所附录的《焦竑著述小考》及《焦竑年谱》②，《焦氏笔乘》正集六卷刻于万历八年（1580 年），万历三十四年（1606 年）谢与栋才将《焦氏笔乘》正集六卷、续集八卷全部刊刻行世。焦竑所引的 3 条出自正集卷三，也就是说嘉靖末至万历初这段时间，郑善夫《批点杜诗》还存于世。

第二个提到郑善夫《批点杜诗的》是明代著名的唐诗学专家胡震亨（1569—1640 年）。他在《唐音癸签》中两次提到该书。其一是卷之六《评汇二》引《焦氏笔乘》"评杜诗"条③，其二为卷之三十二《集录三》中所称："吾尝谓近代谈诗，集大成者，无如胡元瑞。其别出胜解者，惟郑继之老杜诗评，可与刘辰翁诸家诗评并参（前见《评汇》中）。吟人从此入，庶不误岐向尔。"④将郑善夫《批点杜诗》与刘辰翁《批点杜诗》及胡应麟《诗薮》等相提并论，可见评价之高。如果说这些还是胡氏间接引用焦竑的材料，那么直接可以证明胡氏确实见到郑氏批语的就是他所著的《杜诗通》。胡震亨对李白和杜甫的诗歌进行过专门研究，著有《李杜诗通》。在胡震亨死后，其书于清顺治七年（1650 年）由朱茂时刻印行世。据《李杜诗通》卷前胡震亨子胡夏客所撰《识语》可知，胡震亨编纂《唐音统签》始于明天启五年（1625 年），成于崇祯八年（1635 年），历时十载。后自崇祯九年至崇祯十五年（1642 年），又历时六年完成《李杜诗通》。《杜诗通》对郑善夫批语多有引用，可知最晚在崇祯九年（1636 年）以前，郑善

---

① 明·焦竑撰，李剑雄点校《焦氏笔乘》卷三"评杜诗"条，上海古籍出版社 1986 年版，第 82—83 页。

② 李剑雄《焦竑评传》，南京大学出版社 1998 年版，第 321 页、第 339—340 页。

③ 明·胡震亨《唐音癸签》，周本淳点校本，上海古籍出版社 1981 年版，第 57 页。

④《唐音癸签》，第 333 页。

夫批点的杜诗还流传于世。在《杜诗通》中，胡氏共引用郑善夫批语292条，少则一字，多至数句，均标"郑云"（有四处转述，称"郑继之""郑善夫"），这些批语可与他在《唐音癸签》中对郑善夫批语的推崇互相参证。

明代提到郑善夫评点杜诗的还有明末的邵捷春（？—1641年）。郑善夫的后人郑章甫在崇祯九年（1636年）重新刊刻《少谷先生集》①，刻成后请邵捷春作序②。在序文中，邵捷春不仅将郑氏和杜甫作了对比，对其学杜情况进行了评论，而且还提到郑善夫品评杜诗，云："予载观先生品评杜诗，指摘瑕疵，不遗余力。"③

以上的记载及引用情况，都提到郑善夫曾批点过杜诗。如果说邵捷春所论属于道听途说，那么焦竑、胡震亨等人的引用则是直接有力的证据。

与之相反，不论是王慎中《遵岩集》、古代目录学著作，还是王慎中同时代的人，都无人提及他曾批点过杜诗。

到了明末，王嗣奭（1566—1648年）在《杜诗笺选序》中提及友人家藏有一部杜诗评点本，其中提到王慎中批本，并在《杜臆》一书中引用"遵岩云"15条。《杜诗笺选序》云：

> 至评杜者，如严沧浪、王弇州辈，可谓十得其五，而夷考其所自作，十不得三，吾谓其未有真知己者以此。友人范君材家藏评杜，有何大复、王遵岩、杨用修三家。大复寥寥，未批窾却；用修去取乖谬；遵岩评驳迂疏。总之，未升其堂，未唪其截者也。其或赝托，亦未可知耳。④

---

① 史小军、王勇《郑善夫文集版本考述》考察郑善夫诗文集在明代版本流传情况时提及"明崇祯九年郑奎光刻、邵捷春辑补《郑少谷先生全集》二十二卷。"书前依次有"崇祯乙亥（八年）"孙昌裔《郑少谷先生全集序》，"崇祯丙子（九年）"徐𤊹《郑少谷先生全集序》，"崇祯七年"曹学佺《郑少谷先生集序》，"崇祯丙子（九年）"邵捷春《少谷集序》（载《民办教育研究》2010年第4期），文渊阁《四库全书》本《山谷集》卷二十四载有孙昌裔、曹学佺、徐𤊹、邵捷春等人序，可知邵捷春《少谷集序》作于崇祯九年。

② 明·邵捷春《少谷集序》云："予友郑章甫重梓《少谷先生集》成，孙（昌裔）、曹（学佺）二观察已弁之，予复何言？"（文渊阁《四库全书》本《少谷集》卷二十四）

③ 载《少谷集》卷二十四，文渊阁《四库全书》本。

④ 载王嗣奭《杜臆》，上海古籍出版社1983年版，第2页。

按，上文提及的五人：严羽（沧浪）、王世贞（弇州）、何景明（大复）、王慎中（遵岩）、杨慎（用修），只有杨慎有《朱批杜诗》传世，王世贞批语见于卢坤五家评本《杜工部集》，然批语甚少。其他3人并无书目著录他们有评点杜诗的著作。又，《杜诗笺选序》作于明万历四十七年（1619年）①，可见在此时，社会上已经有将郑善夫批语误为王慎中者。因此，王嗣奭在后文说道："其或赝托，亦未可知耳。"他对这些评点的作者到底是谁也存有疑虑。

我们再来看看《杜臆》中所引的15条"遵岩云"和郑善夫、王慎中评语的关系：

条目（页码）	诗题（页码）	王氏引评语	郑善夫评语	王慎中评语	备注
1	《春日忆李白》（6）	遵岩云："'暮云''春树'联，淡中之工。"	无。	"渭北春天树，江东日暮云。"淡中之工。	同王慎中评。
2	《赠汝阳王二十韵》（9）	遵岩云："犹汉高云：'吾失萧何犹失左右手。'"	"圣情常有眷，朝退若无凭。""无凭"，犹汉高失萧何如失左右手意。言帝眷之切，非言汝阳之谦。	无。	同郑评。
3	《城西陂泛舟》（29）	遵岩以为不成语，何耶？	无。	"不有小舟能荡桨，百壶那送酒如泉。"不成诗语。	同王慎中评。
4	《九日寄岑参》（29）	遵岩极赏此诗，谓唐人尽拜下风，固未必然；然起来四句，却有情致。	无。	"出门复入门，雨脚但如旧。"精悍高古，唐人尽拜下风。	同王慎中评。

---

① 王嗣奭《杜诗笺选序》云："岁己未（万历四十七年）吏隐宣平，复披杜集阅之。且阅且选，全瑜者收，瑕瑜不掩者亦收，唯瑕者置之，大约十之存七。"

续表

条目	诗题（页码）	王氏引评语	郑善夫评语	王慎中评语	备注
5	《三川观水涨》（40）	遵岩极取此诗。	无。	长篇佳甚。	均不同。
6	《哀江头》（47）	遵岩云："全篇佳，只'江水江花'为恨。"	无。	全篇佳胜，只"江水"一句为恨。	同王慎中评。
7	《述怀》（51）	草木长可以躲闪，故脱身西走，遵岩驳之，误矣。	"即开口。"固善造语，亦由忠恒，有本性，言不可以强为也。	首尾结构，无毫发遗憾，使读者想见其逃贼从君，间关受职，顾念家门，不能舍君。言者千古之下，悲苦凄然，诗可以观，尚观于此。"草木长。"三字无故。"即开口。"固善造语，亦由忠恒，有本性，不可以强为也。"反畏消息来，寸心亦何有？"情苦何极。	郑、王慎中评同。与王嗣奭引均不同。
8	《送从弟亚赴河西判官》（53）	遵评："雄心锐气，奋发飞腾，而造语雕字，妙出笔墨陶冶之外。"	"龙吟回其头，夹辅待所致。"雄心锐气，奋发飞骞，而造语雕字之力，妙出笔墨外。	雄心锐气，奋发飞腾，而造语雕字之力，妙出笔墨。	均同。

续表

条目	诗题（页码）	王氏引评语	郑善夫评语	王慎中评语	备注
9	《送韦评事充同谷防御判官》（53）	"论兵远壑净，亦可纵冥搜"，遵岩不满于此，亦是。	"论兵远壑净。"不成语。"题诗得秀句，札翰时相投。"诗家送人此等结，自是常调，但此篇全皆主辱臣死之时，结之以此，似为不类耳。	"论兵远壑净。"不成语。"题诗得秀句，札翰时相投。"结语似为不伦。	郑、王慎中评略同。
10	《题郑十八著作丈》（70）	遵岩云："此当是题其在京之故居，详其谪居而及其被谪之由，结句乃其所居之感也。"	无。	无。	均不同。
11	《短歌行赠王郎司直》（145）	此篇乃老杜歌行之奇绝者，遵岩不满而《诗归》不收，岂得称具眼耶？	无。	"王郎酒酣拔剑斫地歌莫哀，我能拔尔抑塞磊落之奇才。"豪宕雄杰，溢于词语之外，但意有所指，有未了然者。	似同于王慎中评语。
12	《入奏行赠西山检察使窦侍御》（146）	遵岩欲汰后二句，则意不完矣。	无。	"蔗浆归厨金碗冻，洗涤烦热足以宁君躯。"以下何谓？可笑。"兵革未息人未苏，天子亦念西南隅。"平正而古真，不必太蕃变也。	与王慎中评语不同。

续表

条目	诗题（页码）	王氏引评语	郑善夫评语	王慎中评语	备注
13	《奉寄章十侍御》（186）	"湘西不得归关羽" 遵岩云："言将用于朝，不复归梓，岂谓被杀耶？"	"指麾能事回天地，训练强兵动鬼神。"此等语不为佳，而用意又不为不苦。	无。	不同于郑评。
14	《苏公源明》（238）	遵岩云："谓其诗得用之郊庙，可垂世传后。"	"得无顺逆辨。"源明不污伪官，欠发得精彩。"煌煌斋房芝，事绝万手搴。垂之俟来者，正始征劝勉。"此四句，是摹写其诗，得用之郊庙歌颂，可以垂后传世，非如旧注所谓谏谕也。	"负米晚为身，每食脸必泫。夜字照爇薪，垢衣生碧薛。"应起句"少孤"。"文章日自负，掾吏亦累践。"不受伪官，欠发得精彩。	同郑评。
15	《九日五首其五》（321）	既作客，又衰老，悲愤之极，故落句不嫌郑重。而遵岩驳之，非知诗者。	起结语皆逗滞，节促而兴浅。	起结语皆臃肿逗滞，节促而兴浅，句句实，乃不满耳（《手批本》卷十七无"句句实乃不满耳"七字）。	郑善夫、王慎中评语同，王嗣奭所引不详。

由上表可以看出三者的复杂关系，其中和郑善夫评语相同者 2 条，和王慎中评语相同者 4 条，三人评语完全相同者 1 条，也有王氏所引不同于郑善夫、王慎中评语者，还有郑善夫、王慎中评语相同而和王嗣奭所引不同者。由此可见，王嗣奭怀疑这些杜诗评点出自赝托，不无道理。

到了清代，仇兆鳌撰《杜诗详注》，在《杜诗凡例》"杜诗褒贬"条对王慎中论杜略有涉及，却是以反面教材指出来的。他说："至嘉、隆间，突有王慎中、郑继之、郭子章诸人严驳杜诗，几令身无完肤，真少陵蟊贼也。"①
在卷五《羌村三首》其一中引"王慎中曰：三首俱佳，而第一首尤绝，一字
一句，镂出肺肠，才人莫知措手，而婉转周至，跃然目前，又若寻常人所欲
道者。真国风之义，黄初之旨，而结体终始，乃杜本色耳。"②此条见于卢
坤五家评本《杜工部集》卷二，手批本卷三，云："三首俱佳，第一首尤绝，
一字一句，镂出肺肠，令人莫知措手，而宛转周至，跃然目前，又若寻常人
所欲道者。"③与仇兆鳌所引大同小异。然而，遍查《杜诗详注》，只有这条
所谓"王慎中"批语。仇兆鳌所引根据何本？无考。

又，仇兆鳌说"至嘉、隆间，王慎中、郑继之、郭子章诸人严驳
杜诗"，疑点有三：一是这里的郑继之所指何人？根据前后二人"王慎
中""郭子章"所称，这里的"郑继之"当是称名而不是字。我们知道，郑
善夫，字继之。仇兆鳌称王、郭均用名，绝不会单单称郑善夫时用字。证
之《杜诗详注》所引郑善夫评语，仇兆鳌在文中用的是"郑继之善夫云"
（《杜诗详注》卷一《赠特进汝阳王二十韵》引、卷十三《巴西闻收京阙送
班司马入京二首》其一引）。可见，仇兆鳌认为"善夫"乃是郑氏的字。
按，嘉靖、隆庆间确实有一郑继之（1535—1623 年），见于《明史》卷
二百二十五《郑继之传》，略云：

> 郑继之，字伯孝，襄阳人。嘉靖四十四年（1565 年）进士。除
> 余干知县。迁户部主事，历郎中。迁宁国知府，进四川副使，以养
> 亲归。服除，久之不出。
>
> 万历十九年用给事中陈尚象荐，起官江西，进右参政。召为太
> 仆少卿，累迁大理卿。东征师罢，吏部尚书李戴议留戍兵万五千，
> 令朝鲜供亿。继之曰："既留兵，自当转饷，奈何疲敝属国。"议者
> 韪之。为大理九年，擢南京户部尚书，就改吏部。
>
> 四十一年，吏部尚书赵焕罢。时帝虽倦勤，特谨铨部选，久不

---

① 清·仇兆鳌《杜诗详注·凡例》，中华书局 1979 年版，第 23 页。
② 清·仇兆鳌《杜诗详注》卷五，中华书局 1979 年版，第 392 页。
③ 参看董芳《王慎中贬杜论研究》，河北大学 2012 年硕士学位论文。

除代。以继之有清望，明年二月乃召之代焕。继之久处散地，无党援。然是时言路持权，齐、楚、浙三党尤横，大僚进退惟其喜怒。继之故楚产，习楚人议论，且年八十余，耄而愦，遂一听党人意指。文选郎中王大智者，继之所倚信。其秋以年例出御史宋燫、潘之祥，给事中张键，南京给事中张笃敬于外，皆尝攻汤宾尹、熊廷弼者也。时定制，科道外迁必会都察院吏科，继之不令与闻。比考选科道，中书舍人张光房，知县赵运昌、张廷拱、旷鸣鸾、濮中玉当预，而持议颇右于玉立、李三才，遂见抑，改授部曹。大智同官赵国琦以为言。大智怒，构于继之逐之去。由是御史孙居相、张五典、周起元等援年例故事以争，且为光房等五人称枉，吏科都给事中李瑾亦以失职抗疏劾大智。御史唐世济则右吏部，诋居相等。居相、瑾怒，交章劾世济。给事中、御史复助世济排击居相。居相再疏力攻大智，大智乃引疾去。继之亦觉其非，不为辩。

……

继之以笃老累疏乞休，帝辄慰留不允。明年春，稽首阙下，出郊待命。帝闻，命乘传归。又数年卒，年九十二。赠少保。

赞曰：张瀚、王国光、梁梦龙皆以才办称，杨巍、赵焕、郑继之亦负清望，及秉铨政蒙诟议焉。于时政府参怀，言路挟制，固积重难返，然以公灭私之节，诸人盖不能无愧云。[①]

其一，此人虽名"郑继之"，却没有关于杜诗的任何文字记载。因此，仇兆鳌所说的"郑继之"，其实就是郑善夫。仇氏在文中所引用的两则材料在《杜诗通》中均有引用，且看：

赠特进汝阳王二十韵

《杜诗详注》卷一引郑继之善夫云：若无凭，犹汉高失萧何若失左右手意。（P62）

---

① 清·张廷玉等《明史》，中华书局1974年版，第5923—5925页。

《杜诗通》引郑云："无凭"，犹汉高失萧何如失左右手意。言帝眷之切，非言汝阳之谦。

巴西闻收宫阙送班司马入京二首

《杜诗详注》引郑继之善夫曰：诗之妙处，正在不必写到真，说到尽，而其欲写欲说者自宛然可想，斯得风人之义。杜诗每有失之太真太尽者，如此诗末二句，则有不真不尽之兴矣，余可类推。（P1079）

《杜诗通》引郑云：诗之妙处，不必写到真，不必说到尽，而其欲写欲说者自宛然可想，而又不可道，斯得风人之义。杜公往往要到真处、尽处，反不为妙，如"念君经世乱"二句，则不真、不尽之兴矣。杜公如此尚多，偶著其凡于此。

仇兆鳌《杜诗详注》引用胡震亨评论 6 条，可见他见过《杜诗通》，而所引的郑善夫 2 条材料又不出《杜诗通》的引书范围，据此可知当是转引自《杜诗通》。仇氏将郑善夫名字搞混，而所引批语又不出《杜诗通》藩篱，可见他其实并未见过郑善夫批点杜诗。

其二，郑善夫是明弘治、正德间人，卒于明世宗嘉靖二年，仇兆鳌说"嘉、隆间"，与郑善夫的生活时代不符。

其三，郭子章（1543—1618 年），字相奎，泰和（今江西泰和县）人。隆庆五年（1571 年）进士，除为福建建宁府推官，入为南京工部主事。万历十年（1582 年）迁广东潮州府知府，4 年后督学四川，不久迁为浙江参政、山西按察使、湖广右布政、福建左布政。万历二十六年（1598 年）为右副都御史巡抚贵州、兼制蜀楚军事，与湖广川贵总督李化龙合力剿平播州杨应龙叛乱，彻底消灭了盘踞播州八百余年、世袭了二十九世的杨氏土司，又多次平定贵州苗、瑶起义，以功封兵部尚书、右都御史，加太子少保。著有《粤草》《蜀草》《晋草》《楚草》《家草》《黔草》《闽草》《蠙衣集》《黔志》《豫章书》《豫章诗话》等。郭子章是明嘉靖、隆庆间的著名学者，然而检其文集，查阅相关目录著作，均未言其评点过杜诗。

由此可见，仇兆鳌所提到的，王慎中、郑继之、郭子章均未评点过杜诗，他引用的王慎中 1 条评语，亦当出自转引，或已在转引中张冠李戴，误为王慎中评语。

二、批语所体现出的杜诗学观和郑善夫的诗学观相吻合

首先，我们来看下郑善夫的杜诗观。

《少谷集》卷一下有一首五言古诗《读李质庵稿》，是郑善夫诗学观的重要代表作，诗云：

> 雅音失其传，作者随风移。于楚有屈宋，汉则河梁词。曹刘气轩轩，逸文振哀悲。两晋一精工，六朝遂陵迟。角然尚色泽，古风不成吹。卢王号词伯，只用绮丽为。千年取正印，乃有陈拾遗。或不尽反朴，朝代兼天资。所以王李辈，向道识所期。大哉杜少陵，苦心良在斯。远游四十载，而况经险巇。放之黄钟鸣，敛之珠玉辉。幽之鬼神泣，明之雷雨垂。变幻时百出，与古乃同归。律诗自唐起，所尚句字奇。末流亦叫噪，古意漫莫知。历兹六十纪，识路良独稀。凤鸟空中鸣，众禽反见嗤。夜寒理危弦，恻恻赏心违。①

郑善夫站在整个诗歌史的角度对杜甫及其诗歌的崇高地位予以评论，38 句诗歌中，评价杜甫的就有 10 句。他称杜甫为"大"，其诗"变幻百出""与古同归"，可以说郑善夫标举盛唐而独尊"老杜"。

又，郑善夫《〈叶古厓集〉序》论后人学杜云：

> 杜诗浑涵渊澄，千汇万状，兼古今而有之。他人不足，彼乃有余。又善陈时事，精深至千言不少衰。世之学者，劬情毕生，往往只得一肢半体，杜亦难哉！山谷最近而少思，后山散文过山谷远，而气力弗逮，简斋躐而少春融。宋诗人学杜，无过三子者乃尔，其他可论耶？吾闽诗病在萎腰、多陈言。陈言犯声，萎腰犯气，其去杜也，犹臣地里至京师，声息最远，故学之比中国为最难焉。若非

---

① 明·郑善夫《少谷集》卷一下，文渊阁《四库全书》本。

豪杰之士，鲜不为风气所袭者，况遂至杜哉！国初如林鸿、王偁、
王恭、高廷礼辈，遏然离群出党，去杜且顾远与！①

郑善夫不仅指出了杜诗集大成的性质，还对后人学杜的情况也做了简
要的概括。其中提到黄庭坚、高棅等人，在胡震亨《杜诗通》所引的评语
中有近 10 条也提到了后人学杜的情况，如本书第六章第三节有关郑善夫
《批点杜诗》辑录的表格中第 25 条评《凤凰台》云："此等诗意、诗格，只
杜子为之，已自不惬人意，世人欲效之者，真痴也。"第 139 条评《登兖州
城楼》云："通篇首尾圆足，词格亦稳称，正好入高廷礼《正声》，不为甚
佳。"第 194 条《秋日夔府咏怀奉寄郑监李宾客一百韵》云："长篇沉着顿
挫，指事陈情，有根节、有骨格，此老杜独擅之能，唐人皆出其下。然诗
亦不以此为贵，但可以为难而已。宋人往往学之，遂以诗当文，滥觞不已，
咏道大坏，由老杜启之也。漫发凡于此云。"由这些评语和郑善夫的杜诗学
观想对照，可以看到二者的相同之处。

其次，郑善夫与何景明交游密切，其诗歌理论受何景明影响很大。

检阅郑、何二人的诗文集，可发现二人交游甚为密切。《少谷集》有：
卷一（下）《赠何仲默》《送李道夫赴阙兼怀仲默》、卷二《送何仲默游关中
六首》、卷四《江上别道宗兼怀何仲》、卷六《哭仲默》等诗；《大复集》有：
卷十三《送叶生还闽中兼怀郑继之》、卷二十《得郑继之书》等诗，均证明
二人有着密切的交往。何景明（1483—1521 年）正德十六年逝世后，郑善
夫作有《哭仲默》一诗，对这位文坛老友的去世表示了巨大的悲痛和惋惜，
诗云：

去年孙复死，今复哭何休。霄汉冥交尽，嵩邙正气收。操戈吾
岂敢，怀宝尔终投。只益文章价，年年照斗牛。②

另外，在一首题为《赠何仲默》的诗歌里，郑善夫对何景明志大位卑、

---

① 明·郑善夫《少谷集》卷九，文渊阁《四库全书》本。
② 明·郑善夫《少谷集》卷六，文渊阁《四库全书》本。

生不逢时的境况给予了无限同情，将其比之为贾谊、杜甫，诗云：

> 何子生知姿，弱齿咏凤皇。乘帷破坟籍，一目能十行。雅调走
> 鲍谢，雄才抗班扬。黄钟一彻虚，丝管空铿锵。陆沉金马门，卒岁
> 泣麟伤。贾生亦逢时，杜甫终为郎。古来圣哲士，位细非所妨。岘
> 岘大复山，后贤永相望。①

何景明和李梦阳都是明代弘治、正德年间的诗坛领袖，他们提倡"诗
必盛唐"，尤其推崇杜甫，但二人对于如何学习杜诗，却存在不同意见②。
关于李梦阳对杜诗的学习，已有相关研究成果③。而何景明的杜诗观，则主
要集中体现在他著名的《明月篇序》之中：

> 仆始读杜子七言诗歌，爱其陈事切实，布辞沉著。鄙心窃效
> 之，以为长篇圣于子美矣。既而，读汉魏以来歌诗及唐初四子者之
> 所为。而反复之，则知汉魏固承三百篇之后，流风犹可徵焉。而四
> 子者虽工富丽，去古远甚，至其音节，往往可歌。乃知子美辞固沉
> 著，而调失流转；虽成一家语，实则诗歌之变体也。夫诗本性情之
> 发者也，其切而易见者，莫如夫妇之间。是以三百篇首乎雎鸠，六
> 义首乎风，而汉魏作者，义关君臣、朋友，辞必托诸夫妇，以宣郁
> 而达情焉。其旨远矣！由是观之，子美之诗，博涉世故，出于夫妇
> 者常少，致兼雅颂，而风人之义或缺，此其调反在四子之下与？④

----

① 明·郑善夫《少谷集》卷一下，文渊阁《四库全书》本。

② 四库馆臣的评价较为中肯，曰："平心而论，摹拟蹊径，二人（李、何）之所短
略同，至梦阳雄迈之气，与景明谐雅之音，亦各有所长，正不妨离之双美，不必更分左
右袒也。"（清·纪昀等《钦定四库全书总目·集部·别集类二十四》，中华书局1997年
版，第2313页）

③ 参看郝润华师、邱旭《试论李梦阳对杜甫七律的追摹及创获》，《甘肃社会科学》
2009年第4期。

④ 明·何景明《何大复集》，李淑毅等点校本，中州古籍出版社1989年版，第
210—211页。

何景明对杜诗主要持批评态度，他认为杜甫调失流转，乃诗歌之变体。《杜诗通》所引郑善夫批语中大部分也是批评杜诗。郑善夫虽然诗学杜甫，但是受何景明诗学观的影响，评点杜诗亦以贬为主，而且对杜诗的评点还引用了何景明的意见，如第 72 条《石犀行》评语云："何大复谓诗法亡于杜，虽不可谓亡，然如《石笋》《石犀》等篇，体亦已大变矣，宜其起宋人一种村恶诗派也。"何景明论杜甫重在"调"，郑善夫亦以此评杜，如第 49 条评《送韦十六评事充同谷防御判官》云："诗家送人此等结，自是常调。"第 201 条评《奉送二十三舅录事之摄郴州》云："太不成调。"第 246 条评《三绝句》云："如此绝句，格调即高，风致又妙，真可空唐人矣，惜其纯此者不多，而他皆作一种朴拙之语、钝滞之声，不可讽而可恨也。"都可以看出何景明论杜对郑善夫评点杜诗的影响。

最后，郑善夫的诗歌创作受杜甫影响很深。

郑善夫生活的正德年间，政治黑暗，朝廷腐败，民不聊生，作为一个正直的士大夫和有责任心的官员，郑善夫创作了很多时事诗来反映当时的社会状况，如《百忧行》《朔州行》《钟吾行》《兵马行》《去年行》《岁晏行》《古战场》《吊古战场》《南征》《寇至》等，妇女诗如《贫女吟八解》《苏蕙娘织锦七解》《苦节行》和《伤哉行》等。这些诗歌是诗人用他"心忧天下"的悲悯之心写下的、所身历目击的正德年间的种种悲惨现实，而这种创作倾向正是受到了杜甫诗歌的影响。在《少谷集》中，郑善夫多次提及杜甫，如"西游杜陵老，安得免愁苦？"（《溪上》）、"陶令时独往，杜陵岁七奔。从来略温饱，以此信乾坤。"（《早起赴思道索饭》）、"无家杜陵老，且结草堂缘。"（《汩汩》）、"无家杜陵老，经乱郑康成。"（《除夕二首》其一）、"参商向秀悲，无奈杜陵忧。"（《与思道叙别四十八韵》）、"郑老有官无饱饭，杜陵多难每依人。"（《彭城避地》）、"此日明年复何处，可堪回转杜陵肠。"（《九日对酒不登高》）、"苦忆平生杜陵老，暮年涕泪满江湖。"（《蜀中歌五首》其四）、"邴原明进退，杜甫昧生涯。"（《闻吾廷介避乱客死藁葬道隅》）、"杜老中年更愁思，猿啼来往巴渝深。"（《十三夜玩月》）、"久病文园枕，长贫杜曲田。"（《寄潘逸老》）、"多病茂陵仍去国，长贫杜曲尚无家。"（《胜果寺秋怀》）等。这些诗句不仅是诗人熟悉杜诗的见证，其中多次提到杜甫的"贫""愁",也显示了诗人对杜甫的关注视角。

关于郑善夫和杜甫二人的相似之处,以及郑氏诗歌学习杜甫的情况,当时及后人均有评论,试看以下几条:

> 郑继之诗如冰凌石骨,质劲不华;又如天宝父老谈丧乱,事皆实际,时时感慨。①
>
> 善夫工诗,以气格为主;忧愤时事,往往发之篇章,评者以为得杜之骨。与李梦阳、何景明相伯仲云。②
>
> 少陵工部、先生吏部,其生平宦职同;少陵变遇禄山,先生变遇彬、瑾,其遭际不辰同;少陵疏救房绾,先生疏救黄巩,其批鳞风节同;少陵卜居浣花,先生筑舍鳌石,其栖遁雅志同;少陵殁后贫难给丧,四稔始克葬,先生瘗迹梅亭,松柏摧为薪,其遗后清白同。③
>
> 宋、明以来,诗人学杜子美者多矣。予谓退之得杜神,子瞻得杜气,鲁直得杜意,献吉得杜体,郑继之得杜骨。它如李义山、陈无己、陆务观、袁海叟辈,又其次也。④
>
> 善夫在弘治间,不袭何、李绪论,别开生面,盘空硬语,往往气过其词。虽源出少陵,实于山谷为近。集中感时之作,激昂慷慨,寄托颇深。或病其时非天宝,地远拾遗,为无病而呻。然正德时,奄竖内讧,盗贼外作,诗人蒿目,未可谓之无因。⑤

以上评论均指出郑善夫对杜甫及其诗歌的模仿、学习和创获,他被认

---

① 明·王世贞《艺苑卮言》卷五,《历代诗话续编》本,中华书局 2006 年版,第 1034 页。

② 明·林材《福州府志风概传》,载郑善夫《少谷集》卷二十四"附录上",文渊阁《四库全书》本。

③ 明·邵捷春《少谷集序》,载郑善夫《少谷集》卷二十四"附录中",文渊阁《四库全书》本。

④ 清·王士禛《池北偶谈》卷十六,中华书局 1982 年版,第 391 页。

⑤ 清·纪昀等《四库全书·〈郑少谷集〉提要》,文渊阁《四库全书》本。

为"得杜之骨",这个称号证明了后人对他善于学习杜诗给予了充分肯定。邵捷春的评论还将郑善夫与杜甫的人生经历、所历官职、死后情事等均一一做了对比,更看出二人的相同命运。

受明代复古诗潮的影响,郑善夫以杜为师,积极学习杜诗;受何景明诗学观的影响,郑善夫评杜以贬为主,深中肯綮;正德年间的黑暗政治,促使他作诗反映现实,与杜同调,亦可谓之"诗史"。因此,后人将其和杜甫对比,不为无因。

三、《杜诗通》郑善夫评语与五家评本《杜工部集》王慎中评语对比

在上节"郑善夫《批点杜诗》辑录"中,我们将从胡震亨《杜诗通》中所辑得248题292条评语与卢坤五家评本《杜工部集》中王慎中评语(含《手批本》)做了列表对比,其中第5、25、31、44、61、74、83、89、93、103、104、112、125、139、153、160、163、166、176、181、182、183、186、197、200、201、209、210、217、226、228、232、233、238、239、243、247、248等38首,郑善夫有批语,而王慎中无。那么,两人都有批语的诗歌数是210首。其中两人所批相同的诗歌条目为184首,约占总条目的88%(考虑到胡震亨《杜诗通》引文的不准确性,二人批语较为相似亦统计在内,其中有部分相同者,并未计算在内,如第54条)。如此大的相似,当不是巧合。其中,第194条,焦竑有引:"长篇沉着顿挫,指事陈情有根节骨骼,此杜老独擅之能,唐人皆出其下。然诗正不以此为贵,但可以为难而已。宋人学之,往往以文为诗,雅道大坏,由杜老起之也。"我们再来看看郑善夫、王慎中的批语:

| 《秋日夔府咏怀奉寄郑监李宾客一百韵》 | 长篇沉着顿挫,指事陈情,有根节、有骨格,此老杜独擅之能,唐人皆出其下。然诗亦不以此为贵,但可以为难而已。宋人往往学之,遂以诗当文,滥觞不已,咏道大坏,由老杜启之也。漫 | 沉着顿挫,指事陈情,有根节骨格,唐人皆出其下。然诗不以此贵,但可以为难矣(矣,《手批本》卷十四作"而已")。
"煮井为盐速,烧畲度地偏。"铺(《手批本》卷十四作"炼")。"碧萝长似带,锦石小如钱。"小小点缀。"春草何曾歇,寒花亦可怜。"无要紧处,见情景。 |

	发凡于此云。"春草何曾歇，寒花亦可怜。"无要紧处，见情景。	"南内开元曲，常时弟子传。"入事作诗，自见气格。"长吟不世贤。"牵强。"道里下牢千。"此语又拙。"雕虫蒙记忆，烹鲤问沉绵。"入得好。"困学违从众，明公各勉旃。"答毕又入赠。

　　胡震亨和焦竑所引大致相同，王慎中评语虽较为简略，但大意尚存。因此我们认为，时代较早的焦竑和治学较为严谨的胡震亨的说法比较可信。

　　据以上的种种分析和推断，我们断定：卢坤五家评本《杜工部集》所收"王慎中"评语的真正作者当是郑善夫，其著作权在明万历年间已经被世人张冠李戴，混淆不清，以致后世学人不辨是非，错上加错，沿袭至今。今特为指出，以还郑善夫的著作权。

第七章
明代杜诗选录与评点的价值和不足

第一节　价值

鲁迅先生曾说："凡是对于文术自有主张的作家，他所赖以发表和流布自己的主张的手段，倒并不是在作文心，文则，诗品，诗话，而在出选本。"①通过对明代杜诗选本的考察，我们可以看出作者的诗学主张。比如徐渭批点杜诗，追求真率性情，对前人之论不盲从，不迷信，善于发表自我见解，体现出鲜明的个性特征，与他倡导的"真我说"的文学主张是一致的②。这体现了明代杜诗选本和批点本的文学批评价值。然而，明代选杜的各家有鲜明的文学主张的作家占少数，明代杜诗选本和批点本的价值主要体现在其文献学价值上。

首先，介绍保存旧注的文献辑佚价值。明代有两部颇为流行、影响很大的杜律注本，即张孚敬的《杜律训解》和赵大纲的《杜律测旨》。赵氏

---

① 鲁迅《鲁迅全集》第七卷《集外集·选本》，人民文学出版社 1973 年版，第 504 页。

② 见曾绍皇《论徐渭的崇杜情结及其手批〈杜工部集〉》，载《杜甫研究学刊》2010 年第 1 期。

注本今有存本①，张氏注本已经亡佚。邵傅《杜律集解》对二书引用颇多，其《凡例》云："杜诗有千家注、虞注、单注、默翁注、近张罗峰和赵滨州注及各诗话不一。愚《集解》，或以句取，或以意会，或录全文，或错综互发，或繁简损益，不能尽同。罗峰统合诸家，考证翔实，而注义略陈。滨州演会罗峰章旨，亦稍更易。愚出入滨州注尤多。呜呼难哉！"②按，罗峰乃张孚敬的号，滨州是赵大纲的籍贯，此处分别指张孚敬的《杜律训解》和赵大纲的《杜律测旨》。据邵氏所言可知《集解》出入赵大纲《测旨》尤多，而赵氏注本乃是演会张氏《训解》之大旨。张孚敬《杜律训解序》云："杜少陵诗，代称'诗史'，而后《三百篇》者也。注家引证多妄，释意非浅则凿，其本旨远矣。夫少陵为诗，句中藏字，字中藏意，其引用故事，翻腾点化，故工介甫尝谓：'绪密思深，观者苟不能臻其闳奥，未能识其妙处。'斯言信矣。"③在《集杜律七言注解序》中，邵氏也说："律诗非古也，作者尚之，然莫难于七言律。有正律，有变律。少陵矩度精严，正变两备。句中藏字，字中藏意。翻腾典故，变化融液，独称'诗圣'。盖七言律之宗范也。绪密思深，未易测其闳奥，古今为杜解者，无虑百家，莫能拟其心神，宣其口吻。"两篇序言中的大意相近，且用字多有相同之处，可见其实邵氏主要还是本源于张氏之《杜律训解》的写作。因此，对于已经亡佚的《杜律训解》，我们从邵傅的《集解》中可以一窥张氏之杜诗见解。再如颜廷榘《杜律意笺》眉批有很多朱运昌对于杜诗的评论，如果将其汇集起来，也可以看出明代朱运昌的论杜言论。范濂著有《杜律选注》六卷，属杜律集注性质的注本，范氏"广搜博采，自千家注而外，如单复《愚得》、周甸《会通》、张綖《杜通》、徐常吉注释，合刘须溪批点，以及诸名贤诗评诗话，细加检校，须合理趣，方入品骘"④。该书列有《杜律选注书目》，包

---

① 可参看钟文娟《明人赵大纲〈杜律测旨〉研究》，2002 年首都师范大学硕士学位论文；綦维《赵大纲及其〈杜律测旨〉》，载《齐鲁学刊》2006 年第 5 期。

② 明·邵傅《杜律集解》，《杜诗丛刊》本，台湾大通书局 1974 年版。

③ 明·张孚敬《太师张文忠公集·文稿》卷一，《四库全书存目丛书》本，集部第 77 册，齐鲁书社 1997 年版，第 256 页。

④ 转引自张忠纲等编《杜集叙录》，第 182 页。

括"公自注"在内，共计注本、诗话 34 种，注本中有已佚的徐常吉注和国内久不见原本的《董养性选注》，由此可见该本具有很大的辑佚价值。

其次，介绍考订价值。其中最具代表性的是张綖《杜工部诗通》对于旧注编年错误的考证。宋人认为杜诗具有"史"的性质，不仅记录了杜甫本人的经历，而且也描绘了唐代的历史事实，能够起到补史之阙的妙处。因此他们从传统"知人论世"的角度为杜诗编年，即所谓的年谱①。其中王十朋集注的《王状元集百家注编年杜陵诗史》将杜诗的"编年"与"诗史"联系起来，进一步强化了二者之间的联系。元代杜诗学衰微，于杜诗编年也大多沿袭宋人意见，唯范梈所撰《杜工部诗范德机批选》，虽按照诗歌之体类编选，然亦在大类之下约略编年，对宋人意见提出不同观点。明初单复，远承"诗史"之说，在参照宋谱基础之上重新为杜诗编年，著有《重定杜子年谱诗史目录》，将年谱与目录并在一起，每年先言重要时事，次言杜甫行迹，再列杜诗题目。可谓后出转精，开创了以诗系年的新体例，在明代颇有影响。

张綖《杜工部诗通》对杜诗的编年提出了不同见解，在《杜工部诗通》卷之一即指出：

> 观杜诗，固必先考编年，据事求情，而后其意见解。然编年非公自订，不过后人因诗意而附之耳。夫史传、编年已有失其真而不可尽信者，又况数百年之后，徒因诗意以求合史传之年耶！若《北征》《发秦州》《同谷》等篇及公自注年月，卓有明据，固无可疑。其余诸篇，时之或先或后，亦未必尽实。观者要当以诗意为主，不可泥于编年，反牵合诗意也。且如《寄临邑舍弟黄河泛滥》诗，诸家皆编在开元二十九年。公是时年甫三十，而诗中有"吾衰同泛梗"之句，是岂其少作耶？徒以《唐史》此年有伊洛及支川皆溢，

---

① 如吕大防所编《杜工部年谱》、赵子栎撰《杜工部草堂诗年谱》、蔡兴宗所编《重编杜工部年谱》、鲁訔编撰《杜工部诗年谱》、吴仁杰撰《杜子美年谱》、梁权道所编《杜工部年谱》和王十朋集注的《王状元集百家注编年杜陵诗史》等。

河南北二十四郡水，遂为编附。然黄河水溢常常有之，岂独是年哉？集中如此类者甚多，不能遍举。今惟大约标三宗年号于卷首，其逐诗编年颇为考订，分注题下，使览者更详焉。

指出了杜诗编年对于理解杜诗诗意的重要性。但如果一味投入杜诗编年，则反失诗意。因此张綖采取更为审慎的态度，"大约标三宗年号于卷首"，即在每卷卷首标明"某某年间所作"，之后再逐首注其作年，对于难以确定作年者，则不注年月，酌情列于相应位置。

对于前人的编年，张綖有吸收采用的，也有不同意之处，并指出了理由，或为其考订正确作年，或存疑俟后人有成，这些都体现出严谨的学风。如《赠李白》题下注曰："此诗梁权道编在天宝十二载，梦弼订在开元二十四年，单谱又订在天宝九年。然白天宝元年始入长安，则开元间安得即谓之'金闺彦'？考公天宝七年冬往东都，是年白放还山，至九年庚寅，公与白俱在东都，诗谓'二年客东都'与'李侯金闺彦，脱身事幽讨'皆合。即单谱近是。"张綖首先罗列宋梁权道和蔡梦弼、明单复的编年，接着根据历史事实一一分析，条分缕析，指出宋人编年的错误，最后确定采用单复之编年。又如《望岳》，题下注曰："此诗单谱订在开元十四年，公省亲兖州作，时年十五。然公自省亲至天宝丙戌，20 年间往来齐鲁者数矣。今亦未知的为何岁所作。"单复将此诗编年在开元十四年，张綖对此提出了不同意见，对此诗暂时存疑。又如在《登兖州城楼》的题后，张綖做了如下考证，曰："公游齐鲁者不一已，注见《望岳》题下。尝疑此诗亦非在省亲时，恐是后来游兖州，登城思其亲而作。是谓：我当时东郡趋庭之日，登此南楼之初，纵目之下，见云连海岱，野入青徐。今孤嶂秦碑尚在，荒城鲁殿仍余，其景皆犹夫昔也，而吾亲不可见矣。夫从来多古意，况此临眺又怀思之感。……如此说似亦可通。姑记于此，以俟知者详焉。盖此诗老成沉郁，疑非少作。"张綖根据杜诗的风格特征，认为该诗当不是杜甫少年时所作，通过检阅诗意，张綖提出了较为合理的阐释。到底将该诗系于何年？张綖采取了更为审慎的态度，并不惧于前人权威的意见而予以采纳，而是"姑记于此，以俟知者详焉"。

第二节 不足

明人在选录杜诗的时候多选杜甫的律诗，尤其是七律，选录诗体的形式过于简略单一。无疑，杜甫在律诗上的成就是突出的，达到了炉火纯青的地步，但是对于具有"集大成"之誉的诗圣杜甫，他的1400多首诗歌并非只有律诗，而在其他诗体方面也同样具有很高的艺术造诣。比如杜甫的乐府、歌行。然而依据检阅明代的杜诗选本我们可以发现，除了谢省注有《杜诗长古注解》对杜甫的古体诗进行选注，几乎不存在其他的古诗或歌行选本。当然这和当时的诗潮有很大的关系，也说明了明人视野的狭隘。

批点过于简略，往往随性而发，三言两语。如郭正域《批点杜工部七言律》，作者往往用简单的三五个字对杜诗进行印象式的批点概括，作者常用的有"善叙事""清空一气如话""撰句""凑句""嫩""直致""浅（了）""肥浊"等批语。这些简单的批语，往往是作者兴到所发，对于系统了解作者的杜诗学观点有很大的局限性。

赵良宇《明代考据学的学术成就与缺失》[1]一文认为明代考据学者在文献考据学方面取得了较大发展，同时也存在着"好奇驳杂""引用材料时不注所出""妄改引文""论证疏漏讹误"等弊病。林庆彰也认为："转引资料不明言，古人类皆有之。然以明代学者为烈，盖人人炫奇好博，有以致之也。"[2]在注释杜诗的过程中，明人也存在同样的问题。以张綖《杜工部诗通》为例。引书错误，如张綖注释《五盘》"水清反多鱼"为："杨雄云：'水至清则无鱼。'"这句话出自东方朔的《答客难》，而非杨雄所云。引用材料时不注所出，如《五盘》，张綖在题下注曰："谓栈道盘曲有五里。"翻阅《杜诗详注》可以发现，此句注乃是宋人鲁訔的注[3]，张綖此处直接标出，明显有掠美之嫌疑。又如注释《剑门》"岷峨气凄怆"

---

① 见《图书与情报》2007年第2期。

② 林庆彰《明代考据学研究》，台北学生书局1983年版，第119页。

③ 清·仇兆鳌《杜诗详注》卷九，中华书局1979年版，第713页。

之"岷峨"，张綖注曰："岷山在成都之西，青城山是也。峨山在成都之西南，峨眉山是也。"此注乃是宋人赵次公注①，这里亦直接引用句子，在序及凡例里也没有说明。不光直接引用前人注释，有时在解释诗歌典故时张綖也不说明出自何书，而直接注释。如《对雪》"愁坐正书空"中"书空"的解释曰："殷浩被黜，终日书空，作'咄咄怪事'四字。"上面的材料来自《世说新语》，张綖没有任何交代。又如《至日遣兴奉寄北省旧阁老两院故人二首》其一"何人错忆穷愁日"中的"穷愁"。张綖注曰："穷愁，穷困而愁，虞卿非穷愁不能著书，是也。"这段材料出自《后汉书·虞卿传》，乃"穷愁"所本。张綖《杜工部诗通》是明代一部较好的杜诗选注本，在注释上尚且如此，其他注本的质量可见一番。

此外，明人在阐释杜诗方面也存在一些不足。如果说宋人注释杜诗过于繁琐，清人阐释杜诗流于穿凿，那么明人解释杜诗则过于简略而流于浮泛。比如邵傅《杜律集解》一书，在《凡例》中，邵氏说："杜诗，诗史也。感遇则赋，非泛泛文词。考之史籍，诗意跃然。"说明了杜诗和时事的紧密联系，然而邵氏在解释过程中，只是简单提及，并不对当时的史实做详细介绍，这对于深刻挖掘杜诗的深意并没有很大帮助。如《曲江对雨》题下注曰："必考当时时事，然后可得诗意，总在末四句。"可是在具体诗句却只是解释词句而已。试看："城上春云覆苑墙，江亭晚色静年芳。林花著雨燕脂湿，水荇牵风翠带长。"《集解》曰："此对雨景。云覆苑墙，雨斯集矣。四时以春为芳，'静年芳'，春事歇矣。花著雨落，荇牵风长，所谓绿暗红稀，即静年芳之意。""龙武新军深驻辇，芙蓉别殿谩焚香。何时诏此金钱会，暂醉佳人锦瑟傍。"《集解》曰："四句对雨写怀，而所思者切也。时肃宗初拆左右羽林军为龙武军，故曰新。朝廷多事，莫游曲江，只居大内，故曰深驻辇。芙蓉城虽连近曲江，圣辇既不来游，则芙蓉别殿徒焚香望幸也。谩，犹徒也。开元盛时，曲江合宴，赐金钱会，赐太常乐。今俱寂然，故曰何时，恐难再见也。曰暂醉，欲斯须不可得也。"按《杜诗详注》引黄生曰："公感玄宗知遇，诗中每每见

---

① 清·仇兆鳌《杜诗详注》卷九，中华书局1979年版，第721页。

意。五六指南内之事，盖隐之也。叙时事处，不露痕迹。忆上皇处，不犯忌讳。本诗人之忠厚，法宣圣之微辞，岂古今抽黄媲白之士所敢望哉。《钱笺》独得其旨。"①颇中诗旨。又如《诸将五首》，题下注曰："读《诸将五首》，必考当年事迹及典故，斯见真趣，注难尽述。"也只是泛泛而说，并没有发掘杜诗的深意。

　　总而言之，尽管明代杜诗学存在着这样或那样的不足，尽管明代杜诗学在整个杜诗学史上的地位并不突出，不像它前后的两个朝代那样光芒四射、熠熠生辉，然而，这并不代表明代的杜诗学没有特色和价值。通过研究，我们可以看到明代杜诗学在杜诗学史的链条上是不可或缺的重要一环，它在很多方面继承了宋、元以来的杜诗学成果，也开创了一些新的特点和方法，产生了一批新的成果，为杜诗学在清代的辉煌奠定了坚实的基础。假若没有明代的这种过渡作用，那么整个杜诗学史也许会黯淡许多。明代杜诗学，尤其是代表明代杜诗学特点的对于杜诗的选录与评点就像一颗小星，在杜诗学史的明亮夜空散发着独特的光芒。

---

① 清·仇兆鳌注《杜诗详注》卷六，中华书局 1979 年版，第 452 页。

附录一

杜诗学文献研究三篇

俞浙及其《杜诗举隅》辑考研究

一、俞浙生平、交游考

关于俞浙的生平事迹、交游等情况，《宋史》《元史》《新元史》均不载，至于其他文献，如周密《癸辛杂识》、（成化）《新昌县志》、（万历）《新昌县志》、凌迪知《万姓统谱》等虽有记载，但语焉不详，互有抵牾。今先罗列相关资料，后试对其生平、交游情况略做考辨。

和俞浙生活在同一时代的宋末元初人周密（1232—1298年）在其所撰《癸辛杂识》别集卷上载有"俞浙"条，曰：

> 俞浙，字季渊，上虞县人。旧多游鄞学，以长上自居，与同舍不相能，至或殴击，为众所攻，誓于礼殿而去。使弟鄞教，职员多故旧，遇之来，滋众怒而哄，碎其座。俞遂弃官去。素出王丞相爚之门。王为祷时相，治其为首者，太常丞为之代，久之不敢上。俞改吉教，乃得往。俞善治财，数吏为所迫死，后入为言官，所疏多至数十人。不久去国，常为章全部端子馆客。[①]

① 宋·周密《癸辛杂识》，中华书局2010年版，第248页。

（万历）《新昌县志》卷之十一《乡贤志》"理学"条载有俞浙的传记，云：

> 俞浙，一名公浙，字季渊，号默翁。登开庆进士，授迪功郎、庆元府教授，主管尚书刑部架阁文字，凡七转官。德佑乙亥（1275年），除太常丞，改监察御史，辞不允。三疏时事，皆忤旨，留中不行，改除大理少卿，不就。乃浩然归，闭门著述，有《六经审问》五十余卷、《离骚审问》十卷，《韩文举隅》十二卷。浙为人寡言笃行，端矩矱，肃衣冠，庄重介洁，清明夷粹，不喜驰骛，与石𡐖、黄度先后发明义理之学，尤崇尚朱熹经书传注，所得良多。晚年深察而扩充之，以求合中庸之旨，自号致曲老人。兄公美，进士。子扬，乡进士。
>
> 泰定间（1324—1328年），郡守王亚中采访理学行谊，立祠褒崇，风励后进，惜其所著书多散佚，惟《孝经审问》尚存，今祀乡贤。①

明万历间凌迪知（1529—1600年）编纂《万姓统谱》一书，其卷十二亦有俞浙的生平事迹，较为简略，云：

① 明·田琯纂修（万历）《新昌县志》，《天一阁藏明代方志选刊》（第19册）据明万历七年刻本影印本，上海古籍书店1981年版。按，（成化）《新昌县志》（明李楫修、莫旦纂，明成化十三年修，正德十六年刻本。《上海图书馆藏稀见方志丛刊》据此影印，第106册，国家图书馆出版社2011年版）亦载有俞浙传记，惜未寓目，现据（万历）《新昌县志》。另，田琯《书县志凡例》云："旧志纂于成化年间，今所书事实自成化以前者，多采用之。若事在志后，及旧有缺略者，则搜集、传记、谱铭碑刻之类，补而辑之。""凡所书事迹，古有而今无者，仍旧存其名，使后人有所考见也。""凡记载事实、品题人物，俱据旧志及博采舆论，或得或失，自有任其责者。若夫文义，则间亦僭窃之矣。"可见田琯纂修此志的态度是客观认真的。另，（万历）《新昌县志》对（成化）《新昌县志》的承袭主要在成化以前，俞浙为宋末元初人，其生平当主要承袭自成化志。又，该书卷之十一《乡贤志》"廉介"条载有俞浙兄俞瑞的相关事迹，今抄录如下："俞公美，名瑞，为人英敏特达，学博文古，力贫事亲，凡奉养送终之事不分责。兄弟就试南宫，知贡举真德秀奇其才。登进士，授乐清令，通判庆元。居官精勤明恕，不为势利屈。性不喜自辨，不芥蒂于雠怨。平生困乏，未尝以贫语人，至老益坚忍，无戚戚意。间有指捷径讽者，宁不遇不屈。弟公浙，称为筹山先生。"

俞浙，字季渊，新昌人。开庆己未（1259 年）进士甲科。德佑
乙亥（1275 年），除太常丞，辞不赴。除监察御史，辞不允。促命
入台，首奏三疏，痛陈时病，皆留中不行，改除大理少卿，不就，
于是浩然而归。浙笃行寡言，庄重介洁，年八十卒。所著有《五
经》《孝经》《离骚审问》，共数十卷。①

以上 3 则是关于俞浙生平较为详细的材料，今据其他相关材料对俞浙
的生平、交游情况试做考论如下：

首先，关于俞浙的生卒年。《万姓统谱》记载俞浙"年八十卒"，未知
何据。

在南宋人陈著（1214—1297 年）的《本堂集》中，有多篇文章提到
"默翁"，可证二人确有交游，其中如《跋俞西秀诗》云：

余闻俞氏有西秀翁善吟，而未及识面，今其侄孙熙庵以翁《希
有诗集》示，俞默翁实为之序，乃知翁已即世，诗则存。余偶卧
病，不能尽观。观卷首《惩窒堂》一诗，是能自乐其乐者。《序》
称翁晚年不期于诗，而诗得之矣。默翁知西秀，余知默翁之心。余
之心，默翁之言；余之言，尚奚赘？丙子（1276 年）九月十有一日
丹山陈某书于本堂。②

"余知默翁之心"，可见二人相交甚厚，故而能彼此知心。又，《书胡纯
伯正叔二生字说后》云：

刾胡应之，余畏友也。一日造其家，出二子拜，左右立。诵

---

① 明·凌迪知编《万姓统谱》，影印文渊阁《四库全书》本。该书另载有俞浙兄俞
瑞的相关材料，云："俞瑞，字公美，新昌人。文章高古，真德秀奇其文，曰：'此他日
台谏选也。'与弟浙齐名。端平二年（1235 年）进士，通判庆元。性不芥蒂，于仇怨摧
抑困乏，克谨厥身，不失尺寸。"当采自《新昌县志》。

② 宋·陈著《本堂集》卷四十四，文渊阁《四库全书》本。

书属对，非常儿比。问其名，皆八岁而未名，应之以属。余为名之以师纯、师正，欲其师程子也。……余耄矣，无以与子之行矣，而家庭有严君焉，乡曲有默翁焉，归而求之，有余师也。由是而进进焉，对越纯公、正公，其殆庶乎。岁癸巳（1293 年）阳月五日，嵩溪遗耄陈某书于交翠窗。[①]

　　"乡曲有默翁焉，归而求之"，可见此时俞浙尚在人世。文末所属日期癸巳年，即元至元三十年。据此，俞浙当在至元三十年以后逝世。

　　又，陈著《答刻教赵实父（文炳）书》云："闻默翁著书甚多，足为不朽传，不负平生，笑第无从参请，唯有仰羡……翔父、仰之又相继云亡，言及痛泪滂下。某今已八十有一，是虽罋瓮债未足，亦造物者固留，以为不才欠死之罚。"[②]按，陈著生于宋嘉定十年（1214 年），此文当作于元至元三十一年（1294 年）。据文意，此时俞浙尚在世。另据检阅陈著《本堂集》，未见陈著写有悼挽俞浙之诗文，大概俞浙卒于陈著之后，即 1297 年之后。

　　另外，周密《癸辛杂识》一书多记当时人事迹，在该书"俞浙"条前后，先后记载的是以下生平可考的诸人：刘宰（1167—1240 年）、刘震孙（1197—1268 年）、贾似道（1213—1275 年）、潜说友（1216—1288 年）、王积翁（1229—1284 年）、王应麟（1223—1296 年）、俞浙、方回（1227—1305 年）、刘辰翁（1233—1297 年）等。根据这些人的生卒年，据凌迪知《万姓统谱》："年八十卒"和陈著的相关记载，我们可以大致得出以下结论：俞浙大概生于南宋宁宗嘉定十年（1217 年）后，卒于元战宗元贞三年（1297 年）后，即（1217 后—1297 年后），正值宋末元初，社会动荡不安之时。

　　其次，关于俞浙的籍贯问题。周密《癸辛杂识》认为俞浙是"上虞县人"，误。陈著《答刻教赵实父（文炳）书》云："刻多贤，今已晨星，而晦斋、默翁、应之亦已老矣。"按，刻，古县名。西汉置，在今浙江东部，包含嵊州和新昌。上虞是绍兴属县，今绍兴市上虞区，与新昌县南北相望。周密说俞浙为"上虞人"，当是误记。

---

① 宋·陈著《本堂集》卷四十六，文渊阁《四库全书》本。
② 宋·陈著《本堂集》卷八十，文渊阁《四库全书》本。

最后，我们再来看看俞浙的交游情况：

1. 陈著（1214—1297 年），字子微，一字谦之，号本堂，庆元府鄞县（今浙江宁波市鄞州区）人，寄籍奉化。宋理宗宝佑四年（1256 年）进士，初监饶州商税，调光州教授。景定元年（1260 年），为白鹭洲书院山长。著有《本堂集》九十四卷。

陈著《本堂集》卷四十四《跋俞西秀诗》《俞默翁察院（浙）求书俞梅轩遗老传后》，卷四十五《跋天台童氏子〈饭牛稿〉》、卷四十六《书胡纯伯正叔二生字说后》，卷七十八《与俞景周架阁（湘）书》、卷八十《答剡教赵实父（文炳）书》等均提到俞浙，其中《跋天台童氏子〈饭牛稿〉》一文云：

> 诗至晚唐非古矣，然欲至晚唐亦甚难者，惟四灵以为得其绪，他人盖有穷平生心而终莫之诣。童氏子以《饭牛稿》示，清而味，和而节，人情物意间，髓脉自贯，殆晚唐而非纯于晚唐者也。叩之，则曰："吾之诗得之俞默翁，默翁得诸杜少陵。"信其所由来如此，谁复能赘赞一辞？惟有敛衽三叹而已。强围大渊（1287 年）献。上巳日，丹山陈某。

陈著不仅点明了二人的诗学观，而且还指出了俞浙诗学杜甫，这也是他能注解杜诗的原因之一。

在现存的《本堂集》中，陈著多次提到杜甫，如卷八《杜工部诗有〈送弟观归蓝田迎新妇二首〉，偶与县尉弟达观同名，娶事又同，因韵戏示》，卷三十七《赠仁木上人山游序》，卷三十八《史景正诗集序》，卷四十四《跋徐子苍徽池行程历》，卷四十五《跋孝门吴子举瘦稿》《书新昌杜黄山王心月骚坛集后》《跋史芝厓诗》《书张君寿希崖敝帚集》等，可见他对杜诗的熟知和喜爱。

2. 刘黻（1216—1276 年），字声伯，号质翁，又号蒙川，乐清（今浙江乐清市）人。早有令誉，读书雁荡山中。淳祐十年（1250 年）试入太学。以太学生上书言事，忤执政，送南安军安置。乃尽取濂洛诸子书，辑成十卷，名曰《濂洛论语》。既还，复极言政事得失。累官至吏部尚书。二王泛海，陈宜中迎刘黻共政。行至罗浮，以疾卒，谥忠肃。有《蒙川遗稿》十卷行于世。

在其《蒙川遗稿》卷一《前庑两学录罢职公堂，求经明行修之士充员，时蜀人杨时发当其选，杨君以贱姓名荐。或谓余求之蜀人董□行、越人俞季渊、永嘉陈行之，咸以为不然。余亦自揆焉，而记以诗云》《六友诗寄林景云、留寿国、林道初、俞季渊》、卷三《同俞季渊访王修斋，遇雨，次季渊韵》①等诗中多次提及俞浙，可见二人颇有交往，惜俞浙诗文已经散佚。

刘黻《蒙川遗稿》卷三《和杜老人〈龙门寺〉诗题宝界东柱》云："招提有宿缘，坐此豁心境。风来松寄声，月过竹移影。殿依鲤石古，井汲龟泉冷。究竟定慧门，如何日三省？"可见他对杜诗的熟悉。卷三《杜工部》诗云："禾黍秋深泣乱离，尽将岁月付于诗。天高有语云霄隔，夜半无眠神鬼知。心抱孤忠生已晚，身逢多难死应迟。自从大雅收声后，赖有篇章续《楚辞》。"《和帚斋见寄》云："栖栖惯听鼓鱼声，心印相传第几灯。江有白鸥闲似我，地惟苍藓懒于僧。吟难用世皆东野，穷亦忧时只少陵。"可见他对杜甫穷苦不达的人生充满了同情，同时也对他的诗歌成就给予了肯定。

俞浙和这些对杜甫及其诗歌比较了解、熟知的诗人们交游，必定对他撰写《杜诗举隅》有一定的影响和帮助。

二、《杜诗举隅》的成书、流传和亡佚

《杜诗举隅》当作于俞浙晚年杜门著述时期，当时并未刊行，到元泰定泰定年间（1324—1328 年），郡守王亚中寻访理学行谊，遍搜俞浙著作，但只见到《孝经审问》一书。明初，俞浙的玄孙俞钦整理先人著述，发现了《杜诗举隅》，准备刻印行世，便请当时的著名大儒宋濂（1310—1381 年）作序。宋濂《杜诗举隅序》言之甚明：

① 宋·刘黻《蒙川遗稿》，影印文渊阁《四库全书》本。卷一另有一诗《挽新昌俞夫人（俞季海母）》："我与令子交，道味见颜色。乃知贻教来，谆谆及岐嶷。世多诔墓文，令子序其实。范身唯礼闲，齐家本天则。子哀难尽书，母德更何极？寒风号古林，慈乌绕珉刻。"俞季海，与俞浙（季渊）或为同族乎？

　　　　先生（俞浙）开庆己未进士，出典方州，入司六察，其冰蘖之
　　操，谅直之风，凛然闻于朝著。不幸宋社已亡，徘徊于残山剩水之
　　间，无以寄其罔极之思。其意以为忠君之言，随寓而发者，唯子美
　　之诗则然。于是假之以泄胸中之耿耿，久而成编，名之曰《杜诗举
　　隅》。观其书，则其志之悲，从可知矣。先生既殁，其玄孙安塞丞
　　钦，惧其湮灭无传，将锲诸梓，而来求序文甚力。

　　宋濂此序没有标明时间，但是可以肯定的是，此序作于宋濂逝世之前，
即明洪武十四年（1381 年）之前。成书于明洪武十五年的单复的《读杜诗
愚得》①对其引用甚多，计有 59 条。书籍的刊刻、流传需要一定的时间，
那么，《杜诗举隅》的刊刻肯定早于洪武十四年。

　　后世的方志著录有俞浙《杜诗举隅》一书，（乾隆）《浙江通志·经籍
十二·集部五》据（成化）《新昌县志》著录云：“《杜诗举隅》十卷，俞浙
著。”可见该书在成化年间还存世，到了万历时期，无论是（万历）《新昌
县志》，还是《万姓统谱》，均不见著录。又，万历年间，福建人邵傅撰有
《杜律集解》，在《杜律七言集解·凡例》中提到了“默翁注”，并采用 3 条
材料。这 3 条不仅可以在单复《读杜诗愚得》中找到，而且字句大同小异
（见下文）。《杜律集解》不仅多处引用单复的观点，还认为单复《重订杜子
诗史年谱》较为合理，以为标的。可见，邵傅据《读杜诗愚得》转引的可
能性极大。同时也说明，在万历年间，此书可能已经散佚了。

　　到了清代，仇兆鳌（1638—1717 年）网罗各种注本，著《杜诗详注》，
其中引用 1 条“俞浙曰”②。在《杜诗详注》的呈进本《凡例》中，仇氏
云：“俞季渊之《举隅》，已不及见矣。”③可见仇氏是没有见到该书的，他

　　①据单复《读杜诗愚得自叙》末云“洪武壬戌秋八月既望”和《重订杜子年谱诗
史目录叙》末云“洪武壬戌中秋”，可知该书成于洪武壬戌年，即洪武十五年，公元
1382 年。

　　②周采泉《杜集书录》认为引用 2 条，或将宋濂《杜诗举隅序》亦计算在内。

　　③转引自周采泉《杜集书录》内编卷三，上海古籍出版社 1986 年版，第 124 页。

引用的 1 条当转录自《读杜诗愚得》①，将仇兆鳌所引与《读杜诗愚得》做一对比可知。

《愚得》卷十三《咏怀古迹五首》其五：

> 默翁曰：……三解一羽毛之实，孔明人品，上比伊吕，使其指挥魏吴，悉底平定，萧曹何足拟论哉！末解说纤筹策之由，孔明止于三分割据者，非屈于魏吴也，屈于天不祚汉也。惟屈于天不祚汉，故志虽决于恢复，而身则殁于军务之劳矣。

《杜诗详注》卷十七《咏怀古迹五首》其五：

> 俞浙曰：孔明人品，足上方伊吕，使得尽其指挥，以底定吴魏，则萧曹何足比论乎？无如汉祚将移，志虽决于恢复，而身则殁于军务，此天也，而非人也。②

稍后的何焯（1661—1722 年）在《义门读书记》卷五十一《杜工部集》云：

> 宋景濂为俞默翁《杜诗举隅》序，以为："注杜者无虑数百家，大抵务穿凿者，谓一字皆有所出，泛引经史，巧为附会，檀酿而丛脞；骋新奇者，称其一饭不忘君，发为言词，无非忠君爱国之意。至于率尔咏怀之作，亦必迁就而为之说。说者虽多，不出于彼，则入于此。遂使子美之诗，不白于世。"余谓：此言盖切中诸家之病。而明人注杜，则又多曲为迁就，以自发其怨怼君父之私。其为害，盖又有甚焉者矣。景濂讥刘辰翁于杜诗"轻加批抹，如醉翁呓语，终不能了了。其视二者，相去不远"。元人皆崇信辰翁，莫有斥其

---

① 仇兆鳌《杜诗详注》并未提及和采用邵傅《杜律集解》一书，可见这一条当是采自单复《读杜诗愚得》。

② 清·仇兆鳌《杜诗详注》卷十七，中华书局 1979 年版，第 1506 页。

非者。此实自景濂发之，而注杜者，从未有一言及之。何耶？

　　默翁，名浙，字季渊。宋开庆己未进士，盖因生不逢辰，有所托而为之者，《序》言其各析章句，于体段之分明，脉络之联属，三致意焉。亦必有可观，惜余不及见也。①

"亦必有可观，惜余不及见也"，可见何焯只是根据宋濂的序所得出的结论，他本人也未见过原书。

据以上分析，俞浙《杜诗举隅》刊刻于明初，明初人单复《读杜诗愚得》所引较多。此书在明成化年间还存世，至万历年间已散佚，后世杜诗注本系转引自单复一书。

三、《杜诗举隅》辑录

今从宋濂《文宪集》卷五辑出《杜诗举隅序》；从单复《读杜诗愚得》辑出引文 59 条，《杜律集解》3 条，《杜诗详注》1 条。《杜律集解》和《杜诗详注》所引不出《读杜诗愚得》的范围，为说明问题，在相关诗题中一并录出。辑录的体例按照《读杜诗愚得》诗题顺序排列，并在引文后标注《四库全书存目丛书》本（下文简称《存目》）、《杜诗丛刊》本（下文简称《丛刊》）《读杜诗愚得》（下文简称《愚得》）的页码，以便于检索。

杜诗举隅序

　　诗三百篇，上自公卿大夫，下至贱隶小夫、妇人女子，莫不有作而其托于六义者。深远玄奥，卒有未易释者。故序《诗》之人，各述其作者之意，复分章析句，以尽其精微。至于《东山》一篇，序之尤详，且谓"一章言其完，二章言其思，三章言其室家之望女，四章乐男女之得及时"。一览之顷，纲提领挈，不待注释而其大旨焕然昭明矣。呜呼！此岂非后世训诗者之楷式乎？杜子美诗，实取法《三百篇》，有类《国风》者，有类《雅》《颂》者，虽长篇短韵，变

---

① 清·何焯《义门读书记》卷五十一，中华书局 1987 年版，第 987 页。

化不齐，体段之分明，脉络之联属，诚有不可紊者。注者无虑数百家，奈何不尔之思？务穿凿者，谓一字皆有所出，泛引经史，巧为傅会，檀酿而丛胜；骋新奇者，称其一饭不忘君，发为言辞，无非忠国爱君之意。至于率尔咏怀之作，亦必迁就而为之说。说者虽多，不出于彼则入于此，子美之诗不白于世者五百年矣。近代庐陵大儒颇患之，通集所用事实，别见篇后，固无缴绕猥杂之病，未免轻加批抹，如醉翁囈语，终不能了了，其视二者相去何远哉！

会稽俞先生季渊，以卓绝之识，脱略众说，独法序《诗》者之意，各析章句，具举众义，于是粲然可观，有不假辞说而自明。呜呼！释子美诗者，至是可以无遗憾矣！抑予闻古之人注书，往往托之以自见，贤相逐而《离骚》解，权臣专而《衍义》作，何莫不由于斯。先生开庆己未进士，出典方州，入司六察，其冰蘖之操，谅直之风，凛然闻于朝著。不幸宋社已亡，徘徊于残山剩水之间，无以寄其罔极之思。其意以为忠君之言，随寓而发者，唯子美之诗则然。于是假之以泄胸中之耿耿，久而成编，名之曰《杜诗举隅》。观其书，则其志之悲，从可知矣。先生既殁，其玄孙安塞丞钦，惧其湮灭无传，将锲诸梓，而来求序文ま力。予居金华，与先生为邻郡。及从黄文献公游，备闻先生之行事，可为世法，因不辞而为之书。

先生名浙，季渊，字也，晚以默翁自号，所著有《韩文举隅》，而《孝经》《易》《书》《诗》《礼记》《春秋》《离骚》各有"审问"，不但笺杜诗而已也。[①]

引文如下：

1. 《愚得》卷二《人日二首》其二"此日此时人共得"

默翁曰：前四句言世俗人日之景物，后四句言少陵人日之景物。赋也。（《存目》P62，《丛刊》P232—233）

2. 《愚得》卷四《宣政殿退朝晚出左掖》

默翁曰：首二联形容殿中朝事。三承殿中"天门日射"，形容门外光

① 明·宋濂《文宪集》卷五，文渊阁《四库全书》本。

景。末则退朝后入局出局也。(《存目》P85,《丛刊》P324)

3.《愚得》卷四《紫宸殿退朝口号》

默翁曰:首二句引朝之仪,次二句引朝之事,三言朝与主上款密,末言朝罢又与宰相款密也。昼漏,注家谓深远不得闻,恐诗意不止于此。或者谓形容君臣精神会聚,议论款密,虽昼漏而少听闻。如此,然后与下句意脉贯串。(《存目》P85,《丛刊》P325)

4.《愚得》卷四《题郑县亭子》

默翁曰:此诗首言郑县亭子,而主意在"凭高发兴"。上二凭高所见远景,兴念君也。见岳莲宫柳,犹见君父然。三凭高所见近景,兴身事也。"雀欺燕""蜂趁人",犹同列谮己,己被斥逐也。末则不胜其悲,遂欲忘言也。(《存目》P94,《丛刊》P360)

5.《愚得》卷四《早秋苦热堆案相仍》

默翁曰:首言炙热,欲暂食不能也。次承炙热之外,有蝎蝇之众多也。三承不能餐之外,又有束带、簿书之相仍也。末则欲避去矣。"青松架壑"与"炙热""蝎蝇"相反,"赤脚踏层兵"与"束带""簿书"相反。(《存目》P94,《丛刊》P362)

6.《愚得》卷四《至日遣兴奉寄北省旧阁老两院故人二首》其一

默翁曰:首二句述往事为纲,二联承"奉御床",言今日念主上也。三承"入鹓行",言今日念同列也。末则托于同列之相念,自伤其穷愁之甚也。(《存目》P97,《丛刊》P371)

7.《愚得》卷四《至日遣兴奉寄北省旧阁老两院故人二首》其二

默翁曰:首忆往年侍朝为题,二言朝仪,三言朝位,末则今日处此,不胜悲念也。(《存目》P97,《丛刊》P372)

8.《愚得》卷七《南邻》

默翁曰:前四句言居家事,后四句言出游事。(《存目》P135,《丛刊》P530)

9.《愚得》卷七《寄杜位》

默翁曰:首言量移,未得即归也。次承"宽法离新州",言斥逐万里,虽人所同,而宽法量移直在十年之后,则君之所独为可悲也。三承"归怀尚书百忧",言今量移之郡有干戈之虞,其忧虑形见于鬓发者,应满头白雪

矣，又可悲也。末自言己方流落如此，何时更得如昔者曲江之乐耶？（《存目》P140，《丛刊》P550—P551）

10.《愚得》卷七《进艇》

默翁曰：蜀中久客愁卧，姑同妻以出游，相与看稚子嬉戏，为舒怀计。三承"引老妻"，言观之物理，亦莫不然。末承"乘小艇"，言姑据所有为具，不必以贪为惭。（《存目》P144，《丛刊》P567）

11.《愚得》卷七《王十七侍御抢许携酒至草堂奉寄此诗便请邀高三十五使君同到》

默翁曰：首二联自适，且与物门（《丛刊》作"同"，是）其适也。后二联则入题邀二公相与一赏吾之适也。（《存目》P145，《丛刊》P569—P570）

12.《愚得》卷八《江上值水如海势聊短述》

默翁曰：此诗以"老去"为主，收首耽联（《丛刊》作"联耽"，是）佳句，引末句联"陶谢手"。前二联言吾性素耽佳句，今则老不能佳其赋咏，花鸟亦浑漫兴而而已，因引入后二联，值此佳景，无如之何，安得如陶、谢辈能为佳句者，与之同游而使其赋咏哉！值水如海势，当是言其平浸广阔而已，非谓汹涌如海也。（《存目》P153，《丛刊》P601）

13.《愚得》卷九《涪城县香积寺官阁》

默翁曰：诗首言寺下春江山要官阁，次联山要景也，官阁及春江景也，意趣幽远，末更兼见寺景物。赋也。（《存目》P167，《丛刊》P659）

14.《愚得》卷九《送路六侍御入朝》

默翁曰：首言前此会别之不常也，次言今日会别之匆遽也。两句含蓄情思，殆无穷也。却就次联下句引入三四联，三言于别筵中见桃花柳絮可嫉可恶也。四言所以可嫉可恶者，剑南春色感人，吾别思方恶，而柳絮复飘零焉，桃花乃醉笑焉，是逆吾思而生愁也。愁到别筵之酒边，虽欲饮酒解愁，不可得矣；虽欲不嫉不恶，不可得矣。此形容别思之极也。（《存目》P167，《丛刊》P660）

15.《愚得》卷九《（惠义寺园）又送（辛员外）》"双蜂寂寂对春台"

默翁曰：首四句言酌酒送别之景，惜别也。三联言忆昨更欲亲送别。末言无奈终别何。（《存目》P169，《丛刊》P668）

16.《愚得》卷九《送王十五判官扶侍还黔中得开字》

默翁曰：前四句言王侍母舟行，舟中景物可以奉亲也。三联送别、祝别。末复惜别也。（《存目》P172，《丛刊》P679）

17.《愚得》卷九《九日》"去年登高郏县北"

默翁曰：首二句为纲，次就"登高"上白发见花，三就"重在"上叹久客傍人，末则有怀于往昔国家盛时之景况，与今日"白发"久客异矣。（《存目》P174，《丛刊》P687）

18.《愚得》卷十《玉台观二首》其一"中天积翠玉台遥"

默翁曰：首二句为纲，二承"绛节朝"言，三承"玉台遥"言，末言台内有修炼飞仙者，而公遂欲居此以老焉。（《存目》P186，《丛刊》P736）

19.《愚得》卷九《将赴成都草堂途中有作先寄严郑公五首》其一

默翁曰：诗以首联为纲，次承"再剖符"发明己所望于严之心事，三四承"赴成都"发明所厚于己之心事。赋也。（《存目》P189，《丛刊》P748）

20.《愚得》卷十《将赴成都草堂途中有作先寄严郑公五首》其二

默翁曰：首以白苹起兴，言此归犹及见故园春色，为可喜者，引入次联"斥候无兵马""逢迎有主人"，是又喜之大而尤可喜者，为下句之纲。幸无兵马，则吾区区故园，当为邻里相安于无事，若三联所言可也。幸有主人，则区区故园，必有如习池见赏于荆州，若末联所言矣。荆州，指严郑公。（《存目》P189缺页，据《丛刊》P748—749补）

21.《愚得》卷十《宿府》

默翁曰：诗大意在首二句，次就"独宿"形容永夜之景况，三四就"幕府"叙述自己之事因。赋也。（《存目》P199，《丛刊》P791）

22.《愚得》卷十《至后》

默翁曰：首句分两截为纲，以下次第相承。次承"远在剑南"言，三承"思洛阳"言，弟娣（《丛刊》作"妹"）居洛阳也。末言愁不能自已，非诗所能遣也。（《存目》P201，《丛刊》P799—P780）

23.《愚得》卷十二《遣闷戏呈路十九曹长》

默翁曰：杜子闷在于雨。前四句所言雨中景物是也。春雨已自可闷，莺唯恐雨，鹭唯恐不雨，物情不同，又可闷也。遣闷，唯在于见路。（《存

目》P229，《丛刊》P915）

24.《愚得》卷十二《暮春》

默翁曰：前四句卧病不得出游，而又多风雨也，况味亦无聊矣。后四句羡花柳禽鸟之得时适性，而吾乃卧病。赋而兴也（《丛刊》作"赋兼比也"）。（《存目》P230，《丛刊》P919）

25.《愚得》卷十二《寄常征君》

默翁曰：此诗以首联下句为主，次惜其"傍风尘"。"楚妃"一语，微词也。不以大丈夫许之，虽褒而实贬之。三为傍风尘解嘲。末乃寄意戏之，言其官居清凉，不似吾旅居毒热也（《存目》作"势口"，误，据《丛刊》改补）。赋而兴也。（《存目》P230，《丛刊》P920）

《杜律集解》（《杜诗丛刊》本P420）引默翁曰：此诗以首联下句为主，惜其"傍风尘"。"楚妃"一语，微词也。不以大丈夫许之，虽褒而实贬之。"绝粒""藏身"为"傍风尘"解嘲。末寄戏意耳。

26.《愚得》卷十二《黄草峡》

默翁曰：前言蜀无归船，夔少行人，秦使复不通，吾莫知蜀寇事体为何，若其间又有是有非也。是非未定，则蜀民被祸矣，故三联哀痛之也。是非已定，则蜀不为寇盗所据矣。观之吐蕃所陷松州，今且被围于我矣。末联宽慰之也。赋也。（《存目》P238，《丛刊》P948）

27.《愚得》卷十二《诸将五首》其一

默翁曰：前四句言昔日禄山之祸，后四句言今日吐蕃之祸，遂责为诸将者聚兵既多，关系甚重，当以防寇为急，不当破愁颜为乐也。（《存目》P238，《丛刊》P951）

28.《愚得》卷十二《诸将五首》其二

默翁曰：首相形引入，次联主意，三承"远救朔方兵"而言，其效以及河北复清，末承"回纥马"而究其原，以责将帅。首言张仁愿筑三城，本欲绝骄虏，次言今乃籍戎虏以为诛叛逆之计，三（《存目》作"王"误）道诛叛逆之效也。初来京师失守，贼锋炽甚，宁有中兴之望？自肃宗即位，虽河北群盗且闻复清矣。推藉戎虏之原也，盖深责当时诸将也为肃宗回护也。惟诸将不能尽瘁忧国，致肃宗忧患无措，不得已包羞，借助回纥以解朝夕之急，而尔诸将亦与享升平之安其将何以报之耶？（《存目》P238—

P239，《丛刊》P952—P953）

29.《愚得》卷十二《诸将五首》其三

默翁曰：前四句言两京及东北皆乱离矣。后四句言诸公赞画朝廷，虽多捕益，而军食则未知何以处置，惟有王相国知为戢兵务农计，此天下之幸也，朝廷之幸也。（《存目》P239，《丛刊》P954）

30.《愚得》卷十二《诸将五首》其四

默翁曰：前四句言四方化外服属之国，皆寇叛也，后四句言归责于诸将之叨居富贵者，未尽忠良也。（《存目》P239，《丛刊》P955）

31.《愚得》卷十二《诸将五首》其五

默翁曰：此诗以"正忆"二字为主，前二联述迁夔后，自春至秋忆前此与严共迎中使于蜀也。因引入后二联，忆严在蜀之事，上结主知，下服军心，而才略足以镇蜀也，言外之意，盖谓今无此人，而蜀遂多事也。（《存目》P239，《丛刊》P956）

32.《愚得》卷十三《夜》"露下天高秋水清"

默翁曰：首言秋夜独宿于空山之下，旅魂惊不安寝也。次就"独夜"形容景况，三四就"秋"上睹物理景象，有感于身事人情也。菊，秋花。鹰，秋来。牛斗，秋昏所见星。盖旅处卧病，再秋，讶亲故久不通问。观之星象，犹南北相接，而人情乃不然也。赋也。（《存目》P255，《丛刊》P1017）

33.《愚得》卷十三《咏怀古迹五首》其一

默翁曰：首二句言自东北入西南，次承"西南"。指三峡、五溪，此就身事上言往日至今日事。三联自"羯胡"引入"词客"，末承"词客"自比庾信，就文词上言今日至去后事也。"羯胡"与"东北"相应，"词客"与"西南"相应。（《存目》P257，《丛刊》P1025—P1026）

34.《愚得》卷十三《咏怀古迹五首》其二

默翁曰：此诗可见少陵卓识矣。前二联以宋玉所赋《九辩》言，是风流儒雅见于忠君忧国者也，亦足以为吾辈师表矣。故虽千秋之远使人怅然，为之洒泪，而恨不与同时。后二联以宋玉所赋《高唐》言，是其文藻见于逢君导淫者也，当时朝云莫雨之梦宁果有是哉？况楚宫泯没已尽，虽荒台遗址，亦无影响可寻矣。恍惚怪诞之事，信不足以传远也。是知宋玉之所赋根于忠义者，千载所共仰，而溺于媱丽者，后世只以为诬矣。是非得失之辩如此，学者可不监哉？（《存目》P257，《丛刊》P1026—P1027）

35.《愚得》卷十三《咏怀古迹五首》其四

默翁曰：前言先主功业不就而死，当时遗祠使人思念，不可复见矣，伤之也。后四句言庙宇犹存于里社，虽荒凉简陋，而与孔明祠屋之临近，祭祀之一同，则尚可相见其君臣精神之会聚千载一时也。幸之也！（《存目》P257—P258，《丛刊》P1028—P1029）

36.《愚得》卷十三《咏怀古迹五首》其五

默翁曰：此诗笔力论议妙绝今古，然必先晓"纡"字训诂，"一羽毛"之义，乃可寻其意。纡，卷也，犹屈也。孔明筹策，岂止于三分割据而已哉！然而不免止于此者，有此屈也，叹息之词也。一羽毛者，非谓轻如一羽毛也。一，独也，特异之谓也。孔明之于人世，犹鸾凤鸑鷟，高翔于云霄之上，盖羽毛之独奇特异者，万古之所共仰望，不可梯及也，赞美之词也。三解一羽毛之实，孔明人品上比伊吕，使其指挥魏吴，悉底平定，萧曹何足拟论哉！末解说纡筹策之由，孔明止于三分割据者，非屈于魏吴也，屈于天不祚汉也。惟屈于天不祚汉，故志虽决于恢复，而身则歼于军务之劳矣。（《存目》P258，《丛刊》P1029—P1030）

《杜律集解》（《杜诗丛刊》本P395）引默翁曰：此诗笔力论议妙绝古今，然必先晓"纡"字训诂，"一羽毛"之义，乃可寻。纡，卷也，犹屈也。孔明筹策，岂止三分割据而已哉！不免止此，有所屈也，叹息之词也。一羽毛，非谓轻如一毛也。一，独也，特异之也。孔明之于人世，犹鸾凤鸑鷟，高翔于云霄之上，盖羽毛之特奇者，万古之所共仰，不可梯及，赞美之辞也。三解一羽毛之实，孔明人品上比伊吕，使其指挥魏吴，悉底平定，萧曹何足拟哉！末解纡筹策之由，其止于三分者，非屈于魏吴也，屈于天不祚汉耳。惟屈于天，故志虽决于恢复，而身则歼于军务之劳矣。

《杜诗详注》（中华书局1979年版，P1506）引俞浙曰：孔明人品，足上方伊吕，使得尽其指挥，以底定吴魏，则萧曹何足比论乎？无如汉祚将移，志虽决于恢复，而身则歼于军务，此天也，而非人也。

37.《愚得》卷十四《赤甲》

默翁曰：公言卜居赤甲已两春矣，次承"春"言不忘君，赋而比也。

三四承"迁居"言交游有近者、有远者、有亲炙者，不忘故旧，赋也。赤甲，即巫山楚水中地名，狭言之则赤甲，广言之则巫山楚水。(《存目》P265，《丛刊》P1059—P1060)

38.《愚得》卷十四《江雨有怀郑典设》

默翁曰：此诗主意在首句，次承"春雨""塞峡"景物，三状春雨润物，气象于是时也。我正忆尔，矧瀼岸既高且滑，又有东西之限，故不得相从以舒怀耳。赋也。(《存目》P266，《丛刊》P1062)

39.《愚得》卷十四《雨不绝》

默翁曰：此诗咏物一体制也。首以本体言，次以物理言，三以神异言，末以人事言。诗之佳处，在言用不言体，故此诗自次联以下皆言用也。赋也。(《存目》P266，《丛刊》P1062)

《杜律集解》(《杜诗丛刊》本P399)引默翁曰：此诗咏物一体制也。首以本体言，次以物理言，又次以神异言，末以人事言。诗之佳处，在言用不言体，故此诗自次联以下皆言用也。

40.《愚得》卷十四《即事》"暮春三月巫峡长"

默翁曰：首言方云之景，二言既雨之景，三言雨过而禽鸟得趣也，末言雨过而山川改观也。其曰"只少对潇湘"者，意在巫峡下荆湖也。(《存目》P269，《丛刊》P1076)

41.《愚得》卷十四《返照》"楚王宫北正黄昏"

默翁曰：此诗主意在首二句，次承"过雨"言其心事，末望朝廷早平寇盗，以安生民。赋而比也。(《存目》P273，《丛刊》P1089)

42.《愚得》卷十四《滟滪》

默翁曰：此诗首言"滟滪"而主意在"水多"上，二物之在滟滪，水多而愁者如此，三人之经滟滪，水多而愁者如此，末戒恶年少，毋乘滟滪水多行险以侥幸也。(《存目》P273，《丛刊》P1089)

43.《愚得》卷十四《季夏送乡弟韶陪黄门从叔朝谒》

默翁曰：诗首二句为纲，次承"名家"句言，相国既以功烈为朝廷倚重，三四承"令弟"句祝其善自贵重，及时以功名显著于朝廷也("功名显著"四字，据《丛刊》补)。(《存目》P273，《丛刊》P1090)

44.《愚得》卷十四《见萤火》

默翁曰：此诗以首联上句为主，言自外而内，二言屋上或高或低，三言地上或低或高，形容尽矣，然皆言用不言体，末则感兴于己也。二三联起语皆虚字，亦一格。赋也。（《存目》P276，《丛刊》P1104）

45.《愚得》卷十五《送李八秘书赴杜相公幕》

默翁曰：前四句言自益州来巫峡，喜其届途无危险之虞。后四句言自巫峡赴相公幕，喜其遇主有同升之望。赋也。（《存目》P284，《丛刊》P1138）

46.《愚得》卷十五《简吴郎司法》

默翁曰：首入题，次解说安置之堂与安置之意，三解说藉疏豁之景，末解说停宴游之实也。赋也。（《存目》P286，《丛刊》P1146—P1147）

47.《愚得》卷十五《又呈吴郎》

默翁曰：首二句为纲，次错综相承，三四又就次联相生，就吴郎"任西邻"上言，"转须亲"就妇人"无食无儿"上言"宁有此"，三则就"须亲"上为吴郎区处，末就"困穷"上为妇人哀痛。赋也。（《存目》P287，《丛刊》P1147）

48.《愚得》卷十五《冬至》

默翁曰：首二句为纲，次承"至日长为客"言今日事，三四承"穷愁泥杀人"言昔日事，今怀想不复见矣。赋也。（《存目》P294，《丛刊》P1177）

49.《愚得》卷十五《舍弟观赴蓝田取妻子到江陵喜寄三首》其二

默翁曰：首言想弟北来，二言弟自此去彼之意，有喜有恐也，三言闻弟来，为之欢喜，末言虽梅花不如吾怀之舒展也。其形容模写，一时之情味极矣。（《存目》P294，《丛刊》P1178）

50.《愚得》卷十五《舍弟观赴蓝田取妻子到江陵喜寄三首》其三

默翁曰：前四句思想故庐应如此也，后四句预图新计，兄弟相与又如此也。赋也。（《存目》P295，《丛刊》P1179）

51.《愚得》卷十五《将赴荆南寄别李剑州弟》

默翁曰：首四句赞李久安职守，三言将赴荆南而自怜奔走衰困，末则伤时恨别，惟相忆耳。赋也。（《存目》P295，《丛刊》P1180）

52.《愚得》卷十六《多病执热奉怀李尚书之芳》

默翁曰：诗言老病交攻而苦热，次承"气郁蒸"而形容"炎海接""火

云升"，三承"病侵陵"而思"黄梅雨""玉井冰"，末述奉怀李尚书。赋也。（《存目》P306，《丛刊》P1223）

53.《愚得》卷十六《江陵节度使阳城郡王新楼成王请严侍御判官赋七字句同作》

默翁曰：前四句言楼成而高也。首题，次形容，后四句言王事之暇，即与参佐从事文物典籍，享用此楼。是可见王之所乐，与人同其乐者，即非独乐，又非淫乐，诚万古风流之事也。（《存目》P307，《丛刊》P1228）

54.《愚得》卷十六《又作此奉卫王》

默翁曰：前写楼上之景伟矣，二比前仅形容楼者（"前……者"六字，《存目》无）不同，后言王政事镇静，交际文儒，足以享此楼，而（"楼而"二字，《存目》无）自愧不能赋咏也。（《存目》P307，《丛刊》P1229）

55.《愚得》卷十六《公安送韦二少府匡赞》

默翁曰：首下句分两截为纲，以下次第相承"送尔"而祝其后如此，盖相爱相知之深矣。三四承"此筵"，言世乱身危，古今共悲者也。而吾二人适不幸兼此二者，而离别如之何而不为断肠哉？（《存目》P312，《丛刊》P1249—P1250）

56.《愚得》卷十六《留别公安太易沙门》

默翁曰：诗以首联为纲，次承"丽藻"句，言休与吾唱和频密如此，三四承"隐居"句，言吾今冬先往炉峰，为尔僧地，以待其来也。（《存目》P314—P315，《丛刊》P1258—P1259）

57.《愚得》卷十六《晓发公安数月憩息此县》

默翁曰：首晓也。次晓有所感，生意无几，非可久处也。三遂发公安矣，且感叹吾奔驰未有定向，故遂所往，惟赖药饵扶吾之病躯耳。（《存目》P315，《丛刊》P1259）

58.《愚得》卷十八《赠韦七赞善》

默翁曰：前四句言密迩帝关如此，后四句言流落江湖如此。赋也。（《存目》P335，《丛刊》P1344）

59.《愚得》卷十八《长沙送李十一衔》

默翁曰：首言久别相逢，而已"相逢"二字为主，次相逢中述己之事体，三相逢中述李之事体，末又相别而愁也。（《存目》P339，《丛刊》P1361）

单复及其《读杜诗愚得》考论

元末明初人单复著有《读杜诗愚得》一书，该书是明代第一个集注本，其重订杜诗年谱、考订杜子世系、注解结合的体例不仅对后世杜诗学文献的编撰提供了借鉴，而且其中的某些观点也被后世杜诗注本所采纳和吸收，在杜诗学史上具有一定的影响。本文即对单复及其《读杜诗愚得》相关情况做考论。

一、单复生平事迹考

关于《读杜诗愚得》的著者单复，文献对其生平、仕宦、著述等情况的记载颇为简略、错乱，今据相关材料略为辨正如下。

据笔者目前所掌握的材料来看，对单复生平事迹记载最早的是明代著名政治家、学者，"台阁体"代表作家之一的杨士奇（1366—1444 年）。在《读杜愚得序》中他提到了单复的一些情况，极为简略，谓："阳元洪武中为汉阳湖泊官，谋刻以传，未有所遇，而卒武昌。"①在《〈读杜诗愚得〉二集二首》之一中，杨士奇又说："元阳清修好古，洪武初为汉阳湖官。"②杨士奇关于单复字的记载前后矛盾，任职汉阳的时间也互有出入。一人所记却前后抵牾，可见在杨士奇时代，单复的生平事迹已经模糊不清了。同为"台阁体"代表作家的黄淮（1367—1449 年）在《读杜诗愚得后序》中提到"会稽单复阳元注释名《读杜诗愚得》"。据此，单复，字阳元。

明末清初著名藏书家黄虞稷（1629—1691 年）在《千顷堂书目》中著录单复《读杜愚得》十八卷，对其生平介绍也较为详细，云："单复，字阳元，嵊县人，洪武中为汉阳河泊官。一云名复亨，举怀才抱德科，授汉阳知县。"③（乾隆）《嵊县志》卷十一《人物志·儒林》云："单复亨，字阳

---

① 本文所用《读杜诗愚得》引文俱出自《四库全书存目丛书》本（齐鲁书社 1996 年版），同时参以《杜诗丛刊》本（台湾大通书局 1974 年版），下文不再出注。

② 明·杨士奇《东里续集》卷十九，文渊阁《四库全书》本。

③ 清·黄虞稷《千顷堂书目》卷三十二，上海古籍出版社 2001 年版，第 781 页。

元，居晦溪。博通典籍，尤善诗歌，著《杜愚得》十八卷传于世。复亨最爱杜诗，故自为翻注云。洪武初，举怀才抱德科，授汉阳知县。"①《四库全书总目·〈读杜诗愚得〉提要》云："（单）复，字阳元，会稽人。《千顷堂书目》作嵊县人。洪武中为汉阳河泊官。又云一名复亨，举怀才抱德科，授汉阳知县。传闻异词，未详孰是。"②按，《周易》曰："复，震下坤上。复：亨。出入无疾，朋来无咎。反复其道，七日来复。利有攸往。"［疏］《正义》曰："'复亨'者，阳气反复而得亨通，故云'复亨'也。出入无疾者，出则刚长，入则阳反，理会其时，故无疾病也。朋来无咎者，朋谓阳也。反复众阳，朋聚而来，则无咎也。若非阳众来，则有咎，以其众阳之来，故无咎也。"③单复的《读杜诗愚得自叙》末尾署名"古剡单复自序"，且每卷前有"古剡单复阳元读"等著者姓名，当以"单复"为是。一名"复亨"，或是据《周易》衍误所致。

关于单复的籍贯，《千顷堂书目》作嵊县人，黄淮序《四库全书总目》作"会稽人"，并引《千顷堂书目》作"嵊县人"，两存之，不确，当为"嵊县人"。会稽，古地名，故吴越地，会稽因绍兴会稽山得名。剡，古县名。在今浙江嵊县西南。嵊县，在浙江省。汉称剡县，吴越改为瞻县，宋始名嵊县。古亦称嵊州，为会稽（今浙江绍兴市）属县。

关于单复到汉阳的时间，杨士奇文中已有两说，一是"洪武初"，一是"洪武中"。按，（嘉靖）《汉阳府志》："国初仍为府，属湖广布政使司武昌道。洪武九年五月革府，以二县隶武昌府，十三年复府如故。"④《明史》卷四十五《地理五》："汉阳府。洪武九年四月降为州，属武昌府。十三年五月复为府。……领县二。"又，《明史》卷七十五《职官四》载："河泊所官，掌收鱼税；闸官、坝官，掌启闭蓄泄。洪武十五年定天下河泊所凡

---

① 清·李以琰、田实秸（乾隆）《嵊县志》，乾隆七年刻本。

② 清·纪昀等《钦定四库全书总目·集部·别集类存目一》，中华书局 1997 年版，第 2356 页。

③ 魏·王弼、韩康伯注、唐·孔颖达等正义《周易注疏》，文渊阁《四库全书》本。

④ 明·刘本用、贾应春修，朱衣纂，（嘉靖）《汉阳府志》，上海古籍书店 1963 年据嘉靖刻本影印《天一阁藏明代方志选刊》本。

二百五十二。"①单复大概于洪武十四、十五年来到汉阳，并于洪武十五年
左右担任河泊官。又据《丁鹤年简表》②记载，丁鹤年（1335—1424年）
经常往复于浙东、武昌之间，而单复亦是浙江人，二人可能早已相识。洪
武十二年（1379年），丁鹤年还武昌迁葬。洪武十三年，迁葬后还四明。到
洪武十七年（1384年），丁鹤年再次由浙东返还武昌，此后一直在武昌居
住。此时单复或已不在人世，其著述也逐渐散佚。丁鹤年帮忙搜集整理故
友遗著，其中包括单复未及刊刻的手稿《读杜诗愚得》。然而，因为各种原
因，在丁氏有生之年，《读杜诗愚得》并未刊刻行世。

二、《读杜诗愚得》的成书及刊刻

关于《读杜诗愚得》成书的动机，单复在《自叙》中交代得很清楚：

> 余初读杜子美诗，茫然莫知其旨意，注释者虽众，率多著其
> 用事之出处耳。或有指其立言之意者，又复穿凿附会，观之令人闷
> 闷。至若杜子作诗之旨意，卒莫能白，深窃疑焉。且近世咸重须溪
> 刘氏《评点杜诗》，家传而人诵，亟取读之，……余乃知须溪所评，
> 大抵止据一时己见而言，亦未明作者立言之旨意，然颂相业语，实
> 误后学。余于是屏去诸家注，止取杜子诗反复讽咏，似略见大意，
> 亦未昭晰。既又得范德机氏分段批抹杜诗观之，恍若有得，则向所
> 谓莫知而可疑者，始释然矣。

可见，单复注解杜诗的原因首先在于对于宋代注解、评点杜诗方法的
不满。宋代由于受到黄庭坚等人的影响，认为杜诗"无一字无来历"，因此
很多注家在注释杜诗时，往往为杜诗中的每个字句寻找出处，生搬硬套、
引经据典、寻章摘句。虽说这种注释方法继承了李善等人注解《文选》的
方式，但对于杜诗的过分注释，要求做到"无一字无来历"，就显得过于繁
琐饾饤，让人不能卒读，更无法获知杜诗的"旨意"。刘辰翁《评点杜诗》

---

① 清·张廷玉等《明史》，中华书局1974年版，第1073页，第1852页。
② 载丁生俊编著《丁鹤年诗辑注》，天津古籍出版社1987年版，第341—346页。

开创了另一种注释杜诗的新方法，对后世影响深远，所以在元代甚是流行，多次刊刻，以至于"家传而人诵"。但是，单复认为刘辰翁所评，只不过根据一时的理解，并未深入理解杜诗的旨意，如："开卷第二首《赠李白》诗曰：'野人对膻腥，疏食常不饱。岂无青精饭，使我颜色好？'刘评云：'野人所喜者，蔬食。第对膻腥，故思青精饭耳。'"《望岳》诗曰：'荡胸生层云。'评曰：'登高意豁，自见其趣。'"①刘氏所评，不能解人所疑，反而让人更加疑惑，无所适从。正是鉴于以上诸家注本的缺点，单复决心重新注解杜诗。

另外，杜甫的伟大人格以及杜诗所取得的巨大成就也是促成单复注解杜诗的原动力之一。在批判了诸家注杜的缺失之后，单复对杜甫及其诗歌做了高度评价：

> 杜子之诗，皆发于爱君忧国之诚心，且善陈时事，度越今古，世号"诗史"。至若父子、夫妇、兄弟、宗姻、朋旧间，虽流离颠沛，顷尤曲尽其道，自非杜子天资粹美，学问赅博，其能若是乎！

虽然单复对杜甫和杜诗的评价沿袭了唐宋以来的观点，却也是单复在反复研读杜诗后的心得体会，因此他才决心注解杜诗，"庶以发杜子作诗之旨意"，并为该书取名"读杜诗愚得"，原因即在于"愚者千虑，必有一得"。可见单复的著述态度是极为认真的。

单复此书生前并未刊刻流传，关于其中曲折，据杨士奇《读杜愚得序》中称：

> 阳元洪武中为汉阳湖泊官，谋刻以传，未有所遇，而卒武昌。丁鹤年重其书，从其家求得遗稿，欲成阳元之志，又未有遇。前三十余年，余过武昌，鹤年以属余及张从善。余时未暇录，而心恒不忘。比与训导严颐语及之，颐曰："江阴朱善继、善庆兄弟，清

---

① 宋·刘辰翁批点，元·高楚芳编《集千家注批点杜工部诗集》卷一，元至大元年方衢会文堂刊本。

尚务义，喜为诗，尝刻当时名人所作以传，此其无难者。"遂求从
善所录本托之，不数月，颐书来言，刻完求序。何其成之速也！①

在《〈读杜诗愚得〉二集二首》中，杨士奇对于该书的流传过程叙述得
更为清晰：

元阳②清修好古，洪武初为汉阳湖官，其注此诗，未尝示人。
武昌丁鹤年好论诗，与之厚，仅得一再见之。单卒，其子不振。鹤
年从求其稿，已不存。后数年，始物色得之汉川民家，已失其后二
卷。又十余年，求得于景陵士人，遂为全书。余客武昌，与鹤年往
还，出此书示余及张从善，使录之。

余与张从善得丁鹤年先生所藏单元阳《读杜诗愚得》本抄录，
而虑其索之急也，则取书坊刻本，就其空纸录焉，冀工省易完耳，
皆从善亲录之。从善后既重录，遂以此本授余录。余亦已重录，然
此故人手笔，不敢弃也。谨识而藏之。③

黄淮《读杜诗愚得后序》亦提及此书刊刻原始，其云：

少傅庐陵杨先生往岁在湖湘得会稽单复阳元注释名《读杜诗愚
得》，大意取法朱子传《诗》，近日训导严颐请以受江阴士族。朱善
庆、善继镂板以传，未几而告成，少傅公序之矣。

据以上所引，可见单复此书成书之曲折。洪武十五年，《读杜诗愚得》

---

① 明·杨士奇《读杜愚得序》，载《读杜诗愚得》卷首，《四库全书存目丛书》本集
部第4册，齐鲁书社1997年版，第2、3页。此文又载文渊阁《四库全书》本《东里续
集》卷十四，文字稍异。
② 按，此处杨士奇称"单复元阳"，与《读杜愚得序》及《读杜诗愚得》各卷目录
下所署"古剡单复阳元"均不同，为倒文，误，当为"阳元"。
③ 明·杨士奇《东里续集》卷十九，文渊阁《四库全书》本。

成书，由于单复只是一个不入流的河泊官①，生活极为贫苦，无钱刊刻。后卒于武昌，其著述也逐渐散佚。丁鹤年几经努力，终于搜访得《读杜诗愚得》全书，然而有生之年亦未能刊刻，使之流传②。

据《太师杨文贞公年谱》"（洪武）二十二年己巳"条记载："公年二十五岁，是岁游湖湘，至武昌。缙绅先生咸礼重之，汉阳府学、江夏县学皆聘训导，不就。"③又"（洪武）二十三年庚午"条："公年二十六岁，据武昌，从游者日集。录《历代乐府》于府学晏彦文所，录《读杜愚得》于丁鹤年所，得《文章正宗》及陶、王、孟、韦诸家诗于秦叟，得揭诗于蒋立恭所。冬归，阻风盘塘，录《孝敬经传直解》并《列子》八篇于邻舟上虞张肃。"④杨士奇于洪武二十二年（1389 年）到达武昌，与丁鹤年交游⑤，二十三年（1390 年）在丁鹤年处得到《读杜诗愚得》。他和张从善⑥"取书

---

① 《明史》卷七十五《职官四》载："河泊所官，掌收鱼税；闸官、坝官，掌启闭蓄泄。洪武十五年，定天下河泊所凡二百五十二。岁课粮五千石以上至万石者，设官三人；千石以上设二人；三百石以上设一人。"可见河泊官是个没有品阶的不入流的小官，俸禄极少。

② 翻阅现存《鹤年诗集》，未见丁、单二人交游之作。丁鹤年诗集初以抄本流传，直到永乐年间才有刻本流传，或流传过程中散佚，亦未可知。

③ 明·杨口《太师杨文贞公年谱》，北京图书馆出版沈据清道光间泰和杨觐光刻本影印，北京图书馆编《北京图书馆藏珍本年谱丛刊》第 37 册，北京图书馆出版社 1999 年版，473 页。

④ 明·杨口《太师杨文贞公年谱》，北京图书馆出版社 1999 年版，第 474 页。

⑤ 现存《鹤年诗集》未有丁、杨二人交游的诗作，其《鹤年诗集》卷三《寄武昌诸友》云："黄鹄山前汉水濆，一时英俊总能文。金钗佐酒年俱少，银烛抄书夜每分。雁杳鱼沉劳远思，狼贪羊狠绝前闻。兵戈故国知谁在？目断西南日暮云。"所谓"年俱少""银烛抄书"，杨士奇当时年方二十五六亦有抄书事，或"诸友"中亦有杨士奇。杨士奇《东里集文集》卷十《题丁鹤年诗》云："鹤年，其先西域人。西域人多名丁，既入中国，因以为姓，故鹤年亦丁姓，其祖父皆仕元，二兄皆举进士，为显官。鹤年独泊然，布素寒士。元亡，归四明，与戴叔能相善，尚节操，有孝行。叔能尝为作传，后隐武昌山中。余在武昌遇之，甚相得。时已老矣，别后数岁，卒。此集盖其辛后得之武昌邓存诚。"（文渊阁《四库全书》本）可见二人有确有交游。

⑥ 杨士奇《东里集》记有两张从善。其一，据杨士奇《东里续集》卷十九《风雅翼三集三首》其一载："（张）从善，名登，大同人，从其父戍武昌，操行坚确，笃学不懈，手录书至富。余客武昌时，相与往还，甚厚。丙子（1396 年）冬，余归庐陵，【接下页】

坊刻本，就其空纸录焉"，然而，直到 30 多年以后，在训导严颐①的提议下，杨士奇才将张从善抄录的本子交给江阴朱善继、善庆兄弟，使之刻印，数月之后，十八卷本的《读杜诗愚得》刻成，可见刻书之快，也可看出明代雕版印刷技术的先进。

据《读杜诗愚得自叙》末尾单复所署日期"洪武壬戌（十五年［1382年］）秋八月既望"，及黄淮《读杜诗愚得后序》"宣德九年（1434 年）岁次甲寅春二月既望"，可知此书经过 52 年的辗转流传，经过许多人的人不懈努力，最终得以刊刻行世。其中，杨士奇的功劳可谓最大。此书在宣德九年初刻后，在明代又经过几次重刻、重修，甚至流传海外，可见其影响之大②。

【接上页】以余重此编，赠以识别。余家又有从善手录杨孟载诗百余篇，字画端整，吉水刘日升借去，卒于不归。"（文渊阁《四库全书》本）明·周是脩（1354—1402 年）《刍荛集》卷五《松庄诗文序》云："张从善氏，名登，云中人。侍其亲于武昌戍伍中，博学而有文，惇德而厉行。明于周、程、朱、张之旨，于古今事尤博通，性至孝友。（文渊阁《四库全书》本）此张从善善于抄书，抄有《读杜诗愚得》《风雅翼》、杨孟载诗等，著有《松庄诗文》。"杨士奇《题竹寄张从善二首》："江汉交情四十春，别来衣袂满缁尘。平生高义怜张仲，鹤岭鹦洲入梦频。""大东门外修筊畔，几度行吟共日斜。衰鬓于今各成雪，相思相望尚天涯。"（《东里续集》卷六十二，文渊阁《四库全书》本）即是写给此张从善者。其二，杨士奇《东里文集》卷二十《张从善合葬墓志铭》云："洪武二十八年（1395 年）八月十八日，东阿张公从善卒。张之先出琅琊，今居东阿五世矣。祖钦，父诚，母李氏。公讳仁，幼丧母，鞠于嫂氏。自少负气节，年十九遭元季之乱，为义兵千户，数与渠冠号关先生破头潘者，力战有名。无几，元亡，遂解甲还乡里，力耕养亲以自适。其仪状伟然而刚正，自持论议，明决乡党，有争讼求直者，多不之有司而之公。有少年酗酒虐人，莫敢谁何者，或给云公。且至，少年即缩首敛避。家居教子为务，子学成，将仕，励之，曰：'仕必务持身、事君、爱民，舍是，虽有他善，无取焉。'与人交，轻利而重义，春秋六十有四而卒。"二人一为山西大同人，一为山东东阿人，可见并非一人。

① 据《广东通志》卷二十七《职官二》载："严颐，江西泰和人，贡士。景泰元年任广东参政。"（文渊阁《四库全书》本）

②《读杜诗愚得》主要版本有：1. 明宣德九年（1434 年）江阴朱氏（善继、善庆）刻本。2. 明天顺元年（1457 年）江阴朱熊（朱善庆之子）梅月轩重刻本。3. 明弘治十四年（1501 年）朱氏修补本。4. 明隆庆刻小字本。5. 朝鲜铜活字本。6.《杜诗丛刊》本。1974 年台湾大通书局据明宣德九年江阴朱氏刊本影印《杜诗丛刊》本。【接下页】

三、《读杜诗愚得》的体例和注解特色

关于《读杜诗愚得》的体例，单复《自叙》云："每篇必先考其出处、岁月、地理、时事，以著'诗史'之实录。次乃虚心玩味，以《三百篇》赋、比、兴例，分节段以详其作诗命意之由，及遣词用事之故。且于承接转换照应处，略为之说，其诸家注释之当者取之，而删其穿凿附会者，庶以发杜子作诗之旨意云。"①详细说明了该书的体例，如《读杜诗愚得》卷一，首行是"开元十五年间杜子省亲兖州时作"，接下来是《望岳》一诗：

> 岱宗夫如何？齐鲁青未了。造化钟神秀，阴阳割昏晓。荡胸生层云，决眦入归鸟。会当凌绝顶，一览众山小。
>
> （郑昂曰）：岱宗，泰山也。今属兖州。升中告代于此，是山为五岳之长，故曰岱宗。（赵次公曰）："阴阳割昏晓"，如《史记》言昆仑日月所相避隐其光明也。割者，分也。（王洙曰）：张衡《南都赋》："涓水荡其胸。"眦，目睫也。司马相如赋："弓不虚发，中必决眦。"○此诗设问起，而答以"齐鲁青未了"，其气象浑厚，且跋涉广，非它人能及。接曰：此山乃造化神秀之所钟聚，故日月昏晓之所割分，以状其高且大也。既而见层云之生其上，则胸次为之涤荡。望归鸟之入其中，则目眦为之决裂。末言要当凌其绝顶而一览焉，则将小天下之山矣。赋也。

其中○前是单复剪裁千家注而成，关于这点，他在《凡例》中已有交代。对此，四库馆臣表示了很大的不满："其笺释典故，皆剽掇千家注，无所考证。"确是中的之言。并且，单复引书也时有错误。据千家注，文中的"王洙曰"的后半句当是赵次分注，可见单复引书的粗疏大意。当然，此书

【接上页】此本字迹清晰，然卷首所载单复《读杜诗愚得自叙》缺篇末 55 字。7.《四库全书存目丛书》本。1997 年齐鲁书社据北京大学图书馆藏明天顺元年朱熊梅月轩刻弘治十四年重修本影印。此本字迹漫漶不清，且有部分残页。

　　① 明·单复《读杜诗愚得》卷首自序，《杜诗丛刊》本。

辗转抄写、刻印时间较短，也可能是抄录者或者刻工的粗心导致的。

有时，单复在一些诗歌注解的后面下按语标明自己的观点，如《游龙门奉先寺》末云：

> 复按：此题"游"字，当作"宿"字。盖杜公宿奉先寺而作，故诗内皆言宿寺之景物，末言欲觉而闻晨钟，使人有所发而深省焉。

单复怀疑诗题中的"游"当作"宿"，乃根据诗歌的意思所下的判断。但是从文献学的角度来讲，单复的怀疑没有依据。这种没有文献学依据，仅凭诗意理解的做法，是明代杜诗注本的一个特点，也是后人对明代学术评价不高，认为其空疏不学的原因之一。

下面，我们对该书的特色进行介绍。

（一）"诗"与"史"的结合——《重定杜子年谱诗史目录》

杜诗编年，始于宋代。宋人认为杜诗具有"史"的性质，不仅记录了杜甫本人的经历，而且也描绘了唐代的历史事实，能够起到补史之阙的功能。因此他们颇为赞同晚唐孟棨提出的"诗史"之说，并从传统"知人论世"的角度为杜诗编年，即所谓的年谱。其中如吕大防编《［杜工部］年谱》一卷（《分门集注杜工部诗》附录本）、赵子栎编《杜工部年谱》二卷（《杜工部草堂诗笺》附录本）、蔡兴宗编《杜工部年谱》一卷（《分门集注杜工部诗》附录本）、鲁訔编《杜工部草堂诗年谱》一卷（《分门集注杜工部诗》附录本、《杜工部草堂诗笺》附录本）、黄鹤编《杜工部年谱》一卷（《集千家注分类杜工部诗》附录本）、阙名编《杜工部年谱》一卷（《集千家注分类杜工部诗》附录本）。其中王十朋集注的《王状元集百家注编年杜陵诗史》更是将杜诗的"编年"与"诗史"联系起来，更强化了二者之间的联系。

元代于杜诗编年也大多沿袭宋人意见，唯有范梈所撰《杜工部诗范德机批选》，虽按照诗歌之体类编选，然亦在大类之下约略编年，对宋人意见提出不同观点，然所选只有300余首，并不能见杜诗编年之全貌。

明初单复，远承"诗史"之说，参照宋谱重新为杜诗编年，著有《重定杜子年谱诗史目录》，将年谱与目录并在一起，起于杜甫生年，止于其卒年，每年先言重要时事，次言杜甫行迹，再列杜诗题目，可谓后出转精，开创了以诗系年的新体例，在明代颇有影响。单复《重定杜子年谱诗史目录叙》云：

> □□杜子述作，自开元全盛之时，迄于大历庚戌，三十四年间，□□止游历，劳逸欣戚，时事变迁，一寓于诗，凡如千首。先儒尝以杜子生年之次为谱，而读其诗，大意固得。然犹未尽，复述《读杜诗愚得》，乃因其旧，而重为之参订。每年必首书某帝某年某岁某月，而系以史氏之实录。次书杜子出处，而以其诗之目疏于下，于以见其诚与信史相表里，非徒作也。且以其《世系》及元稹氏所作《墓志铭》《新唐书》本传，置于《重定年谱诗目》之首，于以见其家学绪业之旧，故其文章足以鼓吹六经，为当时后世之所仰慕而不能自已者焉。呜呼，杜子之才美虽抑于当时，然其述作乃能行于后世，与日月争光，盛矣哉！

此谱在后世颇有影响，邵傅《杜律集解·凡例》中即称："杜年谱，单复重定，随杜出处，疏诗自于下，见诗与史合也，当以单为的。"肯定了单谱的价值。清代也有一些杜诗学者采用此谱，如李长祥《杜诗编年·凡例》云：

> 编年本出剡溪单氏，亦后世次序者难以确据，然较之注本犹有头绪，特谱入国史多，于诗无所涉，杜诗世序自有传志，篇首冠之犹无谓，故并略。[①]

吴瞻泰《杜诗提要·评杜诗略例》亦云：

> 元人单阳元复《年谱》，较吕汲公大防为详。初欲依单本编年之次，不分古今体，使读者因其时其地其人，略得公之生平前后次序，不至大有参错。然此集乃瞻泰一己所得，简其要以为读本，

---

① 转引自刘重喜《明末清初杜诗学研究》，中华书局2013年版，第102页。

非工部全书也。故仍分体以便于读，而各体之序次则本之于单为多云。①

又，张溍《杜工部编年诗史谱目》一卷（《读书堂杜工部诗集注解》本），其中《杜氏世系考》部分与单复本全同，《杜工部编年诗史谱目》即依据单复《重定杜子美年谱诗史目录》编辑而成。张溍《读书堂杜工部诗集注解》采用编年体，其底本系据许自昌《集千家注杜工部诗》本，亦与单复本同出一源。

不仅如此，仇兆鳌在《杜诗详注》中12处采用了单复的编年，今择其要者列于下②：

> 卷八《所思》，郑昂谓虔贬在至德二载十二月，其往台在乾元元年。单复编此诗在乾元二年，今姑仍之。
> 卷十《赠花卿》，单复编在上元二年成都诗内。
> 卷十二《答杨梓州》，单复编在汉州诗内。
> 卷十二《愁坐》，单复编在广德元年。
> 卷十三《泛江》，单复编在广德二年春，阆州诗内。
> 卷十三《军中醉歌寄沈八刘叟》，单复编在广德二年之夏时，在严武幕中也。
> 卷十四《绝句三首》"闻道巴山里"，单氏编在永泰元年，成都诗内。
> 卷十五《赠崔十三评事公辅》，单复编在大历元年，今姑仍之。
> 卷十五《黄草》，单复编在大历元年之秋。

由此可见，无论是在年谱的体例上，还是具体的诗歌编年，单复《重订杜子年谱诗史》都对后世杜诗注本、杜诗编年以影响。

---

① 清·吴瞻泰《杜诗提要》，陈道贵、谢桂芳点校本，黄山书社2015年版，第7页。
② 文中例子均出自仇兆鳌《杜诗详注》，中华书局1979年版，第666、846、1008、1054、1077、1147、1210、1290、1351页。

（二）探索杜诗"旨意"

单复在《读杜诗愚得序》开篇即说道："余初读杜子美诗，茫然莫知其旨意，注释者虽众，率多著其用事之出处耳。或有指其立言之意者，又复穿凿附会，观之令人闷闷。至若杜子作诗之旨意，卒莫能白，深窃疑焉。"又云作此书的目的是："庶以发杜子作诗之旨意云。"这里所谓的"旨意"，从浅处说是诗歌的大意，但是，因为单复认为杜诗"皆发于爱君忧国之诚心，且善陈时事，度越今古，世号'诗史'。至若父子、夫妇、兄弟、宗姻、朋旧间，虽流离颠沛，须尤曲尽其道"，所以他"屏去诸家注，止取杜子诗反复讽咏"，对一些诗歌的深意还是有所阐发。如《兵车行》：单复揭示该诗的"旨意"是"为唐玄宗用兵吐蕃而作，托汉武以讽刺也"。之后又有一段按语：

> 首一节言以丁籍点行之频，故耶娘妻子相送而牵衣顿足拦道以哭，哭声震天，可哀也已。赋也。次言役使无期度，且争地以战，杀人之血如海水，况主上开边之心未已，故内郡荒凉，盖丁壮征戍而妇女耕作，州县疲敝于诛求，则力本者不获自尽，以致中国空虚，重可哀也。次言长者虽有问劳，役夫其敢伸恨乎？且如今年之冬，征戍未已而索租甚急，则租税从何出耶？乃曰：信知生女好，而生男恶也，所谓"伸恨"者是已。末言青海之上古来白骨谁收，但闻新鬼、旧鬼之哭，孰不为之哀痛耶？此诗首言人哭，末言鬼哭，中言内郡凋敝，民不聊生，而不敢伸恨。吁！为人君而有穷兵黩武之心者读此诗，亦当为之恻然兴悯，而以抚安中夏为心，羁縻四夷为事，斯可致雍熙之治矣。（P39）

单复不仅揭橥该诗的"旨意"，且对"人君"如何达到"雍熙之治"提出了建议。因此，仇兆鳌《杜诗详注》对单复的解说予以采纳[①]。

再如《冬狩行》，单复注解曰：

---

① 仇兆鳌《杜诗详注》卷二引单复曰："此为明皇用兵吐蕃而作，故托汉武以讽，其辞可哀也。先言人哭，后言鬼哭，中言内郡调弊，民不聊生，此安史之乱【接下页】

复按，此诗首言东川节度以兵马校猎，所获之多寡，亦以观□
成功。"夜发猛士""清晨合围"，讥非古制。"步骤同"者，言其
士卒练习也。次言杀获禽兽之多，百里之间，寒山为空，非荐羞之
物，亦在虞罗之中，讥其掩群尽物也。次言蒐狩天子之事而侯得以
同之，亦讥之之词也。况今摄行，大将号令严明，颇有前贤之风，
美之之词也。次四句公自言厌乱已十年，喜君士卒之整肃，请为我
回辔以擒西戎之吐蕃，不亦可乎？苟尽草中之狐兔，亦何益于事，
况今天子再蒙尘于外，得不哀痛之尤哉！且重言而发于声嗟，气叹
之余，则公之感伤为何如耶？章彝闻此，亦将有感而自奋焉，卒不
闻其效忠。呜呼，惜哉！赋也。（P179—P180）

单复认为此诗意在讥讽章彝，明末王嗣奭《杜臆》云："此诗所致规于
章公不浅，非只阴讽之。至云'亦似观成功''颇有前贤风'，俱致不满之
意；此公竟为严武所杀，得非有可指之罪乎？……末念天子蒙尘，援及幽
王，非哀痛之极，岂忍写到此，章能无疚心乎？"①王嗣奭在单复"讥刺"
说的基础上又提出了"所致规于章公"的观点，较为合理。

有时，单复探讨诗歌"旨意"并不引经据典，繁琐考证，不穿凿，不
附会。如《哀江头》，单复解说云：

曲江为京都胜赏之地，遭禄山之乱，宫阙荒凉，公陷贼中，潜
行至此，有所感伤而作也。首四句写其实，且曰：风景若是，蒲柳
为谁绿哉？岂不可哀也耶？次八句忆天宝初，明皇、贵妃游幸、骑
射等事，盖曰"彼一时，此一时"也。次四句言贵妃自尽，明皇西
幸，叹彼此去住之无消息也。末言当是时，江水江花之愁亦无穷
极，况人生有情，能不伤感悲泣也哉！及其晚也，胡马来而尘满

【接上页】所由起也。吁！为人君而有穷兵黩武之心者，亦当为之恻然兴悯，惕然知戒
矣。"（中华书局 1979 年版，第 117 页）与单复注解略异。

①明·王嗣奭《杜臆》卷之五，上海古籍出版社 1983 年版，第 175 页。

城，故我欲往城南而迷其南北也。赋也。读此诗，其哀伤也，词不
迫切而意已独至，真得诗人之风旨者欤！（P67）

单复认为此诗是杜甫对蒙难君王的伤悼之情，然而词意并不迫切，颇
合诗人温柔敦厚的风旨。其中关于"清渭东流剑阁深"，仇兆鳌引诸家解
释，谓："唐注谓托讽玄、肃二宗。朱注阙之云：肃宗由彭原至灵武，与渭
水无涉。朱又云：渭水，杜公陷贼所见。剑阁，玄宗适蜀所经。去住彼此，
言身在长安，不知蜀道消息也。今按：此说亦非，上文方言马嵬赐死事，
不应下句突接长安。考马嵬驿，在京兆府兴平县，渭水自陇西而来，经过
兴平，盖杨妃藁葬渭滨，上皇巡行剑阁，是去住西东，两无消息也。唯单
复注，合于此旨。"[1]可见单复注解并不以繁琐的考证见长，而是在解说诗
意的过程中直接阐发诗歌"旨意"。

再如《茅屋为秋风所破歌》，是杜甫的名篇，历来为人称道，而关于其
解释也众说纷纭。单复对于此诗，没有过多的注释，只引了《碧溪诗话》
中关于"老杜似孟子"的评论，云："孟子七篇，论君与民者居半。其欲得
君，盖以安民也。观杜陵诗亦然，真得孟子之所有矣。东坡问老杜何如人，
或言似司马迁，但能名其诗耳。吾谓老杜似孟子，盖原其心也。"接着单复
又评论道：

此诗先儒说者甚多，皆穿凿附会不足据。大抵杜公因茅屋为秋
风所破而作，盖写其实以纪之耳。（P207—208）

单复认为此诗乃纪实的诗歌，没有什么深意蕴含其中，可谓简单明了，
不做穿凿之论。这样的解释突破了宋人以"经""史"阐释杜诗的藩篱，强
调通过内心的体验，更多关注杜诗本身的特色。这是对宋人杜诗阐释学的
一大突破。

当然，单复对杜诗"旨意"的理解有时较为融通，但有时他并不明说，
似乎故弄玄虚，让人摸不着头脑。虽说理解诗歌强调"悟入"，但这种知其

---

[1] 清·仇兆鳌注《杜诗详注》卷四，中华书局 1979 年版，第 332 页。

意而不言的做法，无疑会给读者，尤其是初学者，留下一定的疑难问题。这是单复注解杜诗的缺点之一。如《春远》，单复云："题曰《春远》，有旨哉！"（P203）至于该诗是何意，却没有交代。《赤霄行》，单复云："此与前篇（按，指《莫相疑行》）必有为而作。"（P205）含糊其辞，不明就里。仇兆鳌于《莫相疑行》题下引单复语曰："单注云：此与后诗，必有为而作，今不知其所指。"①可见仇兆鳌也很希望知道单复所云该诗"所指"到底为何。

（三）"顺文衍义"的阐释方式

所谓顺文衍义，就是主张摒弃繁琐的考证和细碎的训诂，不释词语，不注出处，对于他人的评语也较少引用，重在串讲诗歌大意。不同于宋代将杜甫看作"诗圣"，将杜诗奉为经、看作史的阐释方法②，这种阐释方法还原诗歌本身，注重对诗歌大意的理解，有时也关注诗歌艺术特色的阐发。仇兆鳌《杜诗凡例》云："内注解意。欧公说诗，于本文只添一二字，而语意豁然。朱子注诗，得其遗意，兹于圈内小注，先提总纲，次释句义，语不欲繁，意不使略，取醒目也。"③追本溯源，源自欧阳修和朱氏《诗经》，但是将这种阐释方法首先应用到杜诗的当推单复，例如《荆南兵马使太常卿赵公大食刀歌》，单复解说诗意云：

> 此诗叙事体，赋也。首言赵公问兵刮寇，水陆并进超下牢，而猛蛟突兽为之惊奔。次言赵驻兵白帝而示我大食国刀，时壮士拔刀出鞘，则天为高、木怒号、伤哀猱，及膏鸀鹈，而芒锷莹，不但鬼物撇捩惊乱，虽苍水使者龙伯国人亦为之敛容畏避，皆形容刀出鞘膏鸀鹈而成锋凛之状。末言芮公回首而颜色为劳，盖缘分阃救世而用贤，难得如赵公也。次述赵公之歌欲终始佩此刀以护天子，而斩干纪之腰领，不似倚天长剑之无用也。自"吁嗟"以下，意谓大食

---

① 清·仇兆鳌注《杜诗详注》卷十四，中华书局 1979 年版，第 1213 页。

② 关于这一点，可参看郝润华师《宋代史学意识与"诗史"观念的产生》（载《西北师大学报（社会科学版）》，2000 年第 2 期）和杨经华《宋代杜诗阐释学研究》"第三章 拟经阐释与集注现象"（中国社会科学出版社 2011 年版，第 156—200 页）。

③ 清·仇兆鳌注《杜诗详注》卷首，中华书局 1979 年版，第 22—23 页。

刀可比光禄之刀，而卒归美于赵公必用此以立大功，画像麒麟，而
海宇以清也。（P292）

单复首先言明该诗是叙事体，接下来对每句进行诗歌的解说。

在顺文衍义解说杜诗诗意的过程中，单复对杜甫人格、杜诗的用字、
章法、体制、结构等方面也进行了分析探讨，有时在解说诗意的过程中加
入了作者强烈的爱憎情绪和主观感情。

首先，在解说杜诗诗意的过程中歌颂杜甫的伟大人格。第一，强调杜
甫的忧世之心，如《暮春题瀼西新赁草屋五首》其五，单复云："此诗慷慨
激昂，足以见公忧世之盛心。"（P268）；《遣怀》，单复云："此公闻吐蕃陷
京消息未真之作也。次以受谏临危为言，则其苦语哀伤为何如哉！且又盗
贼充斥，而隋氏宫室焚烧何太频耶，则公忧国之心益悲矣。"（P177、178）；
《送韦讽上阆州录事参军》，单复云："此诗送韦录事，盖伤当时兵乱之余，
诛求多门，民不聊生，而庶官惟务戈剥，故曰：'必若救疮痍，先应去蟊
贼。'于是挥泪临大江以送别。曰此行苟能树立佳政，如前所云，则庶几慰
我相忆之深情矣。念国忧民之心，三致意焉。"（P195）；等等。第二，同意
宋人关于杜甫"一饭不忘君"的忠君思想。如，《陪章留后侍御宴南楼得风
字》："此身醒复醉，不拟哭途穷。"单复云："末二章虽皆若自宽之词，而
有至悲之意寓焉。其爱君忧国之心，真一饭不忘君者与。"（P172）；《野人
送朱樱》，单复云："此诗以'也自红'三字起后四句，而自叹其转蓬，有无
穷之味，真所谓一饭不忘君者也。"（P151）；《槐叶冷淘》，单复云："公食
槐叶冷淘而美之，回念君王纳凉之晚，亦须此味，乃欲走置而作，是亦食
美芹之意。赋也。……如公此作，正所谓一饭不忘君者欤！"（P271）；等等。
第三，歌颂杜甫仁民爱物，民胞物与的高尚情操。如《暂往白帝复还东
屯》，单复云："首二句入题意，以起中四句，而有仁民爱物之意。"（P291）；
《又观打鱼》，单复云："此篇《又观打鱼》，乃言向者东津观时，蛟龙改穴
而鳣鲔随之，且兵乱未息，则麟凤不至，然则吾侪胡为纵此乐以暴珍天物
耶！殊不知此乃圣人之所哀痛者乎。"（P157）；《不寐》，单复云："此诗首
句起下三句，兴也。然我气已衰而甘于少寐，心不壮而恨其容愁，且四郊
多垒，桃源何处可求耶？则其所忧者，非一己之忧也。"；《白小》，单复云：

"言白小为物，水族之至微者，民俗以当园蔬，其生成如此，尚犹不免于拾卵而尽取之，其于爱物之义为何如哉！"（P260）；等等。

其次，在解说诗意的过程中，单复尤其注意分析杜诗的用字、章法、体制、结构等诸艺术特点。如《得舍弟消息》，单复云："杜子诸作，惟此有《选》诗体制，而趣味殆过之。"（P93）可见单复受元代诗坛"宗唐得古"诗学风尚的影响；《客夜》，单复云："此诗首二句起中四句，末二句结首联与三联之意，然其词旨宛转沉着，写尽穷途旅况。"（P158）；《奉寄章十侍御》，单复云："此诗以首句'一俊人'三字生下五句，而以'朝觐问幽侧'结之，其造语雄浑，命意曲折，非它人所及。"（P188）主要探讨诗歌的巧妙结构造成不同的艺术特色。又如，关于用词方面的特点，单复云："评《骊山》其词愈缓而意愈深。"（P247）；《阁夜》，单复云："言岁暮客中于西阁，寒夜闻鼓角之声悲壮，见星河之影动摇，言兵未息民未安也，盖野哭则闻战伐者非一家矣，而夷歌之起于渔樵者能几处耶？且诸葛之与公孙同归于尽，何今日之捷音寂不闻乎？责大臣不能夺身削平僭乱也。然其词愈缓而意愈切矣。"（P264）；《独坐二首》其二，单复云："言东屯瀼西之地，白狗峡斜临其北，黄牛峡更在其东，而峡云常照。'夜江日会兼风'，叙其地之景物也。次言晒药，欲以安垂老之疾病；应门，则以试小童之能否。然亦自知行之不逮，且恨耳聋而独坐耳。故其词愈缓而意愈悲。"（P290）；《不离西阁二首》其一，单复云："公客绝域，不离西阁，见江柳、江花之含春，以兴愚子老身之失学无家。末止西阁，谓其将别我耶？留我耶？词有尽而意无穷。"（P264）；等等。另有从体裁出发，强调诗人温柔敦厚的诗教。如《对雨》，单复云："诗言对雨独立之时，所忧者，非巴山道路之险，特恐失汉旌旗耳。何哉？盖以雪岭绳桥防秋之急，而战胜之迟故也。末言吐蕃有甥舅之礼，未敢背叛。其爱君忧国之意，曲折详尽，得诗人忠厚之体。"（P176）；《城上》，单复云："首四句亦睹物思君之意，末以扈从出幸比巡狩，为君讳也。前《早花》忧风尘之暗，此《城上》喜巡狩之行，然其词旨含蓄婉转沉着，得诗人之体裁。"（P178）；《太子张舍人遗织成褥段》，单复云："此诗首八句述客遗段之词以及褥段之纹。赋也，次八句空堂魑魅承上开缄字，高枕形神清，生下领客字，其下辞褥之词及陈服饰之义，而以大哉二字冠于万古程之首，其旨深矣。次四句自拨决不可受之词赋也，应非公卿惧不祥混紫荆等句。次八句言虽公卿亦宜制节护度，以守上下之分，况甲兵尚未息耶。继以李鼎来填为戒，厥有旨哉，赋也。卒章八句，首述金多悔吝之戒，既以结上，又以起下，乃自言难受此贶，至于以褥段还客，而心始宁，于是坐客以粗席馈客以藜羹乃分之宜。赋也。窃观此，岂以张有骄盈之事，杜子既以大义折之，又以近事戒之，且其词和悦而诤，得诗人温柔敦厚之教矣。"（P200）

再次，单复在解说诗意的过程中加入了作者强烈的主观感情。

杜甫忧心国事，忠君爱民，穷亦兼善天下，这种伟大的情怀和人格受到了后人的无限敬仰；单复身经元末乱世，虽有一腔才华，入明后只能做着不入流的河泊官。因此，在注解杜诗的过程中，他常常把这种感情融入对杜诗的理解和阅读当中，努力从杜甫身上汲取精神的食量。如《哀王孙》，单复云："复按，《左传·襄十八年》：晋伐齐，齐师夜遁。叔向曰：城上有乌，齐师其遁。师旷曰：乌声乐，其师其遁。今此诗暗用此事，所谓用事不用事，起若童谣，最得春秋书法。首六句言明皇夜出延秋门，诸嗣王公主之在外者，皆不及从也。次六句言王孙之困苦。次六句言王孙与常人不同，见之自不能为怀。次四句言胡羯陷长安，责哥舒翰之失守。次四句言肃宗即位于灵武，回纥入援，慎勿漏泄，恐人窃听而见害，应不敢长语临交衢。末二句言王孙须缜密，不可粗疏，且五陵时有佳气，宗社当复，胡羯当灭也。诗言王孙者四：曰可怜、曰善保、曰且为、曰哀哉。言慎勿者二：曰勿出口、曰勿疏。其曰不敢、曰窃闻，皆忠爱恻怛之词也。吁！忠义之士读之，能不坠泪者几希。"（P65）；《对雪》，单复云："诗言战死而哭者多新鬼，愁来而吟者独老翁，矧对乱云急雪，樽无酒而炉有火，且数州之消息又绝，惟愁坐而书空耳。吁！其忧国忧时之心为何如哉！"（P66）；《义鹘行》，单复感叹道："吁！义鹘乃鸟中之鲁仲连，杜公此《行》，犹太史公之传赞，人无忠肝义胆者读此，能不有愧于义鹘也耶！"（P93）

单复这种在解说诗意中包含感情的方式对明代其他学者注解杜诗也产生了影响。谢省（1404？—1477年）著有《杜诗长古注解》二卷，选杜诗五、七言古诗进行诗意的串讲。谢省认为杜甫"负经济之才"，如果"任以枢柄之职，则其建立功业必有异于人者"，因此特别注重发掘杜诗中的"忠君忧民之心，经邦靖难之计"，如《兵车行》注云："吁！为人君而读此诗，必恻然兴感而不以穷兵黩武之为心也。";《忆昔二首》其一云:"吁！为人君而读是诗,必思所以用人而制治于未危,救患于既乱可也。"[1]单复在注解杜诗时,亦常常发出这样的感叹,喜欢用"吁"表示感叹,已见前引。谢省注解杜诗亦有此现象,这或许是受到了《读杜诗愚得》的影响。

（四）赋比兴论诗

元明清三朝规定《四书五经》为科举考试的必读书,其中《诗经》以南宋著名理学家朱熹的《诗集传》为标准。朱熹《诗集传》集古文今文、汉学宋学之大成,在《诗经》学史上是继《毛诗郑笺》《毛诗正义》之后的第三座里程碑。《诗集传》具有破除"诗序"、确立新的解经原则,兼收并蓄、打破汉宋界限,注释简明、方便易学等许多特点,而且曾是元、明、清三个朝代科举制义的标准,举子必读的教科书,可以说,《四书五经》已经烂熟于当时读书人的胸中。朱熹对《诗经》的注解也深深影响了他们,使得他们在对其他经、集注解时也往往受到朱熹解经的影响。

首先,我们来看下朱熹《诗集传》中关于"赋比兴"解诗的特点。如《关雎》:"关关雎鸠,在河之洲。窈窕淑女,君子好逑。"朱熹注解云:

> 兴也。关关,雌雄相应之和声也。雎鸠,水鸟,一名王雎,状类凫鹥,今江淮间有之。生有定耦而不相乱,耦常并游而不相狎,故《毛传》以为挚而有别,《列女传》以为人未尝见其乘居而匹处者,盖其性然也。河,北方流水之通名。洲,水中可居之地也。窈窕,幽闲之意。淑,善也。女者,未嫁之称。盖指文王之妃太姒为处子时而言也。君子,则指文王也。好,亦善也。逑,匹也。《毛传》云:"挚字与至通,言其情意深至也。"○兴者,先言他物以引起所咏之辞也。周之文王,生有圣德,又得圣女姒氏以为之配。宫中之人,于其始至,见其有幽闲贞静之德,故作是诗。言彼关关然之雎鸠,则相与和鸣于河洲之上矣,此窈窕之淑女,则岂非君子之善匹乎？言其相与和乐而恭敬,亦若雎鸠之情挚而有别也。后凡言

---

① 以上为谢省《杜诗长古注解》引文,均转引自张忠纲等编著《杜集叙录》,齐鲁书社 2008 年版,第 141 页。

兴者，其文意皆放此云。汉匡衡曰："窈窕淑女，君子好逑，言能致其贞淑，不贰其操；情欲之感，无介乎容仪；宴私之意，不形乎动静。夫然后可以配至尊而为宗庙主。此纲纪之首，王化之端也。"可谓善说诗矣。[①]

再如《葛覃》："葛之覃兮，施于中谷。维叶萋萋，黄鸟于飞。集于灌木，共鸣喈喈。"朱熹的注解是：

> 赋也。葛，草名，蔓生，可为绤绤者。覃，延；施，移也。中谷，谷中也。萋萋，盛貌。黄鸟，鹂也。灌木，丛木也。喈喈，和声之远闻也。〇赋者，敷陈其事而直言之者也。盖后妃既成绤绤而赋其事，追叙初夏之时，葛叶方盛，而有黄鸟鸣于其上也。后凡言赋者放此。[②]

又如《螽斯》："螽斯羽，诜诜兮。宜尔子孙，振振兮。"朱熹注曰：

> 比也。螽斯，蝗属，长而青，长角长股，能以股相切作声，一生九十九子。诜诜，和集貌。尔，指螽斯也。振振，盛貌。〇比者，以彼物比此物也。后妃不妒忌而子孙众多，故众妾以螽斯之群处和集，而子孙众多，比之，言其有是德而宜有是福也。后凡言比者放此。[③]

朱熹不仅对"赋""比""兴"进行了定义，还对各章的诗意做了解释，

---

① 宋·朱熹注《诗集传》卷第一《国风一·周南一之一》，王华宝整理本，凤凰出版社 2007 年版，第 2 页。

② 宋·朱熹注《诗集传》卷第一《国风一·周南一之一》，王华宝整理本，凤凰出版社 2007 年版，第 3 页。

③ 宋·朱熹注《诗集传》卷第一《国风一·周南一之一》，王华宝整理本，凤凰出版社 2007 年版，第 5 页。

简明切当，受到了后世的诸多好评和推崇。

元末明初人刘履编有《风雅翼》十四卷。此书首为《选诗补注》八卷，取《文选》各诗删补训释，大抵本之于"五臣旧注"，曾原演义，而各断以己意。次为《选诗补遗》二卷，取古歌谣词之散见于传记、诸子，及《乐府诗集》者，选录 42 首，以补《文选》之阙。次为《选诗续编》四卷，取唐宋以来诸家诗词之近古者一百五十九首，以为〈文选〉嗣音。此书在明初影响很大[①]，探其体例，亦受到了朱熹《诗集传》以"赋比兴"论诗体例的影响。杨士奇在《风雅翼三集三首》其一中即说："其注释一本朱子释《诗》《楚辞》之例。"[②]四库馆臣也说："其去取大旨，本于真德秀《文章正宗》，其诠释体例，则悉以朱子《诗集传》为准。"如卷一《选诗补注》一《汉诗·古诗十九首》"行行重行行"刘履注解曰：

> 此于六义为赋中有比也。行行，行而不已也。重，再也。生别离者，言人情之至切也。《楚辞》云："悲莫悲兮生别离。"苏子卿亦曰："泪为生别滋涯畔。"道，言也。贤者不得于君，退处遐远，思而不忍忘，故作是诗。言初离君侧之时，已有生别之悲矣。至于万里道阻，会面无期，比之物生异方，各随所处，又安得不思慕之乎？夫以相去日远，相思愈瘦，而游子所以不复顾念还返者，第以阴邪之臣，上蔽于君，使贤路不通，犹浮云之蔽白日也。然我之思君，不置甚底，于老宜如何哉！惟自遣释努力加餐而已。盖亦《卷耳》"酌金罍不永怀"之意。观其见弃如此，而但归咎于谗佞，曾无一语怨及其君，忠厚之至也。

需要注意的是，《风雅翼》并不是全部作品均采用了朱熹以"赋比兴"解说《诗经》《楚辞》的体例。在《风雅翼》中，只有《选诗补注》八卷中

---

① 明·杨士奇《东里续集》卷十九《风雅翼三集三首》其一云："《风雅翼》者，元会稽刘履坦之因《昭明文选》所录古诗重加订选，……前此选古诗莫之能过也。"（文渊阁《四库全书》本）

② 明·杨士奇《东里续集》卷十九《风雅翼三集三首》其一。

的诗歌，刘履在解说前标明"赋比兴"，其他几卷均无，且解说诗意也较为粗疏。另外，刘履还选了唐代陈子昂、薛稷、李白、张九龄、王维、储光羲、杜甫、韦应物、韩愈、柳宗元、张籍等 11 人的诗作 103 首，其中选有杜诗 37 首，选录最多，但刘履在注解中却没有采用"赋比兴"的方式解说杜诗。真正将这种以"赋比兴"论诗体例引入杜诗注解的当是明代单复的《读杜诗愚得》。

在《读杜诗愚得·凡例》中，他即明确指明："《愚得》于长短古律诗仿朱子说《诗》《骚》赋比兴例，分段以详作诗命意之由，及遣词造句、用事之故，且于承接相照应处略提掇其紧要字面。"这种体例对后世杜诗注本影响很大，明代的杜诗注本大多认可了这种体例，在注解杜诗时予以采用，如著名的杜诗学专家张綖，他虽然对单复关于杜诗的编年很有意见，但是"赋比兴"论诗的体例却得到了他的认可和接受，在他的杜诗学著作《杜诗释》《杜工部诗通》和《杜律本义》中均有采用。其他的如邵宝《分类集注杜诗》、林兆珂《杜诗钞述注》、颜廷榘《杜律意笺》、邵傅《杜律集解》、汪瑗《杜律五言补注》、王嗣奭《杜臆》、卢元昌《杜诗阐》、汤启祚《杜诗笺》、吴见思《杜诗论文》、仇兆鳌《杜诗详注》等都受到了《读杜诗愚得》的影响。

国家图书馆藏《杜诗释》残卷作者及其价值

杜诗学文献目录提要的编撰，前人已做了很多工作[①]，于杜诗学界甚有功绩，但是某些提要还存在一定的疏漏，如本文提到的《杜诗释》，杜诗学文献书目或无记载，或虽有记载，对其作者、内容却付之阙如。笔者通过研究发现，其作者乃是明代著名的杜诗学专家张綖。故撰此一文，以求教于方家。

---

① 较为全面的是以下三部：郑庆笃、焦裕银、张忠纲、冯建国编《杜集书目提要》，齐鲁书社 1986 年版；周采泉著《杜集书录》，上海古籍出版社 1986 年版；张忠纲、赵睿才、綦维、孙微编著《杜集叙录》，齐鲁书社 2008 年版。

一

《杜诗释》不见于明、清各公私书目的记载，后人编写的杜诗书目亦多无提及，只有马同俨、姜炳炘编写的《杜诗版本目录》提到了一部明刻《杜诗释》残卷，云："《杜诗释》，阙名注，明刻本，存一卷，前后残缺。半叶 10 行，行 20 字，白口，四周单边。书名依版心上方题作《杜诗释》。"①《杜集书目提要》《杜集叙录》据此著录，并云"今国家图书馆有藏本"②。这几种书目虽有记载，对其作者却均没有明确的考证，只是简单的著录为"阙名"。笔者在翻阅相关文献时，发现明代顾璘在给张綖写的《南湖墓志铭》中有这样一则材料：

> （张綖）所著《诗余图谱》《杜诗释》《杜诗本义》《南湖入楚吟》皆刊行于世。其他诗文未经编辑者，与《杜诗通》十八卷皆藏于家。③

按，张綖（1487—1543 年），字世文，自号南湖居士，高邮（今属江苏）人，为明代著名散曲家王磐（约 1470—1530 年）之婿。关于张綖的生平，《明史》无传，钱谦益（1582—1664 年）《列朝诗集小传》丙集、曹溶（1613—1685 年）《明人小传》、朱彝尊（1629—1709 年）《明诗综》卷四十二、《明词综》卷三、（嘉庆）《高邮州志》卷之十上《政事》等均有记载，大多根据顾璘撰写的墓志铭。

张綖是明代著名的杜诗研究专家，著有《杜诗本义》《杜诗通》等杜诗学著作，诸多杜诗注本，如明代王嗣奭（1566—1648 年）《杜臆》、杨德周（1572—1648 年）《杜注水中盐》及清代仇兆鳌（1638—1713 年）《杜诗详注》等，均引用了张綖的相关成果。通过《南湖墓志铭》，我们可以知道除

---

① 载《杜甫研究论文集三辑》，中华书局 1963 年版，第 359 页。

②《杜集书目提要》，第 121 页。《杜集叙录》，第 225 页。

③ 明·顾璘撰《南湖墓志铭》，载《张南湖先生诗集》四卷附录一卷，见《四库全书存目丛书》集部第 68 册，齐鲁书社 1997 年出版，第 397 页。

上文三部书目著录的两部杜诗学著作之外，张綖还有一部《杜诗释》曾刊刻流传于世，只是经过时间的淘洗，加之相关书目均无记载，以致后世并不知晓。

查阅相关杜诗提要，只有这一部著录为"阙名注"的杜诗注本命名为《杜诗释》。将国家图书馆所藏的残卷《杜诗释》和《杜工部诗通》核对后，我们可以肯定：国家图书馆所藏《杜诗释》残卷的作者正是明代张綖。

二

《杜诗释》，明刻本，存一卷，前后残缺，书名依版心上方题作《杜诗释》，下方标有页码，从第4页到第32页，共29页。半叶10行，行20字，白口，四周单边。残卷第一页的左上角有印章一枚，书"长乐郑振铎西谛藏书"，末页的左上角又有印章一枚，篆文"长乐郑氏藏书之印"。可知该残卷经过著名藏书家郑振铎先生收藏，后归国家图书馆。

残卷第一页是对杜甫某一首诗歌的注解，内容是：

> 恶膻腥，喜蔬食，诸家之注纷纭可哂。盖厌机巧，则心得其养而有以清其神；恶膻腥，则体得其养而有以清其气。心体交养，神气俱清，真道具矣。抑孟子"大体""小体""志气"之说，意亦如此。

据此注文，本段注解的是杜甫的《赠李白》，因其诗中提到："野人对膻腥，蔬食常不抱。"因此注解才有所谓"恶膻腥，喜蔬食"之说。

之后是《望岳》，题下注："此诗单《谱》订在开元十四年公省亲兖州作，时年十五。然公自省亲之岁至天宝丙戌，二十年间往来齐鲁者数矣，今亦未知的为何岁所作。抑公诗才虽出天赋，而其所谓沉郁顿挫者，必待老成涵养而后得之，由志而立将圣，且然'忆年十五心尚孩，健如黄犊去复回'，恐尚未有沉潜之思。必以为是年所作，泥矣。"后是原诗，然后是注解全文：

> 岱宗，泰山也。割，分也，阴阳之气分昏晓，正见山之神秀也。眦，目睫也。相如赋："中必决眦。"○首二句问答之词，言山

莫尊于五岳，泰山独又称岱宗，其为岱宗者，夫何如耶？但见齐鲁
青犹未尽，斯其为岱宗也。于是以三四言其气之灵，五六状其形之
大，尾联则自言将登绝顶一览而小众山，以见胸中亦有此岱宗也。
壮哉言乎！

检之《杜工部诗通》之《望岳》，其题下注相对简略，曰："此诗单
《谱》订在开元十四年公省亲兖州作，时年 15。然公自省亲至天宝丙戌，20
年间往来齐鲁者数矣，今亦未知的为何岁所作。"①后面的注解也稍有不同，
比《杜诗释》稍略，如下：

岱宗，泰山也。割，分也，阴阳之气分昏晓，正见山之神秀
也。曾与层同。眦，睫也。（相如赋："中必决眦。"）○齐鲁青犹未
了，斯其为岱宗也。于是以三四言其气之灵，五六状其形之大，末
用孔子登泰山之意。

按，两者相较，实以《杜工部诗释》注解较为妥当。《杜工部诗通》对
文中的首二句并没有任何解释，突如其来便是解释"齐鲁青未了"一句。
通过一一核对，文中还有很多这样可以补正《杜工部诗通》的例子②。当
然，《杜工部诗释》的解释有时过于繁琐，所以到张綖撰写《杜工部诗通》
时，他对杜诗的认识可能发生了改变，重新进行了解释。另据统计，仇兆
鳌《杜诗详注》引用张綖注释 80 余条，在文中标为"张綖注""綖注"，大
部分见于《杜诗通》，有一处却不见于该书。巧的是，《杜诗详注》所引
《自京赴奉先县咏怀五百字》的"张綖注：'濩落，廓落也。'"③的这条注解

---

① 明·张綖《杜工部诗通》，《四库全书存目丛书》集部第 4 册，齐鲁书社 1997 年
版，文中所引俱出本本。
② 据张綖子守中所作的《杜工部诗通题记》可知，《杜工部诗通》稿本被其族叔张
绘携至浙江定海，并未刊刻，直到张綖卒后三十年，即隆庆六年（1572 年），守中分巡
浙东历台郡学时，胡承忠献出此书才得以刊刻。《墓志铭》著录为十八卷，现在行世的
刻本却只有十六卷，说明该书定有残缺。于此亦可见《杜诗释》的辑佚价值。
③ 清·仇兆鳌注《杜诗详注》卷四，中华书局 1979 年版，第 265 页。

并不见于《杜工部诗通》，却刚好存在于《杜诗释》。

据此可知，这部残卷《杜诗释》的作者乃张綖无疑。为了更加确定，笔者将《杜诗释》残卷的选诗和注解一一和《杜诗通》进行了核对，大部分内容是一样的，但是在诗歌编排的顺序、选诗的题目及内容的注解等方面，二者存在一些不同。

残卷《杜诗释》共选注杜诗 32 首（《赠李白》残），选诗目录如下：

> 赠李白、望岳、陪李北海宴历下亭、送高三十五书记、苦雨奉寄陇西公兼呈王征士、九日寄岑参、前出塞九首、后出塞五首、同诸公登慈恩寺塔、夏日李公见访、自京赴奉先县咏怀五百字、桥陵诗三十韵因呈县内诸官、雨过苏端、喜晴、晦日寻崔戢李封、送樊二十三侍御赴汉中判官、送从弟亚赴河西判官、送长孙九侍御赴武威判官、玉华宫、九成宫。

其中在《桥陵诗三十韵因呈县内诸官》和《雨过苏端》中间有"至德间所作"的标记，而这正是张綖《杜诗本义》和《杜工部诗通》的注释体例。关于这一点，张綖在《杜工部诗通》卷之一即指出：

> 观杜诗，必先考编年，据事求情，而后其意可见。然编年非公自订，不过后人因诗意而附之耳。……今惟大约标三宗年号于卷首，其逐诗编年颇为考订，分注题下，使览者更详焉。①

可见，张綖对于杜诗编年的认识从《杜诗释》就已经开始了，认识到杜诗编年对于理解杜诗诗意的重要性，但如果一味编年，则反失诗意。因此张綖采取更为审慎的态度，采取了"大约标三宗年号于卷首"这样的编排体例，即在每卷卷首标明"某某年间所作"，之后再逐首注其作年，对于难以确定作年者，则不注年月，酌情列于相应位置。这样的编排体例在

---

① 《杜工部诗通》，第 345 页。

《杜工部诗通》中更加明显，其编排如下：

> （开元天宝年间作）望岳、陪李北海宴历下亭、前出塞九首、
> 后出塞五首、同诸公登慈恩寺塔、送高三十五书记、（天宝年间所
> 作）苦雨奉寄陇西公兼呈王征士、九日寄岑参、（至德年间所作）
> 晦日寻崔戢李封、雨过苏端、喜晴、送樊二十三侍御赴汉中判官、
> 送长孙九侍御赴武威判官、送从弟亚赴河西判官、（至德年间作）
> 玉华宫、九成宫。

对比可知，不仅诗歌的编年有了很大的改动，而且对于诗歌的选录也
有了更改，《杜诗释》所选的诗歌有 3 首诗歌在《杜工部诗通》里已经删
除，详见下文。

除以上诗歌的编年、选录有不同之处，在引书与诗意的阐释方面，《杜
诗释》和《杜工部诗通》也存在不同，互有详略。据此可以对读两书，取
长补短，亦可窥探张綖在杜诗选录、诗意理解方面的演变轨迹。

三

《杜诗释》残卷具有重要的辑佚价值，其中有 3 首诗不见于《杜工部诗
通》，现抄录于下，供杜诗学界参考。

其一，夏日李公见访（天宝十二年夏，在京师作）。

> 水花，莲花也。〇此言李有厌烦暑而就疏旷之意，故见访也。
> "贫居"四句应首句，"隔屋"四句应第二句，"清风"二句应"暑
> 气薄"，"巢多"六句应"远林"，亦应"贫居类村坞"，言居有鸟蝉
> 喧聒，不足留客，有水花之晚静，庶可留耳。岂谓在上者争扰，在
> 下者静而可从欤？末二句应"隔屋唤西家"四句。

其二，自京赴奉先县咏怀五百字（天宝十三年冬，自长安之奉先县省
妻子作）。

> 杜陵有布衣，……指直不得结。（一节）凌晨过骊山，……惆
> 怅难再述。（二节）北辕就泾渭，……辛人固骚屑。（三节）默思失

业徒，……澒洞不可掇。（四节）

　　蓬落，犹廓落也。《庄子》：灌落无所容。刘毅云：丈夫盖棺事方足。觊觎，不忘也。曹植曰：葵藿之倾太阳，虽不为回光，其向之者诚也。巢由，巢父、许由，皆隐者也。嵽嵲，山高貌。骊山，在渭南县。蚩尤乘兴前导之旗。崖谷滑，言跐踏者之多。郁律，高亢貌。羽林，扈跸之军。摩戛，言兵器相摩戛，见扈跸者之盛。嵑嶭，诸本作"樛嶭"，欧公改作"胶葛"。相如赋："张乐乎胶葛之寓。"注，旷远深貌。《唐书》：天子幸温泉，赐从臣浴。内金盘，尚方器用也。卫霍皆以后戚而贵，比杨国忠辈。崒兀，高峻貌。崆峒，陇西山，共工触不周山折天柱。窸窣，声不安也。澒洞，广远貌。《淮南子》：鸿蒙澒洞。掇，拾也。魏武诗："何时可掇？"○此诗虽咏己怀，实写其忧国之心也。范分四节。第一节自述素怀及启行之事。首四句乃一篇大意，惟其平生许身之愚，故老大意转拙，此下言许身之愚蠢，实出于天性不可夺。曰"未能易其节"，皆言许身稷契之志、之性、之节不可中改也。夫以我之微末如蝼蚁辈，但自求穴可也。何乃慕大鲸，欲偃溟渤蓬落如此？则亦何以遂其生理？因此自悟，惟宜守己安贫，不当有非望之求矣，故耻事干谒而忍于尘没也。忍，如动心忍性之忍。"终愧巢与由"，结"非无江海志"二句，"未能易其节"，结上文一段之意。柳子厚《乞巧文》："天之所命，不可中革。……抱拙终身，以死谁惕？"亦公此意。"沉饮""放歌"一联，乃所以自遣。"岁暮"至"不得结"六句，言启行之事，且以兴时危也。第二节路经骊山，言玄宗临幸仪卫之盛，赏赉之厚及贵臣宠富之极，而民穷可哀之意。第三节言自骊山之路比转至奉先，途中所经川广及到家见妻子之事。闻幼子饥死，不免哀伤，因又言我为士夫，生常免于租税，名不隶于征伐，抚迹犹且如此酸辛，则平人骚屑之情，固可知矣。第四节则言平人骚屑之情。失业徒以租税重而然，远戍卒以征多而然，恐必致变乱，故忧端之深至与终南齐，而不可掇也。未几，果有范阳之变。第三节所谓老大意转拙。末节所谓穷年忧黎元也。夫杜子自比稷契，而其忧民为国之心如此，虽终身不遇，弗究斯志，卒亦不失千古之名也。人其贵有实哉！

其三，桥陵诗三十韵因呈县内诸官（桥陵，唐睿宗陵，本同州蒲城县，改为奉先，又升为赤县。○天宝十三年冬，在奉先作）。

> 天子初崩曰晏驾。象设，设物之象，谓葬仪也。《楚辞·招魂》："象设君室，静安闲。"《易》：习坎，重险也。《蜀王本记》：天为蜀王生五丁力士，能徙山。中使，内官也。《礼记》：备物之享。又，视于无形。高岳，嵩山。洪河，黄河也。金城，京兆属县，华州亦有金城宫。沙苑，隶冯羽。《西都赋》："防御之阻则，天地之奥区焉。"《尔雅》云：东南之美者，有会稽之竹箭。《庄子》：屠牛坦，刀刃若新发于硎，为理。崔瑗有《座右铭》。王乔为叶令，入朝数，帝令太史伺望，言有双凫飞来，乃举罗，得双舄焉。《列仙传》：田子方出，见老马于野，曰："少尽其力，而老弃之，仁者不为也。"以束帛赎之。○此诗前叙桥陵，中及县内诸官，后述己怀也。"先帝"至"莓苔青"十二句，言桥陵所由造。"宫女"至"铜瓶"四句，言执事者处于所事。"中使"至"鸣岩扃"八句，言皇上孝思无极，以致瑞应。"高岳"至"渺冥"六句，言地形得其胜，即郭璞《地理》之说。"居然"至"鹤翎"十六句，言县内诸官人物文采政治之美。"朝仪"至篇末十四句，则叙己流寓之怀，而致浮海之思焉。

除辑佚价值，我们还可以据此考订《杜诗释》同书异名的问题。仇兆鳌在《杜诗详注·凡例》并无提及《杜诗释》，而是另外一部不同题名的著作，云："张綖之《杜通》《杜古》及《七律本义》。"[①]按，《杜通》是《杜工部诗通》之简称，《七律本义》为《杜诗本义》之又称。那么，此处的《杜古》所指为何？在《附录·诸家论杜》中，他引用了"张綖南湖《杜诗五言选序》"中的一段话，云：

> 有元宗工，首称范杨。杨仲弘编辑《唐音》，诗家到今宗之，然不及李杜大家。清江范德机先生批选杜诗，共三百十一篇，皆精深高古之作，盖欲合葩经之数，标点分节，悉有深意。太史公云：

---

① 清·仇兆鳌《杜诗详注》卷一，中华书局1979年版，第24页。

古者诗三千余篇，孔子删之为三百五篇，皆弦歌之，以求合《韶》《武》《雅》《颂》之音，然则清江杜选，其亦有志求合于斯耶？惜世罕见其编，余家藏旧本，暇日为订其舛讹，释其大义，刻之郡斋，用贻同志。观者精思妙悟，触类而长之，由清江之意而逆杜子之志，以上溯三百篇之旨，诗道尽在是矣。①

《南湖墓志铭铭》里没有记载张綖另有《杜古》《杜诗五言选》等著作。通过上文残卷《杜诗释》的目录可知，张綖选注的 23 首诗歌均是五言古诗。仇氏《凡例》用的是简称，《杜诗五言选》则是根据注本内容所作的另一种称法。张綖的《杜工部诗通》，《凡例》省称为《杜通》，《杜诗本义》则称为《七律本义》，这在仇书中为惯例，如卢元昌的《杜诗阐》简称为《杜阐》，黄生《杜诗说》称为《杜说》等。因为《杜诗释》中注解的是杜甫的五言古诗，所以仇兆鳌将《杜诗释》称为《杜古》和《杜诗五言选》也就不奇怪了。另外，仇兆鳌《杜诗详注》引用张綖注释 80 余条，大部分见于《杜工部诗通》，而其所引的《自京赴奉先县咏怀五百字》的"张綖注：'濩落，廓落也。'"②的这一条注解并不见于《杜工部诗通》，却刚好存在于《杜诗释》。由此可见，仇兆鳌在《凡例》中所说的《杜古》，以及这里所说的《杜诗五言选》并非空穴来风，说明仇氏的确见到了该书，也说明《杜诗释》在仇兆鳌的时代还没有散佚。另外，在《杜诗五言选序》的最后，张綖明确告诉我们："惜世罕见其编，余家藏旧本，暇日为订其舛讹，释其大义，刻之郡斋，用贻同志。""刻之郡斋"者，只有《杜诗释》有可能。《杜诗本义》主要是对杜甫的七律进行注解，和题目"五言"无关，而《杜工部诗通》当时并没有刻印。"释其大义"，也没说明该书命名《杜诗释》的个中原因。

要之，张綖共有 3 部杜诗学著作，即《杜诗释》《杜诗本义》和《杜工部诗通》。据《杜诗释》残卷，我们可以辑录其中与《杜工部诗通》不同之处，考察张綖在不同时期的杜诗学观念发展演变的轨迹，也可以考订仇兆鳌所说的《杜古》《杜诗五言选》实为《杜诗释》之同书异名，据此亦可证明仇兆鳌引书的可靠性。

---

① 清·仇兆鳌注《杜诗详注·附编》，中华书局 1979 年版，第 2328 页。
② 清·仇兆鳌注《杜诗详注》卷四，中华书局 1979 年版，第 265 页。

附录二
张孚敬《杜律训解》辑存

　　张孚敬（1475—1539 年），原名璁，字秉用，号罗峰，永嘉（今浙江永嘉县）人。正德十六年（1521 年）进士，官至大学士，卒谥文忠，《明史》有传。著有《喻对录》《奏对录》《保和冠服图》《张文忠公集》。

　　《杜律训解》，明赵琦美《脉望馆书目》著录："张罗峰《杜律释》。"晁瑮《宝文堂书目》著录："《杜诗释义》，张罗峰注。"不注卷数。黄虞稷《千顷堂书目》著录："张璁《杜律训解》，二卷。"《张文忠公集》中有《杜律训解序》《再识》及《进〈杜律训解〉疏》，故应以《杜律训解》为是。此书以元张性《杜律演义》为底本，选杜甫七言律注解。

　　按，张孚敬《太师张文忠公集》（《四库全书存目丛书》本，集部第 77册）有《杜律训解序》《再识》《进〈杜律训解〉》三文。颜廷榘《杜律意笺》（《杜诗丛刊》）眉批有朱运昌批语，引用《杜律训解》14 条，题为"张文忠公云"；邵傅《杜律集解》（《杜诗丛刊》本）引用 3 条；仇兆鳌《杜诗详注》（中华书局 1979 年版）引用 3 条，今据各本辑录如下：

　　　　　　杜律训解序（《太师张文忠公集·文稿》卷一）
　　杜少陵诗代称"诗史"，而后《300 篇》者也。注家引证多妄，释意非浅则凿，其本旨远矣。夫少陵为诗，句中藏字，字中藏意，其引用故事，翻腾点化，故王介甫尝谓："绪密思深，观者苟不能臻其阃奥，未易识其妙处。"斯言信矣。愚窃于是诗讽咏涵濡，精以审察，然后乃见其立言之意。虽抑扬发敛，变态无常，而句句字字自有跃如者在也。敢取七言近体，以训解之。盖有不得不为少陵辩者，学者肯因加详焉，则全诗其庶几乎！

再识（同上）

是编元张伯成注，误传为伯生虞氏。夫生于千百载之下，而欲得作者之志，于千百载之上，不亦难哉！唯孟轲氏有曰："以意逆志，是为得之。"愚觉旧释过赘，遂大削之，能者观焉，则又不如尽削也。

进《杜律训解》（《太师张文忠公集·奏疏》卷四）

臣窃谓：古诗自三百篇以后，其存忠君爱国之心者，惟唐杜甫之诗，而甫诗之尤精者，惟七言律诗。臣昔年于书院中尝因注家多失其意，愚不自揣略，为《训解》。近托梓刻，以便抄膳，兹敢装潢成册，进呈，或备万岁之暇垂览。

（一）《杜律意笺》共引 14 条，卷上引 8 条：

1. 《题张氏隐居》

"迷出处"，虞注以迷出处之义言，亦非。张文庄公云：□，如字，是也。（集 5-5 上）

2. 《奉和贾至舍人早朝大明宫》

张文庄公曰：超宗父谢凤，帝谓之殊有凤毛。谓凤父肤体之余也。此言"池上有凤毛"，则就中书省言，只是文词之美耳。（集 5-9 上）

3. 《题省中壁》

张文庄公云：公不得志，题辞以省中光景闲度，以自憫也。（集 5-10 下）

4. 《曲江对酒》

张文庄公云：公以志不行赋曲江所见，以北朝廷迷眩小人同群。（集 5-12 下）

5. 《九日》去年登高郪县

张文庄公云："清路尘"，谓胡之反。（集 5-31 下）

6. 《题桃树》

张文庄公云："车书一家"，谓两京收复时也。（集 5-36 下）

7. 《至后》

张文庄公云："非故乡"，言经乱变故也。（集 5-38 下）

8. 《拨闷》

张文庄公云：公欲往云安，故托言闻其酒美，而因以消愁如此，亦善言诗。（集 5-40 上）

卷下引 6 条：

9. 《诸将五首》其五

张文庄公云：蜀为天下之险，须仗武以镇安之，若口今无其人，遂至多事耳。（集 5—44 下）

10. 《愁》"江草日日唤愁生"

张文庄公云：时京兆用第五琦什一税法，民多流亡者。（集 5-47 下）

11. 《秋兴八首》其七

张文庄公云：武帝欲征昆明为池，以习武备，而今荒废如此，反致胡羌内入，长安屡陷，于是托意蜀道难归，远适江湖之与。（集 5-56 下）

12. 《秋兴八首》其八

张文庄公云：游渼陂，感时物之变，以比小人厚禄，君子位衰，亦看得深。（集 5-57 上）

13. 《咏怀古迹五首》其五

张文庄公云：志决出师，身歼于军者，果因军务劳乎？天为之也。（集 5-59 下）

14. 《又呈吴郎》

张文庄公云：公以此归，故而哀及孤寡，以赓吴郎之心也。（集 5-69 上）

（二）邵傅《杜律集解》（《杜诗丛刊》本）引 3 条：

1. 卷上《送路六侍御入朝》

张罗峰云：生憎不分，素性所恶也。路为侍御司观察，公必有为言，比也。（P339）

2. 卷上《陪李七司马皂江上观造竹桥即日成往来之……》（按，《集解》

"七"作"十七",误)"合欢却笑千年事"。

"合欢",当作"合观",言陪李十七观造桥也。谓"合欢"者,讹。此张罗峰解。(P356)

3. 卷下《愁》

时用第五琦什一税法,民多流亡,故有结句。

按,此首诗《集解》并无说引用张孚敬注,但据颜廷榘《杜律意笺》及仇兆鳌《杜诗详注》所引,可见《集解》所引乃据《杜律训解》,故为捡出。

(三)仇兆鳌《杜诗详注》引3条:

1. 卷十七《秋兴八首》其二

张璁曰:山楼,即所寓西阁也。(P1487)

2. 卷十八《见王监兵马使……不可见请余赋诗二首》其一

张璁曰:公尝为王兵马赋二角鹰,言其勇锐相敌,此亦所以况之也。(P1589)

3. 卷十八《愁》"江草日日唤愁生"

张璁曰:时京兆用第五琦十一税法,民多流亡,是即虎也。(P1600)

参考文献

（一）杜诗学文献（按时代先后排列）

《杜诗赵次公先后解辑校》，[宋]赵次公撰，林继中辑校，上海古籍出版社1994年版。

《九家集注杜诗》，[宋]郭知达撰，上海古籍出版社1985年版《杜诗引得》本。

《杜工部草堂诗笺》，[宋]蔡梦弼撰，上海商务印书馆1936年《丛书集成初编》本。

《黄氏补千家集注杜工部诗史》，[宋]黄希、黄鹤撰，上海商务印书馆1936年版。

《集千家注批点杜工部诗集》，[宋]刘辰翁批点，[元]高崇兰编撰，上海古籍出版社1987年影印文渊阁《四库全书》本。

《文信公集杜诗》，[宋]文天祥撰，台湾商务印书馆1986年影印文渊阁《四库全书》本。

《杜律演义》，[元]张性撰，台湾大通书局1974年《杜诗丛刊》本。

《杜律虞注》，托名[元]虞集，台湾大通书局1974年《杜诗丛刊》本。

《杜工部诗范德机批选》，[元]范梈批选，台湾大通书局1974年《杜诗丛刊》本。

《杜工部五言赵注》，[元]赵汸撰，台湾大通书局1974年《杜诗丛刊》本。

《杜工部诗选注》[元]董养性撰，山东大学文史哲研究所藏日本复印本。

《读杜诗愚得》，[明]单复撰，台湾大通书局1974年《杜诗丛刊》本。

《杜律单注》，[明]单复撰，[明]陈明辑，浙江图书馆藏明嘉靖刻本。

《邵二泉先生分类集注杜诗》，[明]邵宝撰，上海图书馆藏清刻本。

《杜工部诗通》（附《杜律本义》），〔明〕张綖撰，台湾大通书局 1974 年《杜诗丛刊》本。

《杜诗释》，国家图书馆藏明刻本残卷。

《杜诗选》，〔明〕杨慎批选，台湾大通书局 1974 年《杜诗丛刊》本。

《杜工部诗选》，〔明〕王寅撰，北京大学图书馆藏明闵朝山刻本。

《杜律注解》，〔明〕黄光昇撰，浙江图书馆藏明万历十一年刻本。

《杜律颇解》，〔明〕王维桢撰，齐鲁书社 1997 年《四库全书存目丛书》本。

《杜律意注》，〔明〕赵统撰，齐鲁书社 1997 年《四库全书存目丛书》本。

《杜律五言补注》，〔明〕汪瑗撰，台湾大通书局 1974 年《杜诗丛刊》本。

《杜释会通》，〔明〕周甸撰，北京大学图书馆藏明隆庆五年刻本。

《杜律意笺》，〔明〕颜廷榘撰，台湾大通书局 1974 年《杜诗丛刊》本。

《杜律》，〔明〕孙纩撰，成都杜甫草堂博物馆藏明刻本。

《杜律詹言》，〔明〕谢杰撰，浙江图书馆藏明万历二十四年刻本。

《杜诗抄述注》，〔明〕林兆珂撰，齐鲁书社 1997 年《四库全书存目丛书》本。

《批点杜工部七言律》，〔明〕郭正域批选，台湾大通书局 1974 年《杜诗丛刊》本。

《批选杜工部诗》，〔明〕郝敬批选，国家图书馆藏明万历、崇祯间刻《山草堂集二十六种》本。

《杜臆》，〔明〕王嗣奭撰，上海古籍出版社 1983 年版。

《杜诗通》，〔明〕胡震亨撰，上海图书馆藏清顺治六年刻本。

《杜注水中盐》，〔明〕杨德周撰，国家图书馆藏清刻本。

《杜诗胥钞》，〔清〕卢世㴐撰，上海图书馆藏名崇祯四年刻本。

《杜诗捃》，〔明〕唐元竑撰，文渊阁《四库全书》本。

《杜工部七言律诗分类集注》，〔明〕薛益，日本早稻田大学图书馆藏庆安四年刻本。

《杜律集解》，〔明〕邵傅撰，上海图书馆藏明万历十六年刻本。

《钱注杜诗》，〔清〕钱谦益笺注，上海古籍出版社 1979 年版。

《杜工部诗集辑注》，〔清〕朱鹤龄撰，韩成武、孙微、周金标等点校，河北大学出版社 2009 年版。

《杜诗详注》，〔唐〕杜甫撰，〔清〕仇兆鳌注，中华书局 1979 年版。

《读杜心解》，〔唐〕杜甫撰，〔清〕浦起龙，中华书局 1961 年标点本。

《杜诗镜铨》，〔唐〕杜甫撰，〔清〕杨伦笺注，上海古籍出版社 1962 年版。

《杜律详解》，〔日本〕津阪东阳撰，1974 年台湾大通书局《杜诗丛刊》本。

（二）古籍（按经史子集排列）

《诗集传》，〔宋〕朱熹撰，凤凰出版社 2007 年版。

《四书章句集注》，[宋]朱熹撰，中华书局2011年版。

《元史》，[明]宋濂等撰，中华书局1976年版。

《明史》，[清]张廷玉等撰，中华书局1974年版。

《日知录集释》[清]顾炎武撰，黄汝成集释，栾保群，吕宗力校点，上海古籍出版社2006年版。

《钦定四库全书总目》(整理本)，[清]纪昀等撰，中华书局1997年版。

《列朝诗集小传》，[清]钱谦益编撰，上海古籍出版社1983年版。

《孤本明人小传》，[清]曹溶辑，全国图书馆文献缩印中心2003年据清抄本影印。

《瀛奎律髓汇评》，[元]方回选评，李庆甲集评校点，上海古籍出版社1986年版。

《唐诗品汇》，[明]高棅编选，上海古籍出版社1982年影印本。

《唐诗选》，[明]李攀龙选，齐鲁书社1997年《四库全书存目丛书》本。

《唐诗归》，[明]钟惺、谭元春辑，上海古籍出版社1995年《续修四库全书》本。

《唐诗解》，[明]唐汝询编选，王振汉点校，河北大学出版社2001年版。

《中州集》，[金]元好问编，中华书局上海编辑所编辑，中华书局1959年版。

《全元文》，李修生主编，江苏古籍出版社1999年重印版。

《列朝诗集》，[清]钱谦益编，中华书局2004年版。

《明诗综》，[清]朱彝尊编，中华书局2007年版。

《范德机诗》，[元]范梈撰，台湾商务印书馆1986年影印文渊阁《四库全书》本。

《虞集全集》，[元]虞集撰，王颋点校，天津古籍出版社2007年版。

《杨仲弘集》，[元]杨载撰，台湾商务印书馆1986年影印文渊阁《四库全书》本。

《东山存稿》，[元]赵汸撰，台湾商务印书馆1986年影印文渊阁《四库全书》本。

《宋学士全集》，[明]宋濂撰，中华书局1985年《丛书集成初编》本。

《宋濂全集(第一至四册)》，[明]宋濂撰，罗月霞主编，浙江古籍出版社1999年版。

《高青丘集》，[明]高启撰，[清]金檀辑注，徐澄宇、沈北宗校点，上海古籍出版社1985年版。

《李东阳集》，[明]李东阳，周寅宾点校，岳麓书社1985年版。

《空同集》，［明］李梦阳撰，台湾商务印书馆1986年影印文渊阁《四库全书》本。

《何大复集》，［明］何景明撰，李淑毅等点校，中州古籍出版社1989年版。

《张南先生诗集》，［明］张綎撰，齐鲁书社1997年《四库全书存目丛书》本。

《怀星堂集》，［明］祝允明撰，台湾商务印书馆1986年影印文渊阁《四库全书》本。

《遵岩集》，［明］王慎中撰，台湾商务印书馆1986年影印文渊阁《四库全书》本。

《升庵集》，［明］杨慎撰，台湾商务印书馆1986年影印文渊阁《四库全书》本。

《弇山堂别集》，［明］王世贞撰，中华书局1985年版。

《李攀龙集》，［明］李攀龙撰，李伯齐点校，齐鲁书社1993年版。

《徐渭集》，［明］徐渭撰，中华书局1983年版。

《李贽全集注》，［明］李贽撰，张建业主编，社会科学文献出版社2010年版。

《袁宏道集笺校》，［明］袁宏道撰，钱伯城笺校，上海古籍出版社1981年版。

《隐秀轩集》，［明］钟惺撰，李先耕、崔重庆标校，上海古籍出版社1992年版。

《谭元春集》，［明］谭元春撰，陈杏珍标校，上海古籍出版社1998年版。

《尊水园集略》，［清］卢世㴶撰，上海古籍出版社1995年《续修四库全书》本。

《牧斋初学集》［清］钱谦益撰，［清］钱曾笺注，钱仲联标校，上海古籍出版社1955年版。

《愚庵小集》，［清］朱鹤龄撰，虞思征整理，华东师范大学出版社2010年版。

《历代诗话》，［清］何文焕辑，中华书局1981年版。

《历代诗话续编》，［清］丁福保辑，中华书局1983年版。

《辽金元诗话全编》，吴文治主编，凤凰出版社2006年版。

《全明诗话》，周维德编校，齐鲁书社2005年版。

《明诗话全编》，吴文治主编，凤凰出版社2006年版。

《文心雕龙译注》，［南朝梁］刘勰撰，范文澜注，人民文学出版社1958年版。

《文心雕龙注译》，［南朝梁］刘勰撰，郭晋稀注译，甘肃人民出版社1982年版。

《沧浪诗话校释》，［宋］严羽撰，郭绍虞校释，人民文学出版社1961年版。

《怀麓堂诗话校释》，［明］李东阳撰，李庆力校释，人民文学出版社2009年版。

《升庵诗话新笺证》，［明］杨慎撰，王大厚笺证，中华书局2008年版。

《诗薮》，［明］胡应麟撰，上海古籍出版社1958年版。

《诗源辩体》，［明］许学夷注，杜维沫校点，人民文学出版社1998年版。

《唐音癸签》，［明］胡震亨撰，上海古籍出版社1981年版，1984年再版。

《静志居诗话》，[清]朱彝尊撰，姚祖恩编，黄君坦校点人民文学出版社2006年重印。

《养一斋诗话》，[清]潘德舆撰，朱德慈辑校，中华书局2010年版。

（三）近现代著作（按出版年月）

《杜甫研究论文集（一辑）》，中华书局1962年版。

《杜甫研究论文集（二辑）》，中华书局1963年版。

《杜甫研究论文集（三辑）》，中华书局1963年版。

《古典文学研究资料汇编·杜甫卷》（上编唐宋之部），华文轩编，中华书局1964年版。

《宋诗话考》，郭绍虞撰，中华书局1979年版。

《宋诗话辑佚》，郭绍虞撰，中华书局1980年版。

《元白诗笺证稿》，陈寅恪撰，上海古籍出版社1980年版。

《金明馆丛稿初编》，陈寅恪撰，上海古籍出版社1980年版。

《金明馆丛稿二编》，陈寅恪撰，上海古籍出版社1980年版。

《杜甫研究（修订本）》，萧涤非撰，齐鲁书社1980年版。

《唐集叙录》，万曼撰，中华书局1980年版。

《杜诗引得》，洪业编撰，上海古籍出版社1983年版。

《杜集书录》，周采泉撰，上海古籍出版社1986年版。

《杜集书目提要》，郑笃庆、张忠纲等撰，齐鲁书社1986年版。

《杜诗学发微》，许总撰，南京出版社1989年版。

《杜诗纵横探》，张忠纲撰，山东大学出版社1990年版。

《元代文学史》，郑绍基主编，人民文学出版社1991年版。

《杜甫评传》，莫砺锋撰，南京大学出版社1993年版。

《中国古典文学研究史》，郭英德、谢思炜、尚学锋、于翠玲撰，中华书局1995年版。

《杜甫秋兴八首集说》，叶嘉莹撰，河北教育出版社1997年版。

《理学文化与文学思潮》，韩经太撰，中华书局1997年版。

《中国评点文学史》，孙琴安撰，上海社会科学院出版社1999年版。

《程千帆全集》，程千帆等撰，河北教育出版社2000年版。

《周勋初文集》，周勋初撰，江苏古籍出版社2000年版。

《说八股》，启功，张中行，金克木撰，中华书局2000年版。

《明代科举制度研究》，黄明光撰，广西师范大学出版社2000年版。

《〈钱注杜诗〉与诗史互证方法》，郝润华撰，黄山出版社2000年版。

《中国文学批评文献学》，孙立撰，广西人民出版社 2000 年版。

《明代诗学》，陈文新撰，湖南人民出版社 2000 年版。

《福建古代刻书》，谢水顺撰，福建人民出版社 2000 年版。

《元代诗法校考》，张剑撰，北京大学出版社 2001 年版。

《元代文学文献学》，查洪德、李军撰，中国社会科学出版社 2002 年版。

《五朝诗话概说》，吴文治撰，黄山书社 2002 年版。

《中国古代文学批评方法研究》，张伯伟撰，中华书局 2002 年版。

《明史讲义》，孟森撰，上海古籍出版社 2002 年版。

《元诗史》，杨镰撰，人民文学出版社 2003 年版。

《中国文学批评史》，罗根泽撰，上海书店出版社 2003 年版。

《杜甫诗学引论》，胡可先撰，安徽大学出版社 2003 年版。

《中国古代阐释学研究》，周裕楷撰，上海人民出版社 2003 年版。

《清代杜诗学史》，孙微撰，齐鲁书社 2004 年版。

《山东杜诗学文献研究》，慕维，孙微撰，齐鲁书社 2004 年版。

《中国学术通史》，张立文主编，人民出版社 2004 年版。

《宋明理学》，陈来撰，华东师范大学出版社 2004 年版。

《诗史的定位及其他》，许德楠撰，学苑出版社 2004 年版。

《清代八股文》，邓云乡撰，河北教育出版社 2004 年版。

《清诗话考》，蒋寅撰，中华书局 2005 年版。

《元代文学编年史》，杨镰撰，山西教育出版社 2005 年版。

《唐诗选本提要》，孙琴安撰，上海书店出版社 2005 年版。

《明代科举制度考论》，王凯旋撰，沈阳出版社 2005 年版。

《杜甫研究论集》，刘明华撰，重庆出版社 2005 年版。

《中国藏书家通典》，李玉安、黄正雨撰，中国国际文化出版社 2005 年版。

《元代唐诗学研究》，张红撰，岳麓书社 2006 年版。

《明代唐诗学》，孙青春撰，上海古籍出版社 2006 年版。

《明代唐诗接受史》，查清华撰，上海古籍出版社 2006 年版。

《明代八股文史探》，龚笃清撰，湖南人民出版社 2006 年版。

《李植杜诗批解研究》，左江撰，中华书局 2007 年版。

《杜甫诗歌讲演录》，莫砺锋撰，广西师范大学出版社 2007 年版。

《杜诗版本及作品研究》，蔡锦芳撰，上海大学出版社 2007 年版。

《清代杜诗学文献考》，孙微撰，凤凰出版社 2007 年版。

《明代唐诗选本研究》，金生奎撰，合肥工业大学出版社 2007 年版。

《明代复古派唐诗论研究》，陈国球撰，北京大学出版社 2007 年版。

《辽金元诗文史料述要》，刘达科撰，中华书局 2007 年版。

《元西域人华化考》，陈垣撰，上海古籍出版社 2008 年版。

《杜诗学研究论稿》，孙微、王新芳撰，齐鲁书社 2008 年版。

《杜集叙录》，张忠纲、赵睿才、綦维、孙微撰，齐鲁书社 2008 年版。

《明代科举与文学编年》，陈文新、何坤翁、赵伯陶主撰，武汉大学出版社 2009 年版。

《金陵生文学史论集》，蒋寅撰，辽海出版社 2009 年版。

《杜甫大辞典》，张忠纲主编，山东教育出版社 2009 年版。

《杜诗学与杜诗学文献》，郝润华等撰，巴蜀书社 2010 年版。

《唐诗学史稿》，陈伯海主编，人民出版社 2011 年版。

《杜甫：中国最伟大的诗人》，洪业撰，曾祥波译，上海古籍出版社 2011 年版。

《〈杜诗详注〉研究》，吴淑玲撰，齐鲁书社 2011 年版。

《宋代杜诗阐释学研究》，杨经华撰，中国社会科学出版社 2011 年版。

《辽金元杜诗学》，赫兰国撰，河南人民出版社 2012 年版。

《杜甫全集校注》萧涤非主编，张忠纲终审统稿，人民文学出版社 2014 年版。

（四）论文（先期刊、后硕博）

《杜诗注本述评》，廖仲安、王学泰，《文史知识》1984 年第 7 期。

《杜诗学》，廖仲安，《首都师范大学学报》1994 年第 5、6 期。

《金圣叹杜诗批解的文学批评透视》，周兴陆，《文学遗产》1998 年第 3 期。

《卢世㴶〈读杜私言〉发微》，沈时蓉、庚光蓉，《杜甫研究学刊》2000 年第 4 期。

《宋代杜诗学论》，聂巧平，《学术研究》2000 年第 9 期。

《海外孤本——董益〈杜工部诗选注〉》，綦维，《图书馆杂志》2001 年第 12 期。

《以杜诗学为诗学》，邬国平，《学术月刊》2002 年第 5 期。

《杨升庵杜诗观的时代诠释》，余来明，《南京工业大学学报（社会科学版）》2003 年第 1 期。

《杨慎的"诗史"论》，高小慧，《北京大学学报》2004 年第 1 期。

《德州学者卢世㴶的杜诗学成就》，綦维，《东岳论坛》2004 年第 4 期。

《明代杜诗诗史分析》，王世海，《乐山师范学院学报》2004 年第 7 期。

《唐以后杜甫研究的热点问题》，胡可先，《杜甫研究学刊》2005 年第 3 期。

《清代杜诗注疏的实证主意述略》，黄斐，《常熟理工学院学报》2005 年第 5 期。

《论宋代杜诗注释的特点与成就》，莫砺锋，《中华文史论丛》2006 年第 1 期。

《论赵次公杜诗解释重视艺术性的特点》，武国权，《杜甫研究学刊》2006 年第 4 期。

《赵大纲及其〈杜律测旨〉》，綦维，《齐鲁学刊》2006 年第 5 期。

《刘辰翁批点杜甫诗略论》，焦印亭，《杜甫研究学刊》2008 年第 1 期。

《博取众长独树一帜——杨慎〈升庵诗话〉论李杜评析》，徐希平，《青海社会科学》2008 年第 1 期。

《明代诗人论杜甫》，吴中胜、蒋翠丽，《杜甫研究学刊》2008 年第 3 期。

《回归与超越：〈杜臆〉与"以意逆志"法》，张家壮，《福州大学学报（哲学社会科学版）》2008 年第 1 期。

《浅论王嗣奭〈杜臆〉底本问题》，杨海健，《南京师范大学文学院学报》2008 年第 3 期。

《王嗣奭〈杜臆〉版本考》，杨海健，《首都师范大学学报（社会科学版）》2008 年第 6 期。

《杜诗三笺与钱谦益诗史观的深化》，丁功谊，《江汉论坛》2009 年第 2 期。

《孰为诗"圣"？——杨慎"扬李抑杜"论》，高小慧，《运城学院学报》2009 年第 6 期。

《论徐渭的崇杜情节极其手批〈杜工部集〉》，曾绍皇，《杜甫研究学刊》2010 年第 1 期。

《颜廷榘及其〈杜律意笺〉》，王燕飞，《杜甫研究学刊》2010 年第 2 期。

《董养性〈选注杜诗〉考》，赫兰国，《杜甫研究学刊》2010 年第 3 期。

《单复的杜甫研究》，刘文刚，《杜甫研究学刊》2011 年第 4 期。

《卢世㴶〈杜诗胥钞〉及〈读杜私言〉考论》，孙微、王新芳，《新世纪图书馆》2011 年第 7 期。

《论明代杜诗选注和评点的特点》，王燕飞，《杜甫研究学刊》2012 年第 1 期。

《唐元竑的杜甫研究》，刘文刚，《杜甫研究学刊》2012 年第 2 期。

《明人赵大纲〈杜律测旨〉研究》，钟文娟，2002 年首都师范大学硕士学位论文。

《金元明杜诗学研究》，綦维，2002 年山东大学博士学位论文。

《明代套色印本研究》，蒋文仙，2005 年华东师范大学博士学位论文。

《〈集千家注批点杜工部诗集〉研究》，邱旭，2009 年西北师范大学硕士学位论文。

《明人论杜研究》，李晓霞，2010 年西北师范大学硕士学位论文。

《明代杜诗全集注本研究》，杜伟强，2011 年西北师范大学硕士学位论文。

《明代杜诗选录和评点研究》，王燕飞，2011 年西北师范大学硕士学位论文。

《王慎中贬杜研究》，董芳，河北大学 2012 年硕士学位论文。

后记

本书是在我同名硕士学位论文的基础上，经过增补而成的。自从 2010 年在《杜甫研究学刊》发表第一篇学术论文《颜廷榘及其〈杜律意笺〉》以来，我在杜诗学研究之路上已跋涉了近 10 年的历程。10 年来，虽然取得了一些学术方面的成果，有一些心得体会，但我深深明白，这些距离我为自己设定的目标还相距甚远。由于各种原因，我现在不得不将这本不成熟的小书出版，企盼得到同行专家的批评指正，以便我不断修改完善！

回首 10 年的历程，首先要感谢的是我的恩师郝润华先生。从 2008 年进入郝门，受先生学术研究方向和研究方法的影响，我将杜诗学，尤其是杜诗学文献作为我的研究方向。恩师治学严谨认真，博洽融通，研究方向涉及史学、文献学、文学等多个领域；对学生既要求严格，又关怀备至，更注重以身作则式的榜样教育，所谓"望之俨然，即之也温，听其言也厉"（《论语·子张》）。跟随老师学习的 6 年中，我不仅学到了很多知识，更重要的是学会了做人的道理和对生活的态度。工作以后，老师也给了我很多建议，促我不断成熟、成长。我的每一点进步，都凝聚着老师不辞辛劳的谆谆教导。如今，老师又在百忙之中为我的这本小书写序，褒扬有佳。作为学生，唯有努力勤奋治学，交出满意的答卷，才不枉老师对我的辛勤栽培。

何其有幸，或许是冥冥之中的缘分吧，能够来到美丽的蓉城生活与工作，来到伟大诗人杜甫曾经驻足和生活过的地方，来到这样一座具有浓厚文化氛围的城市，来到这样一座包容开放的"喧然名都会"（杜甫《成都府》）。还记得我在博士论文后记当中的一段话："2012 年 9 月 20 日，我第一次来到美丽的蓉城，在成都杜甫草堂博物馆参加杜甫诞辰 1300 周年的纪念大会。会议期间，我不仅结识了一些国内外著名学者，对这片曾经抚慰杜甫心灵的文学圣地更是产生了深深的喜爱和眷恋。草堂旺盛繁茂的修竹、沁人心脾的绿色、名人遗迹、碑刻书画、小桥流水、一草一木……都给我留下了深刻的印象。尤其是满街的桂花香，渗入我记忆的深处，成为一道挥之不去的风景。"如今每到桂花开满成都街头的时候，这种感觉就会随之而来。

感谢成都，她安抚了千年前一个河南籍诗人"忧虞何时毕"（杜甫《北征》）的"疮痍"之心，给了他一个虽短暂却能"诗意的栖居"的草堂，让他流浪的身体和心灵得以调整和复苏，为中国诗坛又贡献了无数精彩的篇章。千年之后，作为同样河南籍的后辈小生，我愿意踏着诗圣的足迹，怀着庄严和敬畏之心，为研究诗哲的诗篇做出微薄的努力，献上一瓣心香。乾隆帝《杜诗》云："杜诗于我有何缘，每一见之不忍舍。寒为衰日可宜冬，暑作雄风足消夏。于唐拔尔轶卢骆，在汉绰然媲班马。清词丽句空古今，一一皆从性中写。呜呼今而有其人，磐折吾当拜风下！"此诗虽写得一般，然而对诗圣的敬畏与崇敬之情，"于我心有戚戚焉"（《孟子·梁惠王上》）。随着年龄的增长和阅历的增加，也正是在不断地阅读杜诗的过程中，我渐渐地接近了诗圣的心灵，感受到了他的伟大人格和无与伦比的至高精神境界。

感谢西华大学文学与新闻传播学院院领导对科研的重视和支持，给予出版经费支持。还有同事们的热情帮助，尤其是图书馆潘殊闲馆长、李钊老师、吴会蓉老师在我刚入职西华大学时对我的诸多照顾。

感谢杜甫草堂博物馆和《杜甫研究学刊》编辑部诸位前辈的提携，诸多友朋的切磋琢磨。《礼记·学记》云："独学而无友，则孤陋而寡闻。"有这样一批崇杜、爱杜、读杜、研杜的朋友同好，夫复何求？

感谢北京人文在线提供的部分经费支持，尤其是编辑刘芬老师，没有她的亲切督促、热情帮助和辛勤劳动，这本小书可能不会这么快出版。

感谢新华出版社的各位编辑老师，尤其是徐文贤老师。徐老师对拙著的肯定，对我来说是极大的鼓励。感谢徐老师的辛苦劳动，使拙著增色不少。

　　最要感谢的是家人对我的理解和支持！由于远在千里之外的成都工作，回家照顾父母的时间很少，不能膝下尽孝，如果没有他们的理解，给予我最大的自由，没有姐姐、姐夫、小妹、妹夫的全力支持，我是不会安心工作的。还有妻子廖红艳女士，她在我繁忙的工作中，不仅承担了大部分的家务，还帮我修改书稿格式，同时对我的工作给予了最大的支持。

　　最后，我要将我的第一本小书送给我九月份即将出世的孩子，希望他能和杜甫一样有一颗伟大的心灵。

王燕飞
五四百年纪念日于无所住居
五月二十日修改于夔府孤城